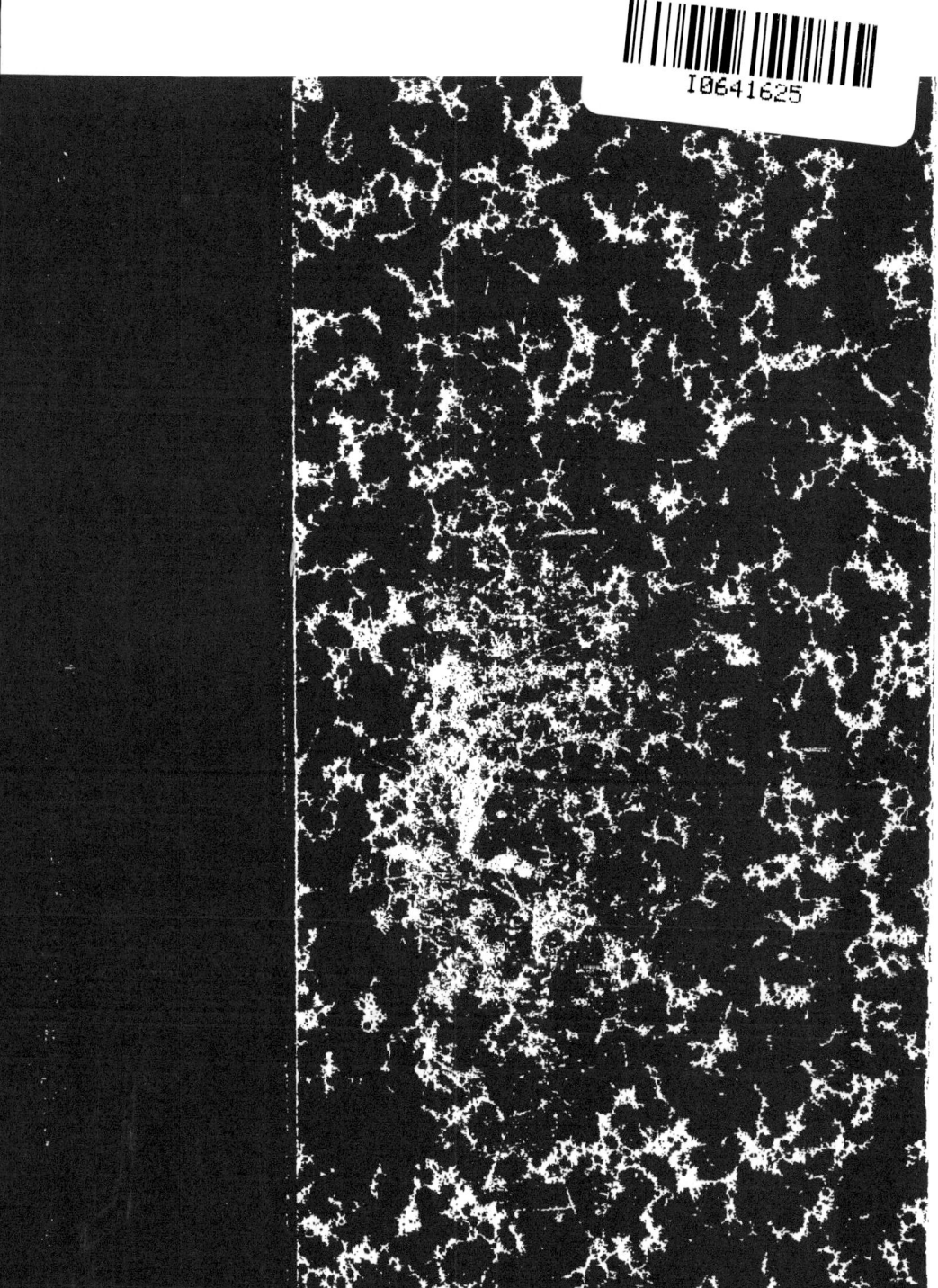

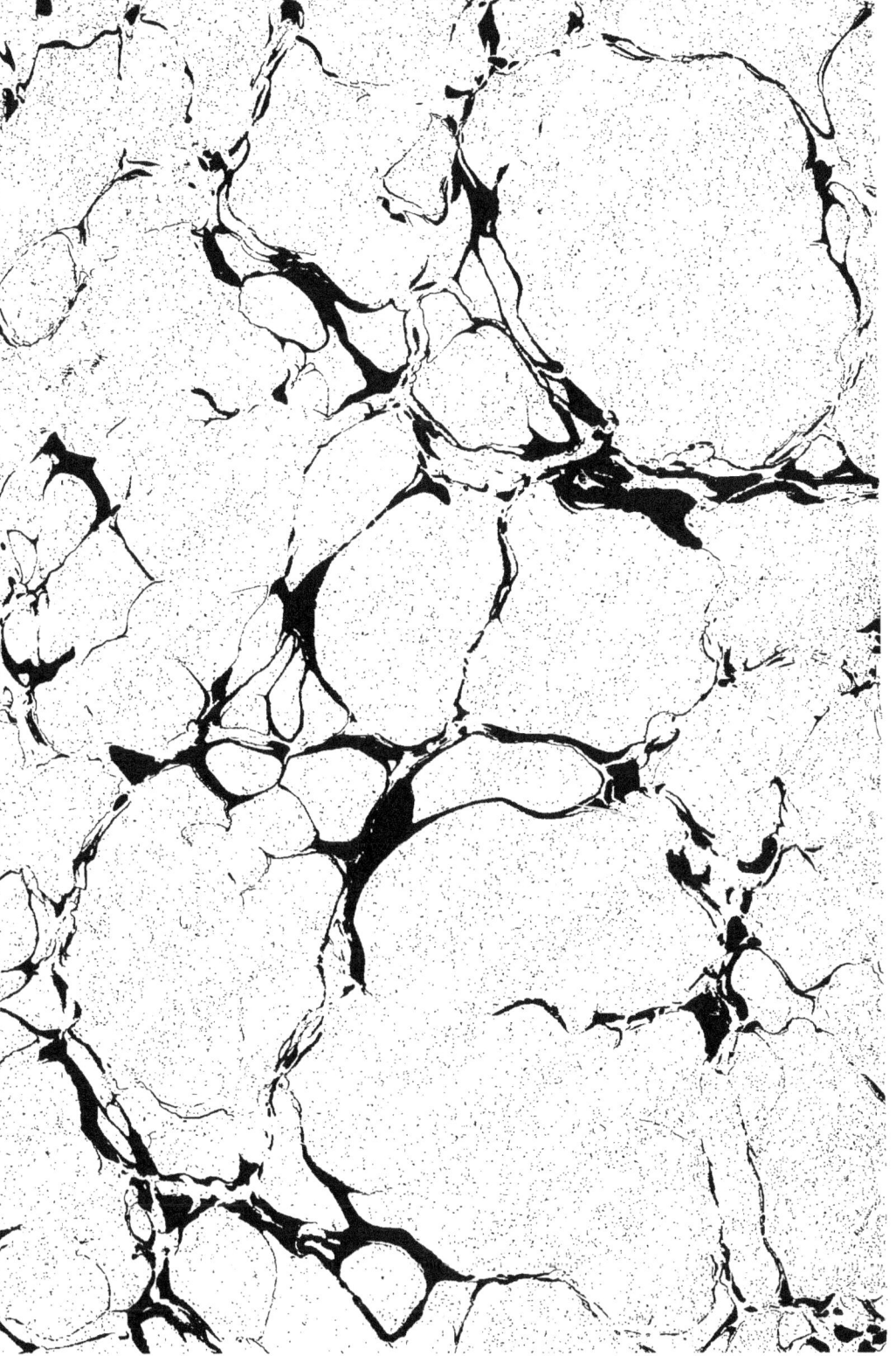

MARGUERITE DE NAVARRE

L'HEPTAMÉRON

DES NOUVELLES

RÉIMPRIMÉ PAR LES SOINS DE D. JOUAUST

Avec une Notice, des Notes et un Glossaire

PAR PAUL LACROIX

Conservateur de la Bibliothèque de l'Arsenal

TOME PREMIER

PARIS

LIBRAIRIE DES BIBLIOPHILES

Rue Saint-Honoré, 338

M DCCC LXXX

L'HEPTAMÉRON

DES NOUVELLES

DE LA REINE DE NAVARRE

TIRÉ A PETIT NOMBRE

Il a été fait un tirage en GRAND PAPIER à

30 exemplaires sur papier de Chine (n⁰ˢ 1 à 30).
30 —— sur papier Whatman (n⁰ˢ 31 à 60).
200 —— sur papier de Hollande (n⁰ˢ 61 à 260).
260 exemplaires, numérotés.

MARGUERITE DE NAVARRE

L'HEPTAMÉRON

DES NOUVELLES

RÉIMPRIMÉ PAR LES SOINS DE D. JOUAUST

Avec une Notice, des Notes et un Glossaire

PAR PAUL LACROIX

Conservateur de la Bibliothèque de l'Arsenal

TOME PREMIER

1606

PARIS

LIBRAIRIE DES BIBLIOPHILES

Rue Saint-Honoré, 338

M DCCC LXXIX

NOTICE HISTORIQUE

SUR

MARGUERITE D'ANGOULÊME

REINE DE NAVARRE

ARGUERITE d'Angoulême, fille de Charles d'Orléans, comte d'Angoulême, et de Louise de Savoie, naquit le 11 avril 1492, à deux heures du matin, dans le vieux château de la ville d'Angoulême[1]. Selon un généthliaque composé par quelque astrologue de cour, elle avait été *conçue l'an 1491, à dix heures avant midi et dix-sept minutes, le 11e jour de juillet*[2]. Son frère unique, François d'Angoulême, vint au monde deux ans après elle.

Elle était à peine âgée de quatre ans lorsqu'elle perdit son père, mort de maladie à Châteauneuf, en Angoumois, le premier jour de janvier 1496. Charles d'Orléans, que le roi Charles VIII regretta comme *l'un des plus hommes de bien qui fût entre les princes de son sang*[3], n'aurait

---

1. *Journal* de Louise de Savoie.

2. Brantôme, *Dames illustres*.

3. Jean de Saint-Gelais, *Histoire de Louis XII*.

eu aucune influence sur l'éducation et sur la destinée de
ses enfants ; mais sa femme, Louise de Savoie, avait un
caractère et un esprit bien supérieurs à ceux du comte,
et elle le montra bien en élevant elle-même sa fille et
son fils avec tous les soins qui pouvaient faire d'eux un
prince et une princesse accomplis. La nature les avait
richement dotés l'un et l'autre, et, si François eut de
bonne heure les vertus héroïques de la chevalerie, Marguerite, dont les goûts studieux se révélèrent au sortir de
l'enfance, commença dès lors à s'y livrer et à donner
carrière à cette noble ambition de s'instruire qu'elle ne
cessa jamais de pousser dans les plus hautes régions de
l'intelligence humaine.

Elle apprit d'abord les langues anciennes et modernes,
qui lui ouvrirent la porte de toutes les sciences. Non
seulement elle comprenait le grec, le latin et même
l'hébreu, que lui avait enseigné Paul Paradis, dit le
Canosse, mais encore elle parlait avec une égale facilité
l'italien, l'espagnol, l'anglais et l'allemand. Elle s'était
de préférence adonnée à la philosophie et à la poésie,
qui convenaient aussi bien à sa gracieuse imagination
qu'à son âme inquiète et compréhensive. Dès qu'elle
écrivit, ce fut avec un charme et une élégance de style
capables de faire honte aux écrits en vers et en prose
contemporains, dans lesquels la recherche ridicule de la
pensée se cachait sous l'obscurité de l'expression toujours
fausse et ampoulée. Pour acquérir ce style simple, clair
et naïf que nous admirons dans ses ouvrages, elle n'eut
qu'à lire et à relire les charmantes poésies de son grand-
oncle, Charles d'Orléans.

La réputation de sa beauté, de son savoir et de son
mérite l'avait devancée à la cour de Louis XII, où elle
parut, âgée de douze ans, à côté de son frère, qui an-
nonçait déjà ce qu'il devait être, le plus brave, le plus

galant, le plus noble des gentilshommes. Louis XII n'a-
vait pas d'héritier mâle. En 1504, une grave maladie
l'avertit de se préparer un successeur, et dès ce moment,
malgré l'opposition envieuse et tracassière d'Anne de
Bretagne, il décida le mariage de sa fille aînée Claude
avec François d'Angoulême. On croyait que Louis XII
ne vivrait pas longtemps et que le jeune comte d'Angoulême allait monter sur le trône de France : la main
de Marguerite fut demandée par Henri VII, roi d'Angleterre, pour un de ses fils ; mais le grand Conseil du
roi repoussa la demande, après mûre délibération, en
considérant que ce mariage pourrait, dans certains cas,
causer une guerre *immortelle* entre les Français et les
Anglais, et peut-être même ébranler les fondements de
la loi salique en France [1]. On refusa ensuite, par des
motifs analogues, une autre alliance qui s'offrait pour
Marguerite d'Angoulême : Louis XII ne voulut pas la
marier à Charles d'Autriche, dont il était le subrogé
tuteur, comme s'il eût prévu les terribles luttes de l'empereur Charles-Quint et de François Ier [2].

Il fit épouser sa nièce à Charles III, duc d'Alençon,
qu'elle n'aimait pas et qu'elle jugeait peu digne d'elle.
Les noces se célébrèrent à Blois, le 1er décembre 1509,
*en aussi grand état et haut triomphe que si c'eût été la fille
du roi.* Marguerite s'était soumise en gémissant aux vo-
lontés de sa mère et de Louis XII ; mais elle *adonna son
cœur à Dieu,* puisque son mari ne l'avait pas, et elle
adopta pour devise une fleur de souci tournée vers le

---

1. *Histoire du XVIe siècle en France,* par le bibliophile Jacob,
t. III.

2. *Histoire générale de la Maison de France,* par Scévole et
Louis de Sainte-Marthe, t. I.

soleil, avec cette légende : *Non inferiora secutus* (ne s'arrêtant pas aux choses de la terre). Le duc d'Alençon ne possédait aucune des belles qualités qui brillaient avec tant d'éclat chez Marguerite, et le motif apparent de ce mariage antipathique fut l'extinction d'un procès qui se débattait entre ce duc et François d'Angoulême, comme héritiers de Marie d'Armagnac : le comte d'Angoulême abandonna donc ses droits sur cette succession en faveur de sa sœur, dont la dot s'élevait à 450,000 livres [1].

Le comte d'Angoulême fut créé duc de Valois par Louis XII, qui, selon son projet favori, aussitôt après la mort d'Anne de Bretagne, lui fit épouser Claude de France, avec laquelle il l'avait fiancé depuis longtemps. Le duc de Valois succéda, le 1er janvier 1515, à son beau-père, et la duchesse d'Alençon, comme sœur du roi, fut qualifiée de *Madame*. On la nomma dès lors indifféremment *Marguerite de France*, ou *de Valois*, ou *d'Angoulême;* elle ajoutait aussi à ses titres celui de *duchesse de Berri,* que son frère lui donna en 1517. François Ier, qui l'aimait tendrement, l'appelait sa *mignonne,* ou *la Marguerite des Marguerites.* Il s'était accoutumé dès l'enfance à la consulter en toute chose et à suivre ses conseils : il ne changea pas à son égard en devenant roi, et il eut souvent recours aux lumières de cette sage princesse dans les affaires d'État, qu'elle entendait mieux que les plus habiles ministres. « Son discours estoit tel que les ambassadeurs qui parloient à elle en estoient grandement ravis, et en faisoient de grands rapports à ceux de leur nation à leur retour : dont, sur ce, elle en soulageoit le roy son frère, car ils l'alloient tou-

---

1. *Histoire du XVIe siècle en France,* t. IV.

jours trouver après avoir fait leur principale ambassade ; et bien souvent, lorsqu'il avoit de grandes affaires, les remettoit à elle, en attendant sa définition et totale résolution. Elle les sçavoit fort bien entretenir et contenter de beaux discours, comme elle y estoit fort opulente et fort habile à tirer les vers du nez d'eulz : d'ond le roy disoit souvent qu'elle lui assistoit bien et le deschargeoit beaucoup par l'industrie de son gentil esprit et par doulceur [1]. »

La confiance de François Ier dans le jugement de sa sœur chérie n'était pas moindre en ce qui concernait ses affaires personnelles, même celles de la nature la plus délicate : il la trouvait indulgente pour des faiblesses qu'elle ne partageait pas, et souvent complaisante pour un sentiment qui, bien que coupable et illégitime, se relevait et s'épurait sous les dehors d'une noble et généreuse galanterie. C'est ainsi qu'elle composa, au nom de son frère, les *belles devises* que le roi fit graver sur des joyaux qu'il avait donnés à la comtesse de Châteaubriant, et que celle-ci lui renvoya en lingots, afin que ces devises ne fussent pas profanées par une autre maîtresse [2]. Lorsque François Ier, cédant à quelque caprice indigne de lui, cherchait des plaisirs faciles auprès de ses plus humbles sujettes, ou bien déguisait sa royauté pour courir les aventures d'un amour bourgeois, il avait soin de se cacher surtout de sa sœur, qui ne lui eût pas pardonné la trivialité de ces goûts libertins, et qui se fût trop inquiétée des dangers qu'il affrontait en courtisant la femme d'un avocat ou d'un simple marchand.

Marguerite, toute sévère qu'elle fût pour elle-même dans sa conduite, était portée vers cette galanterie dé-

---

1. Brantôme, *Dames illustres.*
2. Brantôme, *Dames galantes.*

cente qui résultait de l'intelligence des esprits et des âmes, sans exclure la vertu la plus chaste et la morale la plus rigoureuse. Ce n'était jamais de l'amour, c'était plus que de l'amitié. La lecture des anciens romans de chevalerie avait introduit à la cour ces habitudes de tendre et innocente familiarité entre les deux sexes, et leurs relations continuelles créaient dès lors cette société française dont le bon goût et la politesse devaient faire plus tard l'admiration et l'exemple de l'Europe. Louis XII avait le premier rapporté d'Italie cette affection platonique pour Thomassine Spinola, qu'il *servit* à titre d'*Intendio* (confident intime ou chevalier servant); mais c'est Marguerite qui semble avoir fait admettre dans les mœurs de son temps ces *alliances* toutes spirituelles, qu'on peut considérer comme l'expression la plus haute et la moins terrestre de l'amour; c'est Marguerite qui a inventé les dénominations de *frère* et de *sœur d'alliance,* sous lesquelles on pouvait s'aimer et se le dire publiquement sans encourir ni blâme ni soupçon [1], naïve réminiscence de ce *bon vieux temps* où tout chevalier avait sa *dame* et toute *dame* son chevalier.

Ces souvenirs plaisaient beaucoup à Marguerite, qui, dans sa petite cour d'Alençon comme dans celle de son frère, avait remis en honneur les traditions de la chevalerie; elle s'amusait à faire renaître les *cours d'amour* du moyen âge, et les poètes, qui l'entouraient sans cesse en qualité de *valets de chambre* pensionnaires, ne traitaient pour elle que des sujets de galanterie raffinée et de doctrine amoureuse. Tels étaient aussi les sujets ordinaires qui occupaient ses inspirations poétiques. Cependant,

---

1. Voyez les poésies de Clément Marot et la nouvelle XXVI de l'*Heptaméron.*

à cause de ce penchant naturel vers l'exagération des sentiments tendres, elle n'en eut que plus de mérite à résister même aux entraînements de son cœur, quoique Brantôme dise d'elle : « En faict de joyeusetés et de galanteries, elle montroit qu'elle en sçavoit plus que son pain quotidien », car elle fut aimée du connétable de Bourbon, suivant une tradition qui n'ajoute pas qu'en l'aimant avec la même tendresse elle ait jamais cessé d'être vertueuse[1]. Elle fut également aimée de l'amiral Bonnivet, le favori de François Ier, le plus beau et le plus entreprenant des seigneurs de la cour; mais elle ne l'aimait point, dit-on, et elle eut moins de peine à résister à une audacieuse tentative de violence de la part de cet amant dédaigné, lorsque Bonnivet s'introduisit la nuit par une trappe dans la chambre où elle couchait, et fut contraint de se retirer honteusement, *son visaige tout sanglant d'esgratignures et morsures qu'elle lui avoit faictes*[2].

Le procès et la fuite du connétable de Bourbon, qu'elle aurait bien voulu protéger contre le ressentiment de Louise de Savoie, furent suivis de la défaite de François Ier à Pavie et de sa captivité à Madrid. Cette fatale bataille de Pavie porta deux coups terribles à la duchesse d'Alençon : car, si son frère resta prisonnier du connétable et des Espagnols, ce fut la faute de son mari Charles d'Alençon, dont la lâcheté entraîna la déroute de l'armée française et la prise du roi, ce prince, qui commandait l'arrière-garde, ayant fait sonner la retraite

---

1. On a bâti sur cette tradition deux romans ridicules, quoique encore estimés au dernier siècle : *Histoire de Marguerite de Valois,* et *Histoire secrète du connétable de Bourbon.* Voyez ci-après la notice bibliographique sur les ouvrages de Marguerite.

2. Elle a raconté elle-même son aventure sous des noms supposés, dans la nouvelle IV de l'*Heptaméron.*

au moment où son concours pouvait encore décider du
sort de la journée. Le duc d'Alençon n'osait plus repa-
raître devant Marguerite, dont il appréhendait les trop
justes reproches. Il mourut de chagrin à Lyon, le 11 avril
1525, deux mois après le funeste événement qui l'avait
déshonoré aux yeux de sa femme et de la France entière.

Marguerite donna sans doute peu de regrets à son
mari, en présence du malheur de son frère : c'était là son
unique préoccupation. Elle dirigeait et activait les négo-
ciations qui avaient pour but le retour de François Ier
dans son royaume ; mais Charles-Quint les entravait par
tant d'obstacles que le roi craignit de ne jamais sortir
de l'Alcazar de Madrid. François Ier tomba dangereu-
sement malade, et pendant plusieurs jours le bruit de sa
mort se répandit par toute la France. « Quiconque
viendra à ma porte, disait sa sœur au désespoir, m'annoncer la guérison du roy mon frère, tel courrier, fust-
il las, harassé, fangeux et malpropre, je l'iray baiser et
acoler comme le plus propre prince et gentilhomme de
France ; et qu'il auroit faulte de lit et n'en pourroit trouver pour se délasser, je luy donnerois le mien et cou-
cherois sur la dure, pour telles bonnes nouvelles qu'il
m'apporteroit[1] ! » Elle partit précipitamment pour aller
donner elle-même des soins et des consolations au malade, dont elle connaissait le *naturel* et la *complexion*
mieux que les médecins, tandis qu'elle travaillerait à la
délivrance du prisonnier, qui refusait de se racheter au
prix d'une fraction de sa couronne.

Ce fut durant ce long et pénible voyage qu'elle mit
en rimes les tristes pensées qui remplissaient son âme.
Cette élégie, qu'elle composa en *cheminant* dans sa li-

---

1. Brantôme, *Dames illustres*.

tière, comme la plupart de ses ouvrages, est à la fois un monument de sa piété fraternelle et un chef-d'œuvre de grâce et de sensibilité exquise :

Le désir du bien que j'attends
Me donne du travail matière,
Une heure me dure cent ans,
Et me semble que ma litière
Ne bouge, ains retourne en arrière,
Tant j'ay de m'advancer désir.
Oh! qu'elle est longue, la carrière
Où à la fin gist le plaisir!

Je regarde de tous costez
Pour voir s'il n'arrive personne,
Priant sans cesse, n'en doutez,
Dieu que santé à mon roy donne;
Quand nul ne vois, l'œil j'abandonne
A pleurer; puis, sur le papier,
Un peu de ma douleur j'ordonne :
Voilà mon douloureux mestier!

Oh! qu'il sera le bienvenu,
Celuy qui, frappant à ma porte,
Dira : « Le roy est revenu
En sa santé très-bonne et forte! »
Alors sa sœur, plus mal que morte,
Courra baiser le messager
Qui telles nouvelles apporte :
Que son frère est hors de danger!

Marguerite vint s'embarquer à Aigues-Mortes, descendit à Barcelone et arriva enfin à Madrid. L'empereur sortit de son palais pour aller à la rencontre de cette princesse, et il l'accompagna chez le roi, qui à la vue de sa sœur reprit tout à fait courage[1]. François Ier disait souvent que *sans elle il estoit mort, dont il lui avoit ceste obligation qu'il reconnoistroit à jamais et l'en aimeroit*[2]. En effet, il recouvra bientôt la santé avec l'espoir de retourner dans ses États, grâce à l'intervention de Marguerite. Celle-ci ne tarda pas à rejoindre l'empereur à Tolède. Elle s'était fait suivre de Philippe de Villiers, grand maître de l'ordre de Saint-Jean de Jérusalem, que le siège de Rhodes, héroïquement soutenu contre les Turcs pendant plusieurs mois de blocus et d'assauts, avait couvert de gloire. Elle entama sur-le-champ des pourparlers avec Charles-Quint, sous les auspices de l'illustre grand maître : elle offrit une somme considérable, en dehors des offres qui avaient déjà été faites; elle insista pour que la sœur de l'empereur, Madame Éléonore d'Autriche, fût accordée en mariage au roi, qui était veuf depuis un an, et déclara qu'elle était prête à épouser elle-même le connétable de Bourbon, à qui l'empereur avait promis la main de sa propre sœur. Ces nouvelles propositions n'eurent pas plus de succès que les autres.

Désespérée de n'avoir pu rien terminer avec Charles-Quint, Marguerite revint à Madrid pour faire ses adieux à son frère, et elle lui conseilla de se soustraire par la fuite à une captivité dont on ne prévoyait plus le terme. Un plan d'évasion fut même arrêté entre eux : aussitôt après le départ de Marguerite, le roi devait se noircir le visage, prendre le costume d'un nègre qui le servait dans sa prison, et s'échapper de l'Alcazar sous ce déguisement;

---

1. Sandoval, *Historia de la vida y hechos del emperador Carlos V.*
2. Brantôme, *Dames illustres.*

mais un de ses valets de chambre fit échouer son projet
de fuite en le dénonçant à l'empereur, qui ordonna seulement de chasser le nègre, et qui ajouta cette phrase
conditionnelle au sauf-conduit de la duchesse d'Alençon :
*Pourvu qu'elle n'ait rien fait contre l'empereur et au préju-
dice de la nation*[1]. François Ier se vit gardé plus étroite-
ment et séparé de ses plus fidèles serviteurs. Marguerite
alla trouver Charles-Quint et lui parla *si bravement et si
honnestement aussi sur ce mauvais traitement qu'il en fust
estonné.* Elle lui dit, entre autres menaces, que, si le roi
venait à mourir en Espagne, *sa mort n'en demeureroit
impunie, ayant des enfants qui quelques jours deviendroient
grands, qui en feroient la vengeance signalée.* « Ces paroles,
prononcées si gravement et de si grosse colère, donnè-
rent à songer à l'empereur, si bien qu'il se modéra et visita
le roi, et luy promit force belles choses qu'il ne tint pourtant pas pour ce coup. Or, si elle parla bien à l'empereur,
elle dit encore pis à son conseil, où elle eut audience, là
où elle triompha de bien dire et bien haranguer, et avec
une bonne grâce dont elle n'estoit point dépourvue[2]. »

Néanmoins les conseillers de Charles-Quint le poussè-
rent à un acte déloyal envers cette grande princesse,
qui fut secrètement avertie qu'on devait, à l'expiration du
délai de son sauf-conduit, la retenir prisonnière en Espagne, du moins jusqu'à ce que le roi eût cédé sur les hon-
teuses conditions qu'on lui imposait pour sa délivrance.
Mais François Ier feignit de se résigner à une captivité
perpétuelle plutôt que de souscrire à son déshonneur, et,
pour faire mieux croire qu'il se préparait à rester longtemps éloigné de son royaume, il data de Madrid un édit

---

1. Sandoval.
2. Brantôme.

par lequel, en cas de maladie ou de mort de sa mère, il associait ou substituait à la régence sa *très-chère* et *très-aimée sœur*, avec les mêmes pouvoirs, commandement et autorité qu'il avait confiés à Louise de Savoie. Le terme du séjour de Marguerite sur les terres de l'empereur approchait, et les fêtes au milieu desquelles on espérait l'endormir jusqu'à la fin de novembre continuaient toujours : « Elle, toute courageuse, monte à cheval, fait des traites en huit jours qu'il en falloit bien pour quinze, et s'esvertua si bien qu'elle arriva sur la frontière de France le soir bien tard du jour que le terme de son passeport expiroit[1]. » L'empereur comprit qu'il n'obtiendrait rien de l'obstination du roi, fortifiée par l'habile politique de Marguerite, et dès lors il se montra moins exigeant à l'égard de son prisonnier, qui fut enfin remis en liberté et rendu à la France.

Le mariage de la duchesse d'Alençon avec le connétable de Bourbon rencontra des obstacles insurmontables. François Ier, afin de mettre à néant ce projet d'alliance qui l'indignait, s'empressa de choisir un autre mari pour sa sœur, et lui fit épouser, à Saint-Germain-en-Laye, le 24 janvier 1527, Henri d'Albret, deuxième du nom, fils de Jean, roi de Navarre, et de Catherine de Foix, auxquels Ferdinand d'Aragon avait enlevé une partie de leurs États sous le règne de Louis XII. Dans le contrat, François Ier s'engageait à sommer l'empereur de restituer ces États à Henri d'Albret, et, au besoin, à les reconquérir par la force des armes contre l'usurpateur ; de plus, il assignait en dot à Marguerite les duchés d'Alençon et de Berri, les comtés d'Armagnac, du Perche, et généralement toutes les seigneuries qu'elle possédait du fait de

---

1. Brantôme.

son premier mari, ou bien à titre d'apanage[1]. Henri
d'Albret ne manquait pas absolument des qualités néces-
saires à un prince : il était brave, il avait à cœur de bien
gouverner son petit royaume et d'être aimé de ses sujets;
mais il n'avait aucune des qualités qui font le bonheur
d'une femme, car il était dur, mélancolique, brutal,
jaloux. Cette union fut donc souvent troublée par des
divisions intestines qui eurent même un fâcheux éclat à
la cour et qui exigèrent plus d'une fois l'intervention de
François Ier. Des deux enfants sortis de ce mariage, le
premier, nommé Jean, mourut en 1530, à l'âge de deux
ans, et le second, qui était une fille, née en 1529, fut
cette illustre Jeanne d'Albret qui exerça tant d'influence
sur les événements politiques de son temps et qui eut
pour fils Henri IV.

Marguerite, quoique vivant mal avec son mari, ne le
seconda pas avec moins de zèle dans ses efforts pour
améliorer la situation intérieure du Béarn. Le pays était
inculte et stérile par la négligence des habitants; ils y attirè-
rent de bons laboureurs choisis dans différentes provinces
de France, et ils y propagèrent, par ce moyen, les meilleures traditions de l'agriculture, en centuplant la richesse
du sol; ils fondèrent et embellirent des villes, bâtirent et
ornèrent des châteaux, notamment celui de Pau, qu'ils
avaient entouré de jardins magnifiques; réformèrent la
législation coutumière du *fors d'Oleron,* créèrent une
chambre de justice pour les appels en dernier ressort,
et ouvrirent à la fois toutes les sources de la prospé-
rité publique. Henri d'Albret ne fit aucune tentative
pour reprendre la Navarre, car le roi son beau-frère,
qui eut toujours trop d'ennemis sur les bras, ne put em-

---

1. *Histoire générale de la Maison de France,* t. I.

ployer une armée à cette expédition, que la puissance de Charles-Quint rendait impossible; mais le roi de Navarre s'appliqua du moins à ne rien perdre des domaines qui lui restaient, et, pour les défendre contre les invasions des Espagnols, il couvrit de places fortes les frontières du Béarn et mit Navarreins en état de soutenir un long siége. Marguerite eut part à tous ces actes de sage gouvernement[1], et elle recueillit, en récompense, l'affection des Béarnais, qui la voyaient avec joie tenir sa cour à Pau et à Nérac.

Cette cour rivalisait avec celle de France par le choix remarquable des personnes qui la composaient : c'étaient les dames les plus renommées en beauté et en esprit; c'étaient les gentilshommes les mieux faits et les mieux enlangagés; c'étaient surtout des savants, des poètes, des musiciens, des peintres, toute une brillante élite d'artistes et de littérateurs que Marguerite nourrissait et protégeait d'une main royale. Ses valets de chambre, le gentil Clément Marot, le satirique Bonaventure Des Periers, l'élégant traducteur Claude Gruget, Antoine Du Moulin, De la Haye, etc., avaient fait surnommer sa chambre un vrai Parnasse. Tout y retentissait de musique, de vers, d'ingénieux entretiens et de joyeux devis; chacun rimait, chantait, parlait, contait à son tour. Or il y avait entre ces esprits excellents un lien commun, plus fort et plus étroit que celui de l'amour des lettres et des arts : cette cour était le foyer de la réforme religieuse, ou plutôt philosophique, qui devait aboutir au calvinisme, en s'éloignant de son but et aussi de ses premiers apôtres. Marguerite, entraînée par cette curiosité inquiète et par ce doute perpétuel qui la pous-

---

1. Hilarion de Coste, *Éloge des Dames illustres*.

saient vers les choses nouvelles et inconnues, embrassa
d'abord avec sympathie les idées et les espérances des
philosophes, tels que Rabelais, Étienne Dolet, Bonaventure Des Periers, qu'on nomma plus tard *athées* ou
libertins, et en même temps elle écoutait avec un égal
enthousiasme les leçons pieuses de Roussel, de Calvin,
de Le Fèvre d'Étaples, qui n'étaient que des prédicateurs
évangéliques.

Le dernier, dont la longue carrière avait été consa-
crée à la recherche de la vérité, eut surtout l'estime et
la confiance de Marguerite, qui l'aimait et le respectait
comme un père. Le Fèvre d'Étaples, parvenu à l'âge de
cent et un ans, ne se reprochait rien dans toute sa vie,
si ce n'est de s'être tenu éloigné *des lieux où se distri-
buaient les couronnes des martyrs,* et d'avoir toujours
évité la mort que tant de personnes souffraient pour
l'Évangile. Un jour, en 1536, comme il se laissait aller
à ces regrets en présence de la reine de Navarre, qui
était à table avec lui, elle le consola si bien qu'il s'écria :
« Il ne me reste donc plus que d'aller à Dieu que je
sens qui m'appelle ! » Puis, jetant les yeux sur elle, il
ajouta : « Madame, je vous fais mon héritière. Je donne
mes livres à Me Girard Le Roux ; ce que je possède et
mes habits aux pauvres ; je recommande le reste à Dieu.
— Que me reviendra-t-il donc de votre succession ? —
Le soin de distribuer ce que j'ai aux pauvres. — Je le
veux, répliqua-t-elle, et je vous jure que j'ai plus de
joie de cela que si le roi mon frère m'avait faite son
héritière. » Il dit adieu à la reine et aux autres convives,
en se levant pour aller prendre quelque repos ; il se coucha
et rendit l'âme aussi doucement que s'il se fût endormi [1].

---

1. *Bibliot. françoise* de La Croix du Maine, article MARGUERITE,
note de Falconnet, édit. de 1772.

Dès les premières persécutions contre les luthériens, en 1523, Marguerite s'était déclarée ouvertement leur avocate, sinon leur complice, et ceux-ci la regardèrent alors comme *suscitée de Dieu pour rompre, autant que faire se pouvoit, les cruels desseins d'Antoine Duprat, chancelier de France, et des autres incitant le roy contre ceux qu'ils appeloient hérétiques.* Elle fit sortir de prison, malgré la Sorbonne et l'inquisiteur de la foi, son poète Clément Marot, accusé d'avoir mangé du lard en carême; elle s'efforça de sauver le malheureux Berquin, qui, par son entêtement fanatique, rendit inutile cette puissante intervention auprès de ses juges; elle détourna plusieurs fois des censures et des accusations prêtes à frapper les livres et les auteurs soupçonnés d'hérésie. Bien plus, elle offrait une retraite dans sa principauté de Béarn à ceux qui étaient poursuivis et menacés. Roussel, Calvin, Le Fèvre d'Étaples, s'y réfugièrent auprès d'elle. « Cette douce princesse n'eut rien plus à cœur, pendant neuf ou dix ans, qu'à faire évader ceux que le roi vouloit mettre aux rigueurs de la justice. Souvent elle lui en parloit, et à petits coups taschoit d'enfoncer dans son âme quelque pitié des luthériens [1]. »

Elle avait fait traduire en langue vulgaire les prières de l'Église, par Guillaume Parvi, docteur de Sorbonne, évêque de Senlis et confesseur du roi; elle mit entre les mains de François Ier ce missel français, et elle le répandit à la cour, qui faillit adopter, à son exemple, la *messe à sept points* et la *messe en français*, double hérésie bientôt réprimandée par la Sorbonne et prohibée par arrêt du Parlement. Marguerite avait, en outre, composé elle-même un poème mystique sous le titre : *le*

---

1. Florimond de Rœmond, *Histoire de l'Hérésie.*

Miroir de l'âme pécheresse, avec cette épigraphe empruntée au Psalmiste : « Seigneur Dieu, crée en moi un cœur net ! » Elle l'avait fait imprimer dans sa ville d'Alençon, en 1531, par Simon Dubois. La réimpression de ce traité de morale, faite deux ans après à Paris, fut censurée par les Sorbonnistes comme renfermant des propositions et des tendances contraires à la religion catholique romaine. Mais, par ordre du roi, Nicolas Cop, recteur de l'Université, désavoua cette censure et l'excusa néanmoins, en disant que le livre avait paru sous le voile de l'anonyme et sans l'approbation de la Faculté de théologie. Le fougueux Noël Beda, qui osa signer la condamnation de l'ouvrage de la sœur du roi, avait tellement échauffé les esprits contre la protectrice des sectaires que les écoliers du collége de Navarre, de concert avec leurs régents, jouèrent une farce dans laquelle Marguerite était transformée en *Furie d'enfer*. François Iᵉʳ ne pouvait souffrir qu'on insultât publiquement sa *mignonne* : il envoya des archers de sa garde pour arrêter les coupables, et ceux-ci, élèves et maîtres, repoussèrent à coups de pierres les gens du roi. Ils n'obtinrent leur pardon qu'aux instances de la généreuse princesse qu'ils avaient représentée sous les traits d'une Furie[1].

Elle aurait peut-être gagné à la cause de la Réforme François Iᵉʳ lui-même, qui se laissait entourer des partisans de ces *novelletés* et qui leur prêtait une oreille favorable, si l'*affaire des placards* n'eût contraint le roi de se proclamer le vengeur et l'appui du catholicisme dans son royaume. Une nuit du mois de novembre 1534, des

---

1. Théodore de Bèze, *Histoire ecclésiastique des Églises réformées.*

placards injurieux contre l'Eucharistie furent affichés aux
portes des églises et dans les rues de Paris. François Ier
eut la faiblesse de satisfaire à l'indignation du peuple,
en sacrifiant six luthériens qui furent brûlés vifs sur la
place de l'Estrapade, et en prenant l'engagement so-
lennel d'anéantir les hérétiques, dans le temps même
qu'il négociait secrètement avec les protestants de la
Ligue de Smalkalde, et lorsqu'il paraissait disposé à entendre la parole du grand Mélanchthon. Dès ce moment, le crédit de la reine de Navarre ne fut plus suffi-
sant pour couvrir ses amis; elle leur conseilla seulement
d'aller se cacher en Béarn, et, pendant que Rabelais,
Marot, Dolet, Des Periers, échappaient aux poursuites
de l'inquisition sorbonique, elle eut besoin de compter
sur la tendresse de son frère pour oser demeurer elle-
même à la cour de France, où ses ennemis triomphants
voulaient la perdre ou l'abreuver de chagrin. « Le connestable de Montmorency, en sa plus grande faveur, discourant de ce faict un jour avec le roy, ne fit difficulté
ni scrupule de lui dire que, s'il vouloit bien exterminer
les hérétiques de son royaume, il falloit commencer à sa
cour et à ses plus proches, lui nommant la reyne sa
sœur. A quoy le roy respondit : « Ne parlons pas de
« celle-là, elle m'aime trop; elle ne croira jamais que ce
« que je croiray, et ne prendra jamais de religion qui
« préjudicie à mon Estat [1]. »

Marguerite était vraiment attachée à la religion de
Luther; « mais, pour le respect et amour qu'elle portoit
au roy son frère, qui l'aimoit uniquement et l'appeloit
toujours sa *mignonne*, elle n'en fit jamais aucune profes-
sion ni semblant; et, si elle la croyoit, elle la tenoist

---

1. Brantôme.

tousjours dans son âme fort secrète, d'autant que le roy la haïssait fort ». Ce changement dans sa conduite, qui lui fut imposé par les embarras de sa position tant qu'elle resta en butte aux malignités de ses ennemis à la cour de France, n'indiquait pas que ses croyances eussent changé; son exemple eut pourtant de graves consé-quences. « Le plus grand mal fut que la plus part des grands commença lors de s'accommoder à l'humeur du roy, et peu à peu s'esloignèrent tellement de l'estude des saintes lettres que finalement ils sont devenus pires que tous les autres; voire mesme la reyne de Navarre commença de se porter tout autrement, se ployant aux idolastries comme les autres, non pas qu'elle approuvast telles superstitions en son cueur, mais d'autant que Ruffi (c'est le même que Roussel) et autres semblables lui persuadoient que c'estoient choses indifférentes[1]. » Elle se vit ainsi exposée aux défiances et aux injustes ré-criminations de ceux-là mêmes qui lui devaient dix ans de tolérance et d'impunité.

Mais, aussitôt qu'elle se fut retirée dans sa principauté de Béarn, elle ne dissimula plus ses opinions religieuses : elle avait alors auprès d'elle Calvin, Marot et autres no-vateurs, qui toutefois ne se crurent point en sûreté à la cour de Pau et qui passèrent bientôt en Piémont, car ils se défiaient des intentions du roi de Navarre à leur égard. Celui-ci, d'ailleurs, gardait rancune à Marot, que la poésie avait peut-être mené trop avant dans les bon-nes grâces de Marguerite, et qui, en tous cas, affichait indiscrètement l'estime particulière qu'on n'accordait qu'à sa *belle science*. Certes, il fallait que Clément Marot fût bien certain de ne pas déplaire à la reine de Na-

---

1. Théodore de Bèze.

varre, en se déclarant son favori, pour oser lui adresser
les vers suivants :

> *Tous deux aymons gens pleins d'honnesteté,*
> *Tous deux aymons honneur et netteté,*
> *Tous deux aymons à chascun ne medire,*
> *Tous deux aymons un meilleur propos dire,*
> *Tous deux aymons à nous trouver en lieux*
> *Où ne sont point gens mélancolieux,*
> *Tous deux aymons la musique à chanter,*
> *Tous deux aymons les livres fréquenter :*
> *Que diray plus? Ce mot-là dire j'ose :*
> *Je te diray que, presque en toute chose,*
> *Nous ressemblons, fors que j'ay plus d'esmoy*
> *Et que tu as le cœur plus dur que moy.*

Henri d'Albret, offensé des relations presque fami-
lières qui existaient entre la reine et ses domestiques [1],
la traitoit très-mal, et eust encore fait pis, sans le roy
François, son frère, qui parla bien à lui, le rudoya fort et
le menaça pour honorer sa femme et sa sœur, veu le rang
qu'elle tenoit [2]. Un jour, ayant été averti qu'on faisait le
prêche dans la chambre de Marguerite, « il y entra, ré-
solu de chastier le ministre, et, trouvant que l'on l'avoit
fait sauver, les ruines de sa colère tombèrent sur sa
femme, qui en reçut un soufflet, luy disant : *Madame,*

---

1. Sans admettre, sur la foi de la tradition, que la reine de
Navarre soit la *Marguerite* célébrée dans les poésies de Clément
Marot, qui l'appelle sa *sœur d'alliance*, on est forcé de recon-
naitre, au ton des vers qu'ils s'adressaient l'un à l'autre, l'exis-
tence d'une grande familiarité entre eux.

2. Brantôme.

vous en voulez trop savoir ! et en donna aussitost advis au
roy François [1] ». Le roi répondit sans doute de manière
à faire respecter sa sœur et à inspirer à ce mari brutal la
crainte des représailles, car Henri d'Albret ne s'arrogea
plus le droit de tyranniser les croyances de sa femme.

Marguerite eut le pouvoir de l'amener par degrés à
prendre part aux pratiques extérieures qu'elle suivait en
dehors de la religion catholique ; elle lui persuada de
lire la Bible, de chanter des psaumes, d'écouter le prêche,
et enfin d'assister à la *cène*, qui, dit-on, avait lieu dans
les souterrains du château de Pau [2]. Le roi de Navarre
parut un moment se poser en protecteur des religion-
naires. Marguerite continuait à se pénétrer de la lecture
des livres saints, et elle avait une foi si ardente dans les
divines consolations de cette lecture qu'elle disoit à son
historiographe Bertrand Élie « qu'il ne laissast aucun
jour sans avoir attentivement vaqué à la lecture de quelques pages de ce livre sacré, qui, arrosant nos âmes de
la liqueur céleste, nous sert de fidèle préservatif contre
toutes sortes de maux et tentations diaboliques [3] ». Son
enthousiasme pour la Bible se révélait par une foule de
chansons et de poésies spirituelles, qu'elle composait sur
des textes de l'Ancien et du Nouveau-Testament ; elle
emprunta même à l'Évangile les sujets de quatre *comédies* [4], semblables aux vieux mystères, qu'elle fit repré-
senter dans son palais par des comédiens et des chan-
teurs italiens, en présence de toute sa cour, qui applaudit
à ces espèces de prêches dramatiques. Quant aux prêches

---

1. Brantôme.
2. Florimond de Rœmond.
3. Olhagaray, *Histoire de Foix, Béarn et Navarre.*
4. Elles sont imprimées dans les *Marguerites de la Marguerite.*

ordinaires, ils étaient faits avec moins d'éclat par Roussel,
qu'elle avait nommé évêque d'Oléron, et par un carme
défroqué, nommé Solon, qui ne se recommandait guère
par ses mœurs : ces prêches, il est vrai, ne proclamaient
pas la Réforme de Luther ni de Calvin, mais ils élevaient
toujours au-dessus des dogmes de l'Église romaine *la
pure intelligence de l'Évangile* [1].

Les ennemis de Marguerite recommencèrent leurs
plaintes et leurs injures contre elle; le gardien des cordeliers d'Issoudun eut l'audace de dire en chaire qu'elle
était luthérienne, et qu'elle méritait ainsi d'être enfermée
dans un sac et jetée à l'eau. Ces insolentes paroles furent
rapportées au roi, qui ordonna que le moine serait puni
du même supplice qu'il avait jugé bon pour la reine de
Navarre. Mais la populace, ameutée, empêcha le lieutenant criminel d'Issoudun, Denis du Jon, de se saisir
du coupable, jusqu'à ce que, sur un nouvel ordre du roi,
le moine fut tiré de son cloître et envoyé aux galères.
C'était à l'intercession de Marguerite qu'il devait la vie;
et le lieutenant criminel qui l'avait arrêté s'attira par là
tant de haines à Issoudun qu'il se vit obligé de s'enfuir
de cette ville comme suspect d'hérésie, et qu'il serait
mort de misère si la généreuse Reine de Navarre ne
l'eût aidé à subsister. Plus tard, ce magistrat, de retour
à Issoudun, y fut massacré par le peuple, qui ne lui par-
donnait pas d'avoir porté la main sur un cordelier pour
la défense de la sœur du roi [2].

François Ier, que les cardinaux d'Armagnac et de
Grammont avaient instruit des comédies saintes, des
prêches et des dispositions hérétiques de la petite cour

---

1. Florimond de Rœmond.
2. François Junius, *De Vita sua*.

de Marguerite, manda cette princesse, qui se mit en
route sur-le-champ avec le seigneur de Burie, gouverneur de Guienne. Dès son arrivée, le roi la gronda fort ;
mais, comme elle *répondit en catholique*, il la crut, de
préférence à tous ceux qui l'accusaient de luthéranisme.
Depuis ce voyage à la cour de France, Marguerite
sembla renoncer à l'exercice d'un culte qu'elle professait
toujours au fond du cœur ; elle se contenta d'encou-
rager Marot, qui était revenu d'exil, à traduire en vers
français les Psaumes de David, d'après la version litté-
rale du docte Vatable, et elle fit d'abord accepter par les
catholiques les plus scrupuleux ces *psalmes*, qu'on chantait partout, à l'instar des branles de Poitou et des noëls
bourguignons. Mais la Faculté de théologie censura
l'œuvre de Marot, comme *infidèle* et sentant l'hérésie.
Le poëte, pour éviter encore une fois le bûcher, l'estrapade ou la prison perpétuelle, s'en alla compléter sa
traduction à Genève, où Calvin ne dédaigna pas de la
publier lui-même et de l'accompagner de musique pour
la mettre à l'usage de l'Église réformée. Marguerite,
voyant que son frère ne pouvait et ne voulait arrêter la
réaction catholique contre les réformateurs, cessa tout à
fait de persévérer dans une voie qui eût été funeste à ses
amis, au lieu de leur être favorable : elle n'abandonna
aucune de ses convictions en matière de religion, mais
elle ne les étala plus en public ; et, tout en conservant
un commerce de lettres assidu avec Calvin, elle se montra presque *papiste :* elle se confessait à François Le
Picard, docteur en théologie, doyen de Saint-Germain-
l'Auxerrois, et communiait, de la main de ce dévot personnage, à l'église des Blancs-Manteaux, où sa piété
faisait l'édification des fidèles. Mais elle s'occupait surtout de bonnes œuvres et de fondations pieuses : elle
dota richement les hôpitaux d'Alençon et de Mortagne,

distribua des sommes considérables aux pauvres, et fonda
l'hospice des Enfants-Rouges, à Paris, où l'on nourrissait
et élevait des petits orphelins, qu'elle avait surnommés
les enfants de Dieu le Père [1].

Sa charité chrétienne n'alla pas cependant jusqu'à par-
donner au connétable Anne de Montmorency, qui avait
cherché à la brouiller avec le roi : elle poursuivit au
contraire de tous ses efforts la disgrâce et le bannisse-
ment de ce puissant favori. Le jour où la princesse de
Navarre, Jeanne d'Albret, à peine âgée de douze ans,
fut fiancée au duc de Clèves, à Châtellerault (le 15 juillet
1540), « ainsi qu'il la fallut mener à l'église, d'autant
qu'elle estoit chargée de pierreries et de robe d'or et
d'argent, et pour ce que, pour la foiblesse de son corps,
n'eust su marcher, le roy commanda à M. le connestable de prendre sa petite-nièce au col et la porter à l'é-
glise : dont toute la cour s'estonna fort, pour estre une
charge peu convenable et honorable en telle cérémonie
pour un connestable, et qu'elle se pouvoit bien donner
à un autre ; de quoy la reyne de Navarre n'en fut nullement desplaisante, et dit : « *Voila celuy qui me vouloit
ruiner autour du roy mon frère, qui maintenant sert à
porter ma fille à l'église* » ; et le connestable en eut un
grand despit pour servir d'un tel spectacle à tous, et
commença à dire : « *C'est fait désormais de ma faveur,
adieu lui dis !* » Comme il arriva : car, après le festin et
dîner des nopces, il eut son congé et partit aussitost [2] »

Ce mariage de la princesse de Navarre fut déclaré nul
peu de temps après, et ce n'est qu'en 1548 qu'elle
épousa Antoine de Bourbon, duc de Vendôme, qui de-

---

1. Bayle, *Dictionn. histor.*, articles MAROT et NAVARRE.
2. Brantôme.

vint roi de Navarre après la mort de son beau-père, en
1555. Marguerite devait précéder son mari dans la
tombe et y être devancée par son frère, qu'elle perdit le
31 mars 1547.

Cette perte plongea dans le deuil le peu de jours
qu'elle avait encore à vivre. Elle ne songea plus à terminer le recueil de Nouvelles qu'elle composait dans sa
litière *en allant par pays*, et qu'elle dictait à une de ses
dames d'honneur. Nouvelles souvent facétieuses et di-
vertissantes, toujours narrées avec art dans un charmant
style, tellement célèbres et répandues, du vivant même
de Marguerite, qu'on les trouvait manuscrites dans toutes
les bibliothèques des dames de la cour. Ainsi resta inachevé l'*Heptaméron*, qui aurait eu le titre de *Décaméron*,
et qui, à l'exemple de celui de Boccace, devrait renfer-
mer cent Nouvelles en dix Journées. Marguerite aimait
les contes, et on lui attribue, avec quelque apparence
de raison, ceux de Bonaventure des Periers, qui parais-
sent venir de la même main que les plus jolis de l'*Heptaméron*. Sa réputation de conteuse était si bien établie
à la cour que « la reine mère et madame de Savoie, estant jeunes, se voulurent mesler d'en escrire des nouvelles
à part, à l'imitation de la reine de Navarre, sçachant
bien qu'elle en faisoit ; mais, quand elles eurent veu les
siennes, elles eurent si grand despit des leurs, qui n'ap-
prochoient nullement des autres, qu'elles les jetèrent dans
le feu et ne les voulurent mettre en lumière ». Marguerite, qui se sentait proche de la mort, qu'elle redoutait,
avait renoncé à la poésie, comme aux vanités du monde ;
mais son valet de chambre, Jean de La Haye, dit Sylvius,
obtint d'elle l'autorisation de rassembler et de faire imprimer, en 1547, ses œuvres poétiques, sous le titre de
*Marguerites de la Marguerite des princesses, très-illustre
Royne de Navarre*. Ce recueil, où l'on distingue tant de

jolies pièces qui ne le cèdent pas aux meilleures de Marot et de Saint-Gelais, fut publié avec une dédicace à la fille unique de la reine de Navarre, qui ne vécut point assez pour voir aussi la publication de son *Heptaméron*, que Pierre Boaistuau, dit Launay, ne se permit pas de faire paraître avec le nom de l'auteur.

Celle-ci se concentrait alors dans une dévotion tout ascétique : on prétend qu'elle eut la singulière idée de convertir Calvin et qu'elle lui écrivit en ce sens ; elle se retira, pendant un carême entier, au couvent de Tusson, en Angoumois, et là elle se plaisait à chanter au chœur avec les religieuses et à tenir le rang de l'abbesse ; mais, malgré ses lectures et ses méditations, elle ne parvenait pas à se familiariser avec la pensée de la mort ; elle répondait même en esprit fort aux gens d'Église qui lui parlaient d'une autre vie : « Tout cela est vrai, mais nous demeurons bien longtemps morts en terre avant que de venir là ! » Son esprit, si éclairé et si intelligent d'ailleurs, était troublé à un tel point, par une vague inquiétude au sujet de l'état de l'âme après la mort, qu'elle cherchait dans la superstition même le mot de cette énigme éternelle.

« J'ay ouï conter d'elle, dit Brantôme, qu'une de ses filles de chambre, qu'elle aimoit fort, estant près de la mort, elle la voulut voir mourir ; et, tant qu'elle fut aux abois et au rommeau de la mort, elle ne bougea d'auprès d'elle, la regardant si fixement au visage que jamais elle n'en osta le regard jusques après sa mort. Aucunes de ses dames plus privées lui demandèrent à quoy elle amusoit sa vue sur cette créature trespassante : elle respondit qu'ayant tant ouï discourir à tant de savans docteurs que l'âme et l'esprit sortoient du corps aussitost qu'il trespassoit, elle voulut voir s'il en sortiroit quelque vent ou bruit, et le moindre résonnement du

monde, au desloger ou sortir, mais qu'elle n'y avoit rien
aperçu ; et disoit une raison qu'elle tenoit des mesmes
docteurs : que, leur ayant demandé pourquoy le cygne
chantoit ainsi avant sa mort, ils luy avoient respondu que
c'estoit pour l'amour des esprits qui travaillent à sortir
par son long col ; pareillement, se disoit-elle, vouloit
voir sortir ou sentir résonner et ouïr ceste âme ou celuy
esprit ce qu'il faisoit à son desloger. »

L'heure de sonder ce grand mystère était arrivée pour
elle ; sa maladie fut causée par le froid qu'elle prit en
observant une planète, *qui paraissoit alors sur la mort
du Pape Paul III, et elle-mesme le cuidoit ainsi ; mais possible pour elle paroissoit.* La bouche lui tourna aussitôt,
et son médecin, M. d'Escuranis, qui s'en aperçut, se
flatta en vain de triompher de ce *catharre* ou apoplexie,
qui l'enleva au bout de huit jours. N'espérant plus de
guérison, « elle reconnut sa faute et se retira du préci-
pice où elle estoit quasi tombée, reprenant sa première
piété et dévotion catholique, avec protestation jusqu'à
sa mort qu'elle ne s'en estoit jamais séparée et que ce
qu'elle avoit fait pour eux (les Réformés) procédoit plu-
tost de compassion que d'aucune mauvaise volonté
qu'elle eust à l'ancienne religion de ses péres. » Elle
rendit l'âme en embrassant la croix qu'elle avait sur son
lit, et après avoir reçu l'extrême-onction, que lui admi-
nistra un cordelier nommé Gilles Gaillau. Ainsi mourut
cette grande princesse, au château d'Odos, près de
Tarbes, en Gascogne, le 21 décembre 1549 [1]. Elle fut
inhumée dans la cathédrale de Pau.

Les savants et les poëtes dont elle s'était entourée

---

1. Les historiens ne sont d'accord ni sur la date ni sur le lieu
de sa mort. Voyez le *Dictionnaire historique* de Bayle.

avec empressement, et qui se trouvaient tous plus ou
moins redevables à ses bienfaits, déplorèrent sa mort
dans une foule de discours et de pièces de vers funèbres.
Charles de Sainte-Marthe, lieutenant criminel d'Alençon et maître des requêtes de la feue reine, écrivit son
éloge en latin (*In obitum Margaritæ Navarrorum re-
ginæ oratio funebris*. Paris, 1550, in-4°) et le traduisit lui-
même en français. Un hommage plus flatteur encore pour
la mémoire de Marguerite fut celui que lui rendirent trois
illustres sœurs anglaises, Anne, Marguerite et Jeanne
de Seymour, qui composèrent en son honneur plus de
cent distiques latins, que traduisirent à l'envi les premiers poëtes de l'époque, et que fit paraître Nicolas
Denisot (dit le *comte d'Alsinois*) sous ce titre : *le Tombeau de Marguerite de Valois, royne de Navarre, faict
premièrement en distiques latins par les trois sœurs princesses en Angleterre, et traduictz en grec, italien et françois
par plusieurs des excellentz poëtes de la France*. Paris,
Fezendat, 1551, in-8°.

Parmi toutes ces épitaphes louangeuses, nous en choi-
sirons une seule, que Nicolas Denisot a mise sous le
nom de sa femme Valentine, et qu'une noble simplicité
fait distinguer au milieu de tant de paroles vides et am-
poulées :

> *Musarum decima et Charitum quarta, inclyta regum
> Et soror et conjux, Margaris illa jacet.*

Ronsard a consacré aussi plusieurs morceaux lyriques
à célébrer, du ton de Pindare, la dixième Muse et la
quatrième Grâce ; mais ces odes obscures et bizarres ne
valent pas 'cette délicieuse églogue qui dit mieux, à
moins de frais, et qui n'eût pas été désavouée par Marguerite elle-même :

Comme les herbes fleuries
Sont les honneurs des prairies,
Et des prez les ruisselets,
De l'orme la vigne aimée,
Des bocages la ramée,
Des champs les bleds nouvelets :

Ainsi tu fus, ô Princesse !
(Ainçois plustost, ô déesse !)
Tu fus la perle et l'honneur
Des princesses de nostre asge,
Soit en splendeur de lignage,
Soit en biens, soit en bonheur.

Il ne fault point qu'on te fasse
Un sépulcre qui embrasse
Mille thermes en un rond,
Pompeux d'ouvrages antiques,
Et brave en piliers doriques
Eslevés à double front.

L'airain, le marbre et le cuivre
Font tant seulement revivre
Ceulx qui meurent sans renom,
Et desquels la sépulture
Presse sous mesme closture
Le corps, la vie et le nom ;

Mais toy, dont la Renommée
Porte d'une aisle animée
Par le monde les valeurs,
Mieulx que ces pointes superbes
Te plaisent les douces herbes,
Les fontaines et les fleurs.

Plus de trois ans avant la mort de Marguerite de Navarre, Rabelais lui avait déjà fait une sorte d'épitaphe allégorique, en forme de dédicace, placée au devant du III° livre de *Pantagruel*, comme une égide capable de conjurer les fureurs des méchants et des sots :

FRANÇOIS RABELAIS

A L'ESPERIT DE LA ROYNE DE NAVARRE.

Esprit abstraict, ravy et extatic,
Qui, fréquentant les Cieux, ton origine,
As délaissé ton hoste et domestic,
Ton corps concord, qui tant se morigine,
A tes édicts en vie pérégrine,
Sans sentement et comme en apathye ;
Voudrois-tu point faire quelque sortye
De ton manoir divin, perpétuel,
Et cy-bas veoir une tierce partie
Des faicts joyeux du bon Pantagruel ?

PAUL LACROIX.

NOTE BIBLIOGRAPHIQUE

ET ANALYTIQUE

ES Nouvelles de la reine de Navarre parurent pour la première fois, sans le nom de l'auteur, sous le titre suivant : *Histoire des Amans fortunez, dédiée à l'illustre princesse madame Marguerite de Bourbon, duchesse de Nivernois, par Pierre Boaistuau dit Launay*. Paris, G. Gilles, 1558, in-4° de xix et 184 f. Cette édition, la plus rare de toutes, ne contient que 67 Nouvelles, non divisées en Journées, et leur texte, entièrement remanié, présente un grand nombre de variantes qu'on ne peut attribuer qu'à l'éditeur.

La seconde édition (première complète) est intitulée : *L'Heptaméron des Nouvelles de très-illustre et très-excellente princesse Marguerite de Valois, royne de Navarre, remis en son vray ordre, etc... dédié à... Jeanne de Foix* (d'Albret), *royne de Navarre, par Claude Gruget*. Paris, Benoist Prevost, ou Caveillier, ou V. Sertenas, 1559, in-4° de 212 ff., plus 2 ff. non chiffrés pour le privilège, daté du 7 avril 1559. Autres éditions : Paris, V. Sertenas ou G. Robinot, 1560, in-4°; — sans indication de lieu ni nom de libraire, 1560, in-16; — Paris, G. Robinot, ou Gilles Gilles, 1561, in-16; — Lyon, Guill. Roville, 1561, in-16; — Paris, Norment et Bruneau, 1567, in-16; — Lyon, Loys Cloquemin, 1572, in-16; — Paris, Mich. de Roigny, 1574, in-16; — Paris, G. Robinot, 1576 et 1578, in-4°; — Lyon, L. Cloquemin, 1578, in-16; — Paris, Gabr. Buon, 1581, in-16; — Paris, Abel Langelier, 1581, in-16; — Rouen, Romain de Beauvais, 1598, in-12; — Paris, Ch. Chapellain, 1607, in-16; — Hollande, Jacques Bessin, 1698, 2 vol. pet. in-12.

Toutes ces éditions reproduisent avec plus ou moins de fidélité le texte de Boaistuau et de Gruget. Mais les suivantes, dont quelques-unes sont encore recherchées des amateurs à cause des figures, n'offrent qu'une imitation, *en beau langage*, dans laquelle le texte original est plus ou moins rajeuni et plus ou moins défiguré : *Contes et nouvelles de Marguerite de Valois, reine de Navarre, mis en beau langage*. Amsterdam, Gallet, 1698, 2 vol. pet. in-8°, figures attribuées à Romain de Hooge ; — Amsterdam, 1700, in-8°, avec les mêmes figures ; — Amsterdam, Gallet, 1708, 2 vol. in-8°, fig. de J. Hareweyn ; — La Haye (Chartres), 1733, 2 vol. pet. in-12 ; — Londres, 1744, 2 vol. in-12 ; — Berne, 1780-81, 3 vol. in-8°, fig. de Freudenberg. Quelques exemplaires ont des titres refaits en taille-douce à la date de 1792. Le texte de cette édition a été maladroitement retouché par J. Rod. de Sinner. — Paris, 1784, 8 vol. in-18, fig.; — Paris, 1807, 8 vol. in-18 ; — Paris, Bauthereau, 1828, 5 vol. in-32.

L'ancien texte de l'*Heptaméron*, celui que Gruget avait établi dans son édition de 1559, fut négligé et oublié pendant un siècle et demi. Ce n'est qu'en 1841 que nous publiâmes une nouvelle édition de ce texte original dans la Bibliothèque d'élite : Paris, Gosselin, 1841, in-12, et dans un volume du Panthéon littéraire, *les Vieux Conteurs français*. Paris, Desrez, 1841, grand in-8° à 2 colonnes.

Nous disions dans la préface de cette seconde réimpression :

« Les manuscrits de l'*Heptaméron* diffèrent plus ou moins de l'édition de Gruget, qui paraît avoir corrigé le style original, retranché quantité de passages trop violents contre les moines et les prêtres catholiques, changé des contes entiers et mis l'ouvrage inachevé en état d'être publié. Cependant une édition faite sur les manuscrits de la Bibliothèque du roi ne serait pas inutile pour établir le véritable texte de ce livre, que nous n'avons pas encore tel que la reine de Navarre l'a composé, mais qui doit beaucoup aux soins intelligents de ses premiers éditeurs, Pierre Boaistuau et Claude Gruget. » C'était faire appel à un nouvel éditeur; cet appel fut entendu.

Le succès de notre double édition, tirée à un grand nombre d'exemplaires, encouragea la Société des Bibliophiles français à confier à M. Le Roux de Lincy le soin d'une nouvelle édition, dont le texte serait tiré pour la première fois des manuscrits contemporains. M. Le Roux de Lincy s'acquitta de sa tâche avec beaucoup de zèle et de bonheur; il adopta, pour son édition (publiée en 1853, 3 vol. pet. in-8°), le texte du manuscrit qu'il jugea le plus complet, le plus correct et le plus authentique (Bibliothèque nationale, fonds Colbert, nº 7572), et il joignit au texte un commentaire historique, avec une notice sur Marguerite d'Angoulême et beaucoup de documents inédits.

Le cadre de l'*Heptaméron* est très-ingénieux; il appartient à l'auteur, qui s'est inspiré probablement de ses propres souvenirs.

Dans une introduction qu'elle nomme *Préface*, la reine de Navarre suppose que plusieurs personnes s'étaient rendues, le premier jour de septembre, aux bains de Caulderets, dans les Pyrénées. Au bout de trois semaines, vinrent des pluies tellement fortes que « toutes les cabanes et logis dudit Caulderets furent si remplies d'eau qu'il fut impossible d'y demeurer ». Quelques baigneurs sont emportés par la rapidité des torrents qu'ils essayent de franchir; d'autres se réfugient chez des *bandoliers* (bandits), qui les attaquent au milieu de la nuit; d'autres se perdent dans les montagnes et sont dévorés par les ours. Les gentilshommes, dames et damoiselles qui restent encore en vie, après avoir échappé à tant d'accidents, parviennent à se retrouver, au nombre de dix, à l'abbaye de *Notre-Dame de Serrance;* et là, pendant dix jours que doit durer la construction d'un pont qu'on leur bâtit pour traverser le gave béarnais, ils forment le projet de se raconter, entre eux, dix *histoires* par jour, pour passer le temps.

La princesse avait l'intention de faire, comme Boccace, un *Décaméron,* c'est-à-dire cent Nouvelles divisées en *dix Journées;* mais Claude Gruget a donné le nom d'*Heptaméron* au recueil de Marguerite, parce qu'elle n'avait pu achever que *sept Journées* et deux contes de la huitième, ce qui forme un total de soixante-douze Nouvelles. On prétend que les vingt-huit autres n'ont jamais existé, quoique les manuscrits de ce recueil portent quelquefois le titre de *Décaméron,* comme celui qui était dans la bibliothèque du président de Thou, et qui a passé dans la Bibliothèque du roi, aujourd'hui nationale (fonds Colbert, nº 7576).

Des aventures galantes de gentilshommes, de prêtres et de moines; des séductions de jeunes filles encore novices; des stratagèmes ingénieux ou plaisants employés pour tromper les tuteurs et les maris jaloux, voilà quels sont à peu près les thèmes de la plupart des Nouvelles que racontent tour à tour les hôtes de *Notre-Dame de Serrance.* Quelques critiques chagrins et atrabilaires n'ont vu dans cet ouvrage qu'un impur ramas d'aventures obscènes et d'impiétés révoltantes; d'autres, plus modérés, y ont cru remarquer une morale peu sévère, cachée sous une apparence de candeur et de piquante naïveté; d'autres enfin, pour couper court à tout débat, n'ont trouvé rien de mieux que de se ranger de l'avis de ceux qui pensent que l'*Heptaméron* n'a jamais été composé par la reine de Navarre. Mais aucun des accusateurs de Marguerite n'a voulu sans doute prendre la peine de lire les sages réflexions et les graves enseignements que l'auteur a soin de faire découler de la plupart de ses contes, qui sont toujours suivis d'une conversation entre les auditeurs, conversation instructive et souvent édifiante, dans laquelle la vieille dame Oisille, qui sans cesse *donne pâture à son âme de quelque leçon de la sainte Écriture*, ne manque jamais de rappeler le respect dû aux bonnes mœurs et à la religion.

Nous avions pensé d'abord que Marguerite s'était représentée elle-même sous le nom de madame Oisille, car elle n'a pas composé ces contes dans sa jeunesse (*ad juvenilem ætatem*), comme le dit De Thou, mais bien dans un âge mûr, lorsqu'elle eut pris les formes austères du calvinisme, sans altérer toutefois le fond d'aimable enjouement qu'elle avait dans l'esprit; mais nous avons dû changer d'avis après un examen plus attentif du caractère de chacun des *acteurs* de l'*Heptaméron*, et nous nous sommes rangé à l'opinion de M. Le Roux de Lincy, qui reconnaît la mère de Marguerite, la régente Louise de Savoie, dans le personnage de dame Oisille, ou plutôt *Osyle*, anagramme de *Loyse*. C'est ainsi que plusieurs manuscrits écrivent le nom de cette « dame vefve, de longue expérience ». Marguerite d'Angoulême aurait ainsi rendu hommage à la mémoire de sa mère, morte en 1530, c'est-à-dire dix ou douze ans avant la rédaction de l'*Heptaméron* : car beaucoup de passages de ce livre n'ont pu être écrits qu'après 1540, et même la nouvelle LXVI est évidemment postérieure à l'année 1548.

Marguerite n'a pas négligé de se mettre en scène à côté de sa mère, et M. Le Roux de Lincy suppose que c'est elle qui, sous le nom de *Parlamente,* se fait toujours le champion des dames. En effet, cette dame Parlamente, femme d'Hircan, qui *n'étoit jamais oisive ni mélancolique,* et qui explique si bien ce qu'elle entend par *amans parfaits* (épilogue de la nouvelle XIX), offre beaucoup de ressemblance avec la reine de Navarre. M. Le Roux de Lincy signale, dans l'épilogue de la nouvelle X, plusieurs traits qui s'appliquent à Marguerite et à son aventure avec Bonnivet. Le nom de *Parlamente* semble indiquer que cette princesse avait toujours l'esprit combattu et indécis dans toutes les questions de morale et de religion. « Place qui parlamente est à moitié gagnée, » dit malignement un des personnages de la *compagnie*. Si Parlamente n'est autre que Marguerite, Hircan, son mari, sera le roi de Navarre, Henri d'Albret, qui est peint, sous ce nom, tel que nous le voyons représenté allégoriquement dans les *Marguerites de la*

Marguerite, brutal, sensuel et grossier. Le nom d'*Hircan* nous paraît synonyme de *sauvage*, comme si ce cynique personnage était né dans les forêts d'Hyrcanie, *Hircanus*. L'étymologie, qu'on tirerait du latin *hircus*, qui signifie *bouc*, conviendrait également au mari de Parlamente, qui lui dit avec dédain : « Oui bien, vous qui n'aimez que le plaisir ! » M. Le Roux de Lincy se trompe évidemment en voulant retrouver le premier mari de Marguerite, Charles d'Alençon, sous le masque de ce farouche Hircan. Quant aux autres personnages qui racontent et qui parlent alternativement, on peut assurer qu'ils ont existé, et que l'on découvrirait sous les anagrammes de *Nomerfide, Emarsuitte, Dagoucin, Saffredent, Simontault, Guebron* et *Longarine,* les noms, surnoms ou devises des gentilshommes et des dames de la cour de Navarre : car ce recueil fut sans doute composé des Nouvelles racontées réellement par la reine et les personnes de sa cour au château de Pau, ou d'Odos, ou de Nérac, de même que les *Cent Nouvelles nouvelles* avaient été narrées naguère au château de Genappe par le dauphin de France Louis, qui fut Louis XI, et par les officiers de sa maison. M. Le Roux de Lincy n'a hasardé qu'une seule conjecture, à l'égard d'*Ennasuitte* ou *Emarsuitte,* qu'il considère comme étant Anne de Vivonne, veuve du baron de Bourdeille et mère de Brantôme. L'auteur des *Dames galantes* parle, il est vrai, de sa mère, « qui estoit à la royne de Navarre et qui en sçavoit quelques secrets de ses Nouvelles, et qu'elle en estoit l'une des devisantes ». Nous ne voyons pas trop quels rapports établir entre la joyeuse Emarsuitte et Anne de Vivonne, si ce n'est que cette dernière était *dame du corps* de la reine de Navarre dès l'année 1529, et qu'elle devait avoir naturellement quelque chose du genre d'esprit de son fils, à qui elle devait avoir appris tant de particularités secrètes sur les galanteries de l'ancienne cour. Il faut ajouter que c'est elle qui raconte, dans la nouvelle IV, l'aventure de Marguerite avec l'amiral Bonnivet. Nous ne désespérons pas de retrouver la clef des noms déguisés de tous les acteurs de l'*Heptaméron,* lorsque nous posséderons les états de la maison de Marguerite, qu'on n'a pas encore fait sortir des archives de Béarn, et déjà nous pouvons entrevoir un comte d'Agoust sous le masque de *Dagoucin,* et Françoise de Foix, la belle comtesse de Châteaubriant, sous celui de *Nomerfide.*

Il y a dans l'*Heptaméron* plusieurs Nouvelles qui sont fondées sur des événements véritables, et que l'on peut appuyer parfois du témoignage des historiens contemporains. Quelques-unes sont relatives à Marguerite elle-même, entre autres la IV°, dont Brantôme nous confirme l'authenticité, bien que la reine de Navarre se soit cachée, dans son récit, sous le nom d'une *princesse de Flandre*.

Il faut remarquer aussi que ces Nouvelles, concernant Marguerite ou du moins les personnes de sa maison et de son entourage, se rapportent surtout à l'époque où elle était duchesse d'Alençon, c'est-à-dire sont antérieures à la mort de son premier mari et à son second mariage, en 1527. Marguerite, ou Parlamente, ne perd aucune occasion d'exposer sa théorie favorite sur l'*amour honnête*, qui semble avoir été la grande affaire de sa vie. Il y aurait tout un livre à faire, un livre de savantes et minutieuses recherches, au sujet de cette galanterie délicate et raffinée à laquelle nous initient les controverses des interlocuteurs de l'*Heptaméron*.

P. L.

L'HEPTAMERON
DES NOVVELLES

DE TRESILLVSTRE ET TRES-
EXCELLENTE PRINCESSE MARGVE-
rite de Valois, Royne de Nauarre,

Remis en son vray ordre, confus au parauant en sa premiere impression, et dedié à tresillustre et tres-vertueuse Princesse Ieanne de Foix, Royne de Nauarre, par Claude Gruget Parisien.

A PARIS,

Par Iean Caueiller, rue Frementel, pres le cloz Bruneau, à l'enseigne de l'Estoille d'or.

1 5 5 9
Auec priuilege du Roy.

A TRESILLUSTRE ET TRESVERTUEUSE PRINCESSE

MA DAME JEANNE DE FOIX

ROYNE DE NAVARRE

CLAUDE GRUGET

Son treshumble serviteur desire salut et felicité

JE ne me fusse ingeré, ma dame, vous presenter ce livre des Nouvelles de la feuë Royne, vostre mere, si la premiere edition n'eust obmis ou celé son nom et quasi changé toute sa forme, tellement que plusieurs le mescognoissoient : cause que, pour le rendre digne de son auteur, aussi tost qu'il fut divulgué, je recueilly de toutes parts les exemplaires que j'en peu recouvrer, escrits à la main, les verifiant sur ma copie, et feis en sorte que je le reduisy au vray ordre qu'elle l'a-

voit dressé. Puis, sous la permission du Roy et
vostre consentement, il a esté mis sur la presse,
pour le publier tel qu'il doit estre. En quoy me
revient en memoire ce que le comte Baltazar dict
de Boccace, en la preface de son Courtisan, que
ce qu'il feit en se joüant, sçavoir est son Decame-
ron, luy a porté plus d'honneur que toutes ses
autres œuvres latines ou tuscanes, qu'il estimoit les
plus serieuses. Aussi la Royne, vray ornement de
nostre siecle (de laquelle vous ne forlignez en l'a-
mour et cognoissance des bonnes lettres), en se
joüant sur les actes de la vie humaine, a laissé si
belles instructions qu'il n'y a celuy qui n'y trouve
matiere d'erudition, et si a (sèlon tout bon jugement)
passé Boccace és beaux discours qu'elle faict sur chacun de ses comptes. De quoy elle merite loüenge,
non seulement par dessus les plus excellentes dames,
mais aussi entre les plus doctes hommes : car, de
trois stiles d'oraison descrits par Ciceron, elle a
choisy le simple, semblable à celuy de Terence en
latin, qui semble à chacun fort aisé à imiter, mais,
à qui l'experimente, rien moins. Vray est que tel
present ne vous sera point nouveau, et ne ferez que
le recognoistre par heredité maternelle ; toutes fois,

je m'asseure que le recevrez bien, pour le veoir par
ceste seconde impression remis en son premier estat :
car (à ce que j'ay peu entendre) la premiere vous
desplaisoit : non que celuy qui y avoit mis la main
ne fust homme docte, qu'il n'y ait prins peine ; et si
est aisé à croire qu'il ne l'a voulu desguiser ainsi
sans quelque occasion, neantmoins son travail s'est
trouvé peu agreable. Je le vous presente donc, ma
dame, non pour part que j'y pretende, ains seulement comme l'ayant demasqué, pour le vous rendre
en son naturel. C'est à vostre Royale grandeur de
le favoriser, puis qu'il est sorty de vostre maison
illustre : aussi en a il la marque sur le front, qui
luy servira de sauf-conduict par tout le monde et
le rendra bien-venu és bonnes compagnies. Quant à
moy, recognoissant l'honneur que me ferez à recevoir de ma main ce labeur de l'avoir remis à son
poinct, je me sentiray perpetuellement obligé à vous
faire treshumble service.

DES DEUS MARGUERITES

SONET

Ce Phœnix tant fameus que l'Orient honore,
   Unique en son espece et en rare beauté,
   De Phœbus renaissant salüe la clarté,
   Car autre que Phœbus ce bel oiseau n'adore.
Du lit de son Tithon si tost ne sort l'Aurore
   Que son chant recommence, oüi de tout costé;
   Mais, quand l'âge envieus lui a la force osté,
   Lui mesme se bruslant se fait revivre encore.
France, dor'enavant tu te peus bien vanter
   D'avoir veu un Phœnix qui sceut si bien chanter
   Qu'on ne trouve au jourd'hui personne qui l'imite,
Sinon l'autre Phœnix, heritier du renom
   Et gloire du premier, ainsi comme du nom
   Qu'il laissa en mourant : l'unique Marguerite.

J. PASSERAT TROIEN.

SONET

Timon, Athenien, grand ennemy de l'homme,
  Trop severe censeur de nostre infirmité,
  Deteste en grand horreur l'humaine vanité,
  Pour laquelle Heraclit' en larmes se consomme.
Le raillart Democrit', en se moquant, est comme
  Un farceur qui se rid de la debileté
  Des humains, savourans en vain de volupté
  La poison, qui les corps et les esprits assomme.
Le ris de l'un, les pleurs que sans cesse distile
  De ses yeux le second, du tiers la haine hostile,
  A faire nous semond d'honnesteté l'eslite.
Mais la Royne sans pœr, au discours de ce livre,
  En haine de tout mal, en pleurs et ris, nous livre
  Timon, et Heraclit', avec un Democrite.

PAR J. VEZOU.

PROLOGUE

E premier jour de Septembre, que les baings des monts Pyrenées commencent d'entrer en vertu, se trouverent à ceux de Caulderets plusieurs personnes tant de France, Espaigne, que d'autres lieux : les uns pour boire de l'eau, les autres pour s'y baigner, et les autres pour prendre de la fange, qui sont choses si merveilleuses que les malades abandonnez des medecins s'en retournent tous gueriz. Ma fin n'est de vous declarer la situation ne la vertu des baïns, mais seulement de racompter ce qui sert à la matiere que je veux escrire. En ces bains là demeurerent plus de trois sepmaines tous les malades, jusques à ce que, par leur amandement, ils cogneurent qu'ils s'en pouvoient retourner. Mais sur le temps de ce retour vindrent les pluyes si merveilleuses et si grandes qu'il sembloit que Dieu eust oublié la promesse qu'il avoit faicte à Noé de ne destruire plus le monde par eau. Car toutes les cabanes et logis dudict Caulderets furent

si rempliz d'eau qu'il fut impossible d'y demourer.
Ceux qui estoient venuz du costé d'Espaigne s'en
retournerent par les montaignes le mieulx qu'il
leur fut possible; et ceux qui cognoissoient les
adresses des chemins furent ceux qui mieux es-
chapperent. Mais les seigneurs et dames François
(pensans retourner aussi facilement à Therbes
comme ils estoient venuz) trouverent les petits
ruisseaux si fort creux qu'à peine les peurent ils
gayer. Mais, quand ce vint à passer le Gave
Biernois, qui en allant n'avoit point deux pieds de
profondeur, le trouverent tant grand et impetueux
qu'ils se destournerent pour chercher les ponts,
lesquels, pour n'estre que de bois, furent emportez par la vehemence de l'eau; et quelques uns,
cuidans rompre la roideur du cours pour s'assembler plusieurs ensemble, furent emportez si promptement que ceux qui les vouloient suyvir perdi-
rent le pouvoir et le desir d'aller aprés. Parquoy,
tant pour chercher chemin nouveau que pour estre
de diverses opinions, se separerent. Les uns tra-
verserent la hauteur des montaignes, et, passans
par Arragon, vindrent en la comté de Rossillon
et de là à Narbonne; les autres s'en allerent droict
à Barselonne, où par la mer les uns s'en allerent
à Marseille, et les autres à Aiguesmortes.

Mais une dame vefve de longue experience
(nommée Oisille) se delibera d'oublier toute crainte
pour les mauvais chemins, jusques à ce qu'elle
fust venuë à nostre dame de Serrance, estant seure
que, s'il y avoit moyen d'eschapper d'un danger,

que les moynes le devoient bien trouver; et feist
tant qu'elle y arriva, passant de si estrangers lieux,
et si difficiles à monter et descendre, que son aage
et pesanteur ne la garderent point d'aller à pied
la plus part du chemin. Mais la pitié fut que la
plus part de ses gens et chevaux demeurerent morts
par les chemins, et arriva à Serrance avec un
homme et une femme seulement, où elle fut cha-
ritablement receuë des religieux.

Il y avoit aussi parmy les François deux gentils-
hommes qui estoient allez aux bains plus pour
accompaigner les dames (dont ils estoient serviteurs) que pour faulte qu'ils eussent de santé. Ces
gentils-hommes icy, voyans la compaignie se departir, et que les mariz de leurs dames les emme-
noient à part, penserent de les suivre de loing, sans
soy declarer à personne. Mais un soir, estans les
deux gentilshommes mariez et leurs femmes arri-
vez en la maison d'un homme plus bandolier que
paisant, et les deux jeunes gentils-hommes logez
en une borde tout joignant de là, environ la minuict ouyrent un tresgrand bruit, au son duquel
ils se leverent avec leurs varlets, et demanderent
à l'hoste quel tumulte c'estoit. Le pauvre homme
(qui avoit sa part de la peur) dist que c'estoient
mauvais garsons qui venoient prendre leur part de
la proye qui estoit chez leur compaignon bandolier. Parquoy les gentils-hommes incontinent prindrent leurs armes, et avecques leurs varlets s'en
allerent secourir les dames, pour lesquelles ils estimoient la mort plus heureuse que la vie aprés

elles. Et ainsi qu'ils arriverent au logis, trouverent la premiere porte rompue, et les deux gentils-hommes avec leurs serviteurs se defendans ver-tueusement ; mais pource que le nombre des ban-doliers estoit le plus grand, et aussi qu'ils estoient fort blessez, commencerent à se retirer, ayant perdu desja grand partie de leurs serviteurs. Les deux gentils-hommes, regardans aux fenestres, vei-rent les deux dames pleurantes et criantes si fort que la pitié et l'amour leur creut le cueur, de sorte que, comme deux ours enragez descendans des montaignes, fraperent sur ces bandoliers tant fu-rieusement qu'il y en eut si grand nombre de morts que le demeurant ne voulut plus attendre leurs coups, mais s'enfuirent où ils sçavoient bien leurs retraictes. Les gentils-hommes, ayant deffaict ces meschans (dont l'hoste estoit l'un des morts), et ayant entendu que l'hostesse estoit pire que son mary, l'envoyerent aprés luy par un coup d'espée, et, entrans en une chambre basse, trouverent un des gentils-hommes mariez qui rendoit l'esprit ; l'autre n'avoit eu nul mal, si non qu'il avoit tout son habillement percé de coups de traict et son espée rompue. Le gentil-homme, voyant le se-cours que ces deux luy avoient faict, aprés les avoir embrassez et merciez, les pria de ne l'aban-donner point, qui leur estoit requeste fort aisée à faire. Parquoy, aprés avoir faict enterrer le gentil-homme mort et reconforté sa femme au mieulx qu'ils peurent, prindrent leur chemin où Dieu les conseilloit, sans sçavoir lequel ils devoient tenir.

S'il vous plaist de sçavoir le nom des trois gentils-hommes, le marié avoit nom Hircan, et sa femme Parlamente, et l'autre damoiselle vefve Longarine; et le nom des deux jeunes gentils-hommes, l'un estoit Dagoucin, l'autre Saffredent. Et aprés qu'ils eurent esté tout le jour à cheval, aviserent sur le soir un clocher où le mieux qu'il leur fut possible (non sans travail et peine) arriverent, et furent de l'abbé et des moynes humainement receuz. L'abbaye se nomme Sainct Savin; l'abbé, qui estoit de fort bonne maison, les logea honorablement, et en les menant en son logis leur demanda de leurs fortunes. Et aprés qu'il eut entendu la verité du faict, leur dist qu'ils n'estoient pas tous seuls qui avoient part à ce gasteau, car il y avoit en une autre chambre deux damoiselles qui avoient eschappé pareil danger, ou plus grand, d'autant qu'aux hommes y a quelque misericorde, et aux bestes non: car les pauvres dames, à demie lieuë deça Peyrchite, avoient trouvé un ours descendant de la montaigne, devant lequel avoient prins la course à si grand haste que leur chevaux à l'entrée du logis tomberent morts soubs elles; et deux de leurs femmes qui estoient venuës long temps aprés leur avoient compté que l'ours avoit tué tous leurs serviteurs. Lors les deux dames et les trois gentils-hommes entrerent en la chambre où elles estoient, et les trouverent plorantes, et cogneurent que c'estoient Nomerfide et Emarsuitte, lesquelles, s'embrassant et racomptant ce qu'il leur estoit advenu, commencerent à se reconforter avec les bonnes exhortations du bon abbé de s'estre ainsi retrouvées. Et le matin ouyrent la messe bien devotement, loüans Dieu des perils qu'ils avoient eschappez.

Ainsi qu'ils estoient tous à la messe, va entrer en l'eglise un homme tout en chemise, fuyant comme si quelqu'un le chassoit, criant à l'aide. Incontinent Hircan et les autres gentils-hommes allerent au devant de luy pour veoir que c'estoit, et veirent deux hommes aprés luy leurs espées tirées, lesquels, voyant si grande compaignie, voulurent prendre la fuitte; mais Hircan et ses compaignons les suyvirent de si prés qu'ils y laisserent la vie. Et quand ledict Hircan fut retourné, trouva que celuy qui estoit en chemise estoit un de leurs compaignons nommé Guebron, lequel leur compta comme, estant en une borde auprés de Peyrchite, arriverent trois hommes, luy estant au lict; mais tout en chemise, avec son espée seulement, en blessa si bien un qu'il demeura sur la place; et tandis que les deux autres s'amuserent à recueillir leur compaignon (voyant qu'il estoit nud, et eux armez), pensa qu'il ne les pourroit gaigner si non à fuir, comme le moins chargé d'habillements, dont il loüa Dieu et ceux qui en avoient faict la vengeance.

Aprés qu'ils eurent ouy la messe et disné, envoierent voir s'il estoit possible de passer la riviere du Gave, et cognoissans l'impossibilité du passage, furent en une merveilleuse crainte, combien que l'abbé plusieurs fois leur offrit la demeure du lieu jusques à ce que les eaux fussent abbaissées, ce qu'ils accorderent pour ce jour. Et au soir, en s'en allant coucher, arriva un vieil moyne, qui toutes les années ne failloit point à la nostre dame de Septembre d'aller à Serrance ; et en luy demandant des nouvelles de son voyage, dit qu'à cause des grandes eaux estoit venu par les montaignes et par les plus mauvais chemins qu'il avoit jamais faicts, mais qu'il avoit veu une bien grande pitié. C'est qu'il avoit trouvé un gentil-homme nommé Simontault, lequel, ennuyé de la longue demeure que faisoit la riviere à s'abbaisser, s'estoit deliberé de la forcer, se confiant en la bonté de son cheval, et avoit mis tous ses serviteurs alentour de luy pour rompre l'eau ; mais, quand se fut au grand cours, ceux qui estoient les plus mal montez furent emportez hommes et chevaux, tous à val l'eau, sans jamais en retourner. Le gentil-homme, se voyant seul, tourna son cheval de là où il venoit, qui ne sceut estre si promptement qu'il ne faillist soubs luy ; mais Dieu voulut qu'il fust si prés de la rive que le gentil-homme (non sans boire beaucoup d'eau), se trainant à quatre pieds, saillit dehors sur les durs cailloux, tant las et foible qu'il ne se pouvoit soustenir ; et luy advint si bien qu'un berger ramenant au soir les brebis le trouva assis parmy les pierres, tout mouillé, et non moins triste de ses gens qu'il avoit veu perdre devant soy. Le berger, qui entendit mieux sa necessité tant en le voyant qu'en escoutant sa parolle, le print par la main et le mena en sa pauvre maison,

où avec petites buchettes le secha le mieux qu'il
peut. Et ce soir là, Dieu y amena ce vieil religieux, lequel luy enseigna le chemin de nostre
dame de Serrance, en l'assurant que là il seroit
mieux logé qu'en autre lieu, et y trouveroit une
ancienne vefve nommée Oisille, laquelle estoit
compaigne de ses adventures. Quand toute la
compaignie l'ouït parler de la bonne dame Oisille et du gentil chevalier Simontault, feirent une
joye inestimable, loüans le Createur qui, en se
contentant des serviteurs, avoit sauvé les maistres
et maistresses, et sur toutes en loüa Dieu de bon
cueur Parlamente, car un temps avoit qu'elle le
tenoit pour tresaffectionné serviteur. Et aprés s'estre enquis diligemment du chemin de Serrance,
combien que le bon vieillard le leur feist fort difficile, pour cela ne laisserent d'entreprendre d'y aller, et de ce jour là se meirent en chemin si bien
en ordre qu'il ne leur failloit rien : car l'abbé les
fournit des meilleurs chevaulx qui fussent en La-
vedan, de bonnes cappes de Bear, de force vivres
et de gentils compaignons pour les mener seurement par les montaignes; lesquelles passées plus
à pied qu'à cheval, en grande sueur et travail arriverent à nostre dame de Serrance, où l'abbé
(combien qu'il fust assez mauvais homme) ne leur
osa refuser le logis, pour la crainte du seigneur
de Bear, duquel il sçavoit qu'ils estoient bien aymez, et leur feit le meilleur visage qu'il luy fut
possible, et les mena veoir la bonne dame Oisille
et le gentil-homme Simontault.

La joye fut si grande en toute ceste compaignie miraculeusement assemblée que la nuict leur sembla courte à loüer Dieu de la grace qu'il leur avoit faicte. Et aprés avoir prins sur le matin un peu de repos, allerent ouïr la messe et recevoir le sainct Sacrement d'union, auquel tous Chrestiens sont uniz en un, suppliant celuy qui les avoit assemblez par sa bonté parfaire leur voyage à sa gloire. Aprés disner envoyerent sçavoir si les eaux estoient point escoulées, et trouvans que plus tost elles estoient creuës, et que de long temps ne pourroient seurement passer, se delibererent de faire un pont sur le bout de deux roches qui sont fort prés l'une de l'autre, où encores y a des planches pour les gens de pied qui, venans de Cleron, ne veulent passer par le Gave. L'abbé, qui fut bien aise qu'ils faisoient ceste despense, à fin que le nombre des pelerins et paysans augmentast, les fournit d'ouvriers; mais il n'y meit pas un denier du sien, car son avarice ne le permettoit. Et pource que les ouvriers dirent qu'ils ne sçauroient avoir faict le pont de dix ou douze jours, la compaignie, tant d'hommes que de femmes, commença fort à s'ennuyer. Mais Parlamente, qui estoit femme d'Hircan, laquelle n'estoit jamais oisive ne melancolique, ayant demandé congé à son mary de parler, dist à l'ancienne dame Oisille : « Ma dame, je m'esbahis que vous qui avez tant d'experience, et qui maintenant aux femmes tenez lieu de mere, ne regardez quelque passetemps pour adoulcir l'ennuy que nous por-

3

terons durant nostre longue demeure : car, si
nous n'avons quelque occupation plaisante et
vertueuse, nous sommes en danger de demourer
malades. » La jeune vefve Longarine adjousta à
ce propos : « Mais, qui pis est, nous deviendrons
fascheuses, qui est une maladie incurable : car il
n'y a nul ne nulle de nous, s'il regarde sa perte,
qui n'ait occasion d'extreme tristesse.» Emarsuitte,
tout en riant, luy respondit : « Chacun n'a pas
perdu son mary comme vous, et pour perte de
serviteurs ne se fault desesperer, car on en re-
couvre assez. Toutefois je suis bien d'opinion que
nous ayons quelque plaisant exercice pour passer
le temps le plus joyeusement que nous pourrons. »
Sa compaigne Nomerfide dist que c'estoit bien
advisé, et que, si elle estoit un jour sans passetemps, elle seroit morte le lendemain. Tous les gentils-hommes s'accorderent à leur advis et prierent
la dame Oisille qu'elle voulust ordonner ce qu'ils
auroient à faire, laquelle leur respondit : « Mes
enfans, vous me demandez une chose que je trouve
fort difficile, de vous enseigner un passetemps
qui vous puisse delivrer de voz ennuiz : car, ayant
cherché ce remede toute ma vie, n'en ay jamais
trouvé qu'un, qui est la lecture des sainctes lettres,
en laquelle se trouve la vraye et perfaicte joye de
l'esprit, dont procede le repos et la santé du
corps. Et si vous me demandez quelle recepte me
tient si joyeuse et si saine sur ma vieillesse, c'est
que, incontinent que je suis levée, je prends la
saincte Escriture et la lis, et, en voyant et con-

templant la volonté de Dieu, qui pour nous a
envoyé son fils en terre annoncer ceste saincte
parole et bonne nouvelle, par laquelle il promet
remission des pechez, satisfaction de toutes debtes
par le don qu'il nous faict de son amour, passion
et merites, cette consideration me donne tant de
joye que je prends mon Psaultier, et, le plus humblement qu'il m'est possible, chante de cueur et
prononce de bouche les beaux Pseaulmes et Can-
tiques que le sainct Esprit a composez au cueur
de David et des autres aucteurs. Et ce contentement que j'en ay me faict tant de bien que tous
les maulx qui le jour me peuvent advenir me
semblent estre benedictions, veu que j'ay en mon
cueur par foy celuy qui les a portez pour moy.
Pareillement, avant soupper, je me retire pour
donner pasture à mon ame de quelque leçon, et
puis au soir fais une recollection de tout ce que
j'ay faict la journée passée, pour demander pardon de mes faultes et le remercier de ses graces,
et en son amour, crainte et paix, prends mon
repos, asseurée contre tous maulx. Parquoy, mes
enfans, voilà le passetemps auquel me suis arrestée,
long temps après avoir cherché toutes autres
choses, où n'ay trouvé contentement de mon esprit. Il me semble que, si tous les matins vous
voulez donner une heure à la lecture, et puis durant la messe faire voz devotes oraisons, que vous
trouverrez en ce desert la beauté qui peult estre
en toutes les villes. Car qui cognoist Dieu voit
toutes choses belles en luy, et sans luy tout laid.

Parquoy je vous prie recevoir mon conseil si vous voulez vivre joyeusement. » Hircan print la parole et dist : « Ma dame, ceux qui ont leu la saincte Escriture (comme je croy que nous tous avons faict) confesseront vostre dire estre veritable ; mais si fault il que vous regardiez que nous ne sommes encores si mortifiez qu'il ne nous faille quelque passetemps et exercice corporel. Car, si nous sommes en noz maisons, nous avons la chasse et la vollerie qui nous faict passer et oublier mille folles pensées, et les dames ont leur mesnage et ouvrages, et quelquefois les dances, où elles prennent honneste exercice ; qui me faict dire (parlant pour la part des hommes) que vous, qui estes la plus ancienne, nous lisiez au matin de la vie que tenoit nostre Seigneur Jesus Christ et les grandes et admirables œuvres qu'il a faictes pour nous. Puis aprés disner, jusques à vespres, fault choisir quelque passetemps qui ne soit point dommageable à l'ame et soit plaisant au corps, et ainsi passerons la journée joyeusement. »

La dame Oisille dist qu'elle avoit tant de peine d'oublier toutes les vanitez qu'elle auroit peur de faire mauvaise election à tel passetemps, mais qu'il failloit remettre cest affaire à la pluralité des opinions, priant Hircan d'estre le premier opinant. « Quant à moy, dist-il, si je pensois que le passetemps que je vouldrois choisir fust aussi aggreable à quelqu'une de la compaignie comme à moy, mon opinion seroit bien tost dicte : dont pour ceste fois me tairay, et en croiray ce que les autres diront. » Sa femme Parlamente commença à rougir, pensant qu'il parlast pour elle, et un peu en colere et demy en riant luy dist : « Hircan, peult estre que celle que vous pensez en devoir estre la plus marrie auroit bien dequoy se recompenser s'il luy plaisoit ; mais laissons là le passetemps où deux seulement peuvent avoir part, et parlons de celuy qui doibt estre commun à tous. » Hircan dist à toutes les dames : « Puis que ma femme a si bien entendu la glose de mon propos, et qu'un passetemps particulier ne luy plaist pas, je croy qu'elle sçaura mieulx que nul autre dire celuy où chacun prendra plaisir, et de ceste heure je me tiens à son opinion, comme celuy qui n'en a nulle autre que la sienne. » A quoy toute la compaignie s'accorda. Parlamente, voyant que le sort du jeu estoit tombé sur elle, leur dist ainsi : « Si je me sentois aussi suffisante que les anciens qui ont trouvé les arts, j'inventerois quelque jeu ou passetemps pour satisfaire à la charge que me donnez ; mais, congnoissant mon sçavoir et ma puissance, qui à peine peult rememorer les choses bien faictes, je me tiendrois heureuse d'ensuyvre de prés ceux qui ont desja satisfaict à vostre demande. Entre autres, je croy qu'il n'y a nulle de vous qui n'ait leu les cent nouvelles de Jean Bocace, nouvellement traduictes d'italien en françois, desquelles le Roy treschrestien François, premier de ce nom, monseigneur le Daulphin, ma dame la Daulphine, ma dame Marguerite, ont faict tant de cas que, si Bocace, du lieu où il estoit, les eust peu ouïr, il eust deu resusciter à la loüenge de telles personnes. A l'heure j'ouy les deux dames dessus nommées, avec plusieurs autres de la court, qui se deliberoient d'en faire autant, sinon en une chose differente de Boçace, c'est de n'escrire nouvelle qui ne fust veritable histoire. Et premierement lesdictes dames, et monseigneur le Daulphin avecques elles, conclurent d'en faire chacun dix, et d'assembler jusques à dix personnes qu'ils penseroient plus dignes de racompter quelque chose, sauf ceux qui auroient estudié et seroient gens de lettres, car monseigneur le Daulphin ne vouloit que leur art y fust meslé, et aussi de peur que la beauté de rhetoricque feist tort en quelque partie à la verité de l'histoire. Mais les grandes affaires depuis survenuës au Roy, aussi la paix d'entre luy et le Roy d'Angleterre, et l'acouchement de ma dame la Daulphine, et plusieurs autres choses dignes d'empescher toute la court, a faict mettre en oubli du tout ceste entreprinse, qui, pour nostre long loisir, pourra estre mise à fin, attendant que nostre pont soit parfaict. Et s'il vous plaist que tous les jours, depuis midi jusques à quatre heures, nous allions dedans ce beau pré le long de la riviere du Gave, où les arbres sont si feuilluz que le soleil ne sçauroit perser l'ombre n'y eschauffer la frescheur, là, assis à noz aises, chacun dira quelque histoire qu'il aura veuë ou bien ouy dire à quelque homme digne de foy. Au bout des dix jours aurons parachevé la centeine. Et si Dieu faict que nostre labeur soit trouvé digne des yeux des seigneurs et dames dessus nommées, nous leur en ferons present au retour de ce voyage, vous asseurant qu'ils auront ce present ici plus agreable. Toutesfois (quoy que je die), si quelqu'un d'entre nous trouve chose plus plaisante, je m'accorderay à son opinion. » Mais toute la compaignie respondit qu'il n'estoit possible d'avoir mieulx advisé, et qu'il leur tardoit que le lendemain ne fust venu pour commencer.

Ainsi passerent ceste journée joyeusement, ramentevant les uns aux autres ce qu'ils avoient veu de leur temps. Si tost que le matin fut venu, s'en allerent en la chambre de ma dame Oisille, laquelle trouverent desja en ses oraisons; et quand ils eurent ouy une bonne heure sa leçon, et puis devotement la messe, s'en allerent disner à dix heures, et aprés se retira chacun en sa chambre pour faire ce qu'il avoit à faire, et ne faillirent pas à midy de se trouver au pré, selon leur deliberation, qui estoit si beau et plaisant qu'il avoit besoing d'un Bocace pour le depeindre à la verité; mais vous vous contenterez que jamais n'en fut veu un pareil. Quand l'assemblée fut toute assise sur l'herbe verte, si mole et delicate qu'il ne leur failloit ny carreau ny tapis, Simontault commença à dire : « Qui sera celuy de nous qui aura commandement sur les autres ? » Hircan luy respondit : « Puis que vous avez commencé la parolle, c'est raison que vous commandiez, car au jeu nous sommes tous esgaulx. — Pleust à Dieu, dit Simontault, que je n'eusse bien en ce monde que

de pouvoir commander à toute ceste compaignie.»
A ceste parolle Parlamente l'entendit tresbien,
qui se print à tousser ; parquoy Hircan ne s'apperceut de la couleur qui luy montoit aux jouës,
mais dist à Simontault : « Commencez à dire
quelque bonne chose, et l'on vous escoutera. »
Lequel, convié de toute la compaignie, se print
à dire : « Mes dames, j'ay esté si mal recompensé
de mes longs services que, pour me venger
d'Amour et de celle qui m'est si cruelle, je mettray
peine de faire un recueil de tous les mauvais tours
que les femmes ont faict aux pauvres hommes, et
si ne diray rien que pure verité. »

PREMIERE JOURNÉE

PREMIERE NOUVELLE

Une femme d'Alençon avoit deux amis : l'un pour le
plaisir, l'autre pour le profit; elle feit tuer celuy des
deux qui premier s'en apperceut, dont elle impetra
remission pour elle et son mari fugitif, lequel de puis,
pour sauver quelque argent, s'adressa à un Necroman-
cien, et fut leur entreprinse descouverte et punie.

N la ville d'Alençon, du vivant du
Duc Charles, dernier Duc, y avoit un
procureur nommé Sainct Aignan, qui
avoit espousé une gentil-femme du
pays, plus belle que vertueuse, laquelle pour sa
beauté et legereté fut fort poursuyvie d'un prelat
d'Eglise, duquel je tairay le nom pour la reverence
de l'estat, qui, pour parvenir à ses fins, entretint si
bien le mary que non seulement il ne s'apperceut

du vice de sa femme et du prelat, mais, qui plus
est, luy feist oublier l'affection qu'il avoit tousjours euë au service de ses maistre et maistresse :
en sorte que, d'un loyal serviteur, devint si contraire à eux qu'il chercha à la fin des invocations
pour faire mourir la Duchesse. Or vesquit longuement ce prelat avec ceste malheureuse femme,
laquelle luy obeissoit plus par avarice que par
amour, et aussi que son mary la sollicitoit de
l'entretenir. Mais il y avoit un jeune homme en
ladicte ville d'Alençon, fils du lieutenant general,
lequel elle aimoit si fort qu'elle en estoit demy
enragée. Et souvent s'aidoit de ce prelat pour
faire donner commission à son mary, à fin de
pouvoir voir à son aise le fils du lieutenant de la
ville. Ceste façon de faire dura si long temps
qu'elle avoit pour son profit le prelat, et pour
son plaisir ledict fils du lieutenant, auquel elle
juroit que toute la bonne chere qu'elle faisoit au
prelat n'estoit que pour continuer la leur plus
librement, et que, quelque chose qu'il y eust, ce
dict prelat n'en avoit eu que la parolle, et qu'il
pouvoit estre asseuré que jamais homme que luy
n'en auroit autre chose.

Un jour que son mary s'en estoit allé devers
ce prelat, elly luy demanda congé d'aller aux
champs, disant que l'air de la ville luy estoit trop
contraire. Et quand elle fut en sa metairie,
escrivit incontinent au fils du lieutenant qu'il ne
faillist à la venir trouver environ dix heures du
soir. Ce que feit le pauvre jeune homme; mais à

l'entrée de la porte trouva la chambriere qui avoit accoustumé de le faire entrer, laquelle luy dist : « Mon amy, allez ailleurs, car vostre place est prinse. » Et luy, pensant que le mary fust venu, luy demanda comme tout alloit. La pauvre femme, ayant pitié de luy, le voyant tant beau, jeune et honneste homme, d'aimer si fort et estre si peu aimé, luy declara la follie de sa maistresse, pensant que, quand il entendroit cela, il se chastiroit de l'aymer tant. Et luy compta comme le prelat n'y faisoit que d'arriver et estoit couché avec elle, chose à quoy elle ne s'attendoit pas, car il n'y devoit venir que le lendemain; mais, ayant retenu chez luy son mary, s'estoit desrobbé de nuict pour la venir voir secrettement. Qui fut bien desesperé, ce fut le fils du lieutenant, qui encores ne la pouvoit du tout croire. Et se cacha en une maison auprés, et veilla jusques à trois heures aprés minuict, tant qu'il veit saillir le prelat dehors, non si bien desguisé qu'il ne le cogneust plus qu'il ne vouloit.

Et en ce desespoir s'en retourna à Alençon, où bien tost aprés sa meschante amie alla, qui, le cuidant abuser comme elle avoit accoustumé, vint parler à luy. Mais il luy dist qu'elle estoit trop saincte, ayant touché aux choses sacrées, pour parler à un pecheur comme luy, duquel la repentance estoit si grande qu'il esperoit bien tost que le peché luy seroit pardonné. Quand elle entendit que son cas estoit descouvert, et que excuse, jurement et promesse de plus n'y retourner n'y

servoient de rien, elle en feit la plainte à son prelat. Et aprés avoir bien consulté la matiere, vint
ceste femme dire à son mary qu'elle ne pouvoit
plus demeurer en la ville d'Alençon, pource que
le fils du lieutenant, qu'elle avoit tant estimé de
ses amis, la pourchassoit incessamment de son
honneur; et le pria de se tenir à Argentan, pour
oster toute suspicion. Le mari, qui se laissoit
gouverner à elle, s'y accorda. Mais ils ne furent
pas longuement audict Argentan, que ceste malheureuse manda au fils du lieutenant qu'il estoit
le plus meschant homme du monde, et qu'elle
avoit bien sceu que publiquement il avoit dict
mal d'elle et du prelat, dont elle mettroit peine
de l'en faire repentir.

Ce jeune homme, qui n'en avoit jamais parlé
qu'à elle mesme, et qui craignoit d'estre mis en
la malle grace du prelat, s'en alla à Argentan avec
deux de ses serviteurs, et trouva sa damoiselle à
vespres aux Jacobins, où il s'en vint agenouiller
auprés d'elle, et luy dist : « Madame, je viens
icy pour vous jurer devant Dieu que je ne parlay
jamais de vostre honneur à personne du monde
qu'à vous-mesmes. Vous m'avez faict un si meschant tour que je ne vous ay pas dict la moitié
des injures que vous meritez. Car, s'il y a homme
ou femme qui vueille dire que jamais j'en aye
parlé, je suis icy venu pour le desmentir devant
vous. » Elle, voyant que beaucoup de peuple
estoit en l'Eglise, et qu'il estoit accompaigné de
deux bons serviteurs, se contraignit de parler le

plus gracieusement qu'il luy fut possible, luy
disant qu'elle ne faisoit nulle doubte qu'il ne
dist vérité, et qu'elle l'estimoit trop homme de
bien pour dire mal de personne du monde, et
encores moins d'elle, qui luy portoit tant d'amitié; mais que son mari en avoit entendu quelques
propos : parquoy elle le prioit qu'il voulust dire
devant luy qu'il n'en avoit point parlé et qu'il
n'en croyoit rien. Ce qu'il luy accorda tres-volon-
tiers; et, la pensant accompaigner à son logis, la
print par dessoubs les bras; mais elle luy dist qu'il
ne seroit pas bon qu'il vint avec elle, et que son
mari penseroit qu'elle lui feit porter ces parolles.
Et, en prenant un de ses serviteurs par la manche
de sa robbe, luy dist : « Laissez-moy cestuy-ci,
et incontinent qu'il sera temps je vous envoyray
querir par luy; mais, en attendant, allez vous reposer en vostre logis. » Luy, qui ne se doubtoit
point de sa conspiration, s'y en alla.

Elle donna à soupper au serviteur qu'elle avoit
retenu, qui luy demandoit souvent quand il seroit
temps d'aller querir son maistre. Elle luy respondit tousjours qu'il viendroit assez tost. Et, quand
il fut minuict, envoya secrettement de ses serviteurs querir le jeune homme, qui, ne se doubtant
du mal qu'on luy preparoit, s'en alla hardiment
en la maison dudict Sainct Aignan, auquel lieu la
damoiselle entretenoit son serviteur, de sorte qu'il
n'en avoit qu'un avec luy. Et quand il fut à l'entrée de la maison, le serviteur qui le menoit luy
dist que la damoiselle vouloit bien parler à luy

avant son mary, et qu'elle l'attendoit en une
chambre où il n'y avoit que l'un de ses serviteurs
avec elle, et qu'il feroit bien de renvoyer l'autre
par la porte de devant : ce qu'il feit. Et en montant un petit degré obscur, le procureur de Sainct
Aignan, qui avoit mis des gens en embusche
dedans une garderobbe, commença à ouyr le
bruit, et en demandant qu'est ce, luy fut dict que
c'estoit un homme qui vouloit secrettement entrer
en sa maison. A l'heure, un nommé Thomas
Guerin, qui faisoit mestier d'estre meurtrier, et
qui pour faire ceste execution estoit loüé du procureur, vint donner tant de coups d'espée à ce
pauvre jeune homme que, quelque defence qu'il
peut faire, ne se peut garder qu'il ne tombast
mort entre leurs mains. Le serviteur qui parloit à
la damoiselle luy dist : « J'ai ouy mon maistre qui
parle en ce degré, je m'en vois à luy. » La damoiselle le retint, et luy dist : « Ne vous souciez, il
viendra assez tost. » Et peu aprés, oyant que son
maistre disoit : « Je me meurs, je recommande à
Dieu mon esprit »; il le voulut aller secourir;
mais elle le retint, luy disant : « Ne vous souciez,
mon mary l'a chastié de ses jeunesses; allons voir
que c'est. » Et, en s'appuiant sur le bout du
degré, demanda à son mary : « Et puis, est-ce
faict? » Lequel luy dist : « Venez y voir. A ceste
heure vous ai-je vengée de celuy qui vous a tant
faict de honte. » Et en disant cela donna, d'un
poignart qu'il avoit, dix ou douze coups dedans le
ventre de celuy que vivant il n'eust osé assaillir.

Aprés que l'homicide fut faict, et que les deux serviteurs du trespassé s'en furent fuiz pour en dire des nouvelles au pauvre pere, pensant ledict Sainct Aignan que la chose ne pouvoit estre tenuë secrette, regarda que les serviteurs du mort ne debvoient point estre creuz en tesmoignage, et que personne en sa maison n'avoit veu le faict, sinon les meurtriers, une vieille chambriere et une jeune fille de quinze ans. Parquoy voulut secrettement prendre la vieille; mais elle trouva façon d'eschapper de ses mains, et s'en alla en franchise aux Jacobins, qui fut le plus seur tesmoing que l'on ait eu de ce meurtre. La jeune chambriere demoura quelques jours en sa maison; mais il trouva façon de la faire suborner par l'un des meurtriers, et la mena à Paris au lieu public, à fin qu'elle ne fust plus creüe en tesmoignage. Et, pour celer son meurtre, feit brusler le corps du pauvre trespassé, et les oz, qui ne furent consommez par le feu, les feit mettre dedans du mortier, là où il faisoit bastir en sa maison. Et envoya à la court en diligence demander sa grace, donnant à entendre qu'il avoit plusieurs fois defendu sa maison à un personnage dont il avoit suspicion qu'il pourchassoit le deshonneur de sa femme, lequel, nonobstant sa defence, estoit venu de nuict en lieu suspect pour parler à elle : parquoy, le trouvant à l'entrée de sa chambre, plus rempli de colere que de raison, l'avoit tué. Mais il ne peut si tost faire despecher sa lettre à la chancellerie que le Duc et la Duchesse ne fussent

par le pauvre pere advertiz du cas; lesquels, pour
empescher ceste grace, envoyerent au chancellier.
Ce malheureux, voyant qu'il ne la pouvoit obtenir, s'enfuit en Angleterre, et sa femme avec luy,
et plusieurs de ses parents. Mais, avant que partir, dist au meurtrier qui à sa requeste avoit faict
le coup qu'il avoit eu lettres expresses du Roy
pour le prendre et faire mourir; mais, à cause
des services qu'il luy avoit faicts, il luy vouloit
sauver la vie. Et luy donna dix escuz pour s'en
aller hors du royaume; ce qu'il feit, et oncques
puis ne fut trouvé.

Ce meurtre icy fut si bien verifié, tant par les
serviteurs du trespassé que par la chambriere qui
s'estoit retirée aux Jacobins, et par les oz qui
furent trouvez dans le mortier, que le procés fut
faict et parfaict en l'absence dudit Sainct Aignan
et de sa femme, et furent jugez par contumace,
condamnez tous deux à la mort, leurs biens con-
fisquez au prince, et quinze cens escuz au pere
pour les fraiz du procès. Ledict Sainct Aignan
estant en Angleterre, voyant que par la justice il
estoit mort en France, feit tant par son service
envers plusieurs grands seigneurs, et par la faveur
des parents de sa femme, que le Roy d'Angleterre feit requeste au Roy de luy vouloir donner
sa grace et le remettre en ses biens et honneurs.
Mais le Roy, ayant entendu le vilain et enorme
cas, envoya le procés au Roy d'Angleterre, le
priant de regarder si c'estoit cas qui meritast
grace, et luy disant que le Duc d'Alençon avoit

seul ce privilege en son royaume, de donner
grace en sa duché ; mais pour toutes ses excuses
n'appaisa point le Roy d'Angleterre, lequel le
pourchassa si tresinstamment qu'à la fin le procureur l'eut à sa requeste et retourna en sa maison. Or, pour achever sa meschanceté, s'accointa
d'un invocateur nommé Gallery, esperant que
par son art il seroit exempt de payer lesdicts
quinze cens escuz qu'il devoit au pere du trespassé.

Et pour ce faire s'en allerent à Paris desguisez,
sa femme et lui. Et voyant sa dicte femme qu'il
estoit si longuement enfermé en une chambre
avecques ledict Gallery, et qu'il ne luy disoit
point la raison pourquoy, un matin elle l'espia,
et veit que ledict Gallery luy monstroit cinq
images de bois, dont les trois avoient les mains
pendantes et les deux levées contremont. Et,
parlant au procureur, luy disoit : « Il nous fault
faire de telles images de cire que ceux-cy, et celles·
qui auront les bras pendants seront ceux que nous
ferons mourir, et ceux qui les eslevent seront
ceux de qui voudrons avoir la bonne grace et
amour. » Et le procureur disoit : « Ceste cy sera
pour le Roy, de qui je veux estre aymé, et ceste
cy pour monsieur le chancelier d'Alençon Brinon.»
Gallery lui dist : « Il fault mettre les images soubs
l'autel où ils oyront leur messe, avecques des parolles que je vous feray dire à l'heure. » Et en
parlant de celles qui avoient les bras baissez, dist
le procureur que l'une estoit pour maistre Gilles
du Mesnil, pere du trespassé : car il sçavoit bien

que, tant qu'il vivroit, il ne cesseroit de le poursuyvre. Et une des femmes qui avoient les mains
pendantes estoit pour ma dame la Duchesse
d'Alençon, sœur du Roy, parce qu'elle aymoit
tant ce vieil serviteur du Mesnil, et avoit en tant
d'autres choses cogneu la meschanceté du procureur, que, si elle ne mouroit, il ne pourroit vivre.
La seconde femme ayant les bras pendants estoit
pour sa femme, laquelle estoit cause de tout son
mal, et se tenoit seur que jamais n'amenderoit sa
meschante vie. Quand sa femme, qui voioit tout
par le pertuis de la porte, entendit qu'il la mettoit
au reng des trespassez, se pensa qu'elle luy en-
voirait le premier. Et, faignant d'aller emprunter
de l'argent à un sien oncle, maistre des requestes
dudict Duc d'Alençon, luy va compter ce qu'elle
avoit veu et oy de son mari. Ledict oncle, comme
bon vieillard serviteur, s'en alla au chancellier
d'Alençon et luy compta toute l'histoire. Et,
pource que le Duc et la Duchesse d'Alençon
n'estoient point ce jour à la court, ledict chancellier alla compter ce cas estrange à ma dame la
regente mere du Roy et à la Duchesse, qui soudainement envoya querir le prevost de Paris,
nommé la Barre, lequel feist si bonne diligence
qu'il print le procureur et Gallery son invocateur,
lesquels sans gehenne et contraincte confesserent
librement la debte, et fut leur procés faict et rapporté au Roy. Quelques uns, voulans sauver leur
vie, luy dirent qu'ils ne cherchoient que sa bonne
grace en leurs enchantements. Mais le Roy, ayant

la vie de sa sœur aussi chere que la sienne, commanda que l'on donnast la sentence telle que s'ils eussent attenté à sa personne propre. Toutesfois sa sœur la Duchesse d'Alençon le supplia que la vie fust sauvée audict procureur, et de commuer sa mort en quelque autre griefve peine corporelle : ce qui lui fut octroyé ; et furent luy et Gallery envoyez à Marseille, aux galleres de Sainct Blanquart, où ils finerent leurs jours en grande captivité, et eurent loisir de recongnoistre la gravité de leurs pechez. Et la mauvaise femme, en l'absence de son mari, continua son peché plus que jamais, et mourut miserablement.

« Je vous supplie, mes dames, regardez quel mal il vient pour une meschante femme, combien de maulx se feirent par le peché de ceste cy. Vous trouverez que, depuis que Eve feit pecher Adam, toutes les femmes ont prins possession de tourmenter, tuer et damner les hommes. Quand est de moy, j'en ay tant experimenté la cruaulté que je ne pense jamais mourir que par le desespoir enquoy une m'a mis. Et suis encores si fol que fault que je confesse que cest enfer là m'est plus plaisant, venant de sa main, que le paradis donné de celle d'un autre. » Parlamente, faignant n'entendre point que ce fust pour elle qu'il tenoit tels propos, luy dist : « Puis que l'enfer est aussi plaisant que vous dictes, vous ne debvez point craindre le diable qui vous y a mis. » Mais il luy respondit en colere : « Si mon diable devenoit

aussi noir qu'il m'a esté mauvais, il feroit autant
de peur à la compaignie que je prends plaisir à le
regarder. Mais le feu de l'amour me faict oublier
celuy de cest enfer. Et pour n'en parler plus
avant, je donne ma voix à ma dame Oisille, estant
seur que, si elle vouloit dire des femmes ce qu'elle
en sçait, elle favoriseroit mon opinion. A l'heure
toute la compaignie se tourna vers elle, la priant
vouloir commencer, ce qu'elle accepta, et en
riant commença à dire : « Il me semble, mes
dames, que celuy qui m'a donné sa voix a tant
dict de mal des femmes, par une histoire veritable
d'une malheureuse, que je doibs rememorer tous
mes vieux ans pour en trouver une dont la vertu
puisse desmentir sa mauvaise opinion. Et pource
qu'il m'en est venu une au devant digne de n'estre
mise en oubli, je la vous vay compter.

NOUVELLE DEUXIESME

*Piteuse et chaste mort de la femme d'un des muletiers
de la Royne de Navarre.*

N la ville d'Amboise y avoit un muletier qui servoit la Royne de Navarre,
sœur du Roy François premier de ce
nom, laquelle estoit à Blois accouchée
d'un fils, auquel lieu estoit allé ledict muletier pour

estre payé de son quartier; et sa femme demoura audict Amboise, logée delà les ponts. Or y avoit
il long temps qu'un varlet de son mary l'aimoit si
desesperement qu'un jour il ne se peut tenir de
luy en parler; mais elle, qui estoit vraye femme de
bien, le print si aigrement, le menassant de le
faire battre et chasser par son mary, que depuis il
ne luy en osa tenir propos, ne faire semblant. Et
garda ce feu couvert en son cueur jusques au jour
que son maistre fut allé dehors, et sa maistresse à
vespres à Sainct Florentin, eglise du chasteau fort
loing de la maison. Estant demeuré seul, lui vint
en fantasie de pouvoir avoir par force ce que par
nulle priere et service n'avoit peu acquerir. Et
rompit un aiz qui estoit entre la chambre de sa
maistresse et celle où il couchoit. Mais, à cause
que le rideau tant du lict de sa maistresse et de
son maistre que des serviteurs de l'autre costé
couvroit les murailles si bien que l'on ne pouvoit veoir l'ouverture qu'il avoit faicte, ne fut
point sa malice apperceuë, jusques à ce que sa
maistresse fut couchée avec une petite garse d'unze
à douze ans. Ainsi que la pauvre femme estoit à
son premier sommeil, entra ce varlet, par ledict
aiz qu'il avoit rompu, dedans son lict tout en
chemise, l'espée nuë en sa main. Mais, aussi tost
qu'elle le sentit prés d'elle, saillit dehors du lict
en luy faisant toutes les remonstrances qu'il fut
possible à femme de bien de luy faire. Et luy,
qui n'avoit amour que bestial, et qui eust
mieux entendu le langage des mulets que ses hon-

nestes raisons, se monstra plus bestial que les
bestes, avec lesquelles il avoit esté long temps.
Car, en voyant qu'elle couroit si tost à l'entour
d'une table qu'il ne la pouvoit prendre, et aussi
qu'elle estoit si forte que par deux fois elle s'estoit deffaicte de luy, desesperé de jamais ne la
pouvoir avoir vive, luy donna un grand coup d'espée par les rains, pensant que, si la peur et la
force ne l'avoient peu faire rendre, la douleur le
feroit. Mais ce fut au contraire. Car, tout ainsi
qu'un bon gendarme, voyant son sang, est plus
eschauffé à se venger de ses ennemis et à acquerir honneur, ainsi son chaste cueur se renforça
doublement à courir et fuir des mains de ce malheureux, en luy tenant les meilleurs propos qu'elle
pouvoit, pour cuider par quelque moyen le re-
duire à recognoistre ses faultes. Mais il estoit si
embrasé de fureur qu'il n'y avoit en luy lieu pour
recevoir nul bon conseil, et luy donna encores
plusieurs coups; pour lesquels eviter, tant que les
jambes la peurent porter, couroit tousjours. Et
quand, à force de perdre son sang, elle sentit
qu'elle aprochoit de la mort, levant les yeux au
ciel et joignant les mains, rendit graces à son
Dieu, lequel elle nommoit sa force, sa vertu, sa
patience et chasteté, luy suppliant prendre en gré
le sang qui pour son commandement estoit res-
pandu en la reverence de celuy de son fils, auquel
elle croyoit fermement tous ses pechez estre la-
vez et effacez de la memoire de son ire. Et en
disant : « Seigneur, recevez l'ame qui par vostre

bonté a été racheptée », tomba en terre sur le visage, où ce meschant luy donna plusieurs coups.
Et aprés qu'elle eut perdu la parolle et la force
du corps, ce malheureux print par force celle qui
n'avoit plus de defence en elle. Et quand il eut
satisfaict à sa meschante concupiscence, s'enfuit
si hastivement que jamais depuis, quelque poursuitte que l'on en ait faicte, n'a peu estre retrouvé.

La jeune fille qui estoit couchée avec la muletiere, pour la peur qu'elle avoit euë, s'estoit cachée soubs le lict. Mais, voyant que l'homme
estoit dehors, vint à sa maistresse, et la trouva
sans parolle ne mouvement, et cria par la fenestre
aux voisins pour la venir secourir. Et ceux qui
l'aimoient et estimoient autant que femme de la
ville vindrent incontinent à elle, et amenerent
avec eux des cirurgiens, lesquels trouverent qu'elle
avoit vingt-cinq playes mortelles sur son corps,
et feirent ce qu'ils peurent pour luy aider; mais il
leur fut impossible. Toutefois elle languit encores
une heure sans parler, faisant signe des yeux et
des mains, enquoy elle monstroit n'avoir perdu
l'entendement. Estant interrogée par un homme
d'Eglise de la foy en quoy elle mouroit et de son
salut, respondit, par signes si evidens que la parolle n'eust sceu mieux monstrer, que sa confiance
estoit en la mort de Jesus-Christ, lequel elle esperoit voir en sa cité celeste. Et ainsi avec un visage joyeux, les yeux eslevez au ciel, rendit ce
chaste corps à la terre, et l'ame à son createur. Et
si tost qu'elle fut levée et ensevelie, son corps mis

à sa porte, attendant la compaignie pour son en-
terrement, arriva son pauvre mary, que veit premier le corps de sa femme mort devant sa maison
qu'il n'en avoit sceu les nouvelles. Et, enquis de
l'occasion, eut double raison de faire dueil : ce
qu'il feit de telle sorte qu'il y cuida laisser la vie.
Ainsi fut enterrée ceste martire de chasteté, en
l'eglise Sainct Florentin, où toutes les femmes de
bien de la ville ne faillirent de faire leur devoir
de l'accompaigner et honorer autant qu'il estoit
possible, se tenantes bien heureuses d'estre de la
ville où une femme si vertueuse avoit esté trouvée. Les folles et legeres, voyans l'honneur que
l'on faisoit à ce corps, se delibererent de changer
leur vie en mieux.

« Voilà, mes dames, une histoire veritable, qui
doibt bien augmenter le cueur à garder ceste belle
vertu de chasteté. Et nous qui sommes de bonne
maison, debvrions nous point mourir de honte, de
sentir en nostre cueur la mondanité, pour laquelle
eviter une pauvre muletiere n'a point craint une
si cruelle mort ? Las ! telle s'estime femme de bien
qui n'a pas encores sceu comme ceste-cy a resisté
jusques au sang. Parquoy se fault humilier : car
les graces de Dieu ne se donnent point aux hommes pour leur noblesse ou richesses, mais selon
qu'il plaist à sa bonté, qui n'est point accepteur
de personne, lequel eslit ce qu'il veult. Car ce
qu'il a esleu l'honore de ses vertuz et le couronne
de sa gloire. Et souvent eslit choses basses, pour

confondre celles que le monde estime haultes et
honorables. Comme luy mesme dict, ne nous res-
jouïssons point en nos vertuz, mais en ce que
nous sommes escriptz au livre de vie. »

Il n'y eut dame en la compaignie qui n'eut la
larme à l'œil pour la compassion de la piteuse et
glorieuse mort de ceste muletiere. Chacune pensoit en elle mesme que, si la fortune leur advenoit
pareille, elle mettroit peine de l'ensuivre en son
martyre. Et voyant ma dame Oisille que le temps
se perdoit parmy les louanges de ceste trespassée,
dist à Saffredent : « Si vous ne dictes quelque chose
pour faire rire la compaignie, je ne sçay nulle
d'entre nous qui puisse oublier la faulte que j'ay
faicte de la faire pleurer : parquoy je vous donne
ma voix. » Saffredent, qui eust bien desiré dire
quelque chose de bon et qui eust esté aggreable
à la compaignie, et sur toutes à une, dist que l'on
luy faisoit tort, veu qu'il y en avoit de plus anciens experimentez que luy qui debvoient parler
les premiers; mais, puis que son sort estoit tel, il
aimoit mieulx s'en depescher : car, plus y en avoit
de bien parlans, et plus son compte seroit trouvé
mauvais.

NOUVELLE TROISIESME

Un Roy de Naples, abusant de la femme d'un gentil homme, porte en fin luy mesme les cornes.

OUR CE, mes dames (dist Saffredent), que je me suis souvent souhaitté compaignon de la fortune de celuy dont je vous veulx faire le compte, je vous diray qu'en la ville de Naples, du temps du Roy Alfonce, duquel la lasciveté estoit le septre de son royaume, y avoit un gentil-homme tant honneste, beau et agreable, que pour ses perfections un vieil gentil-homme luy donna sa fille, laquelle en beauté et bonne grace ne devoit rien à son mary. L'amitié fut grande entre eulx deux, jusques à un carneval que le Roy alla en masque parmy les maisons, où chacun s'efforçoit de luy faire le meilleur recueil qu'il pouvoit. Et quand il vint en celle de ce gentil-homme, fut traicté trop mieulx qu'en nul autre lieu, tant de confitures que de chantres de musique, et de la plus belle femme que le Roy eust veuë à son gré. Et à la fin du festin dist une chanson avec son mary, d'une si bonne grace que sa beauté en augmentoit. Le Roy, voyant tant de perfections en un corps, ne print pas tant de plaisir aux deux accords de son mary ne d'elle qu'il feit à penser comme il les pourroit rompre. Et la difficulté qu'il en faisoit estoit la grande amitié qu'il veoit entre eulx deux ; parquoy il porta en son cueur ceste passion la plus couverte qu'il luy fut possible. Mais, pour la soulager en partie, faisoit faire festins à tous les seigneurs et dames de Naples, où le gentil-homme et sa femme n'estoient oubliez. Et pource que l'homme croit volontiers ce qu'il voit, il luy sembloit que les yeulx de ceste dame luy promettoient quelque bien advenir, si la presence du mary n'y donnoit empeschement. Et pour essayer si sa pensée estoit veritable, donna une commission au mary de faire voyage à Rome pour quinze jours ou trois semaines. Et si tost qu'il fut dehors, sa femme, qui ne l'avoit encores loing perdu de veuë, en feit un fort grand dueil, dont elle fut reconfortée par le Roy, le plus souvent qui lui fut possible, par ses doulces persuasions, par presens et par dons. De sorte qu'elle fut non seulement consolée, mais contente de l'absence de son mary. Et avant les trois sepmaines qu'il devoit estre de retour, fut si amoureuse du Roy qu'elle estoit aussi ennuyée du retour de son mary qu'elle avoit esté de son allée. Et pour ne perdre la presence du Roy, accorderent ensemble que, quand le mary iroit en ses maisons aux champs, elle le feroit sçavoir au Roy, lequel la pourroit seurement aller voir, et si secrettement que l'homme (qu'elle craignoit plus que la conscience) n'en seroit point blessé.

En ceste esperance là se tint fort joyeuse ceste

dame. Et quand son mary arriva, luy feit si bon
recueil que, combien qu'il eust entendu qu'en son
absence le Roy la cherissoit, si n'en peut il rien
croire. Mais, par longueur de temps, ce feu tant
difficille à couvrir commença peu à peu à se monstrer, en sorte que le mary se douta bien fort de
la verité, et feit si bon guet qu'il en fut presque
asseuré. Mais, pour la crainte qu'il avoit que celuy qui luy faisoit injure ne luy feist pis s'il en
faisoit semblant, se delibera de le dissimuler : car
il estimoit mieulx vivre avec quelque fascherie que
de hazarder sa vie pour une femme qui n'avoit
point d'amour. Toutesfois, en ce despit, pensa de
rendre la pareille au Roy, s'il luy estoit possible.
Et, sçachant que souvent le despit faict faire à une
femme plus que l'amour, principalement à celles
qui ont le cueur grand et honorable, print la hardiesse un jour, en parlant à la Royne, de luy dire
qu'il avoit grande pitié de ce qu'elle n'estoit autrement aymée du Roy son mary. La Royne, qui
avoit ouy parler de l'amitié du Roy et de sa
femme : « Je ne puis pas, dict elle, avoir l'honneur
et le plaisir ensemble; je sçay bien que j'ay l'honneur dont une reçoit le plaisir : aussi celle qui a
le plaisir n'a pas l'honneur que j'ai. » Luy, qui entendoit bien pour qui ces parolles estoient dictes,
luy respondit : « Ma dame, l'honneur est né avec
vous, car vous estes de si bonne maison que pour
estre Royne ou Emperiere ne sçauriez augmenter
vostre noblesse ; mais vostre beauté, grace et
honnesteté a tant merité de plaisir que celle qui

vous en oste ce qu'il vous en appartient se feict
plus de tort qu'à vous. Car, pour une gloire qui
lui tourne à honte, elle pert autant de plaisir que
vous ou dame de ce royaume sçauriez avoir. Et
vous puis dire, ma dame, que si le Roy avoit mis
sa couronne hors de dessus sa teste, je pense qu'il
n'auroit nul advantage sur moy de contenter une
dame, estant seür que, pour satisfaire à une si
honneste personne que vous, il devroit vouloir
avoir changé sa complexion à la mienne. » La
Royne en riant luy respondit : « Combien que le
Roy soit de plus delicate complexion que vous,
si est-ce que l'amour qu'il me porte me contente
tant que je la prefere à toute autre chose. » Le
gentil-homme luy dist : « Ma dame, s'il estoit
ainsi, vous ne me feriez point de pitié, car je sçay
bien que l'honneste amour de vostre cueur vous
rendroit tel contentement s'il trouvoit en celuy
du Roy pareil amour ; mais Dieu vous en a bien
gardée, à fin que, ne trouvant en luy ce que vous
demandez, vous n'en feissiez vostre Dieu en terre.
— Je vous confesse, dist la Royne, que l'amour
que je luy porte est si grand qu'en nul autre cueur
qu'au mien ne se peult trouver semblable. — Pardonnez moy, ma dame, luy dist le gentil-homme,
vous n'avez pas bien sondé l'amour de tous les
cueurs, car je vous ose bien dire que tel vous
aime, de qui l'amour est si grand et importable
que la vostre auprés de la sienne ne se monstre-
roit rien. Et d'autant qu'il veoit l'amour du Roy
faillie en vous, la sienne croist et augmente de

telle sorte que si vous l'avez pour agreable,
vous serez recompensée de toutes voz pertes. »

La Royne commença, tant par ses parolles que
par sa contenance, à recognoistre que ce qu'il
disoit procedoit du fond du cueur, et va rememorer que long temps y avoit qu'il cherchoit de luy
faire service, par telle affection qu'il en estoit devenu melancolique : ce qu'elle avoit auparavant
pensé venir à l'occasion de sa femme, mais maintenant croit elle fermement que c'estoit pour l'a-
mour d'elle. Et aussi la vertu d'amour, qui se
faict sentir quand elle n'est feincte, la rendit certaine de ce qui estoit caché à tout le monde. Et
en regardant le gentil-homme, qui estoit trop
plus amiable que son mary, voyant qu'il estoit
delaissé de sa femme, comme elle du Roy, pressée
de despit et jalousie de son mary, et incitée de
l'amour du gentil-homme, commença à dire la
larme à l'œil et souspirant : « O mon Dieu ! fault
il que la vengeance gaigne sur moy ce que nul
amour n'a peu faire ? » Le gentil-homme, bien
entendant ce propos, luy respondit : « Ma dame,
la vengeance est doulce de celuy qui, au lieu de
tuer l'ennemy, donne vie à un parfaict amy. Il
me semble qu'il est temps que la verité vous oste
la sotte amour que vous portez à celuy qui ne
vous aime point, et l'amour juste et raisonnable
chasse hors de vous la crainte, qui jamais ne peult
demeurer en un cueur grand et vertueux. Or sus,
ma dame, mettons à part la grandeur de vostre
estat, et regardons que nous sommes l'homme et

la femme de ce monde les plus moquez et tra-
his de ceulx que nous avons plus parfaictement
aimez. Revenchons nous, ma dame, non tant pour
leur rendre ce qu'ils meritent que pour satisfaire
à l'amour, qui de mon costé ne se peult plus
porter sans mourir. Et je pense que, si n'avez le
cueur plus dur que nul caillou ou diamant, il est
impossible que vous ne sentiez quelque estincelle
du feu qui croist tant plus que je le veulx dissimuler. Et si la pitié de moy qui meurs pour l'a-
mour de vous ne vous incite à m'aimer, au moins
celle de vous mesmes vous y doibt contraindre,
qui, estant si parfaicte, meritez avoir les cueurs de
tous les honnestes hommes du monde, et estes
desprisée et delaissée de celuy pour qui vous avez
dedaigné tous les autres. »

La Royne, oyant ces parolles, fut si transportée que, de peur de monstrer par sa contenance
le troublement de son esprit, et s'appuiant sur le
bras du gentil-homme, s'en alla en un jardin prés
sa chambre, où longuement se promena sans luy
pouvoir dire mot. Mais le gentil-homme, la
voyant demy vaincue, quand il fut au bout de
l'allée où nul ne les pouvoit veoir, luy declara par
effect l'amour que si long temps il luy avoit celée. Et, se trouvant tous deux d'un consentement,
jouërent la vengeance dont la passion avoit esté
importable. Et là delibererent que toutes les fois
que le mary iroit en son village et le Roy de
son chasteau à la ville, il retourneroit au chasteau
vers la Royne : ainsi, trompans les trompeurs, se-

roient quatre participans au plaisir que deux cui-
doient tous seuls avoir. L'accord faict s'en retournerent la dame en sa chambre et le gentil-homme
en sa maison, avec tel contentement qu'ils avoient
oublié tous leurs ennuiz passez. Et la crainte que
chacun d'eux avoit de l'assemblée du Roy et de
la damoiselle estoit tournée en desir qui faisoit
aller le gentil-homme plus souvent qu'il n'avoit
accoustumé en son village, qui n'estoit qu'à demie
lieuë. Et si tost que le Roy le sçavoit, ne failloit
d'aller veoir la damoiselle, et le gentil-homme, la
nuict venuë, alloit au chasteau devers la Royne
faire l'office de lieutenant de Roy, si secrettement
que jamais personne ne s'en apperceut. Ceste vie
dura bien longuement ; mais le Roy, pour estre
personne publique, ne pouvoit si bien dissimuler
son amour que tout le monde ne s'en apperceust,
et avoient tous les gens de bien grand pitié du
gentil-homme, car plusieurs mauvais garsons luy
faisoient des cornets par derriere en signe de
mocquerie, dont il s'en appercevoit bien. Mais
ceste mocquerie luy plaisoit tant qu'il estimoit
autant les cornes que la couronne du Roy, lequel
avec la femme du gentil-homme ne se peut un
jour tenir (voyant une teste de cerf qui estoit eslevée en la maison du gentil-homme) de se prendre à rire devant luy mesme, en disant que ceste
teste estoit bien seante en ceste maison. Le gentil-homme qui n'avoit le cueur moins bon que
luy, va faire escrire sur ceste teste : *Io porto le*
corna, ciascun lo vede, ma tal le porta chi non lo

crede. Le Roy retournant en sa maison, qui trouva cest escriteau nouvellement escrit, en demanda au gentil-homme la signification, lequel luy dist: « Si le secret du Roy est caché au cerf, ce n'est pas raison que celuy du cerf soit declaré au Roy. Mais contentez vous, que tous ceulx qui portent cornes n'ont pas le bonnet hors de la teste, car elles sont si doulces qu'elles ne descoiffent personne, et celuy les porte plus legierement qui ne les cuide pas avoir. » Le Roy cogneut bien par ces parolles qu'il sçavoit bien quelque chose de son affaire, mais jamais n'eust soupçonné l'amitié de la Royne et de luy. Car, tant plus la Royne estoit contente de la vie de son mary, et plus faignoit d'en estre marrie. Parquoy vesquirent longuement d'un costé et d'autre en ceste amitié jusques à ce que la vieillesse y meist ordre.

« Voilà, mes dames, une histoire que volontiers je vous monstre icy par exemple, à fin que, quand voz mariz vous donneront les cornes de chevreul, vous leur en donniez de cerf. » Emarsuite commença à dire en riant : « Saffredent, je suis toute asseurée que, si vous aimiez autant qu'autres fois avez faict, vous endureriez cornes aussi grandes qu'un chesne, pour en rendre une à vostre fantaisie ; mais, maintenant que les cheveux vous blanchissent, il est temps de donner treves à vos desirs. — Ma damoiselle, dist Saffredent, combien que l'esperance m'en soit ostée par celle que j'aime, et la fureur par l'aage, si n'en sçauroit diminuer

7

la volonté. Mais, puis que vous m'avez reprins
d'un si honneste desir, je vous donne ma voix à
dire la quatriesme nouvelle, à fin que nous voyons
si par quelque exemple vous m'en pourrez desmentir. » Il est vray que, durant ce propos, une
de la compaignie se print bien fort à rire, sçachant
que celle qui prenoit les parolles de Saffredent à
son advantage n'estoit pas tant aimée de luy qu'il
en eust voulu souffrir cornes, honte ou dommage.
Et quand Saffredent veit que celle qui rioit l'entendoit, il s'en tint trescontent, et se teut pour
laisser dire Emarsuitte, laquelle commença ainsi :

« Mes dames, à fin que Saffredent et toute la
compaignie congnoisse que toutes dames ne sont
pas semblables à la Royne de laquelle il a parlé,
et que tous les fols et hazardeux ne viennent pas
à leur fin, et aussi pour ne celer l'opinion d'une
dame qui jugea le despit d'avoir failly à son entreprinse pire à porter que la mort, je vous racompteray une histoire en laquelle je ne nommeray les
personnes, pource que c'est de si fresche memoire
que j'aurois peur de desplaire à quelques uns des
parents bien proches. »

NOUVELLE QUATRIESME

Temeraire entreprinse d'un gentil-homme à l'encontre d'une princesse de Flandres, et le dommage et honte qu'il en receut.

IL y avoit au païs de Flandres une dame de si bonne maison qu'il n'en estoit point de meilleure, vefve du premier et second mary, desquels n'avoit eu nuls enfans vivants. Durant sa viduité, se retira avec un sien frere, dont elle estoit fort aimée, lequel estoit bien grand seigneur et mary d'une fille de Roy. Ce jeune prince estoit fort subject à son plaisir, aimant la chasse, passe-temps et dames, comme la jeunesse le requiert; et avoit une femme fort fascheuse, à laquelle les passe-temps du mary ne plaisoient point. Parquoy le seigneur menoit tousjours avec sa femme sa sœur, qui estoit de joyeuse vie, qui estoit la meilleure compaignie qu'il estoit possible, toutesfois sage et femme de bien. Il y avoit en la maison de ce grand seigneur un gentil-homme dont la grandeur, beauté et bonne grace passoit celle de tous ses compaignons. Ce gentil-homme, voyant la sœur de son maistre femme joyeuse et qui rioit volontiers,

pensa qu'il essaieroit si les propos d'un honneste
amy luy desplairoient, ce qu'il feit ; mais il trouva
en elle response contraire à sa contenance. Et
combien que sa response fust telle comme il appartenoit à une princesse et vraye femme de bien,
si est-ce que, le voyant tant beau et honneste
comme il estoit, elle luy pardonna aisement sa
grande audace, et monstroit bien qu'elle ne prenoit point à desplaisir, quand il parloit à elle, luy
disant neantmoins qu'il ne tint plus de tels propos, ce qu'il luy promist pour ne perdre l'aise et
honneur qu'il avoit de l'entretenir. Toutesfois à
la longue augmenta si fort son affection qu'il oublia la promesse qu'il luy avoit faicte : non qu'il
entreprint de se hazarder par parolles, car il avoit
trop contre son gré experimenté les sages res-
ponses qu'elle sçavoit faire ; mais il se pensa que,
s'il la pouvoit trouver en lieu à son advantage,
qu'elle (qui estoit vefve, jeune et en bon point,
et de fort bonne complexion) prendroit possible
pitié de luy et d'elle ensemble.

Pour venir à ses fins, dist à son maistre qu'il
avoit auprés de sa maison fort belle chasse, et
que, s'il luy plaisoit d'y aller prendre trois ou
quatre cerfs au mois de May, il n'avoit point veu
plus beau passetemps. Le seigneur, tant pour l'a-
mour qu'il portoit à ce gentil-homme que pour
le plaisir de la chasse, luy octroya sa requeste, et
alla en sa maison, qui estoit belle et bien en
ordre, comme du plus riche gentil-homme qui
fust au païs. Et logea le seigneur et la dame en

un corps de maison, et en l'autre vis à vis celle
qu'il aimoit mieux que luy-mesme. La chambre
estoit si bien tapissée, accoustrée par le hault,
et si bien nattée, qu'il estoit impossible de s'ap-
percevoir d'une trappe qui estoit en la ruelle de
son lict, laquelle descendoit en celle où logeoit
sa mere, qui estoit une vieille dame un peu cater-
reuse. Et pource qu'elle avoit la toux, craignant
faire bruit à la princesse qui logeroit sur elle,
changea de chambre à celle de son fils, et tous les
soirs ceste vieille portoit des confitures à la princesse pour sa collation; à quoy assistoit le gentil-
homme, qui (pour estre fort aimé et privé de son
frere) n'estoit refusé d'estre à son habiller et deshabiller, où tousjours il voyoit occasion d'augmenter son affection. En sorte qu'un soir, aprés
qu'il eut faict veiller cette princesse si tard que le
sommeil qu'elle avoit le chassa de sa chambre,
s'en alla en la sienne. Et quand il eut prins la
plus gorgiase et parfumée chemise qu'il eust, et
un bonnet de nuict tant bien accoustré qu'il n'y
falloit rien, luy sembla bien, en se mirant, qu'il
n'y eust dame en ce monde qui sceust refuser sa
beauté et bonne grace. Parquoy, se promettant
en luy-mesme heureuse issuë de son entreprinse,
s'en alla mettre en son lict, où il n'esperoit long
sejour, pour le desir et sur l'espoir qu'il avoit
d'en acquerir un plus honorable et plaisant. Et si
tost qu'il eut envoyé tous ses gens dehors, se leva
pour fermer la porte aprés eux, et longuement
secouta si en la chambre de la princesse, qui estoit

dessus, y avoit aucun bruit. Et quand il se peut
assurer que tout estoit en repos, il voulut commencer son doux travail, et peu à peu abbatit la
trappe, qui estoit si bien faicte et accoustrée de
drap qu'il ne feit un seul bruit, et par là monta
en la chambre et ruelle du lict de la dame, qui
commençoit à dormir à l'heure. Sans avoir regard
à l'obligation qu'il avoit à sa maistresse ny à la
maison dont estoit la dame, sans luy demander
congé ne faire la reverence, se coucha auprés
d'elle, qui le sentit plustost entre ses bras qu'elle
n'apperceut sa venuë. Mais elle, qui estoit forte,
se defeit de ses mains, et en luy demandant qui il
estoit, se meit à le frapper, mordre et esgrati-
gner ; de sorte qu'il fut contrainct, pour la peur
qu'il eut qu'elle appellast, luy fermer la bouche
de la couverture, ce qu'il luy fut impossible de
faire. Car, quand elle veit qu'il n'espargnoit rien
de toutes ses forces pour luy faire honte, elle n'espargna rien des siennes pour l'en garder, et appela tant qu'elle peut sa dame d'honneur, qui
couchoit en sa chambre, ancienne et sage femme
autant qu'il en estoit point, laquelle, tout en
chemise, courut à sa maistresse.

Et quand le gentil-homme veit qu'il estoit descouvert, eut si grand peur d'estre cogneu de la
dame que le plustost qu'il peut descendit par sa
trappe, et, autant qu'il avoit de desir et asseurance d'estre bien venu, autant il estoit desesperé
de s'en retourner en si mauvais estat. Il trouva
son miroër et sa chandelle sur sa table, et regarda

son visage tout sanglant d'esgratigneures et de
morsures qu'elle luy avoit faictes, dont le sang
sailloit sur sa belle chemise, qui estoit plus san-
glante que dorée ; commença à dire : « O beauté!
tu as maintenant loyer de ton merite, car par ta
vaine promesse j'ay entrepris une chose impossible, et qui peut-estre, au lieu d'augmenter mon
contentement, est redoublement de mon malheur.
Estant asseuré que, si elle sçait que, contre la promesse que je luy ay faicte, j'ay entreprins ceste
follie, je perdray l'honneste et commune frequentation que j'ay plus que nul autre avec elle. Ce
que ma gloire, beauté et bonne grace ont bien
deservi, je ne le devois pas cacher en tenebres.
Pour gaigner l'amour de son cueur, je ne devois
pas essayer à prendre par force son chaste corps,
mais devois, par un service et humble patience,
attendre qu'amour fust victorieux, pource que
sans luy n'ont pouvoir toute la vertu et puissance
de l'homme. » Ainsi passa la nuict en tels pleurs,
regrets et douleurs qui ne se peuvent racompter.
Et au matin, voyant son visage tout deschiré, feit
semblant d'estre fort malade et de ne pouvoir
veoir la lumiere, jusques à ce que la compaignie
fust hors de sa maison.

La dame, qui estoit demeurée victorieuse, sçachant qu'il n'y avoit homme à la court de son
frere qui eust osé faire une si meschante entreprinse que celuy qui avoit eu la hardiesse de luy
declarer son amour, s'asseura que c'estoit son
hoste. Et quant elle eut cherché avec sa dame

d'honneur les endroicts de la chambre pour trouver qui se pouvoit estre, et qu'il ne luy fut possible, elle luy dist par grand colere : « Asseurez vous que ce ne peult estre autre que le seigneur de ceans, et que le matin je feray en sorte vers mon frere que sa teste sera tesmoing de ma chasteté. » Et la dame d'honneur, la voyant ainsi, luy dist : « Ma dame, je suis tres-aise de l'amour que vous avez à vostre honneur, pour lequel augmenter ne voulez espargner la vie d'un qui l'a trop hazardée par la force de l'amour qu'il vous porte, mais bien souvent tel la cuide croistre qui la diminuë : parquoy je vous supplie, ma dame, me vouloir dire la verité du faict. » Et quand la dame luy eut compté tout au long, la dame d'honneur luy dist : « Vous m'asseurez qu'il n'a eu autre chose de vous que les esgratigneures et coups de poing. — Je vous asseure (dist la dame) que non ; et s'il n'a trouvé un bon chirurgien, je pense que demain les marques y paroistront. — Et puis qu'ainsi est, ma dame, dist la dame d'honneur, il me semble que vous avez plus d'occasion de louër Dieu que de penser à vous venger de luy, car vous pouvez croire que, puis qu'il a eu le cueur si grand d'entreprendre une telle chose, et le despit qu'il a d'y avoir failly, que vous ne luy sçauriez donner mort qui ne fust plus aisée à porter. Si vous desirez d'estre vengée de luy, laissez faire à l'amour et à la honte, qui le sçauront mieux tourmenter que vous, et le faictes pour vostre honneur. Gardez vous, ma dame, de tum-

ber en tel inconvenient que le sien, car, en lieu
d'acquerir le plus grand plaisir qu'il eust sceu
avoir, il a receu le plus extreme ennuy que gentil-homme sçauroit porter. Aussi vous, ma dame,
cuidant augmenter vostre honneur, le pourriez
bien diminuer; et si vous en faictes la plaincte,
vous ferez sçavoir ce que nul ne sçait, car de son
costé vous estes asseurée qu'il n'en sera jamais
rien revelé. Et quand monsieur vostre frere en
feroit la justice qu'en demandez, et que le pauvre
gentil-homme en viendra à mourir, si courra le
bruit par tout qu'il aura faict de vous à sa volonté.
Et la plus part diront qu'il a esté difficile à un
gentil-homme de faire une telle entreprinse si la
dame ne luy a donné occasion grande. Vous estes
belle et jeune, vivant en toute compaignie joyeusement, il n'y a nul en ceste court qui ne voye la
bonne chere que vous faictes au gentil-homme
dont vous avez soupçon : qui fera juger chacun
que, s'il a faict ceste entreprinse, ce n'a esté sans
quelque faulte de vostre costé? Et vostre honneur,
qui jusques icy vous a faict aller la teste levée,
sera mis en dispute en tous les lieux où ceste histoire sera racomptée. » La princesse, entendant
les bonnes raisons de sa dame d'honneur, congneut qu'elle disoit verité, et qu'à tresjuste cause
elle seroit blasmée, veue la privée et bonne chere
qu'elle avoit tousjours faicte au gentil-homme;
et demanda à sa dame d'honneur ce qu'elle avoit
à faire, laquelle luy dist : « Ma dame, puis qu'il
vous plaist recevoir mon conseil, voyant l'affec-

tion dont il procede, me semble que vous devez
en vostre cueur avoir joye d'avoir veu que le plus
beau et plus honneste gentil-homme que j'aye
veu n'a sceu, ny par amour ny par force, vous
mettre hors du chemin de toute honnesteté. Et
en cela, ma dame, vous vous devez humilier devant Dieu, recognoissant que ce n'a pas esté par
vostre vertu : car maintes femmes, ayans mené
vie plus austere que vous, ont esté humiliées par
hommes moins dignes d'estre aimez que luy. Et
devez plus craindre que jamais de recevoir nuls
propos d'amitié, pource qu'il y en a assez qui
sont tombez à la seconde fois aux dangers qu'elles
ont evitez la premiere. Ayez memoire, ma dame,
qu'Amour est aveugle, lequel aveuglist de sorte
que, où l'on pense le chemin plus seur, est à
l'heure qu'il est le plus glissant. Et me semble,
ma dame, que vous ne devez à luy ny à autre faire
semblant du cas qui vous est advenu ; et, encore
qu'il en voulust dire quelque chose, feignez du
tout de ne l'entendre, pour eviter deux dangers :
l'un de vaine gloire de la victoire que vous en
avez euë, l'autre de prendre plaisir en ramentevant choses qui sont si plaisantes à la chair que
les plus chastes ont bien affaire à se garder d'en
sentir quelques estincelles, encores qu'elles la
fuyent le plus qu'elles peuvent. Mais aussi, ma
dame, à fin qu'il ne pense par tel hazard avoir
faict chose qui vous ait esté agreable, je suis bien
d'avis que peu à peu vous vous esloignez de la
bonne chere que vous luy avez accoustumé de

faire, à fin qu'il cognoisse de combien vous des-
prisez sa follie, et combien vostre bonté est grande,
qui s'est contentée de la victoire que Dieu vous a
donnée, sans demander autre vengeance de luy.
Et Dieu vous doint, ma dame, grace de continuer
l'honnesteté qu'il a mise en vostre cueur, et,
cognoissant que tout bien vient de luy, vous l'ay-
miez et serviez mieux que vous n'avez accoustumé. » La princesse delibera de croire le conseil de
sa dame d'honneur, et s'endormit aussi joyeusement que le gentil-homme veilla de tristesse. Le
lendemain, le seigneur s'en voulut aller, et demanda son hoste, auquel on dist qu'il estoit si
malade qu'il ne pouvoit veoir la clarté ne ouyr
parler personne, dont le prince fut fort esbahy,
et le voulut aller veoir; mais, sçachant qu'il repo-
soit, ne le voulut esveiller, et, sans luy dire à
Dieu, s'en alla ainsy de sa maison, emmenant
avec luy sa femme et sa sœur; laquelle, entendant
les excuses du gentil-homme, qui n'avoit voulu
veoir le prince ne la compagnie au partir, se tint
asseurée que c'estoit luy qui luy avoit faict tant
de tourment, lequel n'osoit monstrer les marques
qu'elle luy avoit faictes au visage. Et combien
que son maistre l'envoyast souvent querir, si ne
retourna-il point à la court qu'il ne fust bien
guery de toutes ses playes, hors mise celle que
l'amour et le despit luy avoient faict au cueur.
Quand il fut retourné vers luy, et qu'il se trouva
devant sa victorieuse ennemie, ce ne fut sans rougir; et luy, qui estoit le plus audacieux de toute

la compaignie, fut si estonné que souvent devant
elle perdoit toute contenance. Parquoy fut toute
asseurée que son soupçon estoit vray. Et peu à
peu s'estrangea de luy, non pas si finement qu'il
ne s'apparceut tresbien; mais il n'en osa faire semblant, de peur d'avoir encore pis. Et garda cest
amour en son cueur avec la patience de l'eslongnement qu'il avoit merité.

« Voilà, mes dames, qui devroit donner grande
crainte à ceux qui presument ce qui ne leur appartient. Et doit bien augmenter le cueur aux
dames, voyant la vertu de ceste jeune princesse et
le bon sens de sa dame d'honneur. Si en quelqu'un de vous advenoit pareil cas, le remede y
est ja donné. — Il me semble, dist Hircan, que le
gentil-homme dont avez parlé estoit si despourveu de cueur qu'il n'estoit digne d'estre ramentu :
car, ayant telle occasion, ne devoit, ne pour
vieille ne pour jeune, laisser son entreprise. Et
fault bien dire que son cueur n'estoit pas tout
plein d'amour, veu que la crainte de mort et de
honte y trouva encores place. » Nomerfide respondit à Hircan : « Et que eust faict le pauvre
gentil-homme, veu qu'il avoit deux femmes contre luy? — Il devoit tuer la vieille, dist Hircan,
et, quand la jeune se feut veuë seule, elle eust esté
à demie vaincue. — Tuer! dit Nomerfide, vous
voudriez donc faire d'un amoureux un meurtrier?
Puis que vous avez ceste opinion, on doit bien
craindre de tumber entre voz mains. — Si j'estois

jusques là, dist Hircan, je me tiendrois pour des-
honoré si je ne venois à la fin de mon intention.»
A l'heure Guebron dist: « Trouvez vous estrange
qu'une princesse, nourrie en tout honneur, soit
difficile à prendre d'un seul homme? Vous vous
devriez donc beaucoup plus esmerveiller d'une
pauvre femme qui eschappe la main de deux. —
Guebron, dist Emarsuitte, je vous donne ma voix
à dire la cinquiesme nouvelle, car je pense qu'en
sçavez quelqu'une de ceste pauvre femme, qui
ne seroit point fascheuse. — Puis que vous m'a-
vez esleu à la partie, dist Guebron, je vous diray une histoire que je sçay pour en avoir faict
inquisition veritable sur le lieu; et par là vous
verrez que tout le sens et la vertu des femmes
n'est pas au cueur et teste des princesses, ny tout
l'amour et finesse en ceux où le plus souvent on
estime qu'ils soient. »

NOUVELLE CINQUIESME

*Une bastcliere s'eschappa de deux cordeliers qui la vou-
loient forcer, et feit si bien que leur peché fut descouvert à tout le monde.*

u port à Coullon, près de Nyort, y
avoit une basteliere qui jour et nuict
ne faisoit que passer un chacun. Advint que deux cordeliers dudict Nyort
passerent la riviere tous seuls avec elle. Et pource
que le passage est un des plus longs qui soit en
France, pour la garder d'ennuyer vindrent à la prier
d'amours; à quoy elle feit telle response qu'elle
devoit. Mais eux, qui pour le travail du chemin
n'estoient lassez, ne pour froideur de l'eaue re-
froidiz, ne aussi pour le reffus de la femme honteux, se delibererent la prendre tous deux par
force, ou, si elle se plaignoit, la jetter dans la
riviere. Elle, aussi sage et fine qu'ils estoient fols
et malicieux, leur dist : « Je ne suis pas si mal
gracieuse que j'en fais le semblant, mais je vous
veux prier de m'octroyer deux choses, et puis
vous cognoistrez que j'ay meilleure envie de vous
obeyr que vous n'avez de me prier. » Les cordeliers luy jurerent par leur bon sainct François

qu'elle ne leur sçauroit demander chose qu'ils ne
luy octroyassent pour avoir ce qu'ils desiroient
d'elle. « Je vous requiers premierement, dist-elle,
que me juriez et promettiez que jamais à homme
vivant nul de vous ne declarera nostre affaire. »
Ce qu'ils lui promeirent tresvolontiers. Ainsi
leur dist : « Que l'un aprés l'autre vueille prendre son plaisir de moy, car j'auroys trop de honte
que tous deux me veissiez ensemble. Regardez
lequel me veult avoir la premiere. » Ils trouverent
tresjuste sa requeste, et accorda le plus jeune que
le vieil commenceroit. Et en approchant d'une
petite isle, elle dist au beau-pere le jeune: « Dictes
là voz oraisons jusques à ce qu'aye mené vostre
compaignon icy devant en une autre isle; et si, à
son retour, il se louë de moy, nous le lairrons icy
et nous en irons ensemble. » Le jeune saulta dedans l'isle, attendant le retour de son compaignon, lequel la bastelliere mena en une autre. Et
quand ils furent au bort, faisant semblant d'atta-
cher le basteau, luy dist : « Mon amy, regardez
en quel lieu nous nous mettrons. » Le beau-pere
entra en l'isle pour chercher l'endroit qui luy seroit plus à propos; mais, si tost qu'elle le veit à
terre, donna un coup de pied contre une arbre
et se retira avec son basteau dedans la riviere,
laissans ces deux beaux-peres aux desers, ausquels
elle cria tant qu'elle peut : « Attendez, Messieurs,
que l'Ange de Dieu vous vienne consoler, car de
moy n'aurez aujourd'huy chose qui vous puisse
plaire. » Ces deux pauvres cordeliers, congnois-

sans la tromperie, se meirent à genoux sur le bord
de l'eau, la priant ne leur faire cette honte, et
que, si elle les vouloit doulcement mener au port,
ils luy promettoient de ne luy demander rien. Et
s'en allant tousjours, leur disoit : « Je serois folle
si, après avoir eschappé de vos mains, je m'y
remettois. » Et, en retournant au village, appela
son mary et ceux de la justice pour venir prendre
ces deux loups enragez, dont, par la grace de
Dieu, elle avoit eschappé de leurs dents. Eux et
la justice si en allerent si bien accompaignez qu'il
n'y demeura grand ne petit qui ne voulust avoir
part au plaisir de ceste chasse. Ces pauvres fratres,
voyans venir si grande compaignie, se cacherent
chacun en son isle, comme Adam quand il se veit
devant la face de Dieu. La honte meit leur peché
devant leurs yeux, et la crainte d'estre puniz les
faisoit trembler si fort qu'ils estoient demy morts.
Mais cela ne les garda d'estre prins et menez prisonniers, qui ne fut sans estre mocquez et huez
.d'hommes et de femmes. Les uns disoient : « Ces
beaux-peres nous preschent chasteté, et puis la
veulent oster à nos femmes. » Le mary disoit : « Ils
n'osent toucher l'argent la main nuë, et veulent
bien manier les cuisses des femmes, qui sont plus
dangereuses. » Les autres disoient : « Sont sepul-
chres par dehors blanchiz, et dedans pleins de morts
et de pourriture. » Et une autre crioit : « A leurs
fruicts cognoissez vous quels arbres sont. » Croyez
que tous les passages que l'Escriture dict contre les
hippocrites furent là alleguez contre les pauvres

prisonniers, lesquels, par le moyen du gardien,
furent recoux et delivrez ; qui en grande diligence
les vint demander, asseurant ceux de la justice
qu'il en feroit plus grande punition que les se-
culiers n'en sçauroient faire, et, pour satisfaire à
partie, protesta qu'ils diroient tant de suffrages et
prieres qu'on les voudroit charger. Parquoy le
juge accorda sa requeste, et luy donna les prisonniers, qui furent si bien chapitrez du gardien (qui
estoit homme de bien) que oncques puis ne passerent riviere sans faire le signe de la croix et se
recommander à Dieu.

« Je vous prie, mes dames, pensez que, si ceste
basteliere eut l'esprit de tromper deux si malicieux
hommes, que doivent faire ceux qui ont tant veu
et leu de beaux exemples? Si celles qui ne sçavent
rien, qui n'oyent quasi en tout l'an deux bons
sermons, qui n'ont le loisir que de penser à gaigner leur pauvre vie, et, si fort pressées, gardent
tant songneusement leur chasteté, que doivent
faire celles qui, ayant leur vie acquise, n'ont autre
occupation que verser ès sainctes lettres, et à ouyr
sermons et predications, et à s'appliquer et exer-
cer en tout acte de vertu ? C'est là où on congnoist
la vertu, qui est naifvement dedans le cueur, car,
où le sens et la force de l'homme est estimée moindre, c'est où l'esprit de Dieu faict de plus grandes
œuvres. Et bien malheureuse est la dame qui ne
garde soigneusement le tresor qui luy apporte
tant d'honneur estant bien gardé, et tant de des-

honneur au contraire. » Longuarine luy dist : « Il me semble, Guebron, que ce n'est pas grande vertu de refuser un cordelier, mais que plustost seroit chose impossible de les aimer. — Longuarine (respondit Guebron), celles qui n'ont point acoustumé d'avoir de tels serviteurs que vous ne tiennent point fascheux les cordeliers, car ils sont hommes aussi beaux, aussi forts et plus reposez que nous autres, qui sommes tous cassez de harnois ; et si parlent comme anges, et sont les aucuns importuns comme diables ; parquoy celles qui n'ont veu robbes que de bureau sont bien vertueuses quand elles eschappent de leurs mains. » Nomerfide dist tout hault : « Ha ! par ma foy ! vous en direz ce que vous voudrez, mais j'eusse mieux aimé estre jettée en la riviere que de coucher avec un cordelier. » Oisille dist en riant : « Vous sçavez doncques bien nager ? » Ce que Nomerfide trouva mauvais, pensant que Oisille n'eust telle estime d'elle qu'elle desiroit ; parquoy luy dist en colere : « Il y en a qui ont reffusé des personnes plus agreables qu'un cordelier, et n'en ont faict sonner la trompette. » Oisille, se prenant à rire de la veoir courroucée, luy dist : « Encores moins ont faict sonner le tabourin de ce qu'elles ont faict et accordé. » Parlamente dist : « Je voy bien que Simontault a desir de parler, parquoy je luy donne ma voix : car, aprés deux tristes nouvelles, il ne fauldra à nous en dire une qui ne nous fera point plourer. — Je vous remercie, dist Simontault, car, en me donnant vostre voix, il ne

s'en fault gueres que ne me nommez plaisant,
qui est un nom que je trouve trop fascheux ; et,
pour m'en venger, je vous monstreray qu'il y a
des femmes qui font bien semblant d'estre chastes
envers quelques uns et pour quelque temps, mais
la fin les monstre telles qu'elles sont, comme
vous verrez par une histoire tresveritable que je
vous diray. »

NOUVELLE SIXIESME

*Subtilité d'une femme qui feit evader son amy, lors que
son mary (qui estoit borgne) les pensoit surprendre.*

L y avoit un viel varlet de chambre
de Charles, dernier duc d'Alençon,
lequel avoit perdu un œil, et estoit
marié avec une femme beaucoup plus
jeune que luy, et que ses maistre et maistresse
aimoient autant que homme de son estat qui fust
en leur maison ; et ne pouvoit si souvent aller
veoir sa femme comme il eust bien voulu : qui
fut occasion qu'elle oublia tellement son honneur
et conscience qu'elle se meit à aimer un jeune
gentil-homme, dont à la longue le bruit fut si
grand et mauvais que le mary en fut adverty. Le-

quel ne le pouvoit croire, pour les grands signes
d'amitié que luy monstroit sa femme. Toutesfois,
un jour, il pensa en faire l'experience, et se venger, s'il pouvoit, de celuy qui luy faisoit ceste
honte. Et, pour ce faire, faignit s'en aller en quelque lieu prés de là pour deux ou trois jours. Incontinent qu'il fut party, sa femme envoya querir
son homme, lequel ne fut pas demie heure avec
elle que voicy venir son mary qui frappa bien fort
à la porte. Elle, qui le congneut, le dist à son
amy, qui fut si estonné qu'il eust voulu estre au
ventre de sa mere, et maudissant elle et l'amour
qui l'avoient mis en tel danger. Elle luy dist qu'il
ne se souciast point, et qu'elle trouveroit bien le
moyen de l'en faire saillir sans mal ny honte, et
qu'il se habillast le plus tost qu'il pourroit. Ce
pendant, frappoit le mary à la porte, qui appelloit sa femme le plus hault qu'il pouvoit. Mais elle
faignoit de ne le congnoistre point, et disoit tout
hault au varlet de leans : « Que ne vous levez
vous, et allez faire taire ceulx qui font ce bruit à
la porte? Est-ce maintenant l'heure de venir en la
maison des gens de bien? Si mon mary estoit icy,
il vous en garderoit! » Le mary, oyant la voix de
sa femme, l'appella le plus hault qu'il peut : «Ma
emme, ouvrez-moy! Me ferez-vous demourer
icy jusques au jour? » Et quand elle veit que son
amy estoit tout prest de saillir, en ouvrant la
porte, commença à dire à son mary : « O mon
mary! que je suis bien aise de vostre venuë! car
je faisois un merveilleux songe; et estois tant aise

que jamais je ne receu un tel contentement, pource qu'il me sembloit que vous aviez recouvert la veuë de vostre œil. » Et, en l'embrassant et le baisant, le print par la teste, et luy bouchoit d'une main son bon œil, et luy demandoit : « Voyez vous point mieulx que vous n'aviez acoustumé ? » Et, ce pendant qu'il ne veoit goutte, feit sortir son amy dehors, dont le mary se doubta incontinent, et luy dist : « Ma femme, par Dieu, je ne feray jamais le guet sur vous, car, en vous cuidant tromper, j'ay receu la plus fine tromperie qui fut jamais inventée. Dieu vous vueille amender, car il n'est en la puissance d'homme qui vive de donner ordre à la malice d'une femme, qui ne la fera mourir. Mais, puis que le bon traictement que je vous ay faict n'a peu servir à vostre amendement, peult estre que le despris que doresnavant j'en feray vous chastira. » Et en ce disant s'en alla, et laissa sa femme bien desolée, qui, par le moyen de ses parents, amis, excuses et larmes, retourna encores avec luy.

« Par cecy, voyez vous, mes dames, combien est prompte et subtile une femme à eschapper d'un danger. Et si, pour couvrir un mal, son esprit a promptement trouvé remede, je pense que, pour en eviter un ou pour faire quelque bien, son esprit seroit encores plus subtil : car le bon esprit, comme j'ay tousjours ouy dire, est le plus fort. » Hircan luy dist : « Vous parlerez tant des finesses que vous vouldrez, mais si ay je telle opi-

nion de vous, si le cas vous estoit advenu, vous
ne le sçauriez celer. — J'aymerois autant, ce luy
dist elle, que m'estimissiez la plus sotte du monde.
— Je ne le dy pas, ce dist Hircan, mais je
vous estime bien celle qui plus tost s'estonneroit
d'un bruit que finement ne le feroit taire. — Il
vous semble, dist Nomerfide, que chacun est
comme vous, qui par un bruit en veult couvrir
un autre. Mais il y a danger qu'à la fin une couverture ruine sa compaigne, et que le fondement
soit tant chargé pour soustenir les couvertures
qu'il ruine l'edifice. Mais, si vous pensez que les
finesses d'un des hommes (dont chacun vous estime bien rempli) soient plus grandes que celles
des femmes, je vous laisse bien mon rang pour
nous en compter quelque autre. Et, si vous voulez
vous proposer pour exemple, je croy que vous
nous apprendrez bien de la malice. — Je ne suis
pas icy, dist Hircan, pour me faire pire que je
suis : car encores y en a il qui plus que je n'en
veulx en dient. » Et en ce disant, regarda sa
femme, qui luy dist soudain : « Ne craignez point
pour moy à dire verité, car il me sera plus facile
à ouyr compter voz finesses que de les vous veoir
faire devant moy, combien qu'il n'y en ait nulle
qui sceust diminuer l'amour que je vous porte. »
Hircan respondit : « Aussi ne me plains-je pas
de toutes les faulces opinions que vous avez euës
de moy. Parquoy, puis que nous cognoissons l'un
l'autre, c'est occasion de plus grande seureté pour
l'advenir. Mais si ne suis-je pas si sot de ra-

compter une histoire de moy dont la verité vous puisse porter ennuy; toutesfois j'en diray une d'un personnage qui estoit bien de mes amis. »

NOUVELLE SEPTIESME

Un marchant de Paris trompe la mere de s'amie pour couvrir leur faulte.

E N la ville de Paris y avoit un marchant amoureux d'une fille sa voisine, ou, pour mieux dire, plus amy d'elle qu'elle n'estoit de luy : car le semblant qu'il faisoit de l'aimer et cherir n'estoit que pour couvrir une amour plus haulte et honorable. Mais elle, qui se consentoit d'être trompée, l'aimoit tant qu'elle avoit oublié la façon dont les femmes ont acoustumé de refuser les hommes. Ce marchant icy, aprés avoir esté long temps à prendre la peine d'aller où il la pouvoit trouver, la faisoit venir où il luy plaisoit, dont sa mere s'aperceut, qui estoit une treshonneste femme, et luy defendit que jamais elle ne parlast à ce marchant, ou qu'elle la mettroit en religion. Mais cette fille, qui plus aimoit le marchant qu'elle ne craignoit sa mere, le cherissoit plus qu'aupa-

ravant. Et un jour advint qu'estant toute seule
en une garderobbe, ce marchant y entra, lequel,
se trouvant en lieu commode, se print à parler à
elle le plus privéement qu'il luy fut possible.
Mais quelque chambriere qui le vit entrer dedans le courut dire à la mere, laquelle avec une
tresgrande colere s'y en alla; et quand sa fille
l'ouyt venir, dist en pleurant à ce marchant :
« Hélas, mon amy! à ceste heure me sera bien
cher vendu l'amour que je vous porte. Voicy ma
mere, qui cognoistra ce qu'elle a tousjours craint
et doubté. » Le marchant, qui d'un tel cas ne fut
point estonné, la laissa incontinent et s'en alla
au devant de la mere, et, en estendant les bras,
l'embrassa le plus fort qu'il luy fut possible, et,
avec ceste fureur dont il commençoit à entretenir
sa fille, getta la pauvre femme vieille sur une
couchette, laquelle trouva si estrange ceste façon
de faire qu'elle ne sçavoit que luy dire, sinon :
« Que voulez vous ? resvez vous ? » Mais pour
cela ne laissoit de la poursuivre d'aussi prés que
si c'eust esté la plus belle fille du monde, et,
n'eust esté qu'elle cria si fort que les varlets et
chambrieres vindrent à son secours, elle eust
passé le chemin qu'elle craignoit que sa fille
marchast. Parquoy, à force de bras, osterent ceste
pauvre vieille d'entre les mains du marchant, sans
que jamais elle sceust ny ne peust sçavoir l'occasion pourquoy il l'avoit ainsi tourmentée. Durant cela se sauva la fille en une maison auprés,
où il y avoit des nopces : dont le marchant et

elle ont maintesfois riz ensemble depuis aux despens de la vieille, qui jamais ne s'en apperceut.

« Par cecy voyez vous, mes dames, que la finesse d'un homme a trompé une vieille et saulvé l'honneur d'une jeune femme. Mais qui vous nommeroit les personnes, ou qui eust veu la contenance du marchant et l'estonnement de ceste vieille, eust eu grand peur de sa conscience s'il se fust gardé de rire. Il me suffit que je vous prouve, par ceste histoire, que la finesse des hommes est aussi prompte et secourable au besoing que celle des femmes, à fin, mes dames, que vous ne craigniez point de tomber entre leurs mains : car, quand vostre esprit vous fauldra, le leur sera prest à couvrir vostre honneur. » Longarine luy dist : « Vrayment, Hircan, je confesse que le compte est fort plaisant et la finesse grande ; mais si n'est-ce pas un exemple que les filles doivent ensuivre. Je croy bien qu'il y en a à qui vous le vouldriez faire trouver bon ; mais si n'estes vous pas si sot de vouloir que vostre femme, ny celle dont vous aimez mieulx l'honneur que le plaisir, voulust jouër à tel jeu. Je croy qu'il n'y en auroit point un qui de plus prés les regardast ne qui mieulx y mist ordre que vous. — Par ma foy, dist Hircan, si celle que vous dictes avoit faict pareil cas et que je n'en eusse rien sceu, je ne l'estimerois pas moins. Et si ne sçay si quelque un en a point faict d'aussi bons, dont le celer me mect hors de peine. » Parlamente ne se peut tenir de dire : « Il est impossible que l'homme mal faisant ne soit soupçonneux, mais bien heureux est celuy sur lequel on ne peult avoir soupçon par occasion donnée. » Longarine dist : « Je n'ay gueres veu grand feu de quoy ne vint quelque fumée, mais j'ay bien veu la fumée où il n'y avoit point de feu : car aussi souvent est soupçonné par les mauvais le mal, ou il n'est point congneu là où il est. » A l'heure Hircan luy dist : « Vrayement, Longarine, vous en avez si bien parlé en soustenant l'honneur des dames à tort soupçonnées que je vous donne ma voix pour dire la vostre, par ainsi que vous ne nous faciez point pleurer comme a faict madame Oisille par trop louër les femmes de bien. » Longarine, en se prenant bien fort à rire, commença à dire ainsi : « Puis que vous avez envie que je vous face rire selon ma coustume, ce ne sera pas aux despens des femmes, et si diray chose pour monstrer combien elles sont aisées à tromper quand elles mettent leur fantasie à la jalousie, avecques une estime de leur bon sens de vouloir tromper leurs mariz. »

NOUVELLE HUICTIESME

Un quidam, ayant couché avec sa femme au lieu de sa chambriere, y envoya son voisin, qui le feit cocu sans que sa femme en sceust rien.

N la comté d'Allex, y avoit un homme nommé Bornet qui avoit espousé une honneste et femme de bien, de laquelle il aimoit l'honneur et la reputation, comme je croy que tous les mariz qui sont icy font de leurs femmes. Et combien qu'il voulust que la sienne luy gardast loyauté, si ne vouloit il pas que la loy fust egale à tous deux : car il devint amoureux de sa chambriere, au change dequoy il ne craignoit sinon que la diversité des viandes ne pleust. Il avoit un voisin de pareille condition que luy, nommé Sandras, tabourineur et cousturier. Et y avoit entre eux telle amitié que, hors mis la femme, ils n'avoient rien party ensemble. Parquoy il declara à son amy l'entreprise qu'il avoit sur sa chambriere, lequel non seulement le trouva bon, mais aida de tout son pouvoir à la parachever, esperant avoir part au gasteau. La chambriere, qui ne s'y vouloit consentir, se voyant pressée de tous costez, l'alla

dire à sa maistresse, la priant luy donner congé
de s'en aller sur ses parents, car elle ne pouvoit
plus vivre en ce tourment. La maistresse, qui aimoit bien fort son mary, et duquel elle avoit
soupçon, fut bien aise d'avoir gaigné ce poinct
sur luy et de luy pouvoir monstrer justement
qu'elle en avoit eu doubte. Parquoy dist à sa
chambriere : « Tenez bon, mamie, tenez peu à
peu bon propos à mon mary, et puis aprés luy
donnez assignation de coucher avec vous en ma
garde-robbe, et ne faillez à me dire la nuit qu'il
devra venir ; mais gardez que nul n'en sçache
rien. » La chambriere feit tout ainsi que sa maistresse luy avoit commandé : dont le maistre fut
si aise qu'il en alla faire la feste à son compaignon, lequel le pria, veu qu'il avoit esté du mar-
ché, d'en avoir le demeurant. La promesse faicte
et l'heure venuë, s'en alla coucher le maistre,
comme il cuidoit, avec sa chambriere. Mais sa
femme, qui avoit renoncé à l'auctorité de commander pour le plaisir de servir, s'estoit mise en
la place de la chambriere, et receut son mary,
non comme femme, mais faignant la contenance
d'une fille estonnée, si bien que son mary ne s'en
apperceut point.

Je ne vous sçaurois dire lequel estoit le plus
aise des deux, ou luy de penser tromper sa femme,
ou elle de tromper son mary. Et quand il eut demeuré avec elle non selon son vouloir, mais selon
sa puissance, qui sentoit son vieil marié, s'en alla
hors de la maison, où il trouva son compaignon,

beaucoup plus fort et jeune que luy, et luy feit la feste d'avoir trouvé la meilleure robbe qu'il avoit point veuë. « Vous sçavez (luy dist son compaignon) ce que m'avez promis. — Allez doncques vistement, dist le maistre, de peur qu'elle se lieve ou que ma femme ait affaire d'elle. Le compaignon s'y en alla et trouva encore la mesme chambriere que le mary avoit mescogneuë, laquelle, cuidant que ce fust son mary, ne le refusa de chose qu'il demandast, j'entends demander pour prendre, car il n'osoit parler. Il y demeura bien plus longuement que le mary, dont la femme s'esmerveilloit fort, car elle n'avoit point accoustumé d'avoir telles nuictées; toutes fois elle eut patience, se reconfortant aux propos qu'elle avoit deliberé de luy tenir le lendemain et à la mocquerie qu'elle luy feroit recevoir. Sur le poinct de l'aube du jour, cest homme se leva d'auprés d'elle, et en se partant du lict se joüa à elle, et en se jouant luy arrachea un anneau qu'elle avoit au doigt, duquel son mary l'avoit espousée : chose que les femmes de ce païs gardent en grande superstition, et honorent fort une femme qui garde cest anneau jusques à la mort; et au contraire, si par fortune le pert, elle est desestimée, comme ayant donné sa foy à un autre qu'à son mary. Elle fut trescontente qu'il luy ostast, pensant que ce seroit seur tesmoignage de la tromperie qu'elle luy avoit faicte.

Quand le compaignon fut retourné devers le maistre, il luy demanda : « Et puis ? » Il luy respondit qu'il estoit de son opinion, et que, s'il

n'eust craint le jour, encor y fust il demeuré ; et
ainsi se vont tous deux reposer le plus coyement
qu'ils peurent. Et le matin, en s'habillant, apperceut le mary l'anneau que son compaignon avoit
au doigt tout pareil de celuy qu'il avoit donné en
mariage à sa femme. Et demanda à son compaignon qui le luy avoit baillé. Mais, quand il entendit qu'il l'avoit arraché du doigt de sa chambriere,
il fut fort estonné, et commença à donner de la
teste contre la muraille et à dire : « Ha, vertu dieu !
me serois-je bien faict cocqu moy-mesme, sans
que ma femme en sceust rien ? » Son compaignon,
pour le reconforter, luy dist : « Peult estre que
vostre femme bailla son anneau au soir en garde
à la chambriere. » Le mary s'en va à la maison, où
il trouva sa femme plus belle, plus gorgiase et
plus joyeuse qu'elle n'avoit accoustumé, comme
celle qui se resjouissoit d'avoir saulvé la conscience
de sa chambriere et d'avoir experimenté jusques
au bout son mary, sans y rien perdre que le veiller
d'une nuict. Le mary, la voyant avec si bon visage,
dist en soy-même : « Si elle sçavoit ma bonne fortune, elle ne me feroit pas si bonne chere. » Et, en
parlant à elle de plusieurs propos, la print par la
main et advisa qu'elle n'avoit pas l'anneau, qui jamais ne luy partoit du doigt, dont il devint tout
transi, et luy demanda en voix tremblante :
« Qu'avez vous faict de vostre anneau ? » Mais elle,
qui fut bien aise qu'il la mettoit au propos qu'elle
avoit envie de luy tenir, luy dist : « O le plus meschant de tous les hommes ! à qui le cuidez vous

avoir osté ? Vous pensiez bien que ce fust à ma
chambriere, pour l'amour de laquelle avez des-
pensé deux fois plus de voz biens que jamais vous
ne feistes pour moy : car, à la premiere fois que y
estes venu coucher, je vous ay jugé tant amoureux
d'elle qu'il estoit possible de plus ; mais, aprés que
vous fustes sailly dehors, et, puis encores retourné,
il sembloit que vous fussiez un diable sans ordre
ne mesure. O malheureux ! pensez quel aveuglement vous a prins de loüer tant mon corps et mon
embonpoint, dont par si long temps vous seul
avez esté joïssant sans en faire grande estime. Ce
n'est doncques pas la beauté et l'embonpoint de
vostre chambriere qui vous a faict trouver ce plaisir si agreable, mais c'est le peché infame et la
vilaine concupiscence qui brusle vostre cueur et
vous rend les sens si hebetez que, par la fureur en
quoy vous mettoit l'amour de ceste chambriere, je
croy que vous eussiez prins une chevre coiffée pour
une belle fille. Or il est temps, mon mary, de vous
corriger et de vous contenter de moy, et, en me congnoissant vostre et femme de bien, penser ce que
vous avez faict, cuidant que je fusse une pauvre
meschine. Ce que j'ay faict a esté pour vous retirer de vostre malheureté, à fin que sur vostre
vieillesse nous vivons en bonne amitié et repos de
conscience : car, si vous voulez continuer la vie
passée, j'aime mieux me separer de vous que de
voir de jour en jour la ruine de vostre ame, de
vostre corps et de voz biens devant mes yeux.
Mais, s'il vous plaist cognoistre votre faulse opi-

nion et vous deliberer de vivre selon Dieu, gardant ses commandemens, j'oublieray toutes les faultes passées, comme je veux que Dieu oublie mon ingratitude à ne l'aimer comme je doy. » Qui fut bien esbahy et desesperé, ce fut ce pauvre mary, voyant sa femme tant belle, chaste et honneste, avoir esté delaissée de luy pour une qui ne l'aimoit pas ; et, qui pis est, d'avoir esté si malheureux que de la faire meschante sans son sceu, et faire participant un autre au plaisir qui n'estoit que pour luy seul. Parquoy se forgea en luy mesme les cornes de mocquerie perpetuelle. Mais, voyant sa femme assez courroucée de l'amour qu'il avoit porté à sa chambriere, se garda bien de luy dire le meschant tour qu'il luy avoit faict, et, en luy demandant pardon, avec promesse de changer entierement sa mauvaise vie, luy rendit son anneau, qu'il avoit reprins de son compaignon, lequel pria de ne reveler sa honte. Mais, comme toutes choses dictes à l'oreille sont preschées sur le tect, quelque temps aprés la verité fut cogneuë, et l'appeloit on cocu, sans la honte de sa femme.

« Il me semble, mes dames, que, si tous ceux qui ont faict pareilles offenses à leurs femmes estoient puniz de pareille punition, Hircan et Saffredent devroient avoir belle peur. — Et dea Longarine, dist Saffredent, n'y en a il point d'autres en la compagnie mariez, que Hircan et moy ? — Si a bien, dist elle, mais non pas qui voulussent jouër un tel tour. — Où avez vous veu, dist Saffredent, que nous ayons pourchassé les chambrieres de nos femmes ? — Si celles à qui il touche, dist Longarine, vouloient dire la verité, l'on trouveroit bien chambriere à qui l'on a donné congé avant son quartier. — Vrayement, ce dist Guebron, vous estes une bonne dame qui, en lieu de faire rire la compaignie, comme vous avez promis, mettez ces deux pauvres gens en colere. — C'est tout un, dist Longarine, mais que ils ne viennent point aux espées, leur colere ne fera que redoubler nostre rire. — Mais il est bon, dist Hircan, car, si noz femmes vouloient croire ceste dame, elle brouilleroit le meilleur mesnage qui soit en la compaignie. — Je sçay bien devant qui je parle, dist Longarine, car voz femmes sont si sages et vous aiment tant que, quand vous leur feriez cornes aussi puissantes que celles d'un dain, encores se voudroient elles persuader, et au monde aussi, que ce sont chapeaux de roses. » La compaignie, et mesmes ceux à qui il touchoit, se prindrent tant à rire qu'ils meirent fin à leur propos. Mais Dagoucin, qui encores n'avoit sonné mot, ne se peut tenir de dire : « L'homme est bien desraisonnable quand il a dequoy se contenter et veult chercher autre chose. Car j'ay veu souvent, pour cuider mieux avoir et ne se contenter de la suffisance, que l'on tombe au pis, et si l'on n'est point plainct, car l'inconstance est tousjours blasmée. » Simontault luy dist : « Mais que feriez vous à ceux qui n'ont pas trouvé leur moitié ? Appellez vous inconstance de la chercher en tous les lieux ou l'on la peult trouver ? — Pour ce que l'homme ne peult sçavoir, dist Dagoucin, où est ceste moictié dont l'union est si egale, que l'un ne differe de l'autre, il fault qu'il s'arreste où l'amour le contraint, et pour quelque occasion qui puisse advenir ne changer le cueur ny la volonté : car si celle que vous aymez est tellement semblable à vous et d'une mesme volonté, ce sera vous que vous aimerez, et non pas elle. — Dagoucin, dist Hircan, je veux dire que si nostre amour est fondé sur la beauté, bonne grace, amour et faveur d'une femme, et nostre fin soit fondée sur plaisir, honneur ou profit, l'amour ne peut longuement durer : car, si la chose surquoy nous la fondons deffault, nostre amour s'en volle hors de nous. Mais je suis ferme en mon opinion que celuy qui aime n'a autre fin ne desir que de bien aimer, et laissera plustost son ame par la mort que ceste ferme amour saille de son cueur. — Par ma foy, dist Simontault, je ne croy pas, Dagoucin, que jamais vous ayez esté amoureux : car, si vous aviez senty le feu comme les autres, vous ne nous peindriez icy la republicque de Platon, qui escript et n'experimente point. — Si j'ay aimé, dist Dagoucin, j'ayme encores et aimeray tant que vivray ; mais j'ay si grand peur que la demonstrance face tort à la perfection de mon amour que je crains que celle de qui je devrois desirer amitié semblable l'entende. Et mesmes je n'ose penser ma pensée, de peur que mes yeux en revelent quelque chose : car, tant plus je tiens ce feu celé et couvert, plus en moy croist le plaisir de sçavoir, que j'ayme par-

faictement. — Ha, par ma foy, dist Guebron, si ne
croy-je pas que vous ne fussiez bien aise d'estre
aimé. — Je ne dy pas le contraire, dist Dagoucin ;
mais, quand je serois tant aimé comme j'aime, si
n'en sçauroit croistre mon amour, comme elle ne
sçauroit diminuer pour estre si peu aimé comme
j'aime fort. » A l'heure Parlamente, qui soupçonnoit ceste fantasie, luy dist : « Donnez vous garde,
Dagoucin, car j'en ay veu d'autres que vous qui
ont mieux aimé mourir que parler. — Ceux là
donques, dist Dagoucin, s'estiment bien heureux.
— Voire, dist Saffredent, et dignes d'estre mis au
nombre des innocens, desquels l'Eglise chante :
Non loquendo, sed moriendo, confessi sunt. J'en
ay tant ouy parler de ces transiz d'amours, mais
encores jamais n'en vei-je mourir un. Et puis que
je suis eschappé, veu les ennuiz que j'en ay porté,
je ne pense jamais qu'autre en puisse mourir. —
Ha, Saffredent, dist Dagoucin, voulez vous doncques estre aimé, puis que ceux de vostre opinion
n'en meurent point ? Mais j'en sçay assez bon
nombre qui ne sont morts d'autre maladie que
d'aymer trop parfaictement. — Or, puis qu'en sçavez
des histoires, dist Longarine, je vous donne ma
voix pour nous en racompter quelque belle, qui
sera la neufviesme de ceste journée. — A fin, dist
Dagoucin, que ma veritable parolle, suyvie de signes et miracles, vous y face adjouster foy, je
vous reciteray une histoire advenuë depuis trois
ans. »

NOUVELLE NEUFIESME

Piteuse mort d'un gentil-homme amoureux pour avoir trop tard receu consolation de celle qu'il aimoit.

NTRE Daulphiné et Provence y avoit un gentil-homme beaucoup plus riche de vertu, beauté et honnesteté que d'autres biens, lequel aima fort une damoiselle dont je ne diray le nom pour l'amour de ses parens, qui sont venuz de bonnes et grandes maisons, mais asseurez vous que la chose est veritable; et, à cause qu'il n'estoit de maison de mesme elle, il n'osoit descouvrir son affection : car l'amour qu'il luy portoit estoit si grand et parfaict qu'il eust mieux aimé mourir que desirer une seule chose qui eust esté à son deshonneur, et, se voyant de si bas lieu au pris d'elle, n'avoit nul espoir de l'espouser. Parquoy son amour n'estoit fondé sur nulle fin, sinon de l'aimer de tout son pouvoir le plus parfaictement qu'il luy estoit possible, comme il feit si longuement qu'à la fin elle en eut quelque cognoissance. Et, voyant l'honeste amitié qu'il luy portoit tant plein de vertu et bon propos, se sentoit bien heureuse d'estre aimée d'un si vertueux personnage; et luy

faisoit tant de bonnes cheres que luy, qui ne l'a-
voit pretendue meilleure, se contentoit tresfort.
Mais la malice, ennemie de tout repos, ne peut
souffrir ceste vie honneste et heureuse : car quelques uns allerent dire à la mere de la fille qu'ils
s'esbahissoient que ce gentil-homme pouvoit tant
faire en sa maison, et que l'on soustenoit que la
beauté de la fille l'y tenoit plus qu'autre chose,
avec laquelle on le veoit souvent parler. La mere,
qui ne doutoit en nulle façon de l'honnesteté du
gentil-homme, dont elle se tenoit aussi asseurée
que de nul de ses enfans, fut fort marrie d'entendre qu'on le prenoit à mauvaise part, tant qu'à
la fin (craignant le scandale par la malice des
hommes) le pria pour quelque temps de ne hanter sa maison comme il avoit acoustumé, chose
qu'il trouva de dure digestion, sçachant que les
propos honnestes qu'il tenoit à sa fille ne meritoient point tel eslongnement. Toutesfois, pour
faire taire les mauvaises langues, se retira tant de
temps que le bruit cessa, et y retourna comme il
avoit accoustumé. L'absence duquel n'avoit amoin-
dry sa bonne volonté, mais, estant en sa maison,
entendit que l'on parloit de marier ceste fille avec
un gentil-homme qui luy sembla n'estre point si
riche qu'il luy deust tenir tort d'avoir s'amie non
plus que luy. Et commença à prendre cueur et
employer de ses amis pour parler de sa part, pensant que si le choix estoit baillé à la demoiselle,
qu'elle le prefereroit à l'autre. Toutesfois la mere
de la fille et ses parens, pource que l'autre estoit

beaucoup plus riche, l'esleurent, dont le gentil-
homme print tant de desplaisir, sçachant que
s'amie perdoit autant de contentement que luy,
peu à peu, sans autre maladie, commença à diminuer, et en peu de temps changea de telle sorte
qu'il sembloit qu'il couvrist la beauté de son visage d'un masque de la mort, où d'heure à heure
il alloit joyeusement.

Si est-ce qu'il ne se peut garder quelquefois
qu'il n'allast parler à celle qu'il aymoit tant. Mais
à la fin, que la force luy deffailloit, il fut contrainct
de garder le lict, dont il ne voulut advertir celle
qu'il aimoit, pour ne luy donner part de son ennuy; et, se laissant ainsi aller au desespoir, perdit
le boire et le manger, le dormir et le repos, en
sorte qu'il n'estoit possible de le congnoistre,
pour la maigreur et l'estrange visage qu'il avoit.
Quelqu'un en advertit la mere de s'amie, qui estoit fort charitable, et d'autre part aimoit tant le
gentil-homme que, si tous leurs parens eussent
esté de son opinion et de la fille, ils eussent pre-
feré l'honnesteté de luy à tous les biens de l'autre ;
mais les parens du pere n'y voulurent entendre.
Toutesfois, avec sa fille, alla visiter le pauvre gentil-homme, qu'elle trouva plus mort que vif. Et,
cognoissant la fin de sa vie approcher, s'estoit
confessé et receu le sainct sacrement, pensant
mourir sans plus veoir personne ; mais luy, à deux
doigs de sa mort, voyant encore celle qui estoit
sa vie et resurrection, se sentit si fortifié qu'il se
jetta en sursault sur son lict, disant à la dame :

« Quelle occasion vous amene, ma dame, de venir
visiter celuy qui a desja le pied en la fosse et de
la mort duquel vous estes la cause? — Comment,
ce dist la dame, seroit il bien possible que celuy
que nous aimons tant peust recevoir la mort par
nostre faulte? Je vous prie, dictes moy pour
quelle raison vous tenez ces propos.— Ma dame,
dist il, combien que tant qu'il m'a esté possible,
j'ay dissimulé l'amour que je porte à ma damoiselle vostre fille, si est-ce que mes parens, parlans
du mariage d'elle et de moy, ont plus parlé que
je ne voulois, veu le malheur qui m'est advenu
d'en perdre l'esperance, non pour mon plaisir
particulier, mais pource que je sçay qu'avec nul
autre ne sera si bien traictée ne tant aimée qu'elle
eust esté avec moy. Le bien que je veois qu'elle
perd du meilleur et plus affectionné serviteur et
amy qu'elle ait en ce monde me faict plus de
mal que la perte de ma vie, que pour elle seule je
voulois conserver; toutesfois, puis qu'elle ne luy
peut de rien servir, ce m'est grand gaing de la
perdre. » La mere et la fille, oyans ces propos,
meirent peine de le reconforter. Et luy dist la
mere : « Prenez courage, mon amy, et je vous
promets ma foy que, si Dieu vous donne santé,
jamais ma fille n'aura autre mary que vous, et
voyla-cy presente à laquelle je commande de vous
en faire la promesse. » La fille, en pleurant, meit
peine de luy donner seureté de ce que sa mere
luy promettoit. Mais luy, cognoissant que quand
il auroit santé il n'auroit pas s'amie, et que les

bons propos qu'elle tenoit n'estoient que pour essayer à le faire un peu revenir, leur dist que si ce
langage luy eust esté tenu il y a trois mois, qu'il
eust esté le plus sain et le plus heureux gentil-
homme de France, mais que le secours luy venoit
si tard qu'il ne pouvoit plus estre creu ny esperé.
Et, quand il veit qu'elles s'efforcerent de le faire
croire, il leur dist : « Or, puis que je vois que vous
me promettez le bien qui jamais ne me peut advenir, encores que le vousissiez, pour la foiblesse où
je suis, je vous en demande un beaucoup moindre que jamais je n'eus la hardiesse de requerir. »
A l'heure toutes deux luy jurerent, et qu'il le demandast hardiment. « Je vous supplie, dist-il,
que me donnez entre mes bras celle que vous me
promettez pour femme et luy commandez qu'elle
m'embrasse et baise. » La fille, qui n'avoit accoustumé telles privautez, en cuida faire difficulté;
mais la mere luy commanda expressément, voyant
qu'il n'y avoit plus en luy sentiment ne force
d'homme vif. La fille donc, par ce commandement, s'advança sur le lict du pauvre malade, luy
disant : « Mon amy, je vous prie, resjouissez
vous. » Le pauvre languissant, le plus fort qu'il
peut en son extreme foiblesse, estendit ses bras
tous desnuez de chair et de sang, et avec toute la
force de son corps embrassa la cause de sa mort,
et en la baisant de sa froide et pasle bouche la
tint le plus longuement qu'il luy fust possible,
et puis dist à la fille : « L'amour que je vous ay
portée a esté si grande et honneste que jamais

(hors mis mariage) n'ay souhaitté de vous autre
bien que celuy que j'en ay maintenant, par faulte
duquel et avec lequel je rendray joyeusement
mon esprit à Dieu, qui est parfaicte amour et
charité, qui cognoist la grandeur de mon amour
et l'honnesteté de mon desir, luy suppliant (ayant
mon desir entre mes bras) recevoir entre les siens
mon esprit. » Et, en ce disant, la reprint entre ses
bras par une telle vehemence que le cueur, af-
foibly, ne povant porter cest effort, fut abandonné de toutes ses vertuz et esprits, car la joye
le feit tellement dilater que le siege de l'ame luy
saillit et s'en volla à son createur. Et combien que
le pauvre corps demourast sans vie longuement,
et par ceste occasion ne pouvoit plus tenir sa
prise, toutesfois l'amour que la damoiselle avoit
tousjours celée se declara à l'heure si fort que
la mere et les serviteurs du mort eurent bien
affaire à separer ceste union, mais à force osterent la vifve presque morte d'avec le mort, lequel ils feirent honorablement enterrer. Mais le
plus grand triumphe des obseques furent les
larmes, les pleurs et les cris de ceste pauvre damoiselle, qui d'autant plus se declara aprés la
mort qu'elle s'estoit dissimulée durant la vie,
quasi comme satisfaisant au tort qu'elle luy avoit
tenu. Et depuis (comme j'ay ouy dire) quelque
mary qu'on luy donnast pour l'appaiser n'a jamais
eu joye en son cueur.

« Vous semble-il, Messieurs, qui n'avez voulu

croire à ma parolle, que cest exemple ne soit pas suffisante pour faire confesser que parfaicte amour mene les gens à la mort par trop estre celée et mescogneuë ? Il n'y a nul de vous qui ne cognoisse les parens d'un costé et d'autre, parquoy n'en pouvez plus douter, et nul qui ne l'a experimenté ne le peult croire. » Les dames, oyans cela, eurent toutes les larmes aux yeux ; mais Hircan leur dist : « Voila le plus grand fol dont jamais aye ouy parler. Est il raisonnable (par vostre foy) que nous mourions pour femmes, qui ne sont faictes que pour nous, et que nous craignons leur demander ce que Dieu leur enjoinct nous donner ? Je ne parle pour moy ne pour tous les mariez, car j'ay autant ou plus de femmes qu'il ne m'en fault ; mais je dy cecy pour ceux qui en ont necessité, lesquels il me semble estre sots de craindre celles à qui ils doivent faire peur. Voyez vous pas bien le regret que ceste pauvre femme avoit de sa sottise, car, puis qu'elle embrassoit le corps mort (chose repugnante à nature), elle n'eust point refusé le corps vivant s'il eust usé d'aussi grande audace qu'il feit de pitié en mourant.—Toutesfois, dist Oisille, si monstra bien le gentil-homme l'honnesteté et amitié qu'il luy portoit, dont il sera à jamais loüable devant tout le monde, car trouver chasteté en un cueur amoureux est chose plus divine qu'humaine. — Ma dame, dist Safredent, pour confirmer le dire d'Hircan (auquel je me tiens), je vous prie me croire que fortune aide aux audacieux, et qu'il n'y a homme, s'il est aimé

d'une dame, mais qu'il sçache poursuivre sagement
et affectionément, qu'en la fin n'en ait du tout ce
qu'il demande ou en partie ; mais l'ignorance et
la foible crainte fait perdre aux hommes beaucoup
de bonnes adventures, et fondent leur perte sur
la vertu de leur amie, laquelle n'ont jamais experimentée du bout du doigt seulement, car oncques
place ne fut bien assaillie sans estre prise. — Je
m'esbahis, dist Parlamente, de vous deux comme
vous osez tenir tels propos ; celles que vous avez
aimées ne vous sont gueres tenües, ou vostre
adresse a esté en si meschant lieu que vous estimez les femmes toutes pareilles. — Ma dame,
dist Saffredent, quant est de moy, je suis si malheureux que je n'ay dequoy me vanter ; mais si ne
puis je tant attribuer mon malheur à la vertu des
dames qu'à la faulte de n'avoir assez sagement
entrepris ou bien prudemment conduict mon affaire, et n'allegueray pour tous docteurs que la
vieille du *Rommant de la Rose,* laquelle dict :
« Nous sommes faicts, beaux fils, sans doubte,
« toutes pour tous et tous pour toutes. » Parquoy
je ne croy pas que si l'amour est une fois au cueur
d'une femme, que l'homme n'en ait bonne issue
s'il ne tient à sa bestie. » Parlamente dist : « Et si
je vous en nommois une bien aimante, bien requise, pressée et importunée, et toutesfois femme
de bien, victoirieuse de son cueur, de son corps et
de son amy, advouriez vous que la chose veritable
seroit impossible ? — Vrayement, dist il, ouy. —
Lors, dist Parlamente, vous serez tous de dure foy

si vous ne croyez cest exemple. » Dagoucin luy
dist : « Ma dame, puis que je prouve par exemple
l'amour vertueuse d'un gentil-homme jusques à la
mort, je vous supplie, si en sçavez quelqu'une
autre à l'honneur de quelque dame, que vous la
vueillez reciter pour la fin de ceste journée, et ne
faignez point à parler longuement en parolles, car
il y a encores assez long temps pour dire beaucoup de bonnes choses. — Puis que le dernier
reste m'est donné, dist Parlamente, je ne vous
tiendray longuement en parolles, car mon histoire est si bonne, et si belle, et si veritable,
qu'il me tarde que vous ne la sçachiez comme
moy. Et combien que je ne l'aye veuë, si m'a elle
esté racomptée par un de mes plus grands et entiers amis, à la louange et honneur de celuy du
monde qu'il avoit le plus aimé, et me conjura que,
si jamais je venois à la racompter, je vousisse
changer les noms des personnes, parquoy tout
cela est veritable, horsmis les noms, les lieux et le
païs. »

NOUVELLE DIXIESME

Amours d'Amadour et Florinde, où sont contenues maintes ruses et dissimulations, avec la treslouable chasteté de Florinde.

N la comté d'Arande, en Aragon, y avoit une dame qui en sa grande jeunesse demeura vesve du Comte d'Arande avec un fils et une fille, laquelle se nommoit Florinde. Ladite dame meit peine de nourrir ses enfans en toutes vertuz et honestetez qu'il appartient à seigneurs et gentils-hommes : en sorte que sa maison eut le bruit d'estre l'une des plus honorables qui fust en toutes les Espaignes. Elle alloit souvent à Tollette, où se tenoit le Roy d'Espaigne, et, quand elle venoit à Sarragosse (qui estoit prés de sa maison), demeuroit longuement avec la Royne et en la court, où elle estoit autant estimée que Dame qui pourroit estre. Une fois, allant vers le Roy (selon sa coustume), lequel estoit en Sarragosse en son chasteau de la Jafferie, ceste dame passa par un village qui estoit au viceroy de Cathelongue, lequel ne bougeoit de dessus les frontieres de Parpignan, à cause des grandes guerres qui estoient contre le Roy de France et

luy. Mais lors y avoit paix, en sorte que le Viceroy avec tous les capitaines estoient venuz pour
faire reverence au Roy. Sçachant le Viceroy que
la Comtesse d'Arande passoit par sa terre, alla au
devant d'elle, tant pour l'amitié ancienne qu'il luy
portoit que pour l'honorer comme parente du Roy.
Or avoit le Viceroy en sa compaignie plusieurs
honnestes gentils-hommes qui, par la frequentation des longues guerres, avoient acquis tant
d'honneur et bon bruit que chacun qui les pouvoit
veoir et hanter se tenoit heureux. Mais entre les
autres y en avoit un, nommé Amadour, lequel,
combien qu'il n'eust que dixhuict ou dixneuf ans,
avoit la grace tant asseurée et le sens si bon que
l'on l'eust jugé entre mille digne de gouverner
une republique. Il est vray que ce bon sens là estoit accompaigné d'une si grande et naïsve beauté
qu'il n'y avoit œil qui ne se tint content de le regarder ; et ceste beauté tant exquise suyvoit la parolle de si prés qu'on ne sçavoit à qui donner
l'honneur, à la grace, à la beauté ou à la parolle.
Mais ce qui le faisoit plus estimer estoit sa hardiesse tresgrande, dont le bruit n'estoit empesché
pour sa jeunesse : car en tant de lieux avoit ja
monstré ce qu'il sçavoit faire que non seulement
les Espaignes, mais la France et Italie estimoit
grandement ses vertuz, pource qu'en toutes les
guerres où il avoit esté ne s'estoit point espargné ;
et, quand son païs estoit en repos, il alloit chercher
la guerre aux lieux estranges, se faisant aimer et
estimer des amis et ennemis.

Ce gentilhomme, pour l'amour de son capitaine, se trouva en ceste terre où estoit arrivée la Comtesse d'Arande, et, en regardant la beauté et bonne grace de sa fille (qui pour lors n'avoit douze ans), pensa en luy mesmes que c'estoit bien la plus belle et honneste personne que jamais il avoit veuë, et que, s'il pouvoit avoir sa bonne grace, il en seroit plus satisfaict que de tous les biens et plaisirs qu'il sçauroit avoir d'une autre. Et, aprés avoir longuement regardé, se delibera de l'aimer, quelque impossibilité que la raison meist au devant, tant pour la maison dont elle estoit que pour l'aage, qui ne pouvoit encores entendre tels propos. Mais contre ceste crainte il se fortiffioit d'une bonne esperance, se promettant en luy-mesmes que le temps et la patience apporteroient heureuse fin à ses labeurs; et, dés ce temps, l'amour gentil qui sans autre occasion que par la force de luy mesmes estoit entré au cueur d'Amadour luy promist donner faveur et tout moyen pour y parvenir. Et, pour pourveoir à la plus grande difficulté, qui estoit en la loingtaineté du païs où il demouroit et le peu d'occasion qu'il avoit de reveoir Florinde, il pensa de se marier, contre la deliberation qu'il avoit faicte avec les dames de Barselonne et de Parpignan, parmy lesquelles il avoit tellement hanté ceste frontiere, à cause des guerres, qu'il sembloit mieulx Catelan que Castillan, combien qu'il fust natif d'auprés Tollete, d'une maison riche et honorable ; mais, à cause qu'il estoit puisné, n'avoit pas grand bien de patrimoine. Si est ce qu'amour et fortune, le voyant delaissé de ses parents, delibererent d'y faire un chef d'œuvre, et luy donnerent (par le moyen de la vertu) ce que les loix du païs luy refusoient. Il estoit fort bien experimenté en l'estat de la guerre, et tant aimé de tous seigneurs et princes qu'il refusoit plus souvent leurs biens qu'il n'avoit soucy de leur en demander.

La Comtesse dont je vous parle arriva ainsi à Sarragosse, et fut tresbien receuë du Roy et de toute sa court. Le gouverneur de Cathalonne la venoit souvent visiter, et n'avoit garde de faillir Amadour à l'acompaigner, pour avoir le plaisir seulement de parler à Florinde ; et, pour se donner à cognoistre en telle compaignie, s'adressa à la fille d'un vieil chevalier voisin de sa maison, nommée Aventurade, laquelle avoit esté nourrie d'enfance avec Florinde, tellement qu'elle sçavoit tout ce qui estoit caché en son cueur. Amadour, tant pour l'honnesteté qu'il trouva en elle que pource qu'elle avoit bien trois mille ducats de rente en mariage, delibera de l'entretenir comme celuy qui la vouloit espouser. A quoy volontiers elle presta l'oreille, et, pource qu'il estoit pauvre et le pere de la damoiselle riche, pensa que jamais ne s'accorderoit au mariage, sinon par le moyen de la Comtesse d'Arande. Dont s'adressa à madame Florinde, et luy dit : « Ma dame, vous voyez ce gentilhomme castillan qui si souvent parle à moy ? Je croy que ce qu'il pretend n'est que de m'avoir en mariage. Vous sçavez quel pere j'ay :

jamais ne s'y consentiroit, si par madame la Com-. tesse et vous il n'en estoit fort prié. » Florinde, qui aimoit la damoiselle comme elle mesme, l'asseura de prendre cest affaire à cueur comme son bien propre. Et feit tant Aventurade qu'elle luy presenta Amadour, lequel en luy baisant la main cuida esvanouyr d'aise, et là où il estoit estimé le mieulx parlant qui fust en Espaigne devint muet devant Florinde, dont elle fut fort estonnée : car, combien qu'elle n'eust que douze ans, si avoit elle desja bien entendu qu'il n'y avoit homme en Espaigne mieulx disant ce qu'il vouloit et de meilleure grace. Et, voyant qu'il ne luy disoit rien, commença à luy dire : « La renommée que vous avez, seigneur Amadour, par toutes les Espaignes, est telle qu'elle vous rend cogneu en ceste compaignie, et donne desir et occasion à ceulx qui vous cognoissent de s'employer à vous faire plaisir: parquoy, si en quelque endroit je vous en puis faire, vous m'y pouvez employer. » Amadour, qui regardoit la beauté de la dame, fut si transy et ravy qu'à peine luy peut il dire grand mercy. Et combien que Florinde s'estonnast de le veoir sans response, si est-ce qu'elle l'attribua plustost à quelque sottise qu'à la force d'amour, et passa oultre sans parler davantage.

Amadour, congnoissant la vertu qui en si grande jeunesse commençoit à se monstrer en Florinde, dist à celle qu'il vouloit espouser : « Ne vous esmerveillez point si j'ay perdu la parolle devant madame Florinde, car les vertuz et si sage parler

13

cachez soubs ceste grande jeunesse m'ont tellemє
estonné que je ne luy ay sceu que dire. Mais
vous prie, Aventurade (comme celle qui sçavez ;
secrets), me dire s'il est possible que de ceste coυ
elle n'ayt tous les cueurs des princes et des genti
hommes, car ceulx qui la congnoissent et ne l'ϵ
ment point sont pierres ou bestes. » Aventurad
qui desja aimoit Amadour plus que tous les homm
du monde, ne luy voulut rien celer et luy d
que madame Florinde estoit aimée de tout
monde, mais qu'à cause de la coustume du pa
peu de gens parloient à elle, et n'en avoit enco
veu aucun qui en feist grand semblant, sinc
deux jeunes princes d'Espaigne qui desiroient l'e
pouser, dont l'un estoit de la maison et fils ϲ
l'enfant fortuné, et l'autre estoit le jeune Duc ϲ
Cadouce. « Je vous prie, dist Amadour, dictϵ
moy lequel vous pensez qu'elle aime le mieulx. –
Elle est si sage, dist Aventurade, que pour rie
elle ne confesseroit avoir autre volonté que cell
de sa mere ; mais, à ce que nous pouvons jugeι
elle aime trop mieulx celuy de l'enfant fortuné qu
le jeune Duc de Cadouce. Et je vous estime homm
de si bon jugement que, si voulez, dés aujourd'hu
vous en pourrez juger à la verité : car celuy d
l'enfant fortuné est nourry en ceste court, qui es
l'un des plus beaux et parfaicts jeunes princes qu
soit en la chrestienté. Et, si le mariage se faisoi
par l'opinion d'entre nous filles, il seroit asseurϵ
d'avoir madame Florinde, pour veoir ensemble lɑ
plus belle couple de la chrestienté. Et fault quϵ

vous entendiez que, combien qu'ils soient tous deux
bien jeunes, elle de douze ans et luy de quinze,
si a il desja trois ans que l'amour est conjoincte et
commencée ; et si voulez sur tous avoir la bonne
grace d'elle, je vous conseille de vous faire amy et
serviteur de luy. »

Amadour fut fort aise de veoir que sa dame aimoit quelque chose, esperant qu'à la longue il
gaigneroit le lieu, non de mary, mais de serviteur :
car il ne craignoit rien en sa vertu, sinon qu'elle
ne voulust rien aimer. Et aprés ces mots s'en alla
Amadour hanter le fils de l'enfant fortuné, duquel
il eut aisement la bonne grace, car tous les passetemps que le jeune prince aimoit Amadour les sçavoit faire, et sur tous estoit fort adroict à manier
les chevaulx et à s'aider de toutes sortes d'armes, et
tous autres passetemps et jeux qu'un jeune homme
doibt sçavoir. La guerre commença en Languedoc,
et fallut qu'Amadour retournast avec le gouverneur, ce qui ne fut sans grands regrets, car il n'y
avoit moyen par lequel il peust retourner en lieu
où il sceust voir Florinde ; et pour ceste occasion
parla à un sien frere qui estoit majordomo de la
Royne d'Espaigne, et dist le bon party qu'il avoit
trouvé en la maison de la Comtesse d'Arande de
la damoiselle Aventurade, le priant qu'en son
absence il feist tout son possible que le mariage
vint à execution, et qu'il y employast le credit du
Roy et de la Royne et de tous ses amis. Le gentil-
homme, qui aimoit son frere, tant pour le lignage
que pour ses grandes vertuz, luy promist faire tout

son pouvoir, ce qu'il feist. En sorte que le pere, vieil et avaricieux, oublia son naturel pour regarder les vertuz d'Amadour, lesquelles la Comtesse d'Arande, et sur toutes la belle Florinde, luy peignoient devant les yeulx, et pareillement le jeune Comte d'Arande, qui commença à croistre, en croissant à aimer les gens vertueux. Et, quand le mariage fut accordé entre les parens, ledict majordomo envoya querir son frere, tandis que les trefves durerent entre les deux Roys.

Durant ce temps, le Roy d'Espaigne se retira à Madric pour eviter le mauvais air qui estoit en plusieurs lieux, et, par l'advis de plusieurs de son conseil, à la requeste aussi de la Comtesse d'Arande, feit le mariage de l'heritiere Duchesse de Medinaceli avec le petit Comte d'Arande, tant pour le bien et union de leur maison que pour l'accord qu'il portoit à la Comtesse d'Arande, et voulut faire ces nopces au chasteau de Madric. A ces nopces se trouva Amadour, qui pourchassa si bien les siennes qu'il espousa celle dont il estoit plus aimé qu'il n'aimoit, sinon que le mariage luy estoit couverture et moyen de hanter le lieu où son esprit demeuroit incessamment. Aprés qu'il fut marié, print telle hardiesse et privauté en la maison de la Comtesse d'Arande que l'on ne se gardoit de luy non plus que d'une femme. Et, combien qu'alors n'eust que vingt deux ans, si estoit il si sage que la Comtesse luy communiquoit toutes ses affaires et commandoit à son fils et à sa fille de l'entretenir et croire ce qu'il leur conseilleroit. Ayant gai-

gné le poinct de si grande estime, se conduisoit si
sagement et finement que mesmes celle qu'il aimoit
ne cognoissoit point son affection ; mais, pour
l'amour de la femme dudict Amadour, qu'elle aimoit plus que nulle autre, elle estoit si privée de
luy qu'elle ne luy dissimuloit chose qu'elle pensast,
et gaigna ce poinct qu'elle luy declara toute l'amour
qu'elle portoit au fils de l'enfant fortuné ; et luy,
qui ne taschoit qu'à la gaigner entierement, luy
en parloit incessamment, car il ne luy challoit de
quel propos il luy parlast, mais qu'il eust moyen
de l'entretenir longuement. Il ne demeura pas un
mois à la compaignie, aprés ses nopces, qu'il ne
fust contrainct de retourner à la guerre, où il demeura plus de deux ans sans revenir veoir sa femme,
laquelle se tenoit tousjours où elle avoit esté
nourrie.

Durant ce temps, escrivoit souvent Amadour à
sa femme ; mais le plus fort de sa lettre estoit des
recommendations à Florinde, qui de son costé ne
failloit à les luy rendre, et mettoit souvent quelque
bon mot de sa main en la lettre qu'Aventurade
escrivoit, qui estoit occasion de rendre son mary
tressoigneux à luy rescrire souvent ; mais en tout
cecy ne cognoissoit rien Florinde, sinon qu'elle
l'aimoit comme s'il eust esté son frere. Plusieurs
fois alla et vint Amadour, en sorte qu'en cinq ans
ne veid Florinde deux mois durant ; et toutesfois
l'amour, en despit de l'eslongnement et de la
longue absence, ne laissoit pas de croistre. Or
advint qu'il feit un voyage pour venir voir sa femme,

et trouva la Comtesse bien loing de la court, car
le Roy d'Espaigne s'en estoit allé à Vandelonsie,
et avoit mené avec luy le jeune Comte d'Arande,
qui desja commençoit à porter armes. La Comtesse
s'estoit retirée en une maison de plaisance qu'elle
avoit sur la frontiere d'Arragon et Navarre, et
fut fort aise quand elle veid venir Amadour, lequel
prés de trois ans avoit esté absent. Il fut bien receu d'un chacun, et commanda la Comtesse qu'il
fust traicté comme son propre fils. Tandis qu'il
fut avec elle, elle luy communiqua toutes les affaires de sa maison, et en remettoit la plus part à
son opinion ; et gaigna un si grand credit en ceste
maison qu'en tous lieux où il vouloit on luy ouvroit la porte, estimant sa preud'homie si grande
qu'on se fioit en luy de toutes choses, comme à
un sainct ou un ange. Florinde, pour l'amitié
qu'elle portoit à sa femme et à luy, le cherissoit en
tous lieux où elle le voyoit, sans rien cognoistre
de son intention : parquoy elle ne se gardoit d'aucune contenance, pource que son cueur ne souffroit point de passion, sinon qu'elle sentoit un
grand contentement quand elle estoit auprés d'A-
madour ; mais autre chose n'y pensoit. Amadour,
pour eviter le jugement de ceux qui ont experimenté la difference du regard des amans au pris
des autres, fut en grand peine : car, quand Florinde
venoit parler à luy privéement (comme celle qui
ne pensoit nul mal), le feu caché en son cueur le
brusloit si fort qu'il ne pouvoit empescher que la
couleur n'en demeurast au visage et que les estin-

celles ne saillissent par les yeux. Et, à fin que par
longue frequentation nul ne s'en peust apperce-
voir, se meit à entretenir une fort belle dame
nommée Pauline, femme qui en son temps fut estimée si belle que peu d'hommes qui la voyoient
eschappoient de ses liens. Ceste Pauline, ayant
entendu comme Amadour avoit mené l'amour
à Barcelonne et Perpignan, en sorte qu'il estoit
aimé des plus belles et honnestes dames du païs,
et sur toutes d'une Comtesse de Pallamons qu'on
estimoit en beauté la premiere de toutes les Espaignes, et de plusieurs autres, luy dist qu'elle
avoit grand pitié de luy, veu qu'aprés tant de
bonnes fortunes il avoit espousé une femme si
laide que la sienne. Amadour, entendant bien
par ces paroles qu'elle avoit envie de remedier à
sa necessité, luy tint les meilleurs propos qu'il luy
fut possible, pensant qu'en luy faisant croire une
mensonge il luy couvriroit une verité. Mais elle,
fine et experimentée en amour, ne se contenta point
de parler : mais, sentant tresbien que son cueur
n'estoit point satisfaict de son amour, se douta
qu'il ne la voulust faire servir de couverture, et
pour ceste occasion le regardant de si prés qu'elle
avoit tousjours le regard à ses yeux, qu'il sçavoit
si bien feindre qu'elle n'en pouvoit rien juger,
sinon par obscur soupçon, mais ce n'estoit sans
grande peine au gentilhomme. Auquel Florinde
(ignorant toutes ses malices) s'adressoit souvent
devant Pauline si privéement qu'il avoit une merveilleuse peine à contraindre son regard contre

son cueur ; et, pour eviter qu'il n'en vint inconvenient, un jour, parlant à Florinde, appuyez tous deux sur une fenestre, luy tint tels propos :

« Ma dame, je vous prie me vouloir conseiller lequel vault le mieux ou parler ou mourir. » Florinde luy respondit promptement : « Je conseilleray tousjours à mes amis de parler et non de mourir, car il y a peu de parolles qui ne se puissent amender; mais la vie perduë ne se peut recouvrer. — Vous me promettez donques, dist Amadour, que non seulement vous ne serez marrie des propos que je veux vous dire, mais ny estonnée jusques à ce que vous entendez la fin. » Elle luy respondit : « Dictes ce qu'il vous plaira, car, si vous m'estonnez, nul autre ne m'asseurera. » Lors luy commença à dire : « Ma dame, je ne vous ay voulu encores dire la tresgrande affection que je vous porte, pour deux raisons : l'une, parce que j'attendois par long service vous en donner l'experience ; l'autre, parce que je doubtois que penseriez une grande outrecuidance en moy (qui suis un simple gentil-homme) de m'adresser en lieu qui ne m'appartient de regarder : et encores que je fusse prince comme vous, la loyauté de vostre cueur ne permettroit qu'autre que celuy qui en a prins possession (fils de l'enfant fortuné) vous tienne propos d'amitié. Mais, ma dame, tout ainsi que la necessité en une forte guerre contrainct faire degast du propre bien et ruiner le bled en herbe, à fin que l'ennemi n'en puisse faire son profit, ainsi prends-je le hazard

d'avancer le fruict qu'avec le temps j'esperois
ceuillir, à fin que les ennemis de vous et moy
n'en puissent faire leur profit de vostre dommage. Entendez, ma dame, que dès l'heure de
vostre grande jeunesse suis tellement dedié à
vostre service que ne cesse de chercher les moyens
d'acquerir vostre bonne grace, et pour ceste occasion m'estois marié à celle que pensois que vous
aimiez le mieux; et, sçachant l'amour que vous
portez au fils de l'enfant fortuné, ay mis peine de
le servir et hanter, comme vous avez veu ; et tout
ce que j'ay pensé vous plaire, je l'ay cherché de
tout mon pouvoir. Vous voyez que j'ay acquis
la grace de la Comtesse vostre mere, du Comte
vostre frere et de tous ceux que vous aimez,
tellement que je suis tenu en ceste maison non
comme un serviteur, mais comme enfant, et tout
le travail que j'ay pris il y a cinq ans n'a esté
que pour vivre toute ma vie avec vous. Et entendez que je ne suis point de ceux qui preten-
dent par ce moyen avoir de vous ne bien ne plaisir autre que vertueux. Je sçay que je ne vous
puis jamais espouser, et, quand je le pourrois, je
ne voudrois contre l'amour que vous portez à
celuy que je desire vous veoir pour mary. Aussi
de vous aimer d'un amour vicieux, comme ceux
qui esperent de leur long service recompense au
deshonneur des dames, je suis si loing de ceste
affection que j'aimerois mieux vous veoir morte
que de vous sçavoir moins digne d'estre aimée,
et que la vertu fust amoindrie en vous pour

14

quelque plaisir qui m'en sceust advenir. Je ne
pretends, pour la fin et recompense de mon service, qu'une chose : c'est que me vouliez estre
maistresse si loyalle que jamais vous ne m'eslon-
gnez de vostre bonne grace, que vous me con-
teniez au degré où je suis, vous fiant en moy plus
qu'en nul autre, prenant ceste seureté de moy
que si, pour vostre honneur ou chose qui vous
touchast, vous aviez besoing de la vie d'un gentil-
homme, la mienne y sera de tresbon cueur em-
ployée, et en pouvez faire estat. Pareillement que
toutes les choses honnestes et vertueuses que jamais je feray seront faictes seulement pour l'a-
mour de vous; et, si j'ay faict pour dames moindres que vous chose dont l'on ait faict estime,
soyez seure que pour une telle maistresse mes
entreprises croistront, de sorte que les choses
que je trouvois difficiles et impossibles me seront
faciles. Mais, si ne m'acceptez pour du tout
vostre, je delibere de laisser les armes et renoncer à la vertu qui ne m'aura secouru au besoing.
Parquoy, ma dame, je vous supplie que ma juste
requeste me soit octroyée, puis que vostre honneur et conscience ne me la peuvent refuser. »

La jeune dame, oyant un propos non accoustumé, commence à changer couleur et baisser les
yeux comme femme estonnée; toutesfois elle, qui
estoit sage, luy dit : « Puis qu'ainsi est, Amadour, que vous ne demandez de moy que ce
qu'en avez, pourquoy est-ce que vous me faictes
une si longue harangue? J'ay si grand peur que

soubs voz honnestes propos il y ait quelque malice cachée pour decevoir l'ignorance joincte avec
ma jeunesse, que je suis en grande perplexité de
vous respondre : car, de refuser l'honneste amitié
que vous m'offrez, je ferois le contraire de ce que
j'ay faict jusques icy, qui me suis plus fiée en
vous qu'en tous les hommes du monde. Ma conscience ne mon honneur ne contreviennent point
à vostre demande ny à l'amour que je porte au
fils de l'enfant fortuné, car il est fondé sur mariage, où vous ne pretendez rien. Je ne sçache
chose qui me doive empescher de vous faire response, selon vostre dire, sinon une crainte que
j'ay en mon cueur, fondée sur le peu d'occasion
que vous avez de tenir tels propos : car, si vous
avez ce que vous demandez, qui vous contrainct
d'en parler si affectueusement ? » Amadour, qui
n'estoit sans response, luy dist : « Ma dame, vous
parlez tresprudemment, et me faictes tant d'honneur de la fiance que dictes avoir en moy que, si
je ne me contente d'un tel bien, je suis indigne
de tous les autres. Mais entendez, ma dame, que
celuy qui veult bastir un edifice perpetuel doit
regarder un seur et ferme fondement ; parquoy
moy, qui desire perpetuellement demeurer en
vostre service, je regarde non seulement les
moyens de me tenir prés de vous, mais aussi
d'empescher que l'on ne puisse congnoistre la
grande affection que je vous porte : car, combien
qu'elle soit tant honeste qu'elle se puisse prescher
par tout, si est-ce que ceux qui ignorent le cueur

des amans souvent jugent contre verité ; et de là
vient autant de mauvais bruit que si les effects
estoient meschans. Ce qui m'a faict advancer de
le vous dire et declarer, c'est Pauline, laquelle a
prins un tel soupçon sur moy, sentant bien en
son cueur que ne la puis aimer, qu'elle ne faict
en tous lieux qu'espier ma contenance ; et, quand
venez parler à moy devant elle ainsi privéement,
j'ay si grand peur de faire quelque signe où elle
fonde jugement que je tombe en l'inconvenient
dont je me veux garder : en sorte que j'ay pensé
vous supplier que devant elle et celles que vous
congnoissez ainsi malicieuses, vous ne veniez
parler à moy ainsi soudainement, car j'aimerois
mieux estre mort que creature vivante en eust la
cognoissance. Et, n'eust esté l'amour que j'ay à
vostre honneur, je n'avois point encores deliberé
de vous tenir tels propos : car je me tiens assez
heureux et content de l'amour et fiance que me
portez, où je ne demande rien d'advantage que
la perseverance. »

Florinde, tant contente qu'elle n'en pouvoit
plus porter, commença sentir en son cueur quelque chose plus qu'elle n'avoit acoustumé, et,
voyant les honestes raisons qu'il luy alleguoit,
luy dist que la vertu et honesteté respondoient
pour elle et luy accordoient ce qu'il demandoit :
dont si Amadour fut joyeux, nul qui aime n'en
peult douter. Mais Florinde creut trop plus son
conseil qu'il ne vouloit, car elle, qui estoit crain-
tifve non seulement devant Pauline, mais en

tous autres lieux, commença à ne le chercher
plus, comme avoit coustume, et en cest eslong-
gnement trouva mauvaise la frequentation qu'A-
madour avoit avec Pauline, laquelle elle trouva
tant belle qu'elle ne pouvoit croire qu'il ne l'aimast; et pour passer sa tristesse entretenoit tousjours Aventurade, laquelle commença fort à estre
jalouse de son mary et de Pauline, et s'en com-
plaignoit souvent à Florinde, qui la consoloit le
mieux qu'il estoit possible, comme celle qui estoit frappée d'une mesme peste. Amadour, s'ap-
percevant bien tost de la contenance de Florinde,
et non seulement pensa qu'elle s'eslongnoit de
luy par son conseil, mais qu'il y avoit quelque
fascheuse opinion meslée.

. Et un jour, en venant de vespres d'un monastere, il luy dist : « Ma dame, quelle contenance
me faictes vous? — Telle que je pense que vous
voulez, respond Florinde. » A l'heure, soupçon-
nant la verité, pour sçavoir s'il estoit vray, va dire :
« Ma dame, j'ay tant faict par mes journées
que Pauline n'a plus d'opinion de vous. » Elle
lui respond : « Vous ne sçauriez mieux faire pour
vous et pour moy, car en faisant plaisir à vous
mesmes vous me faictes honneur. » Amadour
jugea par ceste parolle qu'elle estimoit qu'il prenoit plaisir à parler à Pauline, dont il fut si desesperé qu'il ne se peut tenir de luy dire en colere :
« Ma dame, c'est bien tost commencé de tourmenter un serviteur et le lapider, car je ne pense
point avoir porté peine qui m'ait esté plus en-

nuyeuse que la contraincte de parler à celle que je
n'aime point; et puis que ce que je fais pour vostre service est prins de vous en autre part, je ne
parleray jamais à elle, et en advienne ce qu'il
pourra advenir. Et, à fin de dissimuler autant mon
courroux que j'ay faict mon contentement, je m'en
vois en quelque lieu cy auprés, attendant que
vostre fantasie soit passée. Mais j'espere que j'auray quelques nouvelles de mon capitaine de retourner à la guerre, où je demeureray si long
temps que vous cognoistrez qu'autre chose que
vous ne me tient en ce lieu. » Et en ce disant (sans
attendre response d'elle) s'en partit incontinent,
et elle demeura tant ennuyée et triste qu'il n'estoit possible de plus. Et commença l'amour, poulsé
de son contraire, à monstrer sa tresgrande force,
tellement qu'elle, cognoissant son tort, incessamment escrivoit à Amadour, le priant de vouloir
retourner, ce qu'il feit aprés quelques jours que sa
grande colere luy fut diminuée.

Et ne sçaurois bien entreprendre de vous
compter par le menu les propos qu'ils eurent
pour rompre ceste jalousie; mais il gaigna la bat-
taille, tant qu'elle luy promist qu'elle ne croiroit
jamais non seulement qu'il aimast Pauline, mais
qu'elle seroit toute asseurée que ce luy seroit un
martire trop importable de parler à elle ou à
autre, sinon pour luy faire service.

Aprés que l'amour eut vaincu ce present soupçon et que les deux amans commencerent à prendre plus de plaisir que jamais à parler ensemble,

les nouvelles vindrent que le Roy d'Espaigne envoyoit toute son armée à Saulse : parquoy celuy
qui avoit accoustumé d'y estre le premier n'avoit
garde de faillir à pourchasser son honneur; mais
il est vray que c'estoit avec autre regret qu'il n'a-
voit accoustumé, tant de perdre le plaisir qu'il
avoit que de peur de trouver mutation à son retour, pource qu'il voyoit Florinde pourchassée de
grands princes et seigneurs, et desjà parvenuë à
l'aage de quinze ans, qu'il pensa que, si en son
absence elle estoit mariée, n'auroit plus occasion
de la veoir, sinon que la Comtesse d'Arande luy
donnast sa femme pour compaigne. Et mena si
bien son affaire envers tous ses amis que la Comtesse et Florinde luy promirent qu'en quelque
lieu qu'elle fust mariée sa femme Aventurade
iroit. Et combien qu'il fust question de marier
Florinde en Portugal, si estoit il deliberé que sa
femme ne l'abandonneroit jamais; et sur ceste
asseurance (non sans regret indicible) s'en partit
Amadour, et laissa sa femme avec la Comtesse.
Quand Florinde se trouva seule aprés le depar-
tement de son serviteur, elle se meit à faire toutes
choses si bonnes et vertueuses qu'elle esperoit
par cela attaindre le bruit des plus parfaictes
dames, et d'estre reputée digne d'avoir un tel serviteur. Amadour, estant arrivé à Barselonne, fut
festoyé des dames comme il avoit accoustumé,
mais le trouverent tant changé qu'ils n'eussent
jamais pensé que mariage eust telle puissance sur
un homme comme il avoit sur luy, car il sembloit

qu'il se faschast de veoir les choses qu'autresfois
avoit desirées ; et mesme la Comtesse de Palamons
(qu'il avoit tant aimée) ne sceust trouver moyen
de le faire seulement aller jusques à son logis.
Amadour arresta à Barselonne le moins qu'il luy
fut possible, comme celuy à qui l'heure tardoit
d'estre au lieu où l'honneur se peult acquerir. Et,
luy arrivé à Saulce, commença la guerre grande
et cruelle entre les deux Roys, laquelle ne suis
deliberée de racompter, n'aussi les beaux faicts
que y feist Amadour : car au lieu de compte faudroit faire un bien grand livre. Et sçachez qu'il
emportoit le bruit par dessus tous ses compaignons. Le Duc de Nagyeres arriva à Perpignan
ayant charge de deux mil hommes, et pria Amadour d'estre son lieutenant, lequel avec ceste
bande feit tant bien son devoir que l'on n'oyoit en
toutes les escarmouches crier autre que Nagyeres.

Or advint que le Roy de Thunis, qui de long
temps faisoit la guerre aux Espaignols, entendant comme les Roys d'Espaigne et de France
faisoient guerre l'un contre l'autre sur les frontieres de Perpignan et Narbonne, pensa qu'en
meilleure saison ne pouvoit faire desplaisir au
Roy d'Espaigne, et envoya un grand nombre de
fustes et autres vaisseaux pour piller et destruire
ce qu'ils pourroient trouver mal gardé sur les
frontieres d'Espaigne. Ceux de Barselonne, voyant
passer devant eux une grande quantité de voilles,
en advertirent le Roy, qui estoit à Saulce, lequel
incontinent envoya le Duc de Nagyeres à Pala-

mons. Et quand les navires cogneurent que le
lieu estoit si bien gardé, feignirent de passer
outre, mais sur l'heure de minuict retournerent
et meirent tant de gens à terre que le Duc de
Nagyeres, surpris de ses ennemis, fut emmené
prisonnier. Amadour, qui estoit fort vigilant,
entendit le bruit et assembla incontinent le plus
grand nombre de ses gens qu'il peut, et se defendit si bien que la force de ses ennemis fut
long temps sans luy povoir nuire ; mais à la fin,
sçachant que le Duc de Nagyeres estoit pris et
que les Turcs estoient deliberez de mettre le feu
à Palamons et le brusler en la maison où il tenoit
fort contre eux, aima mieux se rendre que d'estre
cause de la perdition des gens de bien qui estoient en sa compaignie, et aussi que, se mettant
à rançon esperoit encores veoir Florinde. Alors se
rendit à un Turc nommé Derlin, gouverneur du
Roy de Thunis, lequel le mena à son maistre, où
il fut tresbien receu et honoré, et encore mieux
gardé : car ils pensoient bien, l'ayant entre leurs
mains, avoir l'Achilles de toutes les Espaignes.

Ainsi demeura Amadour prés de deux ans au
service du Roy de Thunis. Les nouvelles vindrent
en Espaigne de ceste prise, dont les parens du
Duc de Nagyeres feirent un grand dueil ; mais
ceux qui aimoient l'honneur du païs estimerent
plus grande la perte d'Amadour. Le bruit en vint
en la maison de la Comtesse d'Arande, où pour
lors estoit la pauvre Aventurade griefvement malade. La Comtesse, qui se doutoit bien fort de

l'affection qu'Amadour portoit à sa fille (ce qu'elle souffroit et dissimuloit pour les vertuz qu'elle congnoissoit en luy), appella sa fille à part et luy dist les piteuses nouvelles. Florinde, qui sçavoit bien dissimuler, luy dist que c'estoit grande perte pour toute leur maison, et que sur tout elle avoit pitié de sa pauvre femme, veu mesmement la maladie où elle estoit ; mais, voyant sa mere pleurer si fort, laissa aller quelques larmes pour luy tenir compaignie, à fin que par trop feindre la feincte ne fust descouverte. Depuis ceste heure, la Comtesse luy en parloit souvent, mais jamais ne sceut trier de sa contenance chose où elle sceust asseoir jugement. Je laisseray à dire les voyages, prieres, oraisons et jeusnes que faisoit ordinairement Florinde pour le salut d'Amadour, lequel, incontinent qu'il fut à Thunis ne faillit d'envoyer de ses nouvelles à ses amis, et par homme seur advertir madame Florinde qu'il estoit en bonne santé et espoir de la reveoir, qui fut à la pauvre dame le seul moyen de soustenir son ennuy. Et ne doutez pas que le moyen d'escrire ne luy fust permis, dont elle s'en acquita si diligemment qu'Amadour n'eut point faulte de la consolation de ses lettres et epistres.

Or fut mandée la Comtesse d'Arande pour aller à Sarragosse, où le Roy estoit arrivé, et là se trouva le jeune Duc de Cardonne, qui feit si grande poursuitte envers le Roy et la Royne, qu'ils prierent la Comtesse de faire le mariage de luy et de sa fille. La Comtesse, comme celle qui ne vou-

loit en rien desobeir, l'accorda, estimant que sa
fille, fort jeune, n'avoit volonté que la sienne.
Quand tout l'accord fut faict, elle dist à sa fille
comme elle luy avoit choisi le parti qui luy sembloit le plus necessaire. La fille, voyant qu'en une
chose faicte ne falloit plus de conseil, luy dist que
Dieu fust loué de tout, et, voyant sa mere si estrange envers elle, aima mieux luy obeir que
d'avoir pitié de soymesmes; et, pour la resjoüir de
tant de malheur, entendit que l'enfant fortuné
estoit malade à la mort; mais jamais devant sa
mere ne nul autre en feist un seul semblant, et se
contraignit si bien que les larmes, par force reti-
rées en son cueur, feirent saillir le sang par le nez
en telle abondance que la vie fut en danger de
s'en aller quant et quant; et pour la restaurer espousa celuy qu'elle eust bien voulu changer à la
mort. Aprés ces nopces faictes, s'en alla Florinde
avec son mary en la duché de Cardonne, et mena
avec elle Aventurade, à laquelle elle faisoit privéement ses complainctes, tant de la rigueur que
sa mere luy avoit tenuë que du regret d'avoir
perdu le fils de l'enfant fortuné; mais du regret
d'Amadour ne luy parloit que par maniere de la
consoler. Ceste jeune dame doncques se delibera
de mettre Dieu et l'honneur devant ses yeux,
et de dissimuler si bien ses ennuyz que jamais
nul des siens ne s'apperceut que son mary luy
despleust.

Ainsi passa un long temps Florinde, vivant
d'une vie non moins belle que la mort, ce qu'elle

ne faillit à mander à son bon serviteur Amadour,
lequel, cognoissant son grand et honeste cueur
et l'amour qu'elle portoit à l'enfant fortuné, pensa
qu'il estoit impossible qu'elle sceust vivre longuement, et la regretta comme celle qu'il tenoit
pis que morte; et ceste peine augmenta ce qu'il
avoit, et eust voulu demeurer toute sa vie esclave
comme il estoit, et que Florinde eust eu un mary
selon son desir, oubliant son mal pour celuy qu'il
sentoit que portoit s'amie. Et, pource qu'il entendit par un amy qu'il avoit acquis en la court du
Roy de Thunis que le Roy estoit deliberé de luy
faire presenter le pal, ou qu'il eust à renoncer sa
foy, pour envie qu'il avoit, s'il le pouvoit rendre
bon Turc, de le tenir avec luy, il feit tant avec le
maistre qui l'avoit pris qu'il le laissa aller sur sa
foy, le mettant à si grande rançon qu'il ne pensoit point qu'un homme de si peu de biens la
peust trouver. Ainsi, sans en parler au Roy, le
laissa son maistre aller sur sa foy. Luy, venu à la
court devers le Roy d'Espaigne, s'en partit bien
tost pour aller chercher sa rançon à tous ses amis,
et s'en alla droit à Barselonne, où le jeune Duc
de Cardonne, sa mere et Florinde estoient allez
pour quelque affaire. Aventurade, si tost qu'elle
oït des nouvelles de la venuë de son mary, le dist
à Florinde, laquelle s'en resjouït comme pour
l'amour d'elle; mais, craignant que la joye qu'elle
avoit de le veoir luy feist changer le visage, et
que ceux qui ne la cognoissoient en prinsent
mauvaise opinion, se tint à une fenestre pour le

veoir venir de loing, et si tost qu'elle l'advisa
descendit un escallier tant obscur qu'on ne pouvoit congnoistre si elle changeoit de couleur.
Ainsi embrassant Amadour le mena en sa chambre
et de là à sa belle mere, qui ne l'avoit jamais veu ;
mais n'y demeura pas deux jours qu'il se feit autant aimer dans leur maison qu'il estoit en celle
de la Comtesse d'Arande.

Je vous laisseray les propos que Florinde et
Amadour eurent ensemble, et les complainctes
qu'il luy feit des maux qu'il avoit receuz en son
absence. Aprés plusieurs larmes jettées du regret
qu'elle avoit, tant d'estre mariée contre son cueur
que d'avoir perdu celuy qu'elle aimoit tant, lequel
jamais n'esperoit de reveoir, se delibera de prendre
sa consolation en l'amour et seureté qu'elle portoit à Amadour, ce que toutesfois elle ne luy osoit
declarer ; mais luy, qui s'en doubtoit bien, ne perdoit occasion ne temps pour luy faire congnoistre
le grand amour qu'il luy portoit. Sur le point
qu'elle estoit presque gaignée à le recevoir non
à serviteur, mais à seur et parfaict amy, arriva une
merveilleuse fortune : car le Roy, pour quelques
affaires d'importance, manda incontinent Amadour, dont sa femme eut si grand regret qu'en oyant
ses nouvelles elle s'esvanoït et tomba d'un degré
où elle estoit, dont elle se blessa si fort qu'oncques
puis n'en releva. Florinde, qui par ceste mort perdoit toute sa consolation, feit tel dueil que peult
faire celle qui se sent destituée de bons parens et
amis ; mais encores le print plus mal en gré Ama-

dour, car d'un costé il perdoit l'une des plus
femmes de bien qui oncques fut, et de l'autre le
moyen de jamais pouvoir reveoir Florinde, dont
il tomba en telle maladie qu'il cuida soudainement mourir. La vieille Duchesse de Cardonne
incessamment le visitoit et luy alleguoit des raisons
de philosophie pour luy faire porter patiemment
ceste mort ; mais rien n'y servoit, car si la mort,
d'un costé, le tourmentoit, l'amour, de l'autre
costé, augmentoit son martire. Voyant Amadour
que sa femme estoit enterrée et que son maistre le
mandoit (parquoy il n'avoit nulle occasion de demeurer), eut tel desespoir en son cueur qu'il cuida
perdre l'entendement. Florinde, qui en le conso-
lant estoit en desolation, fut toute une aprés disnée
à luy tenir les plus honestes propos qu'il luy fut
possible pour luy cuider diminuer la grandeur de
son dueil, l'asseurant qu'elle trouveroit moyen de
le pouvoir revoir plus souvent qu'il ne cuidoit. Et,
pource qu'il devoit partir le matin et qu'il estoit
si foible qu'il ne pouvoit bouger de dessus son
lict, la supplia de le venir veoir au soir aprés que
chacun y auroit esté, ce qu'elle luy promist, ignorant que l'extremité d'amour ne congnoist nulle
raison. Et luy, qui ne veoit aucune esperance de
jamais pouvoir reveoir celle que si longuement
avoit servie, et de qui jamais n'avoit eu autre
traictement que celuy qu'avez ouy, fut tant
combatu de l'amour longuement dissimulé et du
desespoir qu'elle luy monstroit (tous moyens de la
hanter perduz), se delibera de jouer à quitte et à

double, ou du tout la perdre, ou du tout la gaigner, et se payer en une heure du bien qu'il pensoit avoir merité. Il feit bien encourtiner son lict,
de sorte que ceux qui venoient en la chambre ne
l'eussent sceu veoir, et se plaignoit beaucoup plus
que de coustume, tant que tous ceux de la maison
ne pensoient pas qu'il deust vivre vingt et quatre
heures.

Aprés que chacun l'eust visité au soir, Florinde
(à la requeste mesmes de son mary) y alla, esperant, pour le consoler, luy declarer son affection,
et que du tout elle le vouloit aimer autant que
l'honneur le peust permettre. Et elle, assise en une
chaise qui estoit au chevet du lict dudict Amadour,
là commença son reconfort par plorer avecques
luy. Amadour, la voyant remplie de tels dueils et
regrets, pensa qu'en ce grand tourment pourroit
plus facilement venir à la fin de son intention, et
se leva de dessus son lict : dequoy faire Florinde,
pensant qu'il fust trop foible, le voulut engarder,
et, se mettant à genoulx, luy dist : « Fault il que
pour jamais je vous perde de veuë ? » Et, en ce
disant se laissa tomber entre ses bras, comme un
homme à qui force default. La pauvre Florinde
l'embrassa et le soustint bien longuement, faisant
tout ce qu'il luy estoit possible pour le consoler ;
mais la medecine qu'elle luy bailloit pour amander
sa douleur la luy rendoit beaucoup plus forte :
car, en faisant le demy mort et sans parler, s'essaya
à chercher ce que l'honneur des femmes defend.
Quand Florinde s'apperceut de sa mauvaise vo-

lonté, ne la pouvant croire, veu les honnestes propos que tousjours luy avoit tenuz, luy demanda que
c'estoit qu'il vouloit ; mais Amadour, craignant
d'ouyr sa response, qu'il sçavoit bien ne pouvoir
estre autre que chaste et honneste, sans rien dire
poursuyvit avec toute la force qui luy fut possible
ce qu'il cherchoit : dont Florinde, bien estonnée,
soupçonna qu'il fust hors du sens plustost que de
croire qu'il pretendist à son deshonneur. Par quoy
elle appella tout hault un gentil-homme qu'elle sçavoit bien estre en la chambre avec elle : dont Amadour, desesperé jusques au bout, se rejetta sur son
lict si soudainement que le gentil-homme pensoit
qu'il fust trespassé. Florinde, qui s'estoit levée de
sa chaise, dist : « Allez, et apportez vistement
quelque bon vinaigre. » Ce que le gentilhomme
feist. A l'heure Florinde commença à dire : « Amadour, quelle follie vous est montée en l'entendement ? et qu'est-ce qu'avez pensé et voulu faire ? »
Amadour, qui avoit perdu toute raison par la force
d'amour, luy dist : « Un si long service que le
mien merite-il recompense de telle cruauté ? — Et
où est l'honneur, dist Florinde, que tant de fois
vous m'avez presché ? — Ha ! ma dame, dist Amadour, il me semble qu'il n'est possible de plus
parfaictement aimer vostre honneur que je fais,
car quand vous avez esté à marier j'ay si bien sceu
vaincre mon cueur que vous n'avez jamais sceu
congnoistre ma volonté. Maintenant que vous
estes mariée et que vostre honneur peult estre
couvert, quel tort vous tiens je de demander ce

qui est mien ? car par la force d'amour je vous
ay gaignée. Celuy qui premier a eu vostre cueur
a si mal poursuivy le corps qu'il a merité perdre
le tout ensemble ; celuy qui possede vostre corps
n'est digne d'avoir vostre cueur, parquoy mesmes
le corps n'est sien ny ne luy appartient. Mais moy,
ma dame, durant cinq ou six ans j'ay porté tant
de peines et travaux pour vous que ne pouvez
ignorer qu'à moy seul n'appartienne le corps et le
cueur, pour lequel j'ay oublié le mien. Et, si vous
vous en cuidez deffendre par la conscience, ne
doubtez point que ceux qui ont esprouvé les forces
d'amour ne rejettent le blasme sus vous, qui m'a-
vez tellement ravy ma liberté et esblouy mes sens
par vos divines graces que, ne sçachant desor-
mais que faire, je suis contrainct de m'en aller,
sans espoir de jamais vous revoir, asseuré toutesfois que, quelque part où je sois, vous aurez tousjours part du cueur qui demeurera vostre à jamais,
soit sur terre, soit sur eau, ou entre les mains de
mes plus cruels ennemis. Mais, si j'avois avant
mon partement la seureté de vous que mon grand
amour merite, je serois assez fort pour soustenir
en patience les ennuiz de ceste longue absence ;
et, s'il ne vous plaist m'ottroyer ma requeste, vous
oyrez bien tost dire que vostre rigueur m'aura
donné une malheureuse et cruelle mort. »

Florinde, non moins estonnée que marrie
d'ouyr tenir tels propos à celuy duquel elle n'eut
jamais soupçon de chose semblable, luy dist en
pleurant : « Helas ! Amadour, sont-ce les vertueux

propos que durant ma jeunesse vous m'avez tenuz? est-ce cy l'honneur de la conscience que
vous m'avez maintesfois conseillée plustost mourir que perdre? Avez vous oublié les bons exemples que vous m'avez donné des vertueuses dames
qui ont resisté à la folle amour et le despris que
vous avez tousjours faict des folles dames? Je ne
puis croire, Amadour, que soyez si long de vous
mesmes que Dieu, vostre conscience et mon
honneur soient du tout morts en vous; mais, si
ainsi est que vous le dictes, je louë la bonté divine qui a prevenu au malheur où maintenant je
m'en allois precipiter, en me monstrant par vostre
parolle le cueur que j'ay tant ignoré : car, ayant
perdu le fils de l'enfant fortuné, non seulement
pour estre mariée ailleurs, mais pource que je
sçay bien qu'il en aime une autre, et me voyant
mariée à celuy que je ne puis aimer, quelque
peine que j'y mette, ne avoir pour agreable, j'a-
vois pensé et deliberé d'entierement et de tout
mon cueur et affection vous aimer, fondant ceste
amitié sur la vertu que j'ay tant congneuë en vous,
et laquelle par vostre moyen je pense avoir at-
taincte : c'est d'aimer plus mon honneur et ma
conscience que ma propre vie. Sur ceste pierre
d'honnesteté, j'estois venuë icy, deliberée de
prendre un tresseur fondement; mais, Amadour,
en un moment m'avez monstré qu'en lieu d'une
pierre nette et pure, le fondement de cest edifice est assis sur un sablon leger et mouvant, ou
sur la fange molle et infame. Et, combien que

j'eusse desja commencé grande partie du logis où
j'esperois faire perpetuelle demeure, soudain du
tout l'avez ruiné : parquoy vous fault quant et
quant rompre l'esperance que vous avez jamais
euë en moy, et vous deliberer qu'en quelque lieu
que je sois ne me chercher, ne par parolle, ne par
contenance ; et n'esperez que je puisse ou vueille
jamais changer mon opinion. Je le vous dy avec
tel regret qu'il ne peult estre plus grand, mais
si je fusse venuë jusques à avoir juré parfaicte
amitié avec vous, je sens bien mon cueur tel
qu'il fust mort en telle rompure, combien que
l'estonnement que j'ay d'estre deceuë est si grand
que je suis seure qu'il rendra ma vie ou briefve
ou douloureuse. Et sur ce mot je vous dy à Dieu,
et c'est pour jamais. »

Je n'entreprends point de vous dire la douleur
que sentoit Amadour escoutant ces parolles, car
non seulement eust esté impossible de l'escrire,
mais de la penser, sinon à ceulx qui ont experimenté la pareille ; et, voyant, que sur ceste cruelle
conclusion elle s'en alloit, l'arresta par le bras,
sçachant tresbien que s'il ne luy ostoit la mauvaise opinion qu'il luy avoit donnée, qu'à jamais
il la perdroit. Parquoy il luy dist avec le plus
feinct visage qu'il peut prendre : « Ma dame,
j'ay toute ma vie desiré d'aimer une femme de
bien, et, pource que j'en ay trouvé si peu, j'ay
bien voulu experimenter pour veoir si vous estiez
par vostre vertu digne d'estre autant estimée que
aimée, ce que maintenant je sçay pour certain,

dont je louë Dieu, qui adressa mon cueur à aimer tant de perfection, vous suppliant me par-
donner ceste folle et audacieuse entreprinse, puis
que vous voyez que la fin en tourne à vostre honneur et à mon grand contentement. » Florinde,
qui commençoit à congnoistre la malice des
hommes par luy, tout ainsi qu'elle avoit esté
difficile à croire le mal où il estoit, aussi fut elle
encores plus à croire le bien où il n'estoit pas, et
luy dist : « Pleust à Dieu que vous dissiez verité! mais je ne puis estre si ignorante que l'estat
de mariage où je suis ne me face bien cognoistre
clairement que forte passion et aveuglement vous
a faict faire ce que vous avez faict, car, si Dieu
m'eust lasché la main, je suis bien seure que vous
n'eussiez pas retiré la bride. Ceux qui tentent
pour chercher la vertu ne sçauroient prendre le
chemin que vous avez faict. Mais c'est assez : si
j'ay creu legierement quelque bien en vous, il
est temps que je cognoisse maintenant la verité,
laquelle me delivre de vous. » En ce disant, se
partit Florinde de la chambre, et tant que la nuict
dura ne feit que pleurer, sentant si grande douleur en ceste mutation que son cueur avoit bien
affaire à soustenir les assaulx du regret qu'amour
luy donnoit : car, combien que selon raison elle
deliberast de jamais plus l'aimer, si est-ce que le
cueur, qui n'est point subject à nous, ne s'y vouloit accorder; parquoy ne le pouvoit moins aimer qu'elle avoit accoustumé; et, sçachant qu'a-
mour estoit cause de ceste faulte, se delibera,

satisfaisant à l'amour, de l'aimer de tout son cueur, et, obeissant à l'honneur, n'en faire jamais autre semblant.

Le matin s'en partit Amadour, ainsi fasché que vous avez ouy; toutesfois son cueur, qui estoit si grand qu'il n'avoit au monde son pareil, ne le souffrit desesperer, mais luy bailla nouvelle intention de pouvoir encores reveoir Florinde et avoir sa bonne grace. Doncques, en s'en allant devers le Roy d'Espaigne (lequel estoit à Tollette), print son chemin par la Comté d'Arande, où un soir bien tard il arriva, et trouva la Comtesse fort malade d'une tristesse qu'elle avoit de l'absence de sa fille Florinde. Quand elle veid Amadour, elle le baisa et embrassa comme si c'eust esté son propre enfant, tant pour l'amour qu'elle luy portoit que pour celle qu'elle doutoit qu'il avoit à Florinde, de laquelle elle luy demanda bien soigneusement des nouvelles, qui luy en dist le mieux qu'il luy fut possible, mais non toute la verité, et luy confessa l'amitié de Florinde et de luy (ce que Florinde avoit tousjours celé), la priant luy vouloir aider à avoir souvent de ses nouvelles et de la retirer bien tost avec elle, et le matin s'en partit.

Et, aprés avoir faict ses affaires avec la Royne, s'en alla à la guerre si triste et changé de toutes conditions que dames, capitaines et tous ceux qui avoient accoustumé de le hanter ne le congnoissoient plus, et ne s'habilloit plus que de noir, encore d'une frize beaucoup plus grosse qu'il ne failloit à porter le dueil de sa femme, du-

quel il couvroit celuy qu'il avoit au cueur. Ainsi
passa Amadour trois ou quatre années sans revenir à la court. Et la Comtesse d'Arande, qui ouyt
dire que Florinde estoit si fort changée que c'estoit pitié, l'envoya querir, esperant qu'elle revien-
droit auprés d'elle ; mais ce fut tout le contraire,
car, quand Florinde entendit qu'Amadour avoit
declaré à sa mere leur amitié, et que sa mere, tant
sage et vertueuse, se confiant à Amadour, l'avoit
trouvée bonne, fut en une merveilleuse perplexité,
pource que, d'un costé, elle voioit sa mere l'estimer tant que, si elle luy disoit la verité, Amadour
en pourroit recevoir quelque desplaisir, ce que
pour mourir n'eust voulu, car elle se sentoit assez
forte pour le punir de sa follie sans s'aider de ses
parens ; d'autre costé, elle voioit qu'en dissimulant
le mal qu'elle y sçavoit, qu'elle seroit contraincte
de sa mere et de ses amis de parler à luy et de luy
faire bonne chere, par laquelle elle craignoit fortifier sa mauvaise opinion. Mais, voyant qu'il
estoit loing, n'en feit grand semblant et luy escrivoit quand la Comtesse le luy commandoit ; mais
c'estoient lettres qu'il pouvoit bien congnoistre venir plus d'obeissance que de bonne volonté, dont
il estoit ennuyé en les lisant, au lieu qu'il avoit accoustumé de se resjouïr des premieres.

Au bout de deux ou trois ans, aprés avoir faict
de tant belles choses que tout le papier d'Espaigne
ne les sçauroit contenir, imagina une invention
tresgrande non pour gaigner le cueur de Florinde (car il le tenoit pour perdu), mais pour avoir

la victoire de son ennemie, puis que telle se faisoit contre luy. Il meit arriere tout le conseil de
raison et mesmes la peur de la mort, au hazard de
laquelle il se mettoit. Sa pensée conclue et deliberée, feit tant envers le grand gouverneur qu'il
fut par luy deputé pour venir parler au Roy de
quelques entreprinses qui se faisoient sur Locate,
et se hazarda de communiquer son entreprise à la
Comtesse d'Arande avant que la declarer au Roy,
pour en prendre son bon conseil, et vint en poste
tout droict en la comté d'Arande, où il sçavoit
que Florinde estoit, et envoya secrettement à la
Comtesse un sien amy luy declarer sa venuë, la
priant la tenir secrette et qu'il peust parler à elle
la nuict sans que personne en sceust rien. La
Comtesse, fort joyeuse de sa venuë, le dist à Florinde et l'envoya deshabiller en la chambre de son
mary, à fin qu'elle fust preste quand elle la manderoit et que chacun fust retiré. Florinde, qui
n'estoit pas encore asseurée de sa premiere peur,
n'en feit semblant à sa mere, mais s'en va en un
oratoire se recommander à Dieu, le priant vouloir
conserver son cueur de toute meschante affection ;
et pensa que souvent Amadour l'avoit louée de sa
beauté, laquelle n'estoit point diminuée, nonobstant qu'elle eust esté longuement malade : parquoy, aimant mieux faire tort à sa beauté en la
diminuant que de souffrir par elle le cueur d'un
si honneste homme brusler d'un si meschant feu,
prit une pierre qui estoit dans la chappelle, et s'en
donna par le visage si grand coup que la bouche,

et les yeux, et le nez, en estoient tous difformes ; et afin que l'on ne soupçonnast qu'elle l'eust faict quand la Comtesse l'envoya querir, se laissa tumber, en sortant de la chapelle, le visage sur une grosse pierre et en criant bien hault. Arriva la Comtesse, qui la trouva en ce piteux estat. Incontinent fut pansée et son visage bandé.

Ce faict, la Comtesse la mena en sa chambre et la pria d'aller en son cabinet entretenir Amadour jusques à ce qu'elle se fust deffaicte de sa compagnie, ce qu'elle feit, pensant qu'il y eust quelques gens avec luy ; mais, se trouvant toute seule, la porte fermée sur elle, fut autant marrie qu'Amadour content, pensant que par amour ou par force il auroit ce que tant avoit désiré. Et, aprés avoir un peu parlé à elle et l'avoir trouvée au mesme propos auquel il l'avoit laissée, et que pour mourir elle ne changeroit son opinion, luy dist, tout outré de desespoir : « Pardieu, ma dame, le fruict de mon labeur ne me sera point osté pour scrupules ; et, puis qu'amour, patience et humbles prieres n'y servent de rien, je n'espargneray point ma force pour acquerir le bien qui sans l'avoir me la feroit perdre. » Quand Florinde veit son visage et ses yeux tant alterez que le plus beau teinct du monde estoit rouge comme feu, et le plus doux et plaisant regard si horrible et furieux qu'il sembloit qu'un feu tresardent etincelast dedans son cueur et visage, et qu'en ceste fureur d'une de ses fortes mains print ses deux foibles et delicates, et, d'autre part, voyant que toutes def-

fences luy failloient, et que ses pieds et mains
estoient tenuz en telle captivité qu'elle ne pouvoit
fuir ne se deffendre, ne sceut quel remede trouver, sinon chercher s'il y avoit point en luy encores quelque racine de la premiere amour pour
l'honneur de laquelle il oubliast sa cruauté; par
quoy elle luy dist : « Amadour, si maintenant
vous m'estimez comme ennemie, je vous supplie,
pour l'honnesteté d'amour que j'ay autresfois
pensé en vostre cueur, me vouloir escouter avant
que me tourmenter. » Et, quand elle veit qu'il luy
prestoit l'oreille, poursuivant son propos, luy dist :
« Helas ! Amadour, quelle occasion vous mene
de chercher une chose dont vous ne sçauriez avoir
contentement et me donner un ennuy le plus
grand que je sçaurois avoir ? Vous avez tant experimenté ma volonté du temps de ma jeunesse et
de ma plus grande beauté, surquoy vostre passion
pouvoit prendre excuse, que je m'esbahis comme
en l'aage et grande laideur où je suis vous avez
cueur de me vouloir tourmenter. Je suis seure que
vous ne doutez point que ma volonté ne soit telle
qu'elle a accoustumé, parquoy ne pouvez avoir
que par force ce que demandez; et, si vous regardez comme mon visage est accoustré, en oubliant
la memoire du bien que vous avez veu en moy,
n'aurez point d'envie d'approcher de plus prés;
et, s'il y a en vous encores quelques reliques de
l'amour, il est impossible que la pitié ne vaincque
vostre fureur. Et à ceste pitié et honnesteté que
j'ay tant experimentée en vous je fais ma plaincte

17

et demande grace, à fin que, selon vostre conseil, vous me laissiez vivre en paix et honesteté, ce que j'ay deliberé faire ; et, si l'amour que vous m'avez portée est convertie du tout en haine, et que plus par vengeance que par affection vous me vueillez faire la plus malheureuse femme du monde, je vous asseure qu'il n'en sera pas ainsi, et me contraindrez, contre ma deliberation, de declarer vostre meschanceté et appetit desordonné à celle qui croit tant de bien de vous; et en ceste cognoissance pensez que vostre vie ne seroit pas en seureté. » Amadour, rompant son propos, luy dist : « S'il me fault mourir, je seray quitte de mon tourment incontinent ; mais la difformité de vostre visage (que je pense estre faicte de vostre volonté) ne m'empeschera de faire la mienne, car quand je ne pourrois avoir de vous que les oz, si les voudrois-je tenir auprés de moy. »

Et quand Florinde veit que les prieres, raisons ne larmes ne luy servoient en rien, et qu'en telle cruauté poursuivoit son meschant desir, qu'elle avoit tousjours evité par force d'y resister, s'aida du secours qu'elle craignoit autant que perdre sa vie, et d'une voix triste et piteuse appella sa mere le plus hault qu'il luy fut possible, laquelle, oyant sa fille l'appeller d'une telle voix, eut merveilleusement grand peur de ce qui estoit veritable, et courut le plustost qu'il luy fut possible en la garderobe. Amadour, qui n'estoit pas si prest à mourir qu'il disoit, laissa sa prinse de si bonne heure que la dame, ouvrant son cabinet, le trouva

à la porte, et Florinde assez loing de luy. La
Comtesse luy demanda : « Amadour, qu'y a-il ?
dictes m'en la verité. » Et, comme celuy qui jamais n'estoit despourveu d'invention, avec un visage pasle et transi, luy dist : « Helas ! ma dame, de
quelle condition est devenuë ma dame Florinde ?
Je ne fuz jamais si estonné que je suis, car (comme
je vous ay dict) je pensois avoir part en sa bonne
grace ; mais je cognois bien que je n'y ay plus
rien. Il me semble, ma dame, que du temps qu'elle
estoit nourrie avec vous elle n'estoit moins sage
ne vertueuse qu'elle est, mais elle ne faisoit point
de conscience de parler et regarder chacun ; et
maintenant je l'ay voulu regarder, mais elle ne l'a
voulu souffrir ; et, quand j'ay veu ceste contenance, pensant que ce fust un songe ou une res-
verie, luy ay demandé la main pour la luy baiser
à la façon du païs, ce qu'elle m'a du tout refusé.
Il est vray, ma dame, que j'ay tort, dont je vous
demande pardon : c'est que je luy ay prins la main
quasi par force et la luy ay baisée, ne luy demandant autre contentement ; mais elle (comme je
croy), qui a deliberé ma mort, vous a appellée
ainsi que vous avez ouy. Je ne sçaurois dire pourquoy, sinon qu'elle eut peur que j'eusse autre volonté que je n'ay. Toutesfois, ma dame, en quelque sorte que ce soit, j'advouë le tort estre mien :
car, combien qu'elle deust aimer tous voz bons
serviteurs, la fortune veult que moy seul, et le
plus affectionné, sois mis hors de sa bonne grace.
Si est-ce que je demeureray tousjours tel envers

vous et elle comme je suis venu, vous suppliant
me vouloir tenir en vostre bonne grace, puis que,
sans mon demerite, j'ay perdu la sienne. » La
Comtesse, qui en partie le croioit et en partie en
doutoit, s'en alla à sa fille, et luy demanda :
« Pourquoy m'avez vous appellée si hault ? » Florinde respondit qu'elle avoit eu peur, et, combien
que la Comtesse l'interrogast de plusieurs choses
par le menu, si est-ce que jamais ne luy feit autre
response : car, voyant qu'elle estoit eschappée des
mains de son ennemy, le tenoit assez puni de luy
avoir rompu son entreprise.

Aprés que la Comtesse eut long temps parlé à
Amadour, le laissa encores devant elle parler à
Florinde, pour veoir quelle contenance il tien-
droit, à laquelle il ne tint pas grand propos, sinon
qu'il la mercia de ce qu'elle n'avoit confessé verité
à sa mere, et la pria que au moins, puis qu'il estoit
hors de son cueur, qu'un autre ne tint point sa
place. Elle luy respondit, quant au premier propos : « Si j'eusse eu autre moyen de me defendre
de vous que par la voix, elle ne l'eust point oye,
ny par moy jamais n'aurez pis si vous ne m'y con-
traignez, comme vous avez faict, et n'ayez pas
peur que j'en sceusse aimer d'autre : car, puis
que je n'ay trouvé au cueur que j'estimois le
plus vertueux du monde le bien que je desirois,
je ne croiray jamais qu'il soit en nul homme. Et
ce malheur sera cause que je seray pour jamais en
liberté des passions que l'amour peult donner. »
En ce disant, print congé de luy. La mere, qui re-

gardoit sa contenance, n'y sceut rien juger, et
depuis ce temps là cogneut tresbien que sa fille
n'avoit plus d'affection à Amadour, et pensa pour
certain qu'elle fust desraisonnable et qu'elle hayst
toutes les choses qu'elle aimoit. Et de ceste heure
là luy mena la guerre si estrange qu'elle fut sept
ans sans parler à elle, si elle ne s'y courroussoit,
et tout à la requeste d'Amadour.

Durant ce temps là, Florinde tourna la crainte
qu'elle avoit d'estre avec son mary en volonté de
n'en bouger pour fuir les rigueurs que luy tenoit sa mere ; mais, voyant que rien ne luy servoit, delibera de tromper Amadour, et, laissant
par un jour ou deux son visage estrange, luy
conseilla de tenir propos d'amitié à une femme
qu'elle disoit avoir parlé de leur amour. Ceste
dame demeuroit avec la Royne d'Espaigne et avoit
nom Lorette, bien aise d'avoir gaigné un tel serviteur, et feit tant de mines que le bruit en courut par tout ; et mesmes la Comtesse d'Arande,
estant à la court, s'en apperceut : parquoy depuis
ne tourmentoit tant Florinde qu'elle avoit accoustumé. Florinde ouyt un jour dire que le capitaine,
mary de Lorette, estoit entré en telle jalousie
qu'il avoit deliberé, en quelque sorte que ce fust,
de tuer Amadour. Florinde, qui, nonobstant son
dissimulé visage, ne pouvoit vouloir mal à Amadour, l'en advertit incontinent. Mais luy, qui facilement fut retourné à ses brisées premieres, luy
respondit que s'il luy plaisoit l'entretenir trois
heures tous les jours, que jamais ne parleroit à

Lorette, ce qu'elle ne voulut accorder. « Doncques, luy dist Amadour, puis que ne me voulez faire vivre, pourquoy me voulez vous garder de mourir, sinon que vous esperez plus me tourmenter en vivant que mille mors ne sçauroient faire ? Mais combien que la mort me fuyt, si la chercheray-je tant que la trouveray, car en ce jour là seulement j'auray repos. »

Durant qu'ils estoient en ces termes, vindrent nouvelles que le Roy de Grenade commençoit une tresgrande guerre contre le Roy d'Espaigne, tellement que le Roy y envoya le Prince son fils, et avec luy le Connestable de Castille et le Duc d'Albe, deux vieils et sages seigneurs. Le Duc de Cardonne et le Comte d'Arande ne voulurent pas demeurer, et supplierent au Roy de leur donner quelque charge, ce qu'il feit selon leurs maisons, et leur bailla pour les conduire Amadour, lequel, durant la guerre, feit des actes si estranges qu'ils sembloient autant pleins de desespoir que de hardiesse. Et, pour venir à l'intention de mon compte, vous diray que sa trop grande hardiesse fut esprouvée à sa mort : car, ayant les Maures faict demonstrance de donner la bataille, voyans l'armée des Chrestiens, feirent semblant de fuir, à la chasse desquels se meirent les Espaignols ; mais le vieil Connestable et le Duc d'Albe, se doutans de leur finesse, retindrent contre sa volonté le Prince d'Espaigne qu'il ne passast la riviere, ce que feirent (nonobstant les deffenses) le Comte d'Arande et le Duc de Car-

donne. Et, quand les Maures veirent qu'ils n'estoient suyvis que de peu de gens, se retournerent,
et d'un coup de cimeterre abbatirent tout mort
le Duc de Cardonne, et fut le Comte d'Arande
si fort blessé qu'on le laissa pour mort en la
place. Amadour arriva sur ceste deffaicte, tant en-
ragé et furieux qu'il rompit toute la presse et feit
prendre les deux corps desdicts Duc et Comte,
et les feit porter au camp du Prince, lequel en
eut autant de regret que de ses propres freres.
Mais, en visitant leurs playes, se trouva le Comte
d'Arande encores vivant, lequel fut envoyé en
une lictiere en sa maison, où il fut long temps
malade. De l'autre costé, arriva à Cardonne le
corps du jeune Duc. Amadour, ayant faict son
effect de retirer ces deux corps, pensa si peu de
luy qu'il se trouva environné d'un grand nombre
de Maures; et luy, qui ne vouloit non plus estre
prins qu'il avoit peu prendre s'amie, ne faulser sa
foy envers Dieu qu'il avoit envers elle, sçachant
que s'il estoit mené au Roy de Grenade, ou il
mourroit cruellement, ou renonceroit la Chrestienté, delibera ne donner la gloire de sa mort
ny sa prinse à ses ennemis, et, en baisant la croix
de son espée (rendant corps et ame à Dieu), s'en
donna un tel coup qu'il ne fut besoing y retourner pour le second. Ainsi mourut le pauvre Amadour, autant regretté que ses vertus le meritoient.
Les nouvelles en coururent par toutes les Espaignes, tant que Florinde, qui estoit à Barselonne, où son mary avoit autresfois ordonné estre

enterré, aprés qu'elle eut faict ses obseques honorablement, sans en parler à mere ny à belle
mere, s'en alla religieuse au monastere de Jesus,
prenant pour mary et amy celuy qui l'avoit delivrée d'une amour si vehemente que celle d'Amadour, et de l'ennuy si grand que de la compaignie
d'un tel mary. Ainsi tourna toutes ses affections à
aimer Dieu si perfaictement qu'aprés avoir vescu
longuement religieuse, luy rendit son ame en telle
joye que l'espouse a d'aller veoir son espoux.

« Je sçay bien, mes dames, que ceste longue
histoire pourra estre à aucuns fascheuse ; mais, si
j'eusse voulu satisfaire à celuy qui me l'a comptée,
elle eust esté trop plus que longue. Vous suppliant, mes dames, en prenant l'exemple de la
vertu de Florinde, diminuer un peu de sa cruauté,
et ne croire point tant de bien aux hommes qu'il
ne faille par la congnoissance du contraire leur
donner cruelle mort, et à vous une triste vie. »

Et, aprés que Parlamente eut eu bonne et
longue audience, elle dist à Hircan : « Vous
semble-il pas que ceste femme ait esté pressée jusques au bout et qu'elle ait vertueusement resisté ?
— Non, dist Hircan, car une femme ne peult faire
moindre resistance que de crier, et, si elle eust esté
en lieu où l'on ne l'eust peu ouyr, je ne sçay qu'elle
eust faict. Et, si Amadour eust esté plus amoureux
que craintif, il n'eust pas laissé pour si peu son
entreprise. Et pour cest exemple je ne me depar-
tiray pas de la forte opinion que j'ay que oncques

homme qui aimast parfaictement, ou qui fust aimé
d'une dame, ne faillit d'en avoir bonne yssue, s'il
a faict la poursuitte comme il appartient. Mais encores fault-il que je louë Amadour de ce qu'il
feit une partie de son devoir. — Quel devoir (dist
Oisille) distes vous ? Appellez vous faire son devoir
à un serviteur qui veult avoir par force sa maistresse, à laquelle il doit toute reverence et obeissance ? » Saffredent print la parolle et dist : « Ma
dame, quand noz maistresses tiennent leur rang
en chambres ou en salles, assises à leur aise comme
noz juges, nous sommes à genoulx devant elles, et,
quand nous les menons dancer en crainte et ser-
vons si diligemment que nous prevenons leur demande, nous semblons estre tant craintifs de les
offenser et tant desirans de les servir que ceulx
qui nous voyent ont pitié de nous, et bien souvent
nous estiment plus sots que bestes, transportez
d'entendement ou transiz, et donnent la gloire à
noz dames, desquelles les contenances sont tant
audacieuses et les parolles tant honnestes qu'elles
se font craindre, aimer et estimer de ceulx qui ne
voyent que le dehors. Mais, quand nous sommes à
part, où l'amour seul est juge de noz contenances,
nous sçavons tresbien qu'elles sont femmes, et
nous hommes, et à l'heure le nom de maistresse
est converty en amye, et le nom de serviteur en
amy. C'est de là où le proverbe est dict :

> De bien servir et loyal estre,
> De serviteur on devient maistre.

Elles ont l'honneur autant que les hommes en peuvent donner et oster, et, voyans ce que nous endurons patiemment, c'est raison que nostre souffrance soit recompensée quand l'honneur n'est point blessé. — Vous ne parlez pas du vray honneur, dist Longarine, qui est le contentement de ce monde, car, quand tout le monde me diroit femme de bien (et je sçaurois seule le contraire), leur loüange augmenteroit ma honte et me rendroit en moymesmes plus confuse; et aussi, quand ils me blasmeroient et (je sentisse mon innocence), le blasme tourneroit en contentement, car nul n'est content que de soy-mesmes. — Or, quoy que vous ayez tout dict, dist Guebron, il me semble qu'Amadour est un autant honneste et vertueux chevalier qu'il en soit point; et, veu que les noms sont supposez, je pense le congnoistre. Mais puisque Parlamente ne l'a voulu nommer, aussi ne feray-je; et contentez vous que si c'est celuy que je pense, son cueur ne sentit jamais nulle peur ny ne fut jamais vuide d'amour ny de hardiesse. » Oisille leur dist : « Il me semble que ceste journée s'est passée si joyeusement que, si nous continuons ainsi les autres, nous accoursirons le temps à force d'honnestes propos. Voyez où est le soleil et oyez la cloche de l'abbaye qui long temps a nous apelle à vespres, dont je ne vous ay point adverty, car la devotion d'ouyr la fin de ce compte estoit plus grande que celle d'ouyr vespres. »

Et en ce disant se leverent tous, et, arrivans à l'abbaye, trouverent les religieux qui les avoient attendues plus d'une grosse heure. Vespres oyes, allerent soupper, qui ne fut tout le soir sans parler des comptes qu'ils avoient ouyz, et sans chercher par tous les endroits de leur memoire pour veoir s'ils pourroient faire la journée ensuyvante aussi plaisante que la premiere. Et, aprés avoir joué de mil jeux dedans le pré, s'en allerent coucher, donnans fin tresjoyeuse et contentement à leur premiere journée.

FIN DE LA PREMIERE JOURNÉE

SECONDE JOURNÉE

E lendemain se leverent en grand desir de retourner au lieu où le jour precedent avoient eu tant de plaisir : car chacun avoit son compte si prest qu'il leur tardoit qu'il ne fust mis en lumiere. Aprés qu'ils eurent ouy la leçon de ma dame Oisille et la messe, où chacun recommanda son esprit à Dieu, à fin qu'il leur donnast parolle et grace de continuer l'assemblée, s'en allerent disner, ramentevans les uns aux autres plusieurs histoires passées. Et aprés disner, qu'ils se furent reposez en leurs chambres, s'en retournerent à l'heure ordonnée dedans le pré, où il sembloit que le temps et le jour favorisassent leur entreprinse. S'estans tous assis sur le siege naturel de l'herbe verde, Parlamente dist : « Puis que j'ay donné au soir fin à la dixiesme, c'est à moy à eslire celle qui doibt continuer celles du jourd'huy; et pource que ma dame Oisille fut la premiere des femmes

qui hier parla, comme la plus sage et ancienne,
je donne ma voix aujourd'huy à la plus jeune : je
ne dis pas à la plus folle, estant asseurée que, si
nous la suyvons toutes, ne ferons pas attendre
vespres si longuement que nous fismes hier. Parquoy, Nomerfide, vous tiendrez au jourd'huy les
rangs de bien dire ; mais, je vous prie, ne nous
faictes point commencer nostre journée par larmes.
— Il ne m'en falloit point prier, dict Nomerfide,
car je m'y estois desja toute resoluë, me souve-
nant d'un compte qui me fut faict l'année passée
par une bourgeoise de Tours, natifve d'Amboise,
qui m'afferma avoir esté présente aux predications
du cordelier dont je vous veulx parler.

NOUVELLE UNZIESME

Propos facetieux d'un cordelier en ses sermons.

R é s la ville de Bleré en Touraine, y a un village nommé Sainct Martin le Beau, où fut appellé un cordelier du couvent de Tours pour prescher les advents et le caresme ensuyvant. Ce cordelier, plus enlangagé que docte, n'ayant quelquesfois dequoy payer pour achever son heure, s'amusoit à faire des comptes qui satisfaisoient aucunement à ses bonnes gens de village. Un jour de jeudy absolut, preschant de l'aigneau pascal, quand ce vint à parler de le manger de nuict, et qu'il veit à sa predication de belles jeunes dames d'Amboise qui estoient là freschement aornées pour y faire leurs pasques et y sejourner quelques jours aprés, il se voulut mettre sur le beau bout, et demanda à toute l'assistance des femmes si elles ne sçavoient que c'estoit de manger de la chair creuë de nuict. « Je le vous veux apprendre, mes dames, ce dist il. » Les jeunes hommes d'Amboise là pre-

sens, qui ne faisoient que d'y arriver avec leurs
femmes, sœurs et niepces, et qui ne congnoissoient
l'humeur du pelerin, commencerent à s'en scan-
daliser. Mais, aprés qu'ils l'eurent escouté davantage, ils convertirent le scandale en risée, mesmement quand il dist que pour manger l'aigneau il
falloit avoir les reins ceincts, des pieds en ses souliers et une main à son baston. Le cordelier, les
voyant rire et se doubtant pourquoy, se reprint
incontinent. « Et bien bien, dict il, des souliers
en ses pieds et un baston en sa main : blanc chapeau et chapeau blanc, est-ce pas tout un ? » Si
ce fut lors à rire, je croy que vous n'en doubtez
point. Les dames mesmes ne s'en peurent garder,
ausquelles il s'attacha d'autres propos recreatifs ;
et, se sentant prés de son heure, ne voulant pas
que ces dames s'en allassent mal contentes de luy,
il leur dist : « Or çà, mes belles dames, mais que
vous soyez tantost à cacqueter parmy les comme-
res, vous demanderez : « Mais qui est ce maistre
« frere qui parle si hardiment ? C'est quelque bon
« compaignon. » Je vous diray, mes dames, je vous
diray : « Ne vous en estonnez pas, non, si je parle
« si hardiment, car je suis d'Anjou, à vostre com-
« mandement. » Et en disant ces mots mist fin à
sa predication, par laquelle il laissa ses auditeurs
plus prompts à rire de ses sots propos qu'à pleurer en la memoire de la Passion de Nostre Seigneur, dont la commemoration se faisoit en ces
jours là. Ses autres sermons, durant les festes, furent quasi de pareille efficace ; et, comme vous

sçavez que tels freres n'oublient pas à se faire ques-
ter pour avoir leurs œufs de Pasques, enquoy
faisant on leur donne non seulement des œufs,
mais plusieurs autres choses, comme de linge, de
la filace, des andouilles, des jambons, des eschinées
et autres menues chosettes, quand ce vint le mardy
d'aprés Pasques, en faisant ses recommandations,
dont telles gens ne sont point chiches, il dist :
« Mes dames, je suis tenu à vous rendre graces de
la liberalité dont vous avez usé envers nostre
pauvre couvent; mais si fault il que je vous die
que vous n'avez pas consideré les necessitez que
nous avons, car la plus part de ce que nous avez
donné, ce sont andouilles, et nous n'en avons
point de faulte, Dieu mercy : nostre couvent en
est tout farcy. Qu'en ferons nous donc de tant?
Sçavez vous quoy, mes dames? Je suis d'advis que
vous mesliez voz jambons parmy noz andouilles :
vous ferez belle aumosne. » Puis, en continuant
son sermon, il feit venir le scandale à propos, et
en discourant assez brusquement par dessus, avec
quelques exemples, il se meit en grande admiration, disant : « Eh dea, messieurs et mes dames de
Sainct Martin, je m'estonne fort de vous, qui vous
scandalisez pour moins que rien et sans propos,
et tenez voz comptes de moy par tout en disant :
« C'est un grand cas; mais qui l'eust cuidé que
« le beau pere eust engrossy la fille de son hos-
« tesse? » Vrayement, dist il, voylà bien dequoy
s'esbahir qu'un moyne ait engrossy une fille! Mais
venez çà, belles dames, ne devriez vous pas bien

vous estonner davantage si la fille avoit engrossy
le moyne? »

« Voylà, mes dames, les belles viandes dequoy
ce gentil pasteur nourrissoit le troupeau de Dieu.
Encores estoit il si effronté que, aprés son peché, il
en tenoit ses comptes en pleine chaire, où ne se
doit tenir propos qui ne soit totalement à l'erudition de son prochain et à l'honneur de Dieu premierement. — Vrayement, dist Saffredent, voilà un
maistre moyne. J'aymerois quasi autant frere Anji-
baut, sur le dos duquel on mettoit tous les propos
facetieux qui se peurent rencontrer en bonne
compaignie. — Si ne trouvai-je point de risée
en telles derisions, dist Oisille, principalement en
tel endroict. — Vous ne dictes pas, ma dame, dist
Nomerfide, qu'en ce temps là, encores qu'il n'y
ait pas fort long temps, les bonnes gens de village,
voire la pluspart de ceux des bonnes villes, qui se
pensent bien plus habilles que les autres, avoient
tels predicateurs en plus grande reverence que
ceux qui les preschoient purement et simplement
le sainct Evangile. — En quelque sorte que ce fust,
dist lors Hircan, si n'avoit il pas tort de demander
des jambons pour des andouilles, car il y a plus
à manger. Voire, et quelque devotieuse creature
l'eust entendu pour amphibologie (comme je croi-
rois bien que luy mesme l'entendit), luy ny ses
compaignons ne s'en feussent point mal trouvez,
non plus que la jeune garse qui en eut plein son
sac. — Mais voyez vous quel effronté c'estoit, dist

Oisille, qui renversoit le sens du texte à son plaisir, pensant avoir affaire à bestes comme luy, et
en ce faisant chercher impudemment à suborner
les pauvres femmelettes, à fin de leur apprendre à
manger de la chair creuë de nuict! — Voire mais,
vous ne dictes pas, dist Simontault, qu'il voyoit
devant luy ces jeunes tripieres d'Amboise, dans
le baquet desquelles il eust volontiers lavé son...
(nommeray-je? non, mais vous m'entendez bien),
et leur en faire gouster, non pas roty, ains tout
groullant et fretillant, pour leur donner plus de
plaisir. — Tout beau, tout beau, seigneur Simontault! dist Parlamente; vous vous oubliez. Avez
vous mis en reserve vostre accoustumée modestie
pour ne vous en plus servir qu'au besoing? — Non,
ma dame, non, dist il; mais le moyne peu honneste
m'a ainsi faict esgarer. Parquoy, à fin que nous
rentrions en noz premieres erres, je prie Nomerfide, qui est cause de mon esgarement, donner sa
voix à quelqu'un qui face oublier à la compaignie
nostre commune faulte. — Puis que me faictes
participer à vostre coulpe, dist Nomerfide, je m'a-
dresseray à tel qui reparera nostre imperfection
presente. Ce sera Dagoucin, qui est si sage que
pour mourir ne voudroit dire une follie. » Dagoucin la remercia de la bonne estime qu'elle avoit de
son bon sens, et commença à dire : « L'histoire que
j'ay deliberé vous racompter est pour vous faire
veoir comment amour aveuglist les plus grands et
honnestes cueurs, et comme une meschanceté est
difficile à vaincre par quelque benefice que ce soit. »

NOUVELLE DOUZIESME

L'incontinence d'un Duc et son impudence pour parvenir à son intention, avec la juste punition de son mauvai vouloir.

DEPUIS quelque temps en çà, en la ville de Florence y avoit un Duc lequel avoit espousé ma dame Marguerite, fille bastarde de l'Empereur Charles le quint; et, pour ce qu'elle estoit encores si jeune qu'il ne luy estoit licite de coucher avec elle, attendant son aage plus meur, la traicta fort doucement : car, pour l'espargner, fut amoureux de quelques autres dames de la ville que la nuict il alloit veoir, tandis que sa femme dormoit. Entre autres, il le fut d'une fort belle, sage et honneste dame, laquelle estoit sœur d'un gentil-homme que le Duc aimoit comme luy mesme, et auquel il donnoit tant d'autorité en sa maison que sa parolle estoit obeye et crainte comme celle du Duc, et n'y avoit secret en son cueur qu'il ne luy declarast, en sorte qu'on le pouvoit nommer le second luy mesme.

Et voyant le Duc sa sœur estre tant femme de bien qu'il n'avoit moyen de luy declarer l'amour

qu'il luy portoit, aprés avoir cherché toutes occasions à luy possibles, vint à ce gentil-homme
qu'il aimoit tant, et luy dist : « S'il y avoit chose
en ce monde, mon amy, que je ne voulusse faire
pour vous, je craindrois vous declarer ma fantasie, et encores plus vous prier m'y estre aidant ;
mais je vous porte tant d'amour que, si j'avois
femme, mere ou fille qui peust servir à saulver
vostre vie, je les y employerois plustost que de
vous laisser mourir en tourment ; et j'estime que
l'amour que vous me portez est reciprocque à la
mienne, et que si moy, qui suis vostre maistre,
vous porte telle affection, que pour le moins ne
me la sçauriez porter moindre. Parquoy je vous
declareray un secret dont le taire me met en tel
estat que vous voyez, duquel je n'espere amandement que par la mort ou par le service qu'en
cest endroit me pouvez faire. »

Le gentil-homme, oyant les raisons de son
maistre et voyant son visage non feint tout bai-
gné de larmes, en eut si grande compassion qu'il
luy dist : « Monsieur, je suis vostre creature ; tout
le bien et l'honneur que j'ay vient de vous : vous
pouvez parler à moy comme à vostre amy, estant
seur que ce qui sera en ma puissance est en voz
mains. » A l'heure le Duc commença à luy declarer
l'amour qu'il portoit à sa sœur, qui estoit si
grande et si forte que, si par son moyen n'en
avoit la jouyssance, il ne voioit pas qu'il peust
vivre longuement : car il sçavoit bien qu'envers
elle prieres ne presens ne servoient de rien. Par-

quoy le pria que, s'il aimoit sa vie autant que luy
la sienne, il trouvast moyen de recevoir le bien
que sans luy il n'esperoit jamais avoir. Le frere,
qui aimoit sa sœur et l'honneur de sa maison plus
que le plaisir du Duc, luy voulut faire quelque
remonstrance, le suppliant en tous autres endroicts l'employer, hors mis en une chose si
cruelle à luy que de pourchasser le deshonneur
de son sang, et que son cueur et son honneur ne
se pouvoient accommoder à luy faire ce service.
Le Duc, enflambé d'un courroux importable, meit
le doigt entre ses dens, se mordant l'ongle, et luy
respondit par une grande fureur : « Or bien, puis
que je ne trouve en vous nulle amitié, je sçay que
j'ay affaire. » Le gentil-homme, cognoissant la
cruauté de son maistre, eut crainte, et luy dist :
« Monsieur, puis qu'il vous plaist, je parleray à
elle et vous diray la responce. » Le Duc luy respondit en se departant de luy : « Si vous aimez
ma vie, aussi feray-je la vostre. »

Le gentil-homme entendit bien que ceste parolle vouloit dire, et fut un jour ou deux sans veoir
le Duc, pensant à ce qu'il avoit à faire : d'un
costé, luy venoit au devant l'obligation qu'il debvoit à son maistre, les biens et honneurs qu'il
avoit receuz de luy ; de l'autre costé, l'honneur
de sa maison, l'honnesteté et chasteté de sa sœur,
qu'il sçavoit bien que jamais ne se consentiroit à
telle meschanceté si par tromperie elle n'estoit
prinse, ou par force, chose qu'il trouvoit fort estrange, veu que luy et les siens en seroient dif-

famez. Parquoy print conclusion, sur ce different,
qu'il aimoit mieulx mourir que de faire un si
meschant tour à sa sœur, l'une des plus femmes
de bien qui fust en toute l'Italie ; mais que plustost devoit delivrer sa patrie de tel tyran que
par force vouloir mettre une teile tache en sa
maison : car il se tenoit asseuré que sans faire
mourir le Duc la vie de luy et des siens n'estoit
pas asseurée. Parquoy, sans en parler à sa sœur,
delibera de sauver sa vie et venger sa honte par
un mesme moyen ; et au bout de deux jours s'en
vint au Duc, et luy dist comme il avoit tant bien
praticqué sa sœur, non sans grande peine, qu'à la
fin elle s'estoit consentie à sa volonté, pourveu
qu'il luy pleust tenir la chose si secrette que nul
que son frere n'en eust cognoissance.

Le Duc, qui desiroit ceste nouvelle, le creut
facilement, et, en embrassant le messager, luy
promist tout ce qu'il luy sçauroit demander, le
priant de bien tost executer son entreprise, et
prindrent le jour ensemble. Si le Duc fut aise, il
ne le fault point demander ; et quand il veit approcher la nuict tant desirée où il esperoit avoir
la victoire de celle qu'il avoit estimée invincible,
se retira de bonne heure avec ce gentil-homme
tout seul, et n'oublia pas de s'accoustrer de coiffe
et de chemise perfumée, le mieux qu'il luy fut
possible. Et, quand chacun fut retiré, s'en alla
avec le gentil-homme au logis de sa dame, où il
y arriva en une chambre fort bien en ordre. Le
gentil-homme le despouilla de sa robbe de nuict

et le meit dedans le lict, luy disant : « Monsieur, je vous vois querir celle qui n'entrera pas en ceste chambre sans rougir ; mais j'espere que avant le matin elle sera asseurée de vous. » Il laissa le Duc et s'en alla en sa chambre, où il ne trouva qu'un seul homme de ses gens, auquel il dist : « Aurois-tu bien le cueur de me suyvre en un lieu où je me veux venger du plus grand ennemy que j'aye en ce monde ? » L'autre, ignorant qu'il vouloit faire, luy dist : « Ouy, Monsieur, et fust-ce contre le Duc mesme. » A l'heure le gentil-homme le mena si soudain qu'il n'eut loisir de prendre autres armes qu'un poignard qu'il avoit. Et quand le Duc l'ouyt revenir, pensant qu'il luy amenast celle qu'il aimoit tant, ouvrit un rideau et ses yeux pour regarder et recevoir le bien qu'il avoit tant attendu ; mais, au lieu de veoir celle dont il esperoit la conservation de sa vie, va veoir la precipitation de sa mort, qui estoit une espée toute nuë que le gentil-homme avoit tirée, de laquelle il frappa le Duc, qui estoit tout en chemise, lequel, desnué d'armes et non de cueur, se meit en son seant dedans le lict, et print le gentil-homme à travers le corps en luy disant : « Est-ce cy la promesse que vous me tenez ? » Et, voyant qu'il n'avoit autres armes que les dents et les ongles, mordit le gentil-homme au poulce, et à force de bras se deffendit tant que tous deux tomberent en la ruelle du lict. Le gentil-homme, qui n'estoit trop asseuré, appella son serviteur, lequel, trouvant le Duc et son maistre si liez ensemble qu'il

ne sçavoit lequel choisir, les tira tous deux par les
pieds au milieu de la place, et avec son poignard
s'essaya à coupper la gorge du Duc, lequel se defendit jusques à ce que la perte de son sang le
rendit si foible qu'il n'en pouvoit plus. Alors le
gentil-homme et son serviteur le mirent dedans
son lict, où à coups de poignard le paracheve-
rent de tuer; puis, tirant le rideau, s'en allerent
et enfermerent le corps mort en sa chambre.

Et quand il se veit victorieux de son ennemy,
par la mort duquel il pensoit mettre en liberté la
chose publicque, se pensa que son œuvre seroit
imparfaict s'il n'en faisoit autant à cinq ou six de
ceux qui estoient des plus prochains du Duc. Et,
pour en venir à chef, dist à son serviteur qu'il les
allast querir l'un aprés l'autre pour en faire
comme il avoit faict du Duc; mais le serviteur,
qui n'estoit hardy ny fort, dist : « Il me semble,
Monsieur, que vous en avez assez faict pour ceste
heure, et que vous feriez mieux à penser de saulver vostre vie que de la vouloir oster à autres :
car, si nous demeurions autant à deffaire chacun
d'eux que nous avons faict à deffaire le Duc, le
jour descouvriroit plustost nostre entreprinse que
ne l'aurions mise à fin, encores que nous trouvis-
sions noz ennemis sans defence. » Le gentil-
homme, la mauvaise conscience duquel le rendoit
craintif, creut son serviteur, et, le menant seul
avec luy, s'en alla à un Evesque qui avoit charge
de faire ouvrir les portes de la ville et commander
aux postes. Ce gentil-homme luy dist : « J'ay eu

ce soir des nouvelles que un mien frere est à l'article de la mort; je viens de demander congé au
Duc, lequel le m'a donné. Parquoy je vous prie
commander aux postes me bailler deux bons chevaux, et au portier de la ville d'ouvrir les portes.»
L'Evesque, qui n'estimoit moins sa priere que le
commandement du Duc son maistre, lui bailla
incontinant un bulletin, par la vertu duquel la
porte luy fut ouverte et les chevaux baillez ainsi
qu'il demanda ; et, en lieu d'aller veoir son frere,
s'en alla à Venise, où il se feist guerir des morsures que le Duc luy avoit faictes, puis s'en alla
en Turquie.

Le matin, les serviteurs du Duc, qui le voyoient
si tard demeurer à revenir, soupçonnerent bien
qu'il estoit allé veoir quelque dame ; mais, voyant
qu'il demeuroit tant, commencerent à le chercher
par tous costez. La pauvre Duchesse, qui commençoit fort à l'aymer, sçachant que l'on ne le
trouvoit point, fut en grande peine. Mais, quand
le gentil-homme qu'il aimoit tant ne fut veu non
plus que luy, on alla à sa maison le chercher, et,
trouvans du sang à la porte de sa chambre, entrerent dedans ; mais il n'y eut homme qui en sceut
dire nouvelles, et, suivans les traces du sang, vindrent les pauvres serviteurs du Duc à la porte de
la chambre où il estoit, qu'ils trouverent fermée.
Mais bien tost eurent rompu l'huis, et, voyans la
place toute plaine de sang, tirerent le rideau du
lict et trouverent le pauvre corps endormy en ce
lict du dormir sans fin. Vous pouvez penser quel

dueil menerent ces pauvres serviteurs, qui porte-
rent le corps en son palais, où arriva l'Evesque,
qui leur compta comme le gentil-homme estoit
party la nuict en diligence, soubs couleur d'aller
veoir son frere. Parquoy fut cogneu clairement
que c'estoit luy qui avoit faict le meurtre, et fut
ainsi prouvé que jamais sa pauvre sœur n'en avoit
ouy parler, laquelle, combien qu'elle fust estonnée
du cas advenu, si est-ce qu'elle en aima dadvan-
tage son frere, lequel l'avoit delivrée d'un si cruel
prince, ennemy de sa chasteté, et n'ayant point
craint de hazarder sa propre vie. Et continua de
plus en plus sa vie honneste en ses vertuz, telle
que, combien qu'elle fust pauvre, pour ce que
leur maison fut confisquée, si trouverent sa sœur
et elle des mariz aussi honnestes hommes et riches
qu'il y en eust en Italie, et ont depuis vescu en
bonne et grande reputation.

« Voylà, mes dames, qui vous doit bien faire
craindre ce petit dieu qui prend son plaisir à tourmenter autant les princes que les pauvres, et les
forts que les foibles, et qui les rend aveugles jusques là d'oublier Dieu et leur conscience, et à la
fin leur propre vie ; et doivent bien craindre, les
princes et ceux qui sont en auctorité, de faire desplaisir à moindres qu'eux : car il n'y a nul qui ne
puisse nuire quand Dieu se veult venger du pecheur, ne si grand qui sceust mal faire à celuy qui
est en sa garde. »

Ceste histoire fut bien escoutée de toute la compaignie, mais elle y engendra diverses opinions : car les uns soustenoient que le gentil-homme avoit faict son devoir de sauver sa vie et l'honneur de sa sœur, ensemble d'avoir delivré sa patrie d'un tel tyran ; les autres disoient que non, mais que c'estoit une trop grande ingratitude de mettre à mort celuy qui luy avoit faict tant de bien et d'honneur. Les dames disoient qu'il estoit bon frere et vertueux citoyen ; les hommes, au contraire, qu'il estoit traistre et mauvais serviteur. Et faisoit fort bon ouyr alleguer les raisons des deux costez. Mais les dames, selon leur coustume, parloient autant par passion que par raison, disans que le Duc estoit digne de mort, et que bien heureux estoit celuy qui avoit faict le coup. Parquoy, voyant Dagoucin le grand debat qu'il avoit esmeu, dist : « Pour Dieu, mes dames, ne prenez point de querelle d'une chose desja passée ! mais gardez que voz beautez ne facent point faire de plus cruels meurtres que celuy que j'ay compté. » Parlamente dist : « La belle dame sans mercy nous a aprins à dire que si gratieuse maladie ne mect gueres de gens à mort. — Pleust à Dieu, dist Dagoucin, ma dame, que toutes celles qui sont en ceste compaignie sceussent combien ceste opinion est faulse ! Je croy qu'elles ne voudroient point avoir le nom d'estre sans mercy, ne ressembler à ceste incredule qui laissa mourir un bon serviteur par faulte d'une gratieuse response. — Vous voudriez donc, dist Parlamente, pour sauver la vie d'un qui dict nous aimer, que nous missions

nostre honneur et conscience en danger ? — Ce
n'est pas ce que je vous dy, dist Dagoucin, car
celuy qui aime parfaictement craindroit plus blesser
l'honneur de sa dame qu'elle mesme. Parquoy il
me semble bien qu'une response honneste et gratieuse, telle que parfaicte et honneste amitié requiert, n'y pourroit qu'accroistre l'honneur et
amander la conscience, car il n'est pas vray serviteur qui cherche le contraire. — Toutesfois, dist
Emarsuitte, c'est tousjours la fin de voz raisons,
qui commencent par honneur et finent par le contraire ; et, si tous ceux qui sont icy en veullent
dire la verité, je les en croy à leur serment. » Hircan jura, quant à luy, qu'il n'avoit jamais aimé
femme, hors mis la sienne, à qui il ne desirast
faire offencer Dieu bien lourdement. Et autant en
dist Simontault, et adjousta qu'il avoit souvent
souhaitté toutes les femmes meschantes, hors mis
la sienne. Guebron luy dist : « Vrayement, vous
meritez que la vostre soit telle que vous desirez
les autres ; mais, quant à moy, je puis bien jurer
que j'ay tant aimé une femme que j'eusse mieux
aimé mourir que pour moy elle eust faict chose
dont je l'eusse moins estimée : car mon amour
estoit tant fondé en ses vertuz que, pour quelque
bien que j'en eusse sceu avoir, je n'y eusse voulu
veoir une tache. » Saffredent se print à rire en
luy disant : « Je pensois, Guebron, que l'amour
de vostre femme et le bon sens que vous avez vous
eussent mis hors d'estre amoureux ; mais je voy
bien que non, car vous usez encore des termes

dont nous avons accoustumé de tromper les plus
fines et d'estre escoutez des plus sages : car qui
est celle qui nous fermera ses aureilles quand nous
commencerons à l'honneur et à la vertu ? Mais, si
nous leur monstrions nostre cueur tel qu'il est, il
y en a beaucoup de bien venuz entre les dames
de qui elles ne tiendroient compte. Nous couvrons
nostre diable du plus bel ange que nous pouvons
trouver, et soubs ceste couverture, avant que
d'estre cogneuz, recevons beaucoup de bonnes
cheres ; et peult estre tirons les cueurs des dames
si avant que, pensans aller droit à la vertu, quand
elles cognoissent le vice, elles n'ont le moyen ny
le loisir de retirer leurs pieds. — Vrayement,
dist Guebron, je vous pensois autre que vous ne
dictes, et que la vertu vous feust plus plaisante
que le plaisir. — Comment ? dist Saffredent, est
il plus grande vertu que d'aimer comme Dieu l'a
commandé ? Il me semble que c'est beaucoup
mieux fait d'aimer une femme comme femme que
d'en idolatrer comme plusieurs autres ; et quant
à moy, je tiens ceste opinion ferme qu'il vault
mieux en user que d'en abuser. » Les dames furent toutes du costé de Guebron, et contraignirent
Saffredent de se taire, lequel dist : « Il m'est
bien aisé de n'en plus parler, car j'en ay esté si
mal traicté que je n'y veux plus retourner. —
Vostre malice, ce luy dist Longarine, est cause
de vostre mauvais traictement : car qui est l'honneste femme qui vous voudroit pour serviteur
aprés les propos que nous avez tenuz ? — Celles

qui ne m'ont point trouvé fascheux, dist Saffredent,
ne changeroient pas leur honnesteté à la vostre.
Mais n'en parlons plus, à fin que ma colere ne
face desplaisir ny à moy ny à autre. Regardons à
qui Dagoucin donnera sa voix. » Lequel dist :
« Je la donne à Parlamente, car je pense qu'elle
doit sçavoir plus que nul autre que c'est que d'honneste et parfaicte amitié. — Puis que je suis choisie,
dist Parlamente, pour dire une histoire, je vous
en diray une advenue à une dame qui a esté tousjours bien fort de mes amies, et de laquelle la pensée ne me fut jamais celée. »

NOUVELLE TREZIESME

*Un capitaine de galeres, soubs ombre de devotion, devint
amoureux d'une damoiselle, et ce qui en advint.*

E N la maison de Madame la Regente,
mere du Roy François, y avoit une
dame fort devote, mariée à un gentil-
homme de pareille volonté ; et, com-
bien que son mary fust vieil, et elle belle et jeune,
si est-ce qu'elle le servoit et aimoit comme le
plus beau jeune homme du monde ; et, pour luy

oster toute occasion d'ennuy, se meit à vivre
comme une femme de l'aage dont il estoit, fuyant
toutes compaignies, accoustremens, dances et
jeux que les jeunes femmes ont accoustumé d'aymer, mettant tout son plaisir et recreation au
service de Dieu. Parquoy le mary meist en elle
une si grande amour et seureté qu'elle gouvernoit sa maison et luy comme elle vouloit. Et advint un jour que le gentil-homme luy dist que dés
sa jeunesse il avoit eu desir de faire le voyage de
Jerusalem, luy demandant ce qu'il luy en sembloit. Elle, qui ne demandoit qu'à luy complaire,
luy dist : « Mon amy, puis que Dieu nous a privés
d'enfans et donné assez de biens, je vouldrois que
nous en missions une partie à faire ce sainct
voyage : car, là ny ailleurs où vous alliez, je ne
suis pas deliberée de vous laisser ne abandonner
jamais. » Le bon homme en fut si aise qu'il sembloit desja estre sur le mont de Calvaire.

En ceste deliberation, vint à la court un gentil-
homme qui souvent avoit esté à la guerre sur les
Turcs, et pourchassoit envers le Roy de France
une entreprinse sur une de leurs villes, dont il
pouvoit venir grand profit à la Chrestienté. Ce
vieux gentil-homme luy demanda de son voyage,
et, aprés qu'il eut entendu ce qu'il estoit deliberé
de faire, luy demanda si, aprés ce voyage, il en
voudroit faire un autre en Jerusalem, où sa femme
et luy avoient grand desir d'aller. Ce capitaine fut
fort aise d'ouïr ce bon desir, et luy promit de luy
mener et de tenir cest affaire secret. Il luy tarda

bien qu'il ne trouvast sa bonne femme pour luy
compter ce qu'il avoit faict, laquelle n'avoit gueres
moins d'envie que le voyage se parachevast que
son mary; et pour ceste occasion parloit souvent
au capitaine, lequel, regardant plus à elle qu'à sa
parolle, en fut si amoureux que souvent, en luy
parlant des voyages qu'il avoit faicts sur la mer,
mettoit l'embarquement de Marseille avec l'Ar-
chipelle, et en voulant parler d'un navire parloit
d'un cheval, comme celuy qui estoit ravy et hors
de son sens. Mais il la trouvoit telle qu'il ne luy
en osoit parler ny faire semblant, et sa dissimulation luy engendra un tel feu dedans le cueur que
souvent il tomboit malade, dont ladicte damoiselle estoit aussi soigneuse comme de la croix et
guide de son chemin, et l'envoyoit si souvent
visiter que, congnoissant qu'elle avoit soing de
luy, le guerissoit sans nulle autre medecine. Mais
plusieurs personnes, voyans ce capitaine, qui avoit
eu le bruit d'estre plus hardy et gentil compaignon que bon chrestien, s'esmerveillerent comme
ceste dame l'acostoit si fort, et, voyans qu'il
avoit changé de toutes conditions et qu'il frequentoit les Eglises, les sermons et confessions,
se doubterent que c'estoit pour avoir la bonne
grace de la dame, et ne se peurent tenir de luy en
dire quelques parolles. Ce capitaine, craignant
que, si la dame en entendoit quelque chose, cela
la separast de sa presence, dist à son mary et à elle
comme il estoit prest d'estre despesché du Roy et
de s'en aller, et qu'il avoit plusieurs choses à luy

dire ; mais, à fin que son affaire fust tenu plus
secret, il ne vouloit plus parler à luy ne à sa
femme devant les gens, mais les pria de l'envoyer
querir quand ilz seroient retirez tous deux. Le
gentil-homme trouva son opinion bonne, et ne
failloit tous les soirs de se coucher de bonne heure
et faire deshabiller sa femme.

Et, quand tous les gens estoient retirez, en-
voyoient querir le capitaine et devisoient du
voyage de Jerusalem, où souvent le bon homme
en grande devotion s'endormoit. Le capitaine,
voyant ce gentil-homme vieil et endormy dedans
un lict, et luy dans une chaise auprés celle qu'il
trouvoit la plus belle et la plus honneste du
monde, avoit le cueur si serré entre crainte et
desir de parler que souvent il perdoit la parolle ;
mais, à fin qu'elle ne s'en apperceust, se mettoit
à parler des saincts lieux de Jerusalem, où estoient
les signes de la grande amour que Jesus-Christ
nous a portée ; et, en parlant de ceste amour, couvroit la sienne, regardant ceste dame avecques
larmes et souspirs, dont elle ne s'apperceut jamais ;
mais, voyant sa devote contenance, l'estimoit si
sainct homme qu'elle le pria de luy dire quelle
vie il avoit menée, et comme il estoit venu à ceste
amour de Dieu. Il luy declara qu'il estoit un pauvre gentil-homme qui, pour parvenir à richesse et
honneur, avoit oublié sa conscience et espousé
une femme trop proche son alliée, pource qu'elle
estoit riche, combien qu'elle fust laide et vieille
et qu'il ne l'aimast point ; et, aprés avoir tiré tout

son argent, s'en estoit allé sur la mer chercher ses adventures, et avoit tant faict par son labeur qu'il estoit venu en estat honorable. Mais, depuis qu'ils avoient eu congnoissance ensemble, elle estoit cause, par ses sainctes parolles et bons exemples, de luy avoir faict changer sa vie, et que du tout il se deliberoit, s'il pouvoit retourner de son entreprinse, de mener son mary et elle en Jerusalem, pour satisfaire en partie à ses grands pechez, où il avoit mis fin, sinon qu'encores n'avoit satisfaict à sa femme, à laquelle il esperoit bien tost se reconcilier. Tous ces propos pleurent à ceste dame, et sur tout se resjouït d'avoir tiré un tel homme à l'amour et crainte de Dieu. Et jusques à ce qu'ils partirent de la court, continuerent tous les soirs ces longs parlemens, sans que jamais il luy osast declarer son intention, et luy feit present de quelque crucifix de Nostre Dame de Pitié, la priant qu'en le voyant elle eust tousjours memoire de luy.

L'heure de son partement venuë, et qu'il eut prins congé de son mary, lequel s'endormoit, il vint dire à Dieu à sa dame, à laquelle il veit les larmes aux yeux, pour l'honneste amitié qu'elle luy portoit, qui luy rendoit la passion si importable que, pour ne l'oser declarer, tomba quasi esvanouy, luy disant à Dieu en une sueur si grande que non ses yeulx seulement, mais tout son corps, jectoient larmes. Et ainsi, sans parler, se departirent, dont la dame demoura fort estonnée, car elle n'avoit jamais veu un tel signe de

regret. Toutesfois point ne changea son bon propos envers luy, et l'acompaigna de prieres et
oraisons. Au bout d'un mois, ainsi que la dame
retournoit en son logis, trouva un gentil-homme
qui luy presenta une lettre de par le capitaine, la
priant qu'elle la voulust veoir à part, et luy dist
comme il l'avoit veu embarquer, bien deliberé de
faire chose aggreable au Roy et à l'augmentation
de la foy, et que, de luy, il s'en retournoit à Marseille pour donner ordre aux affaires dudict capitaine. La dame se retira à une fenestre à part et
ouvrit sa lettre de deux fueilles de papier escrite
de tous costez, en laquelle y avoit l'epistre qui
s'ensuit :

Mon long celer, ma taciturnité,
Apporté m'a telle necessité
Que je ne puis trouver nul reconfort,
Fors de parler ou de souffrir la mort.
Ce parler là, auquel j'ay defendu
De se monstrer à toy, a attendu
De me veoir seul et de mon secours loing,
Et lors m'a dict qu'il estoit de besoing
De le laisser aller s'esvertuer,
De se monstrer, ou bien de me tuer.
Et a plus faict, car il s'est venu mettre
Au beau milieu de ceste mienne lettre,
Et dict que, puis que mon œil ne peult veoir
Celle qui tient ma vie en son pouvoir,
Dont le regard sans plus me contentoit
Quand son parler mon oreille escoutoit,
Que maintenant par force il saillira

Devant tes yeulx, où poinct ne faillira
De te monstrer mes plainctes et douleurs,
Dont le celer est cause que je meurs.
Je l'ay voulu de ce papier oster,
Craignant que point ne voulusse escouter
Ce sot parler qui se monstre en absence,
Qui trop craintif estoit en sa presence,
Disant : Mieux vault en me taisant mourir
Que de vouloir ma vie secourir
Pour ennuier celle que j'aime tant,
Car de mourir pour son bien suis contant.
D'autre costé, ma mort pourroit porter
Occasion de trop desconforter
Celle pour qui seulement j'ay envie
De conserver ma santé et ma vie.
Ne t'ay-je pas, ô ma dame! promis
Que, mon voiage à fin heureuse mis,
Tu me verrois devers toy retourner,
Pour ton mari avec toy emmener
Au lieu où tant as de devotion,
Pour prier Dieu sur le mont de Sion?
Si je me meurs, nul ne t'y menera;
Trop de regret ma mort te donnera,
Voiant à rien tourner nostre entreprinse,
Qu'avecques tant d'affection as prinse.
Je vivray donq', et lors t'y meneray,
Et en bref temps à toy retourneray.
La mort pour moy est bonne, à mon advis,
Mais seulement pour toy seule je vis.
Pour vivre donc, il me fault alleger
Mon pauvre cueur, et du faiz soulager,
Qui est à luy et à moy importable,
De te monstrer mon amour veritable,
Qui est si grande, et si bonne, et si forte,

Qu'il n'y en eut oncques de telle sorte.
Que diras-tu? O parler trop hardi!
Que diras-tu? Je te laisse aller, di.
Pourras-tu bien luy donner cognoissance
De mon amour? Las! tu n'as la puissance
D'en monstrer la miliesme part (sic).
Diras-tu point au moins que son regard
A retiré mon cueur de telle force
Que mon corps n'est plus qu'une morte escorce,
Si par le sien je n'ay vie et vigueur?
Las! mon parler foible et plain de langueur,
Tu n'as pouvoir de bien au vray luy peindre
Comment son œil peult un bon cueur contraindre.
Encores moins à louer sa parolle
Ta puissance est pauvre, debile et molle.
Si tu pouvois au moins luy dire un mot
Que bien souvent (comme muet et sot)
Sa bonne grace et vertu me rendoit,
Et à mon œil qui tant la regardoit
Faisoit jetter par grand amour les larmes,
Et à ma bouche aussi changer ses termes!
Voire et en lieu de dire que l'aimois,
Je luy parlois des signes et des mois
Et de l'estoille Arctique et Antarctique.
O mon parler! tu n'as pas la praticque
De luy compter en quel estonnement
Me mettoit lors mon amoureux tourment,
De dire aussi mes maux et mes douleurs.
Il n'y a pas tant de valeurs (sic)
De declarer ma grande et forte amour,
Tu ne sçaurois me faire un si bon tour.
A tout le moins, si tu ne peux le tout
Luy racompter, prend toy à quelque bout,
Et di ainsi : Crainte de te desplaire

M'a fait long temps malgré mon vouloir taire
Ma grande amour, qui devant ton merite
Et devant Dieu et Ciel doit estre dicte,
Car la vertu en est le fondement,
Qui me rend doux mon trop cruel tourment,
Veu que l'on doibt un tel tresor ouvrir
Devant chacun et son cueur descouvrir.
Car qui pourroit un tel amant reprendre
D'avoir osé vouloir entreprendre (sic)
D'acquerir dame en qui la vertu toute,
Voire et l'honneur, faict son sejour sans doute?
Mais au contraire on doit bien fort blasmer
Celuy qui voit un tel bien sans l'aimer.
Or l'ay-je veu et l'aime d'un tel cueur
Qu'amour sans plus en a esté vainqueur.
Las! ce n'est point amour leger ou feinct
Sur fondement de beauté, fol, et peinct :
Encores moins cest amour qui me lie
Regarde en rien la vilaine follie.
Point n'est fondé en vilaine esperance
D'avoir de toy aucune jouissance,
Car rien n'y a au fonds de mon desir
Qui contre toy souhaitte aucun plaisir.
J'aymerois mieux mourir en ce voyage
Que te sçavoir moins vertueuse ou sage,
Ne que pour moy fust moindre la vertu
Dont ton corps est et ton cueur revestu.
Aimer te veux comme la plus parfaicte
Qui oncques fut. Parquoy rien ne souhaitte
Qui puisse oster ceste perfection,
La cause et fin de mon affection ;
Et plus de moy tu es sage estimée,
Et plus encor parfaictement aimée.
Je ne suis pas celuy qui se consolle

En son amour et en sa dame folle.
Mon amour est tressage et raisonnable,
Car je l'ay mis en dame tant aimable
Qu'il n'y a Dieu ny ange en paradis
Qu'en te voyant ne dist ce que je dis.
Et si de toy je ne puis estre aimé,
Il me suffist au moins d'estre estimé
Le serviteur plus parfaict qui fut oncques,
Ce que croiras, j'en suis tresseur, adoncques
Que la longueur du temps te fera veoir
Que de t'aimer je fais loyal devoir ;
Et si de toy je n'en reçois autant,
A tout le moins de t'aimer suis contant,
En t'asseurant que rien ne te demande,
Fors seulement que je te recommande
Le cueur et corps bruslant pour ton service
Dessus l'autel d'amour pour sacrifice.
Croy hardiment que, si je reviens vif,
Tu reverras un serviteur naïf ;
Et, si je meurs, ton serviteur mourra,
Que jamais dame un tel ne trouverra.
Ainsi de toy s'en va emporter l'onde
Le plus parfaict serviteur de ce monde.
La mer peult bien ce mien corps emporter,
Mais non le cueur, que nul ne peult oster
D'avecques toy, où il faict sa demeure,
Sans plus vouloir à moy tenir une heure.
Si je pouvois avoir par juste eschange
Un peu du tien pur et clair comme un ange,
Je ne craindrois d'emporter la victoire,
Dont ton seul cueur en gaigneroit la gloire.
Or vienne donc ce qu'il en adviendra :
J'en ay jetté le dé, là se tiendra
Ma volonté sans aucun changement ;

Et, pour mieux peindre au tien entendement
Ma loyauté, ma ferme seureté,
Ce diamant, pierre de fermeté,
En ton doigt blanc je te supplie prendre,
Par qui pourras trop plus qu'heureux me rendre.
Ce diamant suis celuy qui m'envoye
Entreprenant ceste doubteuse voye,
Pour meriter, par ses œuvres et faicts,
D'estre du rang des vertueux parfaicts,
Afin qu'un jour il puisse avoir sa place
Au desiré lieu de ta bonne grace.

La dame leut l'epistre tout du long, et de tant plus s'esmerveilloit de l'affection du capitaine, et moins en avoit de soupçon; et, en regardant la table du diamant grand' et belle, dont l'anneau estoit esmaillé de noir, fut en grande peine de ce qu'elle avoit à faire. Et, après avoir resvé toute la nuict sur ces propos, fut tresaise de n'avoir occasion de luy rescrire et faire responce par faulte de messager, pensant en elle mesme qu'avec les peines qu'il portoit pour le service de son maistre, il n'avoit besoing d'estre fasché de la mauvaise responce qu'elle deliberoit de luy faire, laquelle elle remit à son retour. Mais elle se trouva fort empeschée du diamant, car elle n'avoit point accoustumé de se parer aux dépens d'autres que de son mary : parquoy elle, qui estoit de bon entendement, pensa de faire profiter cest anneau à la conscience de ce capitaine. Elle depescha incontinent un sien serviteur, qu'elle envoya à la desolée femme de ce capitaine, en feignant que ce fust une religieuse de Tarascon, et luy escrivit une telle lettre :

« Ma dame, monsieur vostre mary est passé par cy un peu avant son embarquement, et, aprés s'estre confessé et receu son Createur comme bon chrestien, m'a declaré un faict qu'il a sur sa conscience : c'est le regret de ne vous avoir tant aimée comme il devoit, et me pria et conjura à son partement de vous envoyer ceste lettre avec ce diamant, lequel il vous prie garder pour l'amour de luy, vous asseurant que, si Dieu le faict retourner en santé, jamais femme ne fut mieux traictée d'homme que vous serez de luy, et ceste pierre de fermeté vous en fera foy pour luy. Je vous prie l'avoir pour recommandé en voz bonnes prieres, car aux miennes il aura part toute ma vie. »

Ceste lettre, parfaicte et signée au nom d'une religieuse, fut envoyée par la dame à la femme du capitaine ; et, quand la bonne vieille vit la lettre et l'anneau, il ne fault demander combien elle pleura de joye et de regret d'estre aimée et estimée de son mary, de la veuë duquel elle se voyoit estre privée ; et, en baisant l'anneau plus de mil fois, l'arrousoit de ses larmes, benissant Dieu, qui, sur la fin de ses jours, luy avoit redonné l'amitié de son mary, laquelle elle avoit tenuë pour perdue par long temps, en remerciant aussi la religieuse qui estoit cause de tant de bien, à laquelle feit la meilleure response qu'elle peut, que le messager en bonne diligence reporta à sa

maistresse, qui ne la leut ny n'entendit ce que
luy dist son serviteur sans rire bien fort, et se
contenta d'estre deffaicte de son diamant par un
si profitable moyen que de reünir le mary et la
femme en bonne amitié, et luy sembla par cela
avoir gaigné un royaume.

Un peu aprés vindrent nouvelles de la deffaicte
et mort du pauvre capitaine, et comme il avoit
esté habandonné de ceux qui le devoient secourir,
et son entreprinse revelée par les Rhodiens, qui
plus la devoient tenir secrette, en telle sorte que
luy et tous ceux qui descendirent en terre, qui
estoient en nombre de quatrevingts, entre lesquels estoit un gentil-homme nommé Jean et un
Turc tenu sur les fons par ladicte dame, lesquels
deux elle avoit donnez au capitaine pour faire le
voyage avec luy, dont l'un mourut avec luy, et
le Turc, avec quinze coups de fleches qu'il receut,
se saulva à nager jusques dans les vaisseaux
françois; et par luy seul fut entendue la verité
de tout cest affaire, car un gentil-homme que le
pauvre capitaine avoit prins pour amy .et compaignon, et avoit avancé envers le Roy et les
plus grands de France, si tost qu'il vit mettre
pied à terre audict capitaine, retira bien avant en
la mer ses vaisseaux. Et le capitaine, voyant son
entreprinse descouverte et plus de quatre mil
Turcs, s'y voulut retirer comme il devoit. Mais
le gentil-homme en qui il avoit eu si grande
fiance, voyant que par sa mort la charge luy demeureroit toute de ceste grande armée et le pro-

fit, mit en avant à tous les gentils-hommes qu'il
ne falloit pas hazarder les vaisseaux du Roy, ne
tant de gens de bien qui estoient dedans, pour
saulver cent personnes seulement : de sorte que
ceux qui n'avoient pas trop de hardiesse furent
de son opinion. Et, voyant le capitaine que plus
il les appelloit et plus ils s'eslongnoient de son
secours, se retourna devers les Turcs, estant au
sablon jusques aux genoux, où il feit tant de faicts
d'armes et de vaillance qu'il sembloit que luy
seul deust deffaire tous ses ennemis, dont son
traistre compaignon avoit plus de peur que de
desir de sa victoire. A la fin, quelques armes qu'il
sceust faire, receut tant de coups de fleches de
ceux qui ne pouvoient approcher de luy que de
la portée de leurs arcs qu'il commança à perdre
son sang. Et lors les Turcs, voyans la foiblesse
de ces vrais chrestiens, les vindrent charger à
grands coups de cimeterre, lesquels, tant que
Dieu leur donna la force et vie, se deffendirent
jusques au bout. Le capitaine appella ce gentil-
homme, nommé Jean, que sa dame luy avoit
donné, et le Turc aussi, et, en mettant la poincte
de son espée en terre, tombant à genoux, baisa
et embrassa la croix, disant : « Seigneur, prens
l'ame en tes mains de celuy qui n'a espargné sa
vie pour exalter ton nom. » Le gentil-homme
nommé Jean, voyant qu'avec ses parolles la vie
luy defailloit, embrassa luy et la croix de l'espée
qu'il tenoit pour le cuider secourir ; mais un Turc
par derriere luy couppa les deux cuisses, et en

criant bien hault : « Allons, capitaine, allons en paradis veoir celuy pour qui nous mourons », fut compaignon à la mort comme il avoit esté à la vie du pauvre capitaine. Le Turc, voyant qu'il ne pouvoit servir à l'un ny à l'autre, estant frappé de quinze fleches, se retira vers les navires, et, en demandant y estre receu, combien qu'il fust seul eschapé de quatre-vingts, fut refusé par le traistre compaignon. Mais luy, qui sçavoit fort bien nager, se jetta dedans la mer, et feist tant qu'il fut receu dans un petit vaisseau, et au bout de quelque temps guary de ses playes. Et par ce pauvre estranger fut la verité cogneuë entierement à l'honneur du capitaine et à la honte de son compaignon, duquel le Roy et tous les gens de bien qui en ouyrent parler jugerent la meschanceté si grande envers Dieu et les hommes qu'il n'y avoit mort dont il ne fust digne ; mais, à sa venuë, donna tant de choses faulces à entendre, avec force presens, que non seulement se sauva de punition, mais eut la charge de celuy qu'il n'estoit digne de servir de varlet.

Quand ceste piteuse nouvelle vint à la court, Madame la Regente, qui l'estimoit fort, le regretta merveilleusement ; aussi feit le Roy et tous les gens de bien qui le cognoissoient. Et celle que plus il aimoit, oyant une si piteuse et chrestienne mort, changea la dureté du propos qu'elle avoit deliberé de luy tenir en larmes et lamentations ; à quoy son mary luy tint compagnie, se voyans frustrez de l'espoir de leur voyage. Je ne veux

oublier qu'une damoiselle qui estoit à ceste dame,
laquelle aimoit ce gentil-homme, nommé Jean,
plus que soy-mesmes, le propre jour que les deux
gentils-hommes furent tuez, vint dire à sa maistresse qu'elle avoit veu en songe celuy qu'elle
aimoit tant, vestu de blanc, lequel luy estoit venu
dire à Dieu, et qu'il s'en alloit en paradis avec son
capitaine; mais, quand elle sceut que son songe
estoit veritable, elle feit un tel dueil que sa maistresse avoit assez affaire à la consoler. Au bout
de quelque temps, la court alla en Normandie,
d'où estoit le gentil-homme, la femme duquel
ne faillit à venir faire la reverence à Madame la
Regente, et pour y estre presentée s'adressa à la
dame que son mary avoit tant aimée; et, en attendant l'heure propre en une eglise, commença à
regretter et louer son mary, et entre autres choses
luy dist : « Helas! ma dame, mon malheur est le
plus grand qui advint oncques à femme, car, à
l'heure qu'il m'aimoit plus qu'il n'avoit jamais
faict, Dieu me l'a osté. » Et, en ce disant, monstra
l'anneau qu'elle avoit au doigt, comme l'enseigne
de la parfaicte amitié, qui ne fut sans grandes larmes, dont la dame, quelque regret qu'elle en
eust, avoit tant d'envie de rire, veu que de sa
tromperie estoit sorty un tel bien, qu'elle ne la
peut presenter à Madame la Regente, mais la
bailla à un autre, et se retira en une chapelle, où
elle passa l'envie qu'elle avoit de rire.

« Il me semble, mes dames, que celles à qui on

presente de telles choses devroient desirer à en
faire œuvres qui vinssent à si bonne fin qu'il feit
à ceste bonne dame, car elles trouveroient que les
biens faicts sont les joyes des biens faisans. Et ne
fault point accuser ceste dame de tromperie, mais
estimer de son bon sens, qui convertit en bien
ce qui de soy ne valoit rien. — Voulez-vous dire,
ce dist Nomerfide, qu'un beau diamant de deux
cens escuz ne vault rien ? Je vous asseure que, s'il
fust tombé entre mes mains, sa femme ny ses parens n'en eussent jamais rien veu. Il n'est rien
mieux à soy que ce qui est donné. Le gentil-
homme estoit mort, personne n'en sçavoit rien ;
elle se fust bien passée de faire tant pleurer ceste
pauvre vieille. — Et en bonne foy, dist Hircan,
vous avez raison, car il y a des femmes qui, pour
se monstrer plus excellentes que les autres, font
des œuvres apparentes contre leur naturel, car
nous sçavons bien tous qu'il n'est rien si avaricieux que la femme. Toutesfois leur gloire passe
souvent leur avarice, qui force leurs cueurs à faire
ce qu'elles ne veulent, et croy que celle qui laissa
aussi le diamant n'estoit pas digne de le porter.
— Holà ! holà ! dist Oisille, je me doute bien qui
elle est ; parquoy, je vous prie, ne la condamnez
point sans veoir. — Ma dame, dist Hircan, je ne
la condamne point ; mais, si le gentil-homme
estoit autant vertueux que vous dictes, elle estoit
honorée d'avoir un tel serviteur et de porter son
anneau ; mais peult estre qu'un moins digne d'estre
aimé la tenoit si bien par le doigt que l'anneau

n'y pouvoit entrer. — Vrayement, ce dist Emarsuitte, elle le pouvoit bien garder, puis que personne n'en sçavoit rien. — Comment! ce dist
Guebron, toutes ces choses à ceux qui aiment sont-
elles licites, mais qu'on n'en sçache rien? — Par
ma foy, dist Saffredent, je ne vis onques meffaict
puny, sinon la sottie, car il n'y a meurtrier, larron
ny adultere, mais qu'il soit aussi fin que mauvais,
qui soit jamais reprins par justice ne blasmé entre
les hommes; mais souvent la malice est si grande
qu'elle les aveugle, de sorte qu'ilz deviennent
sotz, et (comme j'ay dict) seulement les sotz sont
punis, et non les vicieux. — Vous en direz ce
qu'il vous plaira, ce dist Oisille, Dieu peult juger
le cueur de ceste dame; mais, quant à moy, je
trouve le faict treshonorable et vertueux. Parquoy,
pour n'en debatre plus, je vous prie, Parlamente,
donner vostre voix à quelque un. — Je la donne
tresvolontiers, ce dist-elle, à Simontault, car, aprés
ces deux tristes nouvelles, il ne faudra à nous en
dire une qui ne nous fera point plorer. — Je vous
remercie, dist Simontault, car, en me donnant
vostre voix, il ne s'en fault gueres que me nommez
plaisant, qui est un nom que je trouve trop fa-
cheux, et, pour m'en venger, je vous monstreray
qu'il y a des femmes qui font bien semblant d'estre chastes envers quelques uns ou pour quelque
temps; mais la fin les monstre telles qu'elles sont,
comme vous les troverez par une histoire tresveritable. »

NOUVELLE QUATORZIESME

Subtilité d'un amoureux qui, soubs la faveur du vray amy, cueilla d'une dame Milannoise le fruict de ses labeurs passez.

N la Duché de Milan, du temps que le grand maistre de Chaulmont en estoit gouverneur, y avoit un gentil-homme nommé le seigneur de Bonnivet, qui depuis, par ses merites, fut admiral de France, estant à Milan fort aimé du grand maistre et de tout le monde pour les vertuz qui estoient en luy, se trouvoit volontiers aux festins où toutes les dames s'assembloient, desquelles il estoit mieux voulu que ne fut onques François, tant pour sa beauté, bonne grace et parolle, que pour le bruit que chacun luy donnoit d'estre l'un des plus adroits et hardy aux armes qui fust de son temps. Un jour, allant en masque à un carneval, mena dancer l'une des plus braves et belles dames qui fust en la ville, et, quand les haulxbois faisoient pause, ne failloit à luy tenir les propos d'amour, qu'il sçavoit mieux dire que nul autre ; mais elle, qui ne luy devoit rien de luy respondre, luy voulut soudain mettre la paille au devant et l'arrester en l'asseurant qu'elle n'aimoit et n'aimeroit jamais autre que son mary, et qu'il ne s'y attendist en nulle maniere. Pour ceste response ne se sentit le gentil-homme refusé, et la pourchassa vifvement jusques à la micaresme. Pour toute resolution, il la trouva ferme en propos de n'aimer ne luy ne autre, ce qu'il ne peut croire, veu la mauvaise grace que son mary avoit et la grande beauté d'elle. Il se delibera, puis qu'elle usoit de dissimulation, d'user aussi de tromperie, et dés l'heure laissa la poursuitte qu'il luy faisoit, et s'enquist si bien de sa vie qu'il trouva qu'elle aimoit un gentil-homme italien bien sage et honneste.

Ledict seigneur de Bonnivet accointa peu à peu ce gentil-homme par telle douceur et finesse qu'il ne s'apperceut de l'occasion, mais l'aima si parfaictement qu'aprés sa dame, c'estoit la personne du monde qu'il aimoit le plus. Le seigneur de Bonnivet, pour luy arracher son secret du cueur, feignit luy dire le sien, et qu'il aimoit une dame où jamais n'avoit pensé, le priant le tenir secret, et qu'ils n'eussent tous deux qu'un cueur et une pensée. Le pauvre gentil-homme, pour luy monstrer l'amour reciproque, luy va declarer tout du long celle qu'il portoit à la dame dont Bonnivet se vouloit venger, et une fois le jour s'assembloient en quelque lieu pour rendre compte des bonnes fortunes advenues le long de la journée, ce que l'un faisoit en mensonge et l'autre en verité. Et confessa le gentil-homme avoir aimé trois ans ceste dame sans en avoir rien eu sinon

23

bonnes parolles et asseurance d'estre aimé. Ledict
Bonnivet luy conseilla tous les moyens qu'il luy
fut possible pour parvenir à son intention, dont
il se trouva si bien qu'en peu de jours elle luy
accorda tout ce qu'il demandoit. Il ne restoit que
de trouver le moyen, ce que bien tost par le conseil du seigneur de Bonnivet fut trouvé ; et un
jour, avant souper, luy dist le gentil-homme :
« Monsieur, je suis plus tenu à vous qu'à tous les
hommes du monde, car par vostre bon conseil
j'espere avoir ceste nuict ce que par tant d'années
j'ay desiré. — Je te prie, dist Bonnivet, dy moy
la sorte de ton entreprise, pour veoir s'il y a tromperie ou hazard, pour t'y secourir et servir de bon
amy. »

Le gentil-homme luy va racompter comme
elle avoit moyen de faire laisser la grand'porte
de la maison ouverte, soubs couleur de quelque
maladie qu'avoit un de ses freres, pour laquelle à
toute heure falloit envoyer à la ville querir ses
necessitez, et qu'il pourroit entrer seurement
dedans la court, mais qu'il se gardast de monter
par l'escallier, et qu'il passast par un petit degré
qui estoit à main dextre, et entrast en la premiere
gallerie qu'il trouveroit, où toutes les portes des
chambres de son beau pere et de son beau frere se
rendoient, et qu'il choisist bien la troisiesme plus
prés dudict degré, et, si en la poussant doucement
il la trouvoit fermée, qu'il s'en allast, estant asseuré
que son mari estoit revenu, lequel toutesfois ne
devoit revenir de deux jours, et que, s'il la trou-

voit ouverte, qu'il entrast doucement et qu'il la
refermast hardiment au correil, sçachant qu'il n'y
avoit qu'elle seule en la chambre, et que sur tout
il n'oubliast à faire faire des souliers de feutre, de
peur de faire bruit, et qu'il se gardast bien de
venir plus tost que deux heures aprés minuit ne
feussent passées, pource que ses beaux freres, qui
aymoient fort le jeu, ne s'alloient jamais coucher
qu'il ne fust plus d'une heure. Ledict de Bonnivet
luy respondit : « Va, mon amy, Dieu te conduise !
Je le prie qu'il te garde d'inconvenient. Si ma
compaignie y sert de quelque chose, je n'espargneray rien qui soit en ma puissance.» Le gentil-
homme le remercia bien fort, et luy dist qu'en
cest affaire il ne pouvoit estre trop seul, et s'en
alla pour y donner ordre.

Le seigneur de Bonnivet ne dormit pas de son
costé, et, voyant qu'il estoit heure de se venger
de sa cruelle dame, se retira de bonne heure en
son logis et se feit coupper la barbe de la longueur et largeur que l'avoit le gentil-homme ; aussi
se feit coupper les cheveux, à fin qu'à le toucher
on ne peust cognoistre leur difference. Il n'oublia
pas des souliers de feutre et le demeurant des
habillemens semblables au gentilhomme. Et
pource qu'il estoit fort aimé du beau pere de ceste
femme, n'eut crainte d'y aller de bonne heure,
pensant que, s'il estoit apperceu, il iroit tout droict
en la chambre du bon homme, avec lequel il avoit
quelques affaires. Et sur l'heure de minuit entra
en la maison de ceste dame, où il trouva assez

d'allans et de venans; mais parmy eulx passa sans
estre cogneu, et arriva en la gallerie; et, touchant
les deux premieres portes, les trouva fermées, et
la troisiesme non, laquelle doucement il poussa,
et, quand il fut entré dedans, la ferma au correil,
et veid toute ceste chambre tendue de linge blanc,
le pavement et le dessus de mesmes, et un lict de
toille fort deliée, tant bien ouvrée de blanc qu'il
n'estoit possible de plus; et la dame seule dedans
avec son scofion et sa chemise toute couverte de
perles et de pierreries, ce qu'il veid par le coing
du rideau sans estre apperceu d'elle, car il y
avoit un grand flambeau de cyre blanche qui rendoit la chambre claire comme de jour. Et, de peur
d'estre cogneu d'elle, esteingnit premierement le
flambeau qui ardoit en sa chambre, puis se despouilla en chemise et s'alla coucher auprés d'elle.
Elle, qui cuydoit que ce fust celuy qui si longuement l'avoit aimée, le receut en la meilleure chere
qui fut à elle possible; mais luy, qui sçavoit bien
que c'estoit au nom de l'autre, se garda de luy dire
un seul mot, et ne pensa que mettre sa vengeance
à execution : c'estoit de luy oster son honneur et
sa chasteté, sans luy en sçavoir gré ne grace.
Mais, contre son gré et deliberation, la dame se
tenoit si contente de ceste vengeance qu'elle pensoit l'avoir recompensé de ses labeurs jusques à
une heure aprés my-nuict sonné, qu'il estoit
temps de dire à Dieu; et à l'heure, le plus bas
qu'il peut, luy demanda si elle estoit aussi contente de luy que luy d'elle. Elle, cuidant que ce

fust son amy, luy dist que non seulement elle
estoit contente, mais esmerveillée de la grandeur
de son amour, qui l'avoit gardé une heure sans
parler à elle.

A l'heure il se print à rire bien fort, luy
disant : « Or sus, Madame, me refuserez-vous
une autre fois, comme vous aviez accoustumé de
faire jusques icy ? » Elle, qui le congneut à la
parolle et au riz, fut desesperée de honte qu'elle
avoit, et l'appella plus de mil fois meschant traistre et trompeur, se voulant jetter du lict en bas
pour chercher un couteau pour se tuer, veu qu'elle
estoit si malheureuse d'avoir perdu son honneur
pour un homme qu'elle n'aimoit point et qui,
pour se venger d'elle, pourroit divulguer cest affaire par tout le monde. Mais il la retint entre
ses bras, et par bonnes et doulces parolles l'asseura de l'aimer plus que celuy qui l'aimoit, et
de celer ce qui touchoit son honneur si bien
qu'elle n'en auroit jamais blasme : ce que la pauvre sotte creut, et, entendant de luy l'invention
qu'il avoit trouvée et la peine qu'il avoit prise
pour la gaigner, luy jura qu'elle l'aimeroit mieulx
que l'autre, qui n'avoit sceu celer son secret. Et
dist qu'elle congnoissoit le contraire du faulx
bruit que l'on donnoit aux François, car ils estoient plus sages, perseverans et discrets que les
Italiens. Parquoy d'oresnavant elle se deportoit
de l'opinion de ceux de sa nation pour s'arrester
à luy ; mais elle le pria bien fort que pour quelque
temps il ne se trouvast en lieu ne festin où elle

fust, sinon en masque, car elle sçavoit bien
qu'elle auroit si grand honte que sa contenance la
declareroit à tout le monde. Il luy en feit promesse, et aussi la pria que, quand son amy viendroit à deux heures, qu'elle luy feist bonne chere,
et puis peu à peu elle s'en pourroit desfaire : dont
elle feit si grande difficulté que, sans l'amour
qu'elle luy portoit, pour rien elle ne l'eust accordé.
Toutesfois, en luy disant à Dieu, la rendit si satisfaicte qu'elle eust bien voulu qu'il y fust demeuré
plus longuement.

Aprés qu'il fut levé et qu'il eut reprins ses habillemens, saillit hors de la chambre et laissa la
porte entr'ouverte comme il l'avoit trouvée, et,
pource qu'il estoit prés de deux heures aprés my-
nuict et qu'il avoit peur de trouver le gentil-
homme en son chemin, se retira au haut du degré,
où bien tost aprés il le veid passer et entrer en
la chambre de sa dame. Et luy s'en alla en son
logis pour reposer son travail, ce qu'il feit de
sorte que neuf heures du matin le trouverent au
lict, où, à son lever, arriva le gentil-homme, qui ne
faillit à luy compter sa fortune, non si bonne
comme il l'avoit esperée : car il dist que, quand il
entra en la chambre de sa dame, il la trouva levée
en son manteau de nuict, avec une bien grosse
fiebvre, le poux fort esmeu, le visage en feu et
en la sueur qui commençoit fort à luy prendre :
de sorte qu'elle le pria s'en retourner incontinent,
car, de peur d'inconvenient, n'avoit osé appeller
ses femmes, dont elle estoit si mal qu'elle avoit

plus de besoing de penser à la mort qu'à l'amour,
et d'ouïr parler de Dieu que de Cupido, estant
bien marrie du hazard où il s'estoit mis pour elle,
veu qu'elle n'avoit puissance en ce monde de luy
rendre ce qu'elle esperoit faire bien tost en l'autre.
Dont il fut si estonné et marry que son feu et sa
joye estoient convertiz en glace et tristesse, et
s'en estoit incontinent departy. Et au matin, au
poinct du jour, avoit envoyé sçavoir de ses nouvelles, et que pour vray elle estoit tresmal. Et,
en racomptant ces douleurs, pleuroit si tresfort
qu'il sembloit que l'ame s'en deust aller par ses
larmes. Bonnivet, qui avoit autant envie de rire
que l'autre de plorer, le consola le mieux qu'il
luy fut possible, luy disant que les choses de longue durée ont tousjours un commencement difficile, et qu'amour luy faisoit un retardement pour
luy faire trouver la jouissance meilleure. Et en ces
propos se departirent. La dame garda quelques
jours le lict, et, en recouvrant sa santé, donna congé
à son premier serviteur, le fondant sur la crainte
qu'elle avoit euë de la mort et le remord de conscience, et s'arresta au seigneur de Bonnyvet,
dont l'amitié dura (selon la coustume) comme la
beauté des fleurs des champs.

« Il me semble, mes dames, que les finesses du
gentil-homme valent bien l'hypocrisie de ceste
dame qui, aprés avoir tant contrefaict la femme
de bien, se declara si folle. — Vous direz ce qu'il
vous plaira des femmes, dist Emarsuitte ; mais ce

gentil-homme feit un tour meschant. Est-il dict
que si une dame en aimoit un, que l'autre la doive
avoir par finesse? — Croyez, ce dist Guebron,
que telles marchandises ne se peuvent mettre en
vente qu'elles ne soient emportées par les plus
offrans et derniers encherisseurs. Ne pensez pas
que ceulx qui poursuyvent des dames prennent
tant de peine pour l'amour d'elles, non, non! car
c'est seulement pour l'amour d'eulx et de leur
plaisir. — Par ma foy, dist Longarine, je vous en
croy : car, pour vous en dire la verité, tous les
serviteurs que j'ay eu m'ont tousjours commencé
leurs propos par moy, monstrans desirer ma vie,
mon bien, mon honneur; mais la fin en a esté
par eulx, desirans leur plaisir et leur gloire. Parquoy le meilleur est de leur donner congé dés la
premiere partie de leur sermon, car, quand on
vient à la seconde, on n'a pas tant d'honneur à
les refuser, veu que le vice de soy, quand il est
cogneu, est refusable. — Il fauldroit doncques,
dist Emarsuitte, que dés qu'un homme ouvre la
bouche, qu'on le refusast sans sçavoir qu'il veult
dire. » Parlamente luy respondit : « Ma com-
pagne, ne l'entendez pas ainsi, car on sçait bien
que dés le commencement une femme ne doibt
pas jamais faire semblant d'entendre où l'homme
veult venir, ne encores, quand il l'a declaré, de le
pouvoir croire; mais, quand il vient à en jurer
bien fort, il me semble qu'il est plus honneste
aux dames de le laisser en ce beau chemin que
d'aller jusques à la vallée. — Voire mais, dist

Nomerfide, devons-nous croire par là qu'ils nous
aiment par mal ? Est-ce pas peché que de juger
son prochain ? — Vous en croirez ce qu'il vous
plaira, dist Oisille, mais il fault tant craindre
qu'il soit vray que, dés que vous en appercevez
quelque estincelle, vous devez fuyr ce feu, qui a
plustost bruslé un cueur qu'il ne s'en est apperceu.
— Vrayement, dist Hircan, voz loix sont trop
dures. Et si les femmes vouloient (selon vostre
advis) estre rigoureuses, ausquelles la doulceur est
tant seante, nous changerions aussi noz doulces
supplications en finesses et forces. — Le meilleur
que j'y voye, dist Simontault, c'est que chacun
suive son naturel : qu'il aime ou qu'il n'aime
point, le monstre sans dissimulation. — Pleust à
Dieu, dist Saffredent, que ceste loy apportast autant d'honneur qu'elle feroit de plaisir. » Mais
Dagoucin ne se peut tenir de dire : « Ceux qui
vouldroient mourir plustost que leur volonté fust
congneuë ne se pourroient accorder à vostre or-
donnance. — Mourir ! dist Hircan ; encor est-il
à naistre, le chevalier qui pour telle chose publique
vouldroit mourir. Mais laissons ces propos d'impossibilité, et regardons à qui Simontault donnera sa voix. — Je la donne, dist Simontault, à
Longarine : car je la regardois tantost qu'elle
parloit toute seule... Je pense qu'elle recorde
quelque bon rolle, et si n'a point accoustumé de
celer la verité, soit contre homme ou contre
femme. — Puis que m'estimez si veritable, dist
Longarine, je vous racompteray une histoire que,

24

nonobstant qu'elle ne soit tant à la louange des
femmes que je vouldrois, si verrez-vous qu'il
y en a ayans aussi bon cueur, aussi bon esprit
et aussi pleines de finesses comme les hommes.
Si mon compte est un peu long, vous aurez
patience. »

NOUVELLE QUINZIESME

*Une dame de la court du Roy, se voyant dedaignée de
son mary, qui faisoit l'amour ailleurs, s'en vengea par
peine pareille.*

E N la court du Roy François premier,
y avoit un gentil-homme duquel je
cognois si bien le nom que je ne le
veulx point nommer. Il estoit pauvre,
n'ayant point cinq cens livres de rente, mais tant
estimé du Roy, pour les vertuz dont il estoit revestu, qu'il vint à espouser une femme si riche
qu'un grand seigneur s'en fust bien contenté. Et
pource qu'elle estoit encore bien jeune, pria une
des plus grandes dames de la court de la vouloir
tenir avec elle, ce qu'elle feit tresvolontiers. Or
estoit ce gentil-homme tant honneste et plein de
bonne grace que toutes les dames de la court en

faisoient bien grand cas, et entre autres une que
le Roy aimoit, qui n'estoit si belle ne si jeune que
la sienne. Et, pour la grande amour qu'il luy portoit, tenoit si peu de compte de sa femme qu'à
grand peine en un an couchoit il une nuict avec
elle; et qui plus luy estoit importable est que
jamais ne parloit à elle ny faisoit signe d'amitié.
Et combien qu'il jouïst de son bien, il luy en faisoit tant petite part qu'elle n'estoit pas habillée
comme il luy appartenoit ny comme elle desiroit,
dont la dame avecques qui elle estoit reprenoit
souvent le gentil-homme en luy disant : « Vostre
femme est belle, riche et de bonne maison, et
vous n'en tenez compte, ce que son enfance et
jeunesse a supporté jusques icy; mais j'ay peur,
quand elle se verra belle et grande, que son mi-
roer et quelqu'un qui ne vous aimera pas luy re-
monstre sa beauté, si peu de vous prisée que par
despit elle ne face ce que, estant de vous bien
traictée, n'oseroit avoir pensé. » Le gentil-homme,
qui avoit son cueur ailleurs, se moqua tresbien
d'elle, et ne laissa pour ses enseignemens à continuer la vie qu'il menoit. Mais, deux ou trois
ans passez, sa femme commença à devenir l'une
des plus belles femmes qui fust en France, et tant
qu'elle eut le bruit à la court de n'avoir sa pareille.
Et plus elle se sentit digne d'estre aimée, et plus
s'ennuya de veoir son mari qui n'en tenoit compte,
tellement qu'elle print un si grand desplaisir que,
sans la consolation de sa maistresse, elle estoit
quasi en desespoir; et, aprés avoir cherché tous

les moyens de complaire à son mary qu'elle pouvoit, pensa en elle-mesme qu'il estoit impossible
qu'il ne l'aimast, veu la grande amour qu'elle luy
portoit, sinon qu'il eust quelque autre fantaisie
en son entendement, ce qu'elle chercha si subtille-
ment qu'elle trouva la verité, et qu'il estoit toutes
les nuicts si empesché ailleurs qu'il oublioit sa
conscience et sa femme. Et, aprés qu'elle fut certaine de la vie qu'il menoit, print une telle melencolie qu'elle ne se vouloit point habiller que de
noir, ne se trouver en lieu où l'on feist bonne
chere : dont sa maistresse s'apperceut et feit tout
ce qu'elle peut pour la retirer de ceste opinion ;
mais il ne luy fut possible. Et, combien que son
mary en fust bien adverty, il fut plus prest de s'en
mocquer qu'à y donner remede. Vous sçavez, mes
dames, qu'ennuy occupe joye, et aussi qu'ennuy
par joye prend fin. Parquoy un jour advint qu'un
grand seigneur, parent prochain de la maistresse
de ceste dame, et qui souvent la frequentoit, entendant l'estrange façon de vivre du mary de ceste
dame, en eut tant de pitié qu'il se voulut essaier
à la consoler, et, en parlant avec elle, la trouva si
belle et vertueuse qu'il desira beaucoup plus d'estre en sa bonne grace que de luy parler de son
mary, sinon pour luy monstrer le peu d'occasion
qu'elle avoit de l'aimer.

Ceste dame, se voyant delaissée de celuy qui
la devoit aimer, et d'autre costé aimée et requise
d'un si grand et beau prince, s'estima bien heureuse
d'estre en sa bonne grace ; et, combien qu'elle

eust tousjours desir de conserver son honneur, si
prenoit-elle grand plaisir de parler à luy et de se
veoir aimée, chose dont elle estoit quasi affamée.
Ceste amitié dura quelque temps, jusques à ce
que le Roy s'en apperceut, qui avoit tant d'amitié
au gentil-homme qu'il ne vouloit souffrir que nul
luy feist honte et desplaisir. Parquoy il pria fort
ce prince d'en vouloir oster sa fantasie, et que,
s'il continuoit, il seroit tresmal content de luy. Ce
prince, qui aimoit trop plus la bonne grace du
Roy que toutes les dames du monde, luy promist
que pour l'amour de luy abandonneroit son entreprise, et que dés le soir il iroit prendre congé
d'elle, ce qu'il feit si tost qu'il sceut qu'elle estoit
retirée en son logis, auquel estoit logé le gentil-
homme en une chambre sur la sienne; et, estant
au soir à la fenestre, veid entrer le prince en la
chambre de sa femme, qui estoit sous la sienne ;
mais le prince, qui bien l'advisa, ne laissa d'y entrer, et, en disant à Dieu à celle dont l'amour ne
faisoit que commencer, luy allega pour toutes
raisons le commandement du Roy.

Aprés plusieurs larmes et regrets, qui durerent
jusques à une heure aprés minuict, la dame luy
dist pour conclusion : « Je louë Dieu, Monsieur,
dont il luy plaist que vous perdiez ceste opinion,
puis qu'elle est si petite et foible que vous la pouvez prendre et laisser par le commandement des
hommes ; car, quant à moy, je n'ay point demandé
conseil ny à maistresse, ny à mary, ny à moy-
mesmes, pour vous aimer : car amour, s'aidant de

vostre beauté et honnesteté, a eu telle puissance
sur moy que je n'ay cogneu autre Dieu ne Roy
que luy. Mais, puis que vostre cueur n'est pas
remply de si vraye amour que craincte n'y trouve
encores quelque place, vous ne pouvez estre amy
parfaict, et d'un imparfaict je ne veux faire un
amy : car j'aime parfaictement, comme j'avois deliberé de vous aimer, dont suis contrainte vous
dire à Dieu, Monsieur, duquel la craincte ne merite la franchise de mon amytié. » Ainsi s'en alla
pleurant ce seigneur, et en se retournant advisa
encores le mary estant à la fenestre, qui l'avoit
veu entrer à la salle et saillir. Parquoy luy compta
le lendemain l'occasion pourquoy il estoit allé
veoir sa femme et le commandement que le Roy
luy avoit faict, dont le gentil-homme fut fort content et en remercia le Roy. Mais, voyant de jour
en jour que sa femme embellissoit et luy devenoit
vieil et amoindrissoit sa beauté, commença à changer de rolle, prenant celuy que long temps il
avoit faict jouër à sa femme, car il la cherissoit
plus que de coustume et prenoit plus prés garde
sur elle. Mais tant plus qu'elle se voioit cherchée
de luy, et plus le fuyoit, desirant luy rendre partie
des ennuiz qu'elle avoit euz pour estre de luy
peu aimée ; et, pour ne prendre si tost le plaisir
que l'amour luy commençoit à donner, s'en va
adresser à un jeune gentil-homme si tresbeau, si
bien parlant et de si bonne grace, qu'il estoit
aimé de toutes les dames de la court ; et, en luy
faisant ses complainctes de la façon dont elle avoit

esté traictée, l'incita d'avoir pitié d'elle : en sorte
que ce gentil-homme n'oublia rien pour essayer
à la reconforter. Et elle, pour se recompenser de
la perte d'un prince qui l'avoit laissée, se meit à
aimer si fort ce gentil-homme qu'elle oublia son
ennuy passé, et ne pensoit sinon à finement conduire son amitié, ce qu'elle sceut si bien faire que
jamais sa maistresse ne s'en apperceut, car en sa
presence se gardoit bien de parler à luy ; mais,
quand elle luy vouloit dire quelque chose, s'en
alloit veoir quelques dames qui demeuroient à la
court, entre lesquelles y en avoit une dont son
mary feignoit d'estre amoureux.

Or, un soir aprés soupper, qu'il faisoit bien
obscur, se desrobba ladicte dame sans appeller
compaignie, et entra en la chambre des dames,
où elle trouva celuy qu'elle aimoit mieux que soy-
mesmes, et, en se seant auprés de luy, appuyée
sur une table, parloient ensemble, feignans de
lire en un livre. Quelqu'un que le mary avoit mis
au guet luy vint rapporter où sa femme estoit
allée, et luy, qui estoit sage, s'y en alla le plustost
qu'il peut. En entrant en la chambre, veid sa
femme lisant le livre, qu'il feignit ne veoir point,
mais alla tout droit parler aux dames qui estoient
d'un autre costé. Ceste pauvre dame, voyant que
son mary l'avoit trouvée avecques celuy auquel
devant luy jamais n'avoit parlé, fut si transportée
qu'elle perdit sa raison, et, ne pouvant passer au
long d'un banc, s'escoula au long d'une table, et
s'enfuit comme si son mary avec l'espée nuë l'eust

poursuivie, et alla trouver sa maistresse, qui se retiroit en son logis.

Et, quand elle fut deshabillée, se retira ladicte dame, à laquelle une de ses femmes vint dire que son mary la demandoit. Elle luy respond franchement qu'elle n'iroit point, et qu'il estoit si estrange et austere qu'elle avoit peur qu'il ne luy feist un mauvais tour. A la fin, de peur de pis, s'y en alla. Son mary ne luy en dist un seul mot, sinon quand ils furent dedans le lict. Elle, qui ne sçavoit pas comme luy dissimuler, se print tendrement à pleurer; et, quand il luy demanda pourquoy elle pleuroit, elle luy dist qu'elle avoit peur qu'il fust courroucé contre elle pource qu'il l'avoit trouvée lisant avec un gentil-homme. A l'heure luy respondit que jamais ne luy avoit deffendu de parler à homme, et qu'il n'avoit point trouvé mauvais qu'elle y parlast, mais bien d'estre fuye devant luy, comme si elle eust faict chose digne d'estre reprise, et que ceste fuitte seulement luy faisoit penser qu'elle aimoit le gentil-homme. Parquoy il luy deffendit que jamais il ne luy advint de parler à homme en public ny en privé, luy asseurant que la premiere fois qu'elle y parleroit, qu'il la tueroit sans pitié ne compassion : ce qu'elle accepta volontiers, faisant bien son compte de n'estre pas une autre fois si sotte. Mais parce que les choses où l'on a volonté, plus elles sont deffendues, plus elles sont desirées, ceste pauvre femme eut bien tost oublié les menaces de son mary : car le soir mesmes, elle estant retournée

coucher en une autre chambre avec d'autres damoiselles et ses gardes, envoya querir et prier le
gentil-homme de la veoir la nuict. Mais le mari,
qui estoit si tourmenté de jalousie qu'il ne pouvoit dormir de nuict, va prendre une cappe et un
varlet de chambre avec luy, pource qu'il avoit ouy
dire que l'autre y alloit de nuict, et s'en va frapper à la porte du logis de sa femme. Elle, qui n'attendoit rien moins que luy, se leva toute seule et
print des brodequins et son manteau, qui estoit
auprés d'elle, et, voyant que trois ou quatre femmes qu'elle avoit estoient endormies, saillit de sa
chambre et s'en va droict à la porte, où elle ouyt
frapper ; et, en demandant : « Qui est-ce ? » fut respondu le nom de celuy qu'elle aimoit. Mais, pour
en estre plus asseurée, ouvre un petit guichet en
disant : « Si vous estes celuy que vous me dites,
baillez-moy la main ; je la congnoistray bien. »
Et, quand elle eut touché à la main de son mary,
elle le congneut bien, et, en fermant vistement
le guichet, se print à crier : « Ha ! Monsieur,
c'est vostre main ! » Le mary luy respondit par
grand courroux : « Ouy, c'est la main qui vous
tiendra promesse ; parquoy ne faillez à venir
quand je vous manderay. » En disant ceste parolle, s'en alla à son logis, et elle retourna en sa
chambre plus morte que vive, et dist tout hault à
ses femmes : « Levez-vous, mes amies ; vous avez
trop dormy pour moy, car, en vous cuidant
tromper, je me suis trompée la premiere. » En
ce disant, se laissa tomber au milieu de la cham-

25

bre esvanouye. Les pauvres femmes se leverent à ce cry, tant estonnées de veoir leur maistresse comme morte couchée en terre, et d'avoir ouy les propos qu'elle avoit tenuz, qu'elles ne sceurent que faire, sinon que de courir aux remedes pour la faire revenir. Et, quand elle peut parler, elle leur dist : « Aujourd'huy voyez-vous, mes amies, la plus malheureuse creature qui soit sur la terre. » Et leur va compter toute sa fortune, les priant la vouloir secourir, car elle tenoit sa vie pour perdue.

Et, la cuidans reconforter, arriva un varlet de chambre de son mary, par lequel il luy mandoit qu'elle allast incontinent vers luy. Elle, en embrassant deux de ses femmes, commença à crier et à plourer, les prians ne la laisser point aller, car elle estoit seure de mourir. Mais le varlet de chambre l'asseura que non, et qu'il prenoit sur sa vie qu'elle n'auroit nul mal. Elle, voyant qu'il n'y avoit point de resistence, se jetta entre les bras de ce serviteur, luy disant : « Mon amy, puis qu'il le fault, portez ce malheureux corps à la mort. » Et à l'heure, demy esvanouye de tristesse, fut emportée du varlet au logis de son maistre, aux pieds duquel tomba ceste pauvre dame, luy disant : « Monsieur, je vous supplie avoir pitié de moy, et je vous jure la foy que je doy à Dieu que je vous diray la verité du tout. » A l'heure luy dist, comme un homme desesperé : « Par Dieu, vous me la direz ! » Et chassa dehors tous ses gens ; et, pource qu'il avoit trouvé sa

femme fort devote, pensa qu'elle ne se parjure-
roit point si elle juroit sur la croix. Parquoy en
demanda une fort belle qu'il avoit empruntée, et,
quand ils furent eulx deux seuls, la feit jurer
dessus qu'elle luy diroit verité de ce qu'il luy
demanderoit. Mais elle, qui avoit des-ja passé les
premieres apprehensions de la crainte de mourir,
print cueur, se deliberant avant que mourir de
ne luy rien celer, et aussi de ne luy dire chose
dont le gentil-homme qu'elle aimoit peust avoir
à souffrir; et, aprés avoir ouy les questions qu'il
luy faisoit, luy respondit : « Je ne me veulx point
justifier, Monsieur, ne faire moindre envers vous
l'amour que j'ay portée au gentil-homme dont
vous avez soupçon : car vous ne le pouvez ny
ne devez croire, veu l'experience qu'aujourd'huy
en avez euë; mais je desire bien vous dire l'occasion de ceste amitié. Entendez, Monsieur, que jamais femme n'aima tant son mary que je vous ay
aimé : car, depuis que je vous ay espousé jusques
à ceste aage-cy, il ne fut jamais entré en mon
cueur autre amour que la vostre. Vous sçavez
que, moy estant enfant, mes parens me vouloient
marier à personnage de plus grand' maison que
vous, mais jamais ne m'y sceurent faire accorder
dés l'heure que j'eus parlé à vous : car, contre leur
opinion, je tins ferme pour vous avoir, sans regarder ny à vostre pauvreté ny aux remonstrances
que me faisoient mes parens. Et vous ne pouvez
ignorer le traictement que j'ay eu de vous jusques
icy, et comme m'avez aimée et estimée, dont j'ay

porté tant d'ennuy et de desplaisir que, sans l'aide de madame avecques laquelle vous m'avez mise, je fusse presques desesperée. Mais à la fin, me voyant grande et estimée belle d'un chacun, fors de vous seul, je commençay à sentir si vivement le tort que vous me faisiez que l'amour que je vous portois s'est tourné en haine, et le desir de vous complaire en celuy de vengeance. Et sur ce desespoir me trouva un prince, lequel, pour obeyr au Roy plus qu'à l'amour, me laissa à l'heure que je commençois à sentir la consolation de mes tourments par une amour honneste ; et, au partir de luy, trouvay cestuy, qui n'eut point la peine de me prier, car sa beauté, son honnesteté et vertuz meritent bien d'estre cherchées et requises de toutes femmes de bon entendement. A ma requeste, et non à la sienne, il m'a aimée avec autant d'honnesteté qu'oncques en sa vie ne me requist chose contre l'honneur ; et, combien que le peu d'amour que j'ay cause de vous porter me donnast occasion de ne vous garder foy ny loyauté, l'amour que j'ay à Dieu seul et à mon honneur m'ont jusques icy gardée d'avoir faict chose pour laquelle j'aye besoing de confession ou crainte de honte. Je ne vous veux point nyer que le plus souvent qu'il m'estoit possible je n'allasse parler à luy dedans une garde robbe, feignant d'aller dire mes oraisons : car jamais en femme ny en homme je ne me fiay de conduire cest affaire. Je ne veux point aussy nyer qu'estant en un lieu si privé et hors de tout soupçon, je ne l'aye baisé du meilleur

cueur que je ne feis jamais vous ; mais je ne demande jamais mercy à Dieu si entre nous deux il
y a jamais eu autre privauté, ne si jamais il m'en
a pressée plus avant, ne si mon cueur en a eu le
desir : car j'estois si aise de le veoir qu'il ne me
sembloit point qu'il y eust au monde un autre
plus grand plaisir. Et vous, Monsieur, qui estes
seul la cause de mon malheur, voudriez-vous prendre vengeance d'un œuvre dont si long temps vous
m'avez donné exemple, sinon que la vostre estoit
sans honneur ny conscience ? Car, vous le sçavez
et je le sçay bien, que celle que vous aimez ne se
contente point de ce que Dieu et la raison com-
mandent. Et, combien que la loy des hommes
donne si grand deshonneur aux femmes qui aiment
autres que leurs mariz, si est-ce que la loy de Dieu
n'excepte point les maris qui aiment autres que
leurs femmes ; et, s'il fault mettre en la balance
l'offence de vous et de moy, vous estes homme
sage et experimenté, et d'aage pour cognoistre
et sçavoir eviter le mal ; moy, jeune et sans experience nulle de la force et puissance d'amour.
Vous avez une femme qui vous cherche, estime
et aime plus que sa vie propre, et j'ay un mary qui
me fuit, qui me hait et me despite plus qu'une
chambriere. Vous aimez une femme desja d'aage
et en mauvais poinct, et moins belle que moy, et
j'aime un gentil-homme plus jeune que vous, plus
beau et plus aimable ; vous aimez la femme d'un
des grans amis que vous ayez en ce monde, of-
fençant d'un costé l'amitié, et de l'autre la reve-

rence que vous portez à tous deux, et j'aime un gentil-homme qui n'est à rien lié, sinon à l'amour qu'il me porte. Or jugez, Monsieur, sans faveur, lequel de nous deux est le plus punissable ou excusable, ou vous ou moy. Je n'estime homme sage ny experimenté qui ne vous donne le tort, veu que je suis jeune et ignorante, desprisée et contemnée de vous, et aimée du plus beau et honeste gentil-homme de France, lequel j'aime par le desespoir de ne pouvoir jamais estre de vous aimée. »

Le gentil-homme, oyant ces propos pleins de verité, dicts et prononcez d'un visage beau, avec une grace tant asseurée et audacieuse qu'elle monstroit ne craindre meriter nulle punition, se trouva tant surpris d'estonnement qu'il ne sceut que luy respondre, sinon que l'honneur d'un homme et d'une femme n'est pas tout un ne semblable. Mais toutesfois, puis qu'elle juroit qu'il n'y avoit point eu de peché entre celuy qu'elle aimoit et elle, il n'estoit point deliberé de luy en faire pire chere ; par ainsi qu'elle n'y retournast plus, et que l'un ne l'autre n'eussent plus de recordation des choses passées, ce qu'elle luy promist, et s'en allerent coucher ensemble par bon accord.

Le matin, une vieille damoiselle, qui avoit grand peur de la vie de sa maistresse, vint à son lever et luy demanda : « Et puis, Madame, comment vous va ? » Elle luy respondit en riant : « Quoy ! mamie ? Il n'est point un meilleur mary que le mien, car il m'a creuë en mon serment. » Ainsi se pas-

serent cinq ou six jours. Le gentil-homme prenoit
de si prés garde à sa femme que nuict et jour avoit
guet aprés elle. Mais il ne sceut si bien guetter
qu'elle ne parlast encores à celuy qu'elle aimoit
en un lieu fort obscur et suspect; toutesfois elle
conduisoit son affaire si secrettement qu'homme
ne femme n'en peult sçavoir la verité. Et ne fut
qu'un bruit que quelque varlet feit d'avoir trouvé
un gentil-homme et une damoiselle en une estable
soubs la chambre de la maistresse de ceste dame,
dont le gentil-homme mary eut si grand soupçon
qu'il se delibera de faire mourir ce gentil-homme,
et assembla un grand nombre de ses parens et
amis pour le faire tuer, s'ils le pouvoient trouver
en quelque lieu; mais le principal de ses parens
estoit tant amy du gentil-homme qu'il faisoit chercher qu'en lieu de le surprendre l'advertissoit de
tout ce qui se faisoit contre luy, lequel, d'autre
costé, estoit tant aimé à la court, et si bien accompaigné, qu'il ne craignoit point la puissance de
son ennemy : parquoy il ne fut point trouvé. Mais
s'en vint en une eglise trouver la maistresse de celle
qu'il aimoit, laquelle n'avoit jamais rien entendu
de touts ces propos passez, car devant elle n'avoit
jamais parlé à elle. Le gentil-homme luy compta
la suspicion et mauvaise volonté qu'avoit contre
luy le mary, et que, nonobstant qu'il en fust innocent, il estoit deliberé s'en aller jouër en quelque
voyage loingtain pour oster le bruit qui commençoit à croistre. Ceste princesse maistresse de s'amie
fut fort estonnée d'ouyr ces propos, et jura que le

mary avoit grand tort qui avoit soupçon d'une si
femme de bien, où elle n'avoit jamais veu ne cogneu que toute vertu et honesteté. Toutesfois, pour
l'autorité où le mary estoit, et pour esteindre ce
fascheux bruit, luy conseilla la princesse de s'eslongner pour quelque temps, l'asseurant qu'elle
ne croioit rien de toutes ces follies et soupçons.
Le gentil-homme et la dame qui estoit avec elle
furent fort contens de demeurer en la bonne grace
et opinion de ceste princesse, laquelle conseilla
au gentil-homme qu'avant son partement il devoit
parler au mary, ce qu'il feit selon son conseil, et
le trouva en une gallerie prés la chambre du Roy,
où, avec un tresasseuré visage (luy faisant l'honneur qui appartenoit à son estat), luy dist : « Monsieur, j'ay toute ma vie eu desir de vous faire service, et pour toute recompence ay entendu qu'au
soir vous me faisiez chercher pour me tuer. Je
vous prie, Monsieur, pensez que vous avez plus
d'autorité et puissance que moy ; mais toutesfois je
suis gentil-homme comme vous : il me fascheroit
bien de donner ma vie pour rien. Je vous prie
aussi, pensez que vous avez une femme de bien ;
que, s'il y a qui vueille dire du contraire, je luy
diray qu'il a meschamment menty. Et, quant à moy,
je ne pense avoir faict chose dont vous ayez occasion de me vouloir mal ; et, si vous voulez, je demeureray vostre serviteur, ou sinon je le suis du
Roy, dont j'ay occasion de me contenter. » Le
gentil-homme à qui le propos s'adressoit luy dist
que veritablement il avoit eu quelque soupçon de

luy, mais qu'il le tenoit si homme de bien qu'il desireroit plus son amitié que son inimitié, et, en luy disant à Dieu le bonnet au poing, l'embrassa comme son grand amy. Vous pouvez penser que disoient ceux qui, le soir de devant, avoient eu commission de le tuer, de veoir tant de signes d'honneur et d'amitié ! Chacun en parloit diversement. A tant s'en partit le gentil-homme ; mais, pour ce qu'il n'estoit si bien garny d'argent que de beauté, sa dame luy donna une bague de la valeur de trois mil escuz, laquelle il engagea pour quinze cens.

Et, quelque temps aprés qu'il fut party, le gentil-homme mary vint à la princesse maistresse de sa femme, et la supplia donner congé à sa femme pour aller demeurer quelque temps avec l'une de ses sœurs : ce que ladicte dame trouva fort estrange, et le pria tant de luy en dire l'occasion qu'il luy en dist une partie, mais non tout. Aprés que la jeune dame mariée eut prins congé de sa maistresse et de toute la court, sans plorer ne faire signe d'ennuy, s'en alla où son mary vouloit qu'elle fust, en la conduicte d'un gentil-homme auquel fut donné charge expresse de la garder soigneusement, et sur tout que sur les chemins elle ne parlast à celuy duquel elle estoit soupçonnée. Elle, qui sçavoit ce commandement, leur donnoit tous les jours des alarmes et se mocquoit d'eux et de leur mauvais soing ; et un jour entre les autres, au partir du logis, trouva un cordelier à cheval, et elle, estant sur sa hacquenée, l'entretint depuis la

disnée jusques à la souppée ; et, quand elle fut à
une grand lieuë du logis, elle luy dist : « Mon
pere, pour les consolations que vous m'avez données ceste aprés disnée, voylà deux escuz que je
vous donne, lesquels sont dedans un papier, car
je sçay bien que vous n'y oseriez toucher, vous
priant que, incontinent que vous serez party
d'avec moy, vous en alliez à travers les champs le
beau galot. » Et, quand il fut assez loing, la dame
dist tout hault à ses gens : « Pensez-vous que vous
estes bons serviteurs et bien soigneux de me garder, veu que celuy qu'on vous a tant recommandé
a parlé à moy tout ce jourd'huy, et vous l'avez
laissé faire. Vous meritez bien que vostre bon
maistre, qui se fie tant à vous, vous donnast des
coups de baston au lieu de voz gages. » Quand
le gentil-homme qui avoit la charge d'elle ouyt
ces propos, il eut si grand despit qu'il ne pouvoit
respondre, picque son cheval, appellant deux autres avec luy, et feit tant qu'il atteignit le cordelier, lequel, les voyant venir droict à luy, fuyoit
le mieux qu'il pouvoit ; mais, pource qu'ils estoient
mieux montez que luy, le pauvre homme fut pris.
Et luy, qui ne sçavoit pourquoy, leur cria merci,
et, en destournant son chapperon pour les plus
humblement supplier teste nuë, congneurent bien
que ce n'estoit ce qu'ils cherchoient, et que leur
maistresse s'estoit bien moquée d'eux, ce qu'elle
feit encores mieux à leur retour, disant : « C'est à
telles gens à qui l'on doit bailler telles femmes à
garder ! Ils les laissent parler sans sçavoir à qui,

et puis, adjoustant foy à leurs parolles, vont faire honte aux serviteurs de Dieu. »

Et, aprés toutes ces moqueries, s'en alla au lieu où son mary l'avoit ordonné, où ses deux belles sœurs et un mary de l'une la tenoit fort subjette ; et durant ce temps entendit son mary comme sa bague estoit en gage pour quinze cens escuz, dont il fut fort marry. Mais, pour saulver l'honneur de sa femme et pour la recouvrer, luy feist dire qu'elle la retirast et qu'il payeroit les quinze cens escuz. Elle, qui n'avoit soing de la bague, puis que l'argent demeuroit à son amy, luy escrivit comme son mary la contraignoit de retirer sa bague ; et, à fin qu'il ne pensast qu'elle feist pour diminution de bonne volonté, elle luy envoya un diamant que sa maistresse luy avoit donné, qu'elle aimoit plus que bague qu'elle eust. Le gentilhomme luy envoya tresvolontiers l'obligation du marchant, et se tint pour content d'avoir eu quinze cens escuz et un diamant, et de demeurer asseuré de la bonne grace de s'amie, combien que, tant que le mary vesquit, il n'eut moyen de parler à elle que par escriture. Et, aprés la mort du mari, pource qu'il la pensoit telle qu'elle luy avoit promis, feit toute diligence de la pourchasser en mariage ; mais il trouva que la longue absence luy avoit acquis un compaignon mieux aimé que luy, dont il eut si grand regret qu'en fuyant les dames chercha les lieux hazardeux, où il eut autant d'estime que jeune homme pourroit avoir. Ainsi fina ses jours.

« Voilà, mes dames, que, sans espargner nostre
sexe, j'ay bien voulu monstrer aux mariz, pour
leur faire entendre que les femmes de grand cueur
sont plustost vaincues d'ire et vengance que de la
douceur et amour, à quoy ceste-cy sceut long
temps resister, mais à la fin fut vaincue du desespoir, ce que ne doibt estre femme de bien, pource
qu'en quelque sorte que ce soit ne sçauroit trouver excuse à mal faire : car de tant plus les occasions en sont données grandes, et de tant plus se
doibvent monstrer vertueuses à resister et vaincre
le mal en bien, et non pas rendre le mal pour mal,
d'autant que souvent le mal que l'on cuide rendre
à autruy retombe sur soy. Bien heureuses sont
celles en qui la vertu de Dieu se monstre en chasteté, douceur, patience et longanimité ! » Hircan
luy dist : « Il me semble, Longarine, que ceste
dame dont vous avez parlé a esté plus menée de
despit que d'amour, car, si elle eust autant aimé
le gentil-homme comme elle en faisoit le semblant,
elle ne l'eust abandonné pour un autre ; et par ce
discours on la peult nommer despite, vindicative,
opiniastre et muable. — Vous en parlez bien à
vostre aise ! dist Emarsuitte à Hircan ; mais vous ne
sçavez quel creve-cueur c'est quand on aime sans
estre aimé. — Il est vray, dist Hircan, je ne l'ay
gueres experimenté, car on ne me sçauroit faire si
peu de mauvaise chere que je ne laisse l'amour et
la dame ensemble incontinent. — Ouy bien, vous,
dist Parlamente, qui n'aimez que vostre plaisir ;
mais une femme de bien ne doibt laisser ainsi son

mary. — Toutesfois, respondit Simontault, celle
dont le compte est faict a oublié pour un temps
qu'elle estoit femme, car un homme n'en eust sceu
faire plus belle vengeance. — Pour une qui n'est
pas sage, dist Oisille, il ne fault pas que les autres
soient tenuës telles. — Si estes-vous toutes femmes,
dist Saffredent, et, quelques beaux et honnestes
accoustremens que vous portez, qui vous chercheroit bien avant soubs la robbe, on vous trouveroit
femmes. » Nomerfide luy dist : « Qui vous voudroit escouter, la journée se passeroit en querelles ;
mais il me tarde tant d'ouyr encores une histoire
que je prie Longarine de donner sa voix à quelqu'un. » Longarine regarda Guebron et luy dist :
« Si vous sçavez rien de quelque honneste femme,
je vous prie maintenant le mettre en avant. » Guebron dist : « Puis que j'en doibs faire ce qu'il me
semble, je vous feray un compte advenu en la
ville de Milan. »

NOUVELLE SEZIESME

Une dame milannoise approuva la hardiesse et grand cueur de son amy, dont elle l'aima depuis de bon cueur.

U temps du grand maistre de Chaulmont, y avoit une dame estimée l'une des plus honnestes femmes qui fust en ce temps là en la ville de Milan. Elle avoit espousé un Comte italien, duquel estoit demourée vefve, vivant en la maison de ses beaux-freres, sans jamais vouloir ouyr parler de se remarier, et se conduisoit si sagement et sainctement qu'il n'y avoit en la Duché François ny Italien qui n'en feist grande estime. Un jour que ses beaux-freres et ses belles-meres faisoient un festin au grand maistre de Chaulmont, fut contraincte ceste dame vefve s'y trouver, ce qu'elle n'avoit accoustumé en autre lieu. Et, quand les François la veirent, ils feirent grande estime de sa beauté et bonne grace, et sur tous un, duquel je tairay le nom ; mais il suffira qu'il n'y avoit en Italie François plus digne d'estre aimé que cestuy là, car il estoit accomply en toutes les beautez et graces que gentil-homme

pourroit avoir. Et combien qu'il veist ceste dame
vefve, avec son crespe noir, separée de la jeunesse, en un coing avec plusieurs vieilles, comme
celuy à qui jamais homme ne femme ne feit peur,
se meit à l'entretenir, ostant son masque et aban-
donnant les dances pour demourer en sa compagnie. Et tout le soir ne bougea de parler à elle
et aux vieilles ensemble, où il trouva plus de plaisir qu'avec toutes les plus jeunes et braves de la
court : en sorte que, quand il se fallut retirer, il ne
pensoit pas avoir eu le loisir de s'asseoir. Et, combien qu'il ne parlast à ceste dame que de propos
communs qui se peuvent dire en telle compagnie, si est-ce qu'elle cogneut bien qu'il avoit
envie de l'accointer, dont elle se delibera de se
garder le mieulx qu'il luy fut possible, en sorte
que jamais plus en festin ny en grande compagnie ne la peut veoir. Il s'enquist de sa façon de
faire, et trouva qu'elle alloit souvent aux eglises
et religions, où il mit si bon guet qu'elle ne pouvoit aller si secrettement qu'il n'y fust premier
qu'elle, et qu'il ne demeurast à l'eglise autant
qu'il pouvoit avoir, loisir de la veoir et tant qu'il
y estoit la contemploit de si grande affection
qu'elle ne pouvoit ignorer l'amour qu'il luy portoit, pour laquelle eviter se delibera pour un
temps de feindre se trouver mal, et ouyr la messe
en sa maison, dont le gentil-homme fut tant marry
qu'il n'est possible de plus, car il n'avoit autre
moyen de la veoir que cestuy là. Elle, pensant
avoir rompu ceste coustume, retourna aux eglises

comme paravant, ce qu'amour declara incontinent au gentil-homme, qui reprint ses premieres
devotions ; et, de peur qu'elle ne luy donnast encores empeschement et qu'il n'eust le loisir de
luy faire sçavoir sa volonté, un matin qu'elle pensoit estre bien cachée en une petite chapelle où
elle oyoit sa messe, s'alla mettre au bout de l'autel, et, voyant qu'elle estoit peu accompaignée,
ainsi que le prestre monstroit le *corpus Domini,*
se tourna devers elle, et, avec une voix doulce et
pleine d'affection, luy dist : « Ma dame, je prends
celuy que le prestre tient à ma damnation si vous
seule n'estes cause de ma mort ; car, encores que
vous m'ostiez le moyen de la parolle, si ne pou-
vez-vous ignorer ma volonté, veu que la verité
vous l'a declarée assez par mes yeulx languissans
et par ma contenance morte. » La dame, feignant
n'y entendre rien, luy respondit : « Dieu ne doit
point ainsi estre pris en vain ; mais les poëtes di-
sent que les dieux se rient des jurements et men-
songes des amans, parquoy les femmes qui aiment
leur honneur ne doivent estre credules ny piteuses. » En disant cela, elle se leve et s'en retourne
en son logis.

Si le gentil-homme fut courroucé de ceste parolle, ceulx qui ont experimenté choses semblables diront bien qu'ouy ; mais luy, qui n'avoit
faulte de cueur, aima mieulx avoir ceste mauvaise
response que d'avoir failly à declarer sa volonté,
laquelle il tint ferme trois ans durans, et par lettres et moyens la pourchassa sans perdre heure

de temps; mais durant trois ans ne peut avoir
autre response sinon qu'elle le fuyoit comme le
loup le levrier duquel il doibt estre prins, non
par haine qu'elle luy portast, mais pour la crainte
de son honneur et reputation, dont il s'apperceut
si bien que plus vivement qu'il n'avoit faict pourchassa son affaire. Et aprés plusieurs peines, re-
fus, tourments et desespoirs, voyant la perseverance de son amour, ceste dame eut pitié de luy
et luy accorda ce qu'il avoit tant desiré et si longuement attendu; et, quand ils furent d'accord
des moyens, ne faillit le gentil-homme françois à
se hazarder d'aller en sa maison, combien que sa
vie y pouvoit estre en grand hazard, veu que les
parents d'elle logeoient tous ensemble. Luy, qui
n'avoit moins de finesse que de beauté, se con-
duisit si sagement qu'il entra en sa chambre à
l'heure qu'elle luy avoit assignée, où il la trouva
toute seule couchée en un beau lict; et, ainsi qu'il
se hastoit en se deshabillant pour coucher avec
elle, entendit à la porte un grand bruit de voix
parlans bas et des espées que l'on frottoit contre
les murailles. La dame luy dist avec un visage de
femme demie morte : « Or à ceste heure est
vostre vie et mon honneur au plus grand danger
qu'ils pourroient estre, car j'entends bien que
voilà mes freres qui vous cherchent pour vous
tuer ; parquoy, je vous prie, cachez-vous soubs ce
lict : car, quand ils ne vous trouveront point, j'auray occasion de me courroucer à eulx de l'alarme
que sans cause ils m'auroient faicte. » Le gentil-

27

homme, qui n'avoit encores jamais regardé la peur, luy dist : « Et qui sont voz freres pour faire peur à un homme de bien ? Quand toute leur race seroit ensemble, je suis seur qu'ils n'attendroient point le quatriesme coup de mon espée : parquoy reposez-vous en vostre lict et me laissez garder ceste porte. » A l'heure il meit sa cappe alentour de son bras et l'espée au poing, et alla ouvrir la porte pour veoir de plus prés les espées dont il oyoit le bruit ; et, quand elle fut ouverte, il veid deux chambrieres qui, avecques deux espées en chacune main, luy faisoient ceste alarme, lesquelles luy dirent : « Monsieur, pardonnez-nous, car nous avons commandement de nostre maistresse de faire ainsi ; mais vous n'aurez plus de nous autre empeschement. » Le gentilhomme, voyant que c'estoient femmes, ne peut pis faire que de les commander à tous les diables, leur fermant la porte au visage, et s'en alla le plus tost qu'il luy fut possible coucher avec sa dame, de laquelle la peur n'avoit en rien diminué l'amour, et, oubliant luy demander la raison de ces escarmouches, ne pensa qu'à satisfaire à son desir. Mais, voyant que le jour approchoit, la pria luy dire pourquoy elle luy avoit faict si mauvais tour, tant de la longueur du temps que de ceste derniere entreprise. Elle, en riant, luy respondit : « Ma deliberation estoit de jamais n'aimer, ce que depuis ma viduité j'avois bien sceu garder ; mais vostre honnesteté, dés l'heure que vous parlastes à moy au festin, me feit changer propos, et com-

mençay deslors à vous aimer autant que vous faisiez moy. Il est vray que l'honneur, qui m'avoit
tousjours conduicte, ne vouloit permettre qu'a-
mour me feist faire chose dont ma reputation fust
empirée; mais, comme la biche navrée à mort
cuide, en changeant de lieu, changer le mal qu'elle
porte avec soy, ainsi m'en allois d'eglise en eglise,
cuidant fuir celuy que je portois en mon cueur,
duquel a esté la preuve de l'amitié si parfaicte
qu'elle a faict accorder l'honneur avec l'amour.
Mais, à fin d'estre plus asseurée de mettre mon
cueur et mon amour en un parfait homme de
bien, j'ay bien voulu faire ceste derniere preuve
de mes chambrieres, vous asseurant que si, pour
peur de vie ou de nul autre egard, je vous eusse
trouvé craintif jusques à vous coucher soubs mon
lict, j'avois deliberé de me lever et aller en une
autre chambre, sans jamais de plus prés vous
veoir. Mais, pource que vous ay trouvé beau, de
bonne grace et plein de vertu et hardiesse plus
que l'on ne m'avoit dict, et que la peur n'a peu
toucher vostre cueur ny tant soit peu refroidir
l'amour que vous me portez, je suis deliberée de
m'arrester à vous pour la fin de mes jours, me tenant seure que je ne sçaurois en meilleure main
mettre ma vie et mon honneur qu'en celuy que je
ne pense avoir veu son pareil en toutes vertuz. »
Et, comme si la volonté des hommes estoit immuable, se promirent et jurerent ce qui n'estoit
en leur puissance : c'est une amitié perpetuelle,
qui ne peult naistre ne demeurer au cueur des

hommes; et celles le sçavent qui l'ont experimenté, et combien telles opinions durent.

« Et pource, mes dames, vous vous garderez de nous comme le cerf (s'il avoit entendement) feroit de son chasseur, car nostre felicité et nostre gloire et entendement est de vous veoir prises et oster ce qui vous est plus cher que la vie. — Comment! dist Hircan à Guebron, depuis quel temps estes-vous devenu prescheur? J'ay bien veu que vous ne teniez pas ces propos. — Il est vray, dist Guebron, que j'ay parlé maintenant contre tout ce que j'ay dit toute ma vie; mais, pource que j'ay les dents si foibles que je ne puis plus mascher la venaison, j'advertiz les pauvres biches de se garder des veneurs, pour satisfaire sur ma vieillesse aux maulx que j'ay desserviz en ma jeunesse. — Nous vous remercions, Guebron, dist Nomerfide, dequoy nous advertissez de nostre profit; mais si ne nous en sentons-nous pas trop tenuës à vous, car vous n'avez tenu pareil propos à celle que vous avez bien aimée. C'est donques signe que vous ne nous aimez gueres. Ne voulez-vous encor souffrir que nous soyons aimées? Si pensons-nous estre aussi sages et vertueuses que celle que vous avez si longuement chassée en vostre jeunesse. Mais c'est la gloire des vieilles gens, qui cuident tousjours avoir esté plus sages que ceulx qui viennent aprés eulx. — Et bien! Nomerfide, dist Guebron, quand la tromperie de quelqu'un de voz serviteurs vous aura faict congnoistre la malice des hommes,

à ceste heure là croirez-vous que je vous auray dict
verité. » Oisille dist à Guebron : « Il me semble
que le gentil-homme que vous louëz tant de hardiesse devroit plus estre loué de fureur d'amour,
qui est une puissance si forte qu'elle faict entreprendre aux plus couards du monde ce à quoy les
plus hardiz penseroient deux fois. » Saffredent luy
dist : « Ma dame, si ce n'estoit qu'il estimast les
Italiens gens de meilleur discours que de grand
effect, il me semble qu'il devoit avoir grande occasion d'avoir peur. — Ouy, ce dist Oisille, s'il
n'eust point eu en son, cueur le feu qui brusle
crainte. — Il me semble, dist Hircan, puis que
vous ne trouvez la hardiesse de cestuy cy assez louable, qu'il fault que vous en sçachez un autre qui
est plus digne de louange. — Il est vray, dist
Oisille, que cestuy cy est louable; mais j'en sçay un
plus admirable. — Je vous prie, dist Guebron, s'il
est ainsi, que vous preniez ma place de nous dire
quelque chose honneste et digne d'homme hardy
comme nous promettez. — S'il est ainsi, dist
Oisille, qu'un homme, pour sa vie et l'honneur de
sa dame, s'est tant monstré asseuré contre les
Millannois, et est estimé tant hardy que doit estre
un qui, sans necessité, mais par vraye et naïfve
hardiesse, a faict le tour que je vous diray ? »

NOUVELLE DIX SEPTIESME

*Le Roy François monstra sa generosité au Comte
Guillaume, qui le vouloit faire mourir.*

N la ville de Digeon, au Duché de
Bourgongne, vint au service du Roy
François un Comte d'Allemagne nommé Guillaume, de la maison de Saxon-
ne, dont celle de Savoye est tant alliée qu'ancien-
nement n'estoit qu'une. Le Comte, autant estimé
beau et hardy gentil-homme qui fust point en
Allemagne, eut si bon recueil du Roy que non
seulement le print en son service, mais le tint prés
de luy et de sa chambre. Un jour, le gouverneur
de Bourgongne, seigneur de la Trimouïlle (ancien
chevalier et loyal serviteur du Roy), comme celuy
qui estoit soupçonneux et craintif du mal et dommage de son maistre, avoit tousjours des espies à
l'entour de son ennemy pour sçavoir qu'il faisoit,
et se gouvernoit si sagement que peu de choses
luy estoient celées. Entre autres advertissemens,
il luy fut escrit par un de ses amis que le Comte
Guillaume avoit prins quelque somme de deniers,
avec promesse d'en avoir davantage, pour faire
mourir le Roy en quelque sorte que peust estre.

Le seigneur de la Trimouïlle ne faillit point d'en venir advertir le Roy et ne cela à madame Loyse de Savoye, sa mere, laquelle oublia l'alliance qu'elle avoit à cest Allemant, et supplia le Roy de le chasser bien tost, lequel la requist de n'en parler point, et qu'il estoit impossible qu'un si honneste gentil-homme et tánt homme de bien entreprint une si grande meschanceté. Au bout de quelque temps vint encores un autre advertissement confirmant le premier, dont le gouverneur, bruslant de l'amour de son maistre, luy demande congé ou de le chasser ou d'y donner ordre ; mais le Roy luy commanda expressement de n'en faire nul semblant, et pensa bien que par autre moyen il en sçauroit la verité.

Un jour qu'il alloit à la chasse, print la meilleure espée qu'il estoit possible de veoir pour toutes armes, et mena avecques luy le Comte Guillaume, auquel il commanda de le suyvre le premier et de prés ; mais, aprés avoir quelque temps couru le cerf, voyant, le Roy, que ses gens estoient loing de luy, fors le Comte seulement, se detourna de tous chemins, et, quand il se veid avec le Comte au plus profond de la forest seul, en tirant son espée, dist au Comte : « Vous semble-il que ceste espée soit belle et bonne ? » Le Comte, en la maniant par le bout, luy dist qu'il n'en avoit veu nulle qu'il pensast meilleure. « Vous avez raison, dist le Roy, et me semble que, si un gentil-homme avoit deliberé de me tuer, et qu'il eust cogneu la force de mon bras et la bonté de mon cueur accompaigné de ceste espée, il penseroit deux fois à m'assaillir. Toutesfois je le tiendrois pour bien meschant, si nous estions seul à seul, sans tesmoings, s'il n'osoit executer ce qu'il auroit entreprins. » Le Comte Guillaume luy respondit avec un visage estonné : « Sire, la meschanceté de l'entreprinse seroit bien grande ; mais la folie de la vouloir executer ne seroit pas moindre. » Le Roy, en se prenant à rire, remeist l'espée au fourreau, et, escoutant que la chasse estoit prés de luy, picqua aprés le plustost qu'il peut. Quand il fut arrivé, il ne parla à nul de cest affaire, et s'asseura que le Comte Guillaume, combien qu'il fust un aussi fort et dispos gentil-homme qui se trouvast lors, n'estoit homme pour faire une si haulte entreprise. Mais le Comte Guillaume, craignant estre decelé ou soupçonné du faict, vint le lendemain matin dire à Robertet, secrettaire des finances du Roy, qu'il avoit regardé aux biensfaicts et gages que le Roy luy vouloit donner pour demeurer avec luy ; toutesfois qu'ils n'estoient pas suffisans pour l'entretenir la moitié de l'année, et que, s'il ne plaisoit au Roy luy en bailler la moitié au double, il seroit contrainct de se retirer, priant ledict Robertet d'en sçavoir le plustost qu'il pourroit la volonté du Roy, qui luy dist qu'il ne se sçauroit plus advancer que d'y aller incontiment sur l'heure ; et print ceste commission volontiers, car il avoit veu les advertissemens du gouverneur. Et, ainsi que le Roy fut esveillé, ne faillit à faire sa harangue, present monsieur de la Trimouïlle et l'admiral de Bonnivet,

lesquels ignoroient le tour que le Roy avoit faict.
Ledict seigneur leur dist : « Vous aviez envie de
chasser le Comte Guillaume, et vous voyez qu'il
se casse de luy-mesme. Parquoy luy direz que, s'il
ne se contente de l'estat qu'il a accepté entrant en
mon service, dont plusieurs gens de bonnes maisons se sont tenuz bien heureux, c'est raison qu'il
cherche ailleurs meilleure fortune, et, quant à moy,
je ne l'empescheray point ; mais je seray trescontent
qu'il trouve party tel qu'il puisse vivre comme il
merite. » Robertet fut aussi diligent de porter
ceste responce au Comte qu'il avoit esté de presenter sa requeste au Roy. Le Comte dist qu'avec
son congé il deliberoit donc de s'en aller, et,
comme celuy que la peur contraignoit de partir,
ne la sceut porter vingt-quatre heures ; mais,
comme le Roy se mettoit à table, print congé de
luy, feignant avoir grand regret dont sa necessité luy faisoit perdre sa presence. Il alla aussi
prendre congé de la mere du Roy, laquelle luy
donna aussi joyeusement qu'elle l'avoit receu
comme parent et amy. Ainsi s'en alla en son païs.
Et le Roy, voyant sa mere et ses serviteurs estonnez de ce soudain partement, leur compta l'alarme
qu'il luy avoit donnée, disant qu'encores qu'il fust
innocent de ce qu'on luy mettoit à sus, si avoit
esté sa peur assez grande pour l'eslongner d'un
maistre dont il ne cognoissoit pas encores les
complexions.

« Quant à moy, mes dames, je ne voy point

28

qu'autre chose peust esmouvoir le cueur du Roy
à se hazarder ainsi seul contre un homme tant
estimé, sinon qu'en laissant la compaignie et les
lieux où les Roys ne trouvent nul inferieur qui
leur demande le combat, se voulut faire pareil à
celuy qu'il doutoit à son ennemy, pour se contenter luy-mesme de experimenter la bonté et hardiesse de son cueur. — Sans point de faute, dist
Parlamente, il avoit raison, car la louange de tous
les hommes ne peut tant satisfaire un bon cueur
que le sçavoir et experience qu'il a seul des vertuz
que Dieu a mises en luy. — Il y a long temps,
dist Guebron, que les poëtes et autres nous ont
peinct, pour venir au temple de Renommée, qu'il
falloit passer par celuy de Vertu. Et moy, qui cognois les deux personnages dont vous avez faict
le compte, sçay bien veritablement que le Roy est
un des plus hardiz hommes qui soit en son
Royaume. — Par ma foy, dist Hircan, à l'heure
que le Comte Guillaume vint en France, j'eusse
plus craint son espée que celle des plus gentils
compaignons italiens qui fussent en la court. —
Vous sçavez bien, dist Emarsuitte, qu'il est tant
estimé que noz louanges ne sçauroient atteindre
à son merite, et que nostre journée seroit plustost
passée que chacun en eust dict ce qu'il luy en
semble. Parquoy, ma dame, donnez vostre voix à
quelqu'un qui die encores du bien des hommes,
s'il y en a. » Oisille dist à Hircan : « Il me semble
que vous avez tant accoustumé de dire mal des
femmes qu'il vous sera aisé de nous faire quelque

bon compte à la louange d'un homme ; parquoy
je vous donne ma voix. — Ce me sera chose aisée
à faire, dist Hircan, car il y a si peu que l'on m'a
faict un compte à la louange d'un gentil-homme
dont l'amour, et la fermeté, et la patience, est si
louable que je n'en doy laisser perdre la memoire. »

NOUVELLE DIX HUICTIESME

*Une belle jeune dame experimente la foy d'un jeune
escolier, son amy, avant que luy permettre advantage
sur son honneur.*

N une des bonnes villes du Royaume
de France, y avoit un seigneur de bonne
maison qui estoit aux escoles, desirant
parvenir au sçavoir par qui la vertu et
l'honneur se doivent acquerir entre les vertueux
hommes ; et, combien qu'il fust si sçavant qu'estant en l'aage de dix-sept à dix-huict ans il sembloit estre la doctrine et exemple des autres, amour
toutesfois, aprés ses leçons, ne laissa pas de luy
chanter la sienne ; et, pour estre mieux ouy et receu, se cacha soubs le visage et les yeux de la plus
belle dame qui fust en tout le païs, laquelle pour

quelque procés estoit venuë à la ville. Mais,
avant qu'amour s'essayast à vaincre ce gentil-
homme par la beauté de ceste dame, il avoit gaigné le cueur d'elle en voyant les perfections qui
estoient en ce seigneur : car en beauté, grace, bon
sens et beau parler, n'y avoit nul, de quelque estat
qu'il fust, qui le passast. Vous qui sçavez le
prompt chemin que faict ce feu quand il se prend
à l'un des bouts du cueur et de la fantasie, vous
jugerez bien qu'en deux si parfaicts subjects n'arresta gueres amour qu'il ne les eust à son commandement et qu'il ne les rendist tous deux si plains
de sa claire lumiere que leur pensée, vouloir et
parler n'estoit que flamme de ceste amour, laquelle,
avec la jeunesse qui en luy engendroit crainte, luy
faisoit pourchasser son affaire le plus doucement
qu'il luy estoit possible. Mais celle qui estoit vaincue d'amour n'avoit besoing de force. Toutesfois,
pour la honte qui accompaigne les dames, le plus
qu'elle peut se garda de monstrer sa volonté ; si
est-ce qu'à la fin la forteresse du cueur où l'honneur demeure fut ruinée de telle sorte que la pauvre dame s'accorda en ce dont elle n'avoit esté
discordante. Mais, pour experimenter la patience,
fermeté et amour de son serviteur, luy octroya ce
qu'il demandoit avec trop difficile condition, l'asseurant que, s'il la gardoit, à jamais elle l'aimeroit
parfaictement, et que, s'il failloit, il estoit seur de
ne l'avoir de sa vie : c'est qu'elle estoit contente
de parler à luy dedans un lict, tous deux couchez
en leurs chemises, par ainsi qu'il ne luy deman-

dast rien davantage sinon la parolle et le baiser.
Luy, qui estimoit qu'il n'y eust joye digne d'estre
accomparée à celle qu'elle luy permettoit, luy accorda, et, le soir venu, la promesse fut acomplie :
de sorte que, pour quelque bonne chere qu'elle
luy feist, ne pour quelque tentation qu'il eust, ne
voulut faulser son serment ; et, combien qu'il n'estimast sa peine moindre que celle du purgatoire,
si fut son amour si grande et son esperance si forte,
estant seur de la continuation perpetuelle de l'a-
mitié qu'avec si grand peine il avoit acquise, qu'il
garda sa patience et se leva d'auprés d'elle sans
jamais luy vouloir faire aucun desplaisir. La dame
(comme je croy), plus esmerveillée que contente
de ce bien, soupçonna incontinent que son amour
n'estoit si grande qu'elle pensoit, ou qu'il n'avoit
trouvé en elle tant de bien comme il estimoit, et
ne regarda pas à sa grande honnesteté, patience
et fidelité à garder son serment.

Parquoy se delibera de faire encores une autre
preuve d'amour qu'il luy portoit avant que tenir
sa promesse, et, pour y parvenir, le pria de parler
à une fille qui estoit en sa compaignie, plus jeune
qu'elle et bien fort belle, et qu'il luy tinst propos
d'amitié, à fin que ceux qui le voyoient venir en
sa maison si souvent pensassent que ce fust pour
sa damoiselle et non pour elle. Ce jeune seigneur,
qui se tenoit seur d'estre aimé autant qu'il aimoit,
obeït entierement à tout ce qu'elle luy commanda,
et se contraignit, pour l'amour d'elle, de faire
l'amour à ceste fille, laquelle, le voyant si beau

et bien emparlé, creut sa mensonge plus qu'une
autre verité, et l'aima autant que si elle eust esté
bien fort aimée de luy. Et quand la maistresse veid
que les choses estoient si avant, et que toutesfois
ce seigneur ne cessoit de la sommer de sa promesse, luy accorda qu'il la vinst veoir à une heure
aprés minuict, et qu'elle avoit tant experimenté
l'amour et obeïssance qu'il luy portoit que c'estoit
raison qu'il fust recompensé de sa bonne patience.
Il ne fault point douter de la joye que receut cest
affectionné serviteur, qui ne faillit à venir à l'heure
assignée.

Mais la dame, pour tenter la force de son
amour, dist à sa belle damoiselle : « Je sçay
bien l'amour qu'un tel seigneur vous porte, dont
je croy que n'avez moindre passion que luy, et
j'ay telle compassion de vous deux que je suis deliberée de vous donner lieu et loisir de parler longuement ensemble à voz aises. » La damoiselle
fut si transportée qu'elle ne luy sceut feindre son
affection, mais luy dist qu'elle n'y vouloit faillir ;
et, obeïssant à son conseil et par son commandement, se despoïlla et se meist en un beau lict
toute seule en une chambre, dont la dame laissa
la porte ouverte et alluma de la clarté là dedans,
parquoy la beauté de ceste fille pouvoit estre veuë
plus clerement ; et, en feignant de s'en aller, se
cacha si bien auprés du lict qu'on ne pouvoit la
veoir. Son pauvre serviteur, la cuidant trouver
comme elle luy avoit promis, ne faillit à l'heure
ordonnée d'entrer en la chambre le plus douce-

ment qu'il luy fut possible, et, aprés qu'il eut fermé
l'huis et osté sa robbe et ses brodequins four-
rez, s'en alla mettre au lict, où il pensoit trouver
ce qu'il desiroit, et ne sceut si tost avancer ses
bras pour embrasser celle qu'il cuidoit estre sa
dame que la pauvre fille, qui le cuidoit estre du
tout à elle, n'eust les siens alentour de son col, en
luy disant tant de parolles affectionnées et d'un
si beau visage qu'il n'est si sainct hermite qui
n'eust perdu ses patenostres. Mais, quand il la recogneut, tant à la veuë qu'à l'ouïr, l'amour, qui
avec si grand haste l'avoit faict coucher, le feit
encores plustost lever, quand il recogneut que ce
n'estoit celle pour qui il avoit tant souffert; et,
avec un despit tant contre la maistresse que contre
sa chambriere, alla à la damoiselle et luy dist :
« Vostre folie, tant de vous que de la damoiselle qui
vous a mis là par malice, ne me sçauroit faire autre que je suis ; mais mettez peine d'estre femme
de bien, car par mon occasion ne perdrez ce bon
nom. » Et en ce disant, tant courroucé qu'il n'est
possible de plus, saillit hors de la chambre, et fut
long temps sans retourner où estoit sa dame.
Toutesfois amour, qui n'est jamais sans esperance,
l'asseura que plus la fermeté de son amour estoit
grande et cogneuë par tant d'experience, plus la
jouïssance en seroit longue et heureuse. La dame,
qui avoit entendu tous ces propos, fut tant contente et esbahie de veoir la grandeur et fermeté de
son amour qu'il luy tarda bien qu'elle ne le pouvoit reveoir pour luy demander pardon des maulx

qu'elle luy avoit faicts à l'esprouver; et si tost
qu'elle le peut trouver ne faillit à luy dire tant
d'honnestes et bons propos que non seulement il
oublia toutes ses peines, mais les estima tresheu-
reuses, veu qu'elles estoient tournées à la gloire
de sa fermeté et à l'asseurance parfaicte de son
amitié, de laquelle, depuis ceste heure là en avant,
sans empeschement ne fascherie, il eut la fruition
telle qu'il la pouvoit desirer.

« Je vous prie, mes dames, trouvez-moy une
femme qui ait esté si ferme, si patiente et si loyalle
en amour que cest homme cy a esté. Ceux qui ont
experimenté telles tentations trouvent celles que
l'on peinct à sainct Anthoine bien petites au pris :
car qui peult estre chaste et patient avec la beauté,
l'amour, le temps et le loisir des femmes, sera assez vertueux pour vaincre tous les diables. — C'est
dommage, dist Oisille, qu'il ne s'adressa à une
femme aussi vertueuse que luy, car c'eust esté la
plus parfaicte et la plus honneste amour dont on
ouït jamais parler. — Mais, je vous prie, dist Guebron, dictes-moy, lequel tour trouvez-vous le plus
difficile des deux ? — Il me semble, dist Parlamente, que c'est le dernier, car le despit est la
plus forte tentation de toutes les autres. » Longarine dist qu'elle pensoit que ce fust le premier,
car il failoit qu'il vainquist l'amour et soy-mesmes
pour tenir sa promesse. « Vous en parlez bien à
vostre aise ! dist Simontault ; mais nous, qui sçavons bien que la chose vault, en devons dire nos-

tre opinion. Quant à moy, à la premiere fois je
l'estime fol, et à la derniere sot : car je croy qu'en
tenant promesse à sa dame elle avoit autant ou
plus de peine que luy. Elle ne luy faisoit faire ce
serment sinon pour se feindre plus femme de bien
qu'elle n'estoit, se tenant seure qu'une forte amour
ne se peult lyer ny par commandement, ny par
serment, ne par chose qui soit au monde ; mais
elle vouloit feindre son vice si vertueux qu'il ne
pouvoit estre gaigné que par vertuz heroïques. Et
la seconde fois il se monstra sot de laisser celle
qui l'aimoit et valloit mieulx que celle où il avoit
serment contraire, et si avoit bonne excuse sur le
despit dequoy il estoit plein. » Dagoucin le reprint, disant qu'il estoit de contraire opinion, et
que à la premiere fois il se monstra ferme, patient
et veritable, et à la seconde loyal et parfaict en
amitié. « Et que sçavons-nous, dist Saffredent, s'il
estoit de ceulx qu'un chapitre nomme *de frigidis
et maleficeatis ?* Mais, si Hircan eust voulu parfaire
sa louange, il nous devoit compter comme il fut
gentil compaignon quand il eut ce qu'il demandoit, et à l'heure pourrions-nous juger si c'estoit
vertu ou impuissance qui le feist estre si sage. —
Vous pouvez bien penser, dist Hircan, que, si
l'on me l'eust dict, ne l'eusse non plus celé que le
demeurant ; mais, à veoir sa personne et cognoistre sa complexion, je l'estimeray plustost avoir
esté conduict de la force d'amour que de nulle
impuissance ou froideur. — Or, s'il estoit tel que
vous dictes, dist Simontault, il devoit rompre son

29

serment : car, si elle se fust courroucée pour
peu, elle eust esté legerement appaisée. — Mai
dist Emarsuitte, peult estre qu'à l'heure elle n
l'eust pas voulu. — Et puis, dist Saffredent, n'e
toit-il pas assez fort pour la forcer, puis qu'el.
luy avoit donné camp ? — Saincte Marie ! di:
Nomerfide, comme vous y allez ! Est-ce la faço
d'acquerir la grace d'une qu'on estime honnest
et sage ? — Il me semble, dist Saffredent, que l'o
ne sçauroit faire plus d'honneur à une femme d
qui l'on desire telles choses que de la prendre pa
force, car il n'y a si petite damoiselle qui n
vueille estre bien long temps priée, et d'autre
encores à qui il fault donner beaucoup de presen
avant que de les gaigner ; d'autres qui sont s
sottes que par moyen ne finesses on ne les peu
avoir ny gaigner, et envers celles-là ne fault pen
ser que chercher les moyens. Mais, quand on
affaire à une si sage qu'on ne la peult tromper, e
si bonne qu'on ne la peult gaigner par parolles n·
presens, est-ce pas raison de chercher tous le
moyens que l'on peult pour en avoir la victoire
Et, quand vous oyez dire qu'un homme a prin·
une femme par force, croyez que ceste femme là
luy a osté l'esperance de tous autres moyens, e·
n'estimez moins l'homme qui a mis sa vie en danger pour donner lieu à son amour. » Guebron se
print à rire et dist : « J'ay veu autres fois assieger
des places et prendre par force, pource qu'il n'estoit possible de faire parler par argent ne par menaces ceux qui les gardoient, car on dict que place

qui parlemente est à demy gaignée. — Il semble,
dist Emarsuitte, que tous les amours du monde
soient fondées sur ces follies; mais il y en a qui
ont aimé et benignement perseveré de qui l'intention n'a point esté telle. — Si vous en sçavez
une à dire, dist Hircan, je vous donne ma voix et
place pour la dire. — Je la sçay, dist Emarsuitte,
et la diray tresvolontiers. »

NOUVELLE DIX NEUFIESME

De deux amans qui, par desespoir d'estre mariez ensemble,
se rendirent en religion, l'homme à sainct François et
la fille à saincte Claire.

U temps du Marquis de Mantouë, qui
avoit espousé la sœur du Duc de
Ferrare, y avoit en la maison de la
Duchesse une damoiselle nommée
Pauline, laquelle estoit tant aimée d'un gentil-
homme, serviteur du Marquis, que la grandeur de
son amour faisoit esmerveiller tout le monde, veu
qu'il estoit pauvre et tant gentil compaignon qu'il
devoit chercher (pour l'amour que luy portoit son
maistre) quelque femme riche. Mais il luy sembloit que tout le tresor du monde estoit en Pau-

line, lequel en l'espousant il pensoit posseder. La
Marquise, desirant que par sa faveur Pauline fust
mariée plus richement, l'en desgoustoit le plus
qu'il luy estoit possible, et les empeschoit souvent
de parler ensemble, leur remonstrant que, si le
mariage se faisoit, ils seroient les plus pauvres et
miserables de toute l'Italie. Mais ceste raison ne
pouvoit entrer en l'entendement du gentil-homme.
Pauline, de son costé, dissimuloit le mieux qu'elle
pouvoit son amitié ; toutesfois elle n'en pensoit
pas moins.

Ceste amitié dura longuement avec une esperance que le temps leur apporteroit quelque
meilleure fortune, durant lequel vint une guerre
où ce gentil-homme fut prins prisonnier avec
un François qui n'estoit moins amoureux en
France que luy en Italie ; et, quand ils se trouverent compaignons de leurs fortunes, ils commencerent à descouvrir leurs secrets l'un à l'autre, et
confessa le François que son cueur estoit ainsi prisonnier que le sien, sans luy vouloir nommer le
lieu. Mais, pour estre tous deux au service du
Marquis de Mantoüe, sçavoit bien ce gentil-
homme françois que son compaignon aimoit
Pauline, et, pour l'amitié qu'il avoit en son bien
et profit, luy conseilloit d'en oster sa fantasie, ce
que le gentil-homme italien juroit n'estre en sa
puissance, et que, si le Marquis de Mantoüe, pour
recompense de sa prison et des bons services qu'il
luy avoit faicts, ne luy donnoit s'amie, il s'en iroit
rendre cordelier et ne serviroit jamais maistre que

Dieu : ce que son compaignon ne pouvoit croire, ne voyant en luy un seul signe de la religion, fors la devotion qu'il avoit en Pauline. Au bout de neuf moys fut delivré le gentil-homme françois, et par sa bonne diligence feit tant qu'il meit son compaignon en liberté, et pourchassa le plus qu'il luy fut possible envers le Marquis et la Marquise le mariage de Pauline ; mais il n'y peut advenir ny rien gaigner, en luy mettant la pauvreté devant les yeux où il leur faudroit tous deux vivre, et aussi que de tous costez les parens n'en estoient pas contens ne d'opinion, et luy defendoient qu'il n'eust plus à parler à elle, à fin que ceste fantasie s'en allast par l'absence et impossibilité.

Et, quand il veid qu'il estoit contrainct d'obeïr, demanda congé à la Marquise de dire à Dieu à Pauline, puis que jamais il ne parleroit à elle, ce qui fut accordé ; et à l'heure commença à luy dire : « Puis qu'ainsi est, Pauline, que le ciel et la terre sont contre nous, non seulement pour nous empescher de nous marier ensemble, mais, qui plus est, pour nous oster la veuë et parolle, dont noz maistre et maistresse nous ont faict si rigoureux commandement, ils se peuvent bien vanter qu'en une parolle ils ont blessé deux cueurs dont les corps ne sçauroient plus faire que languir, monstrans bien par cest effect qu'oncques amour ne pitié n'entrerent en leur estomach. Je sçay bien que leur fin est de nous marier bien et richement chacun, car ils ignorent que la vraye richesse gist au contentement ; mais si m'ont-ils faict tant de

mal et de desplaisir qu'il est impossible que jamais
je leur puisse faire service. Je croy bien que, si
jamais je n'eusse parlé de ce mariage, ils ne fussent pas si scrupuleux qu'ils ne nous eussent assez
souffert parler ensemble, vous asseurant que j'aimerois mieux mourir que changer mon opinion
en pire, aprés vous avoir aimée d'une amour si
honneste et vertueuse, et pourchassé envers vous ce
que je devrois defendre envers tous. Et pource
qu'en vous voyant je ne sçaurois porter ceste dure
patience, et qu'en ne vous voyant mon cueur (qui
ne peult demeurer vuide) se rempliroit de quelque
desespoir dont la fin seroit malheureuse, je me
suis deliberé (et de long temps) de me mettre en
religion : non que je ne sçache tresbien qu'en tous
estats l'homme se peult sauver, mais pour avoir
plus grand loisir de contempler la bonté divine,
laquelle, comme j'espere, aura pitié des fautes de
ma jeunesse et changera mon cueur autant pour
aimer les choses spirituelles qu'il a faict les tem-
porelles. Et, si Dieu me faict la grace de gaigner
la science, mon labeur sera incessamment employé
à prier Dieu pour vous, vous suppliant, par ceste
amour tant ferme et loyalle qui a esté entre nous
deux, avoir memoire de moy en voz oraisons et
prier Nostre Seigneur qu'il me donne autant de
constance en ne vous voyant point qu'il m'a
donné de contentement en vous voyant. Et, pource
que j'ay esperé toute ma vie avoir de vous par
mariage ce que l'honneur et conscience permet-
tent, je me suis contenté d'esperance ; mais, main-

tenant que je la perds et que je ne puis jamais avoir
de vous le traictement qui appartient à un mary,
au moins, pour dire à Dieu, je vous prie me traic-
ter en frere, et que je vous puisse baiser. » La
pauvre Pauline, qui tousjours luy avoit esté assez
rigoureuse, cognoissant l'extremité de sa douleur
et honnesteté de sa requeste, et qu'en tel desespoir se contentoit d'une chose si raisonnable, sans
luy respondre autre chose, luy va jetter les bras au
col, pleurant avec une si grande amertune et sai-
sissement de cueur que la parolle, sentimens et
force luy deffaillirent, et se laissa tomber entre
ses bras esvanouye, dont la pitié qu'il en eut, avec
l'amour et la tristesse, luy en feirent faire autant :
tellement que l'une de ses compagnes, les voyant
tomber l'un d'un costé et l'autre d'autre, appella
du secours, qui, à force de remedes, les feit revenir.

Alors Pauline, qui avoit desiré de dissimuler son
affection, fut honteuse quand elle s'apperceut
qu'elle l'avoit monstrée si vehemente. Toutesfois
la pitié du pauvre gentil-homme servit à elle de
juste excuse, et, ne pouvant plus porter ceste parolle de dire à Dieu pour jamais, s'en alla vistement le cueur et les dents si serrez qu'entrant dans
sa chambre, comme un corps mort sans esprit se
laissa tomber sur son lict, et passa la nuict en si
piteuses lamentations que ses serviteurs pensoient
qu'il eust perdu tous ses parens et amis et tout ce
qu'il pouvoit avoir de bien sur la terre. Le matin
se recommanda à Nostre Seigneur, et, aprés qu'il

eut departy à ses serviteurs le peu de bien qu'il
avoit et prins avec luy quelque somme d'argent,
defendit à ses gens de le suyvre, et s'en alla tout
seul à la religion de l'observance demander l'habit, deliberé de jamais n'en porter d'autre. Le gardien, qui autresfois l'avoit veu, pensa au commencement que ce fust mocquerie ou songe, car il n'y
avoit en tout le païs gentil-homme qui moins que
luy eust grace de cordelier, pource qu'il avoit en
luy toutes les bonnes graces et vertuz que l'on sçauroit desirer en un gentil-homme. Mais, aprés avoir
entendu ses parolles et veu ses larmes coulans sur
son visage comme ruisseaux, ignorant dont en
venoit la source, le receut humainement ; et bien-
tost aprés, voyant sa perseverance, luy bailla l'habit, qu'il receut bien devotement, dont furent advertiz le Marquis et la Marquise, qui le trouverent si estrangé qu'à peine le pouvoient-ils croire.
Pauline, pour ne se monstrer subjecte à nulle
amour, dissimula le mieux qu'il luy fut possible
le regret qu'elle avoit de luy, en sorte que chacun
disoit qu'elle avoit bien-tost oublié la grande affection de son loyal serviteur. Et ainsi passa cinq
ou six mois sans en faire autre demonstrance, durant lequel temps luy fut par quelque religieux
monstré une chanson que son serviteur avoit
composée un peu aprés qu'il eut prins l'habit, de
laquelle le chant est italien et assez commun ;
mais j'en ay voulu traduire les mots en françois,
le plus prés de l'italien qu'il m'a esté possible, qui
sont tels :

Que dira elle
Que fera elle
Quand me verra de ses yeux
Religieux?

Las! la pauvrette,
Toute seulette,
Sans parler long temps sera
Eschevelée,
Desconsolée :
L'estrange cas pensera :
Son penser (par adventure)
En monastere et closture
A la fin la conduira.
Que dira elle, etc.

Que diront ceux
Qui de nous deux
Ont l'amour et bien privé,
Voyant qu'amour
Par un tel tour
Plus parfaict ont approuvé?
Regardans ma conscience,
Ils en auront repentance,
Et chacun d'eux pleurera.
Que dira elle, etc.

Et s'ils venoient
Et nous tenoient
Propos pour nous divertir,
Nous leur dirons
Que nous mourrons
Icy sans jamais partir.

Puis que leur rigueur rebelle
Nous faict prendre robbe telle,
Nul de nous ne la lairra.
    Que dira elle, etc.

    Et si prier
    De marier
Nous viennent pour nous tenter,
    En nous disant
    L'estat plaisant
Qui nous pourroit contenter,
Nous respondrons que nostre ame
Est de Dieu aimée et femme,
Qui point ne la changera.
    Que dira elle, etc.

    O amour forte,
    Qui ceste porte
Par regret m'as faict passer,
    Fais qu'en ce lieu
    De prier Dieu
Je ne me puisse lasser :
Car nostre amour mutuelle
Sera tant spirituelle
Que Dieu s'en contentera.
    Que dira elle, etc.

    Laissons les biens
    Qui sont liens
Plus durs à rompre que fer ;
    Quittons la gloire
    Qui l'ame noire
Par orgueil meine en enfer.

Fuyons la concupiscence,
Prenons la chaste innocence,
Que Jésus nous donnera.
    Que dira elle, etc.

Viens donc, amie ;
Ne tarde mie
Aprés ton parfaict amy ;
Ne crains à prendre
L'habit de cendre,
Fuyant ce monde ennemy :
Car d'amitié vive et forte
De sa cendre fault que sorte
Le Phenix, qui durera.
    Que dira elle, etc.

Ainsi qu'au monde
Fut pure et munde
Nostre parfaicte amitié,
Dedans le cloistre
Pourra paroistre
Plus grande de la moitié :
Car amour loyal et ferme,
Qui n'a jamais fin ne terme,
Droict au Ciel nous conduira.
    Que dira elle, etc.

Quand elle eut bien au long leu ceste chanson, estant à part en une chappelle, se meist si fort à plorer qu'elle arrousa tout le papier de larmes. Et, n'eust esté la crainte qu'elle avoit de se monstrer plus affectionnée qu'il n'appartient, n'eust failly

de s'en aller incontinent mettre en quelque her-
mitage, sans jamais veoir creature du monde ; mais
la prudence qui estoit en elle la contraignit pour
quelque temps dissimuler. Et, combien qu'elle eust
prins resolution de laisser entierement le monde,
si feignit-elle le contraire, et changeoit si fort son
visage qu'estant en compaignie ne ressembloit de
rien qui soit à elle-mesme. Elle porta en son cueur
ceste deliberation couverte cinq ou six mois, se
monstrant plus joyeuse qu'elle n'avoit en coustume. Mais un jour alla avec sa maistresse à l'observance ouyr la grande messe, et, ainsi que le
prestre diacre et soudiacre sortoient du revestoire
pour venir au grand autel, son pauvre serviteur,
qui n'avoit encores parfaict l'an de sa probation,
servoit d'accolite, et, portant les deux canettes en
ses deux mains couvertes d'une toile de soye, venoit le premier, ayant les yeux contre terre. Quand
Pauline le veid en tel habillement, où sa beauté et
grace estoient plustost augmentées que diminuées,
fust si fort estonnée et troublée que, pour couvrir
la cause de la couleur qui luy venoit au visage, se
print à tousser. Et son pauvre serviteur, qui entendoit mieux ce son-là que celuy des cloches de
son monastere, n'osa tourner la teste ; mais en
passant par devant elle ne peust garder ses yeux
qu'ils ne prinssent le chemin que si long temps ils
avoient tenu. Et, en regardant piteusement Pauline, fut si saisi du feu qu'il pensoit quasi esteint
que, le voulant plus celer qu'il ne pouvoit, tomba
tout de son hault devant elle. Et la crainte qu'il

eut que la cause en fust cogneuë luy feit dire que
c'estoit le pavé de l'église qui estoit rompu en cest
endroit. Quand Pauline cogneut que le changement de l'habit n'avoit changé le cueur, et qu'il y
avoit si long temps qu'il s'estoit rendu que chacun
pensoit qu'elle l'eust oublié, se delibera de mettre
à execution le desir qu'elle avoit eu de rendre la
fin de leur amitié semblable en habit, forme et
estat de vivre, comme ils avoient esté vivans en
une maison soubs pareil maistre et maistresse. Et
pource que plus de quatre mois au paravant avoit
donné ordre à tout ce que luy estoit necessaire
pour entrer en religion, un matin demanda congé
à la Marquise d'aller ouyr messe à Saincte Claire,
qu'elle luy octroya, ignorant pourquoy elle luy
demandoit ; et en passant par les Cordeliers pria
le gardien de luy faire venir son serviteur, qu'elle
appeloit son parent. Et quand elle le veid en une
chapelle à part, elle luy dict : « Si mon honneur
eust permis qu'aussi tost que vous je me fusse osé
mettre en religion, je n'eusse tant attendu ; mais,
ayant rompu par ma patience les opinions de ceux
qui plustost jugent mal que bien, je suis deliberée
de prendre l'estat, la robbe et la vie telle que je
voy la vostre, sans enquerir quel il y faict : car, si
vous avez du bien, j'en auray ma part, et, si avez
du mal, je n'en veux estre exempte. Car, par tel
chemin que vous irez en paradis, je vous veux suivre, estant asseurée que celuy qui est le vray, parfaict et digne d'estre nommé amour, nous a tirez
à son service par une amitié honneste et raison-

nable, laquelle il convertira par son sainct esprit
du tout en luy, vous priant que vous et moy ou-
blions ce corps qui perit et tient du vieil Adam,
pour recevoir et revestir celuy de nostre espoux
Jesus Christ. » Ce serviteur religieux fut tant aise
et tant content d'ouïr sa saincte volonté qu'en
pleurant de joye luy fortifia son opinion le plus
qu'il luy fut possible, luy disant, puis qu'il ne
pouvoit avoir d'elle au monde autre chose que la
parolle, qu'il se tenoit bien heureux d'estre au
lieu où il avoit tousjours moyen de la reveoir, et
qu'elle seroit telle que l'un et l'autre n'en pourroit que mieux valloir, vivans en un estat d'un
amour, d'un cueur et d'un esprit tirez et conduicts
de la bonté de Dieu, lequel il supplioit les tenir
en sa main, où nul ne peult perir. Et en ce disant,
et pleurant d'amour et de joye, luy baisa les mains;
mais elle abbaissa son visage jusques à la main, et
se donnerent par vraye charité le sainct baiser de
dilection. Et se contentant s'en partit Pauline, et
entra en la religion de saincte Claire, où elle fut
receuë et voilée.

Ce qu'aprés elle feit entendre à madame la
Marquise, qui en fut tant esbahie qu'elle ne le
pouvoit croire; mais s'en alla le lendemain au monastere pour la veoir et s'efforcer de la divertir de
son propos. A quoy Pauline luy feist response
que, si elle avoit eu puissance de luy oster un mary
de chair (l'homme du monde qu'elle avoit le plus
aimé), elle s'en devoit contenter, sans chercher de
la vouloir separer de celuy qui estoit immortel et

invisible, car il n'estoit pas en sa puissance ny de
toutes les creatures du monde. La Marquise,
voyant son bon vouloir, la baisa, la laissant à
grand regret. Et depuis vesquirent Pauline et son
serviteur si sainctement et devotement en leur observance que l'on ne doit douter que celuy duquel
la fin de la loy est charité ne leur dist à la fin de
leur vie, comme à la Magdaleine, que leurs peu-
chez leur estoient pardonnez, veu qu'ils l'avoient
beaucoup aimé, et qu'il ne les retirast en paix au
lieu où la recompense passe tous les merites des
hommes.

« Vous ne pouvez icy ignorer, mes dames, que
l'amour de l'homme ne se soit monstrée la plus
grande ; mais elle luy fut si bien renduë que je
voudrois que tous ceux qui s'en meslent en fussent
autant recompensez. — Il y auroit donc, dist Hircan, plus de fols et de folles qu'il n'y en eut oncques ? — Appelez-vous follie, dist Oisille, d'aimer
honestement en la jeunesse, et puis convertir tout
cest amour en Dieu ? » Hircan, en riant, luy respondit : « Si melencolie et desespoir sont loua-
bles, je diray que Pauline et son serviteur sont
bien dignes d'estre louëz. — Si est-ce que Dieu,
dist Guebron, a plusieurs moyens pour nous tirer
à luy, dont les commencemens semblent estre
mauvais ; mais la fin en est tresbonne — Encores
ay-je une opinion, dist Parlamente, que jamais
homme n'aimera parfaictement Dieu qu'il n'ait
parfaictement aimé quelque creature en ce monde.

— Qu'appellez-vous parfaictement aimer ? dist
Saffredent ; estimez-vous parfaicts amans ceux qui
sont transiz et qui adorent les dames de loing, sans
oser monstrer leur volonté ? —{ J'appelle parfaicts
amans, luy respondit Parlamente, ceux qui cherchent en ce qu'ils aiment quelque perfection, soit
bonté, beauté ou bonne grâce, tousjours tendans
à la vertu, et qui ont le cueur si hault et si honneste qu'ils ne veullent pour mourir mettre fin aux
choses basses que l'honneur et la conscience re-
prouvent : car l'ame, qui n'est creée que pour retourner à son souverain bien, ne faict, tant qu'elle
est dedans le corps, que desirer d'y parvenir. Mais,
à cause que les sens, par lesquels elle en peut avoir
nouvelle, sont obscurs et charnels par le peché du
premier pere, ne luy peuvent monstrer que les
choses visibles plus approchantes de la perfection,
aprés quoy l'ame court, cuidans trouver en une
beauté exterieure, en une grace visible et aux vertuz morales, la souveraine beauté, grace et vertu.
Mais, quand elle les a cherchez et experimentez,
et n'y trouve point celuy qu'elle aime, elle passe
outre, comme l'enfant, qui, selon sa petitesse,
aime les pommes, les poires, les poupées et autres
petites choses, les plus belles que son œil peult
veoir, et estime richesses d'assembler des petites
pierres ; mais, en croissant, aime les poupines vi-
ves et amasse les biens necessaires pour la vie humaine. Mais, quand il cognoist par plus grande
experience que ès choses territoires n'y a nulle
perfection ne felicité, il desire chercher la vraye

felicité et le facteur et source d'icelle. Toutesfois,
si Dieu ne luy ouvre l'œil de foy, seroit en danger
de venir d'un ignorant un infidele philosophe :
car foy seulement peult monstrer et faire recevoir
le bien, que l'homme charnel et animal ne peult
entendre. — Ne voyez-vous pas bien, dist Longarine, que la terre non cultivée porte beaucoup
d'arbres et herbes, combien qu'ils soient inutiles?
Si est-ce qu'elle est bien desirée pour l'espoir qu'on
a qu'elle portera bon grain quand elle sera semée
et bien cultivée. Aussi le cueur de l'homme, qui
n'a autre sentiment qu'aux choses visibles, ne
viendra jamais à l'amour de Dieu par la semence
de sa parolle : car la terre de son cueur est sterile,
froide et damnée. — Voilà pourquoy, dist Saffredent, la plus part des hommes sont deceuz, lesquels ne s'amusent qu'aux choses exterieures et
contemnent le plus precieux, qui est dedans. —
Si je sçavois, dist Simontault, bien parler latin,
je vous alleguerois que sainct Jean dict que celuy qui n'aime son frere, qu'il veoit, comment
aimera-il Dieu, qu'il ne veoit point? Car par les
choses visibles on est attiré à l'amour des choses
invisibles. — Qui est-il, dist Emarsuitte, *et lauda-
bimus eum*, ainsi parfaict que vous le dites? — Il
y en a, respondit Dagoucin, qui aiment si fort et
si parfaictement qu'ils aimeroient mieux mourir que
de sentir un desir contre l'honneur et la conscience
de leurs maistresses, et si ne veullent qu'elles ne
autres s'en apperçoivent. — Ceux-là, dist Saffredent, sont de la nature du camaleon, qui vit de

31

l'air : car il n'y a homme au monde qui ne desire declarer son amour et de sçavoir estre aimé ; et si croy qu'il n'est si forte fiebvre d'amitié qui soudain ne se passe quand on cognoist le contraire. — Quant à moy, j'en ay veu des miracles evidens. — Je vous prie, dist Emarsuitte, prenez ma place, et nous racomptez de quelqu'un qui soit resussité de mort à vie pour cognoistre le contraire en sa dame de ce qu'il desiroit. — Je crains tant, dist Saffredent, de desplaire aux dames, de qui j'ay esté et seray à jamais serviteur, que sans exprés commandement je n'eusse osé racompter leurs imperfections ; mais, pour obeïr, je ne celeray la verité. »

NOUVELLE VINGTIESME

Un gentil-homme est inopinément guary du mal d'amours, trouvant sa damoiselle rigoureuse entre les bras de son palefrenier.

A u pays de Daulphiné, y avoit un gentil-homme, nommé le seigneur du Ryant, qui estoit de la maison du Roy François premier de ce nom, autant beau et honneste qu'il estoit possible de veoir. Il fut

longuement serviteur d'une dame vefve, laquelle
il aimoit et reveroit tant que, de peur qu'il avoit
de perdre sa bonne grace, ne l'osoit importuner
de ce qu'il desiroit le plus. Et luy, qui se sentoit
beau et digne d'estre aimé, croyoit fermement ce
qu'elle luy juroit souvent : c'est qu'elle l'aimoit
plus que tous les gentils-hommes du monde, et
que, si elle estoit contraincte de faire quelque
chose pour un gentil-homme, ce seroit pour luy
seulement, comme le plus parfaict qu'elle avoit
jamais cogneu, et luy prioit de se contenter seulement, sans oultrepasser, de ceste honneste amitié, l'asseurant que si elle cognoissoit qu'il pré-
tendist davantage, sans se contenter de la raison,
que du tout il la perdroit. Le pauvre gentil-
homme non seulement se contentoit de cela, mais
se tenoit tresheureux d'avoir gaigné le cueur de
celle qu'il pensoit tant honneste. Il seroit long de
vous racompter le discours de son amitié et longue
frequentation qu'il eut avec elle, et les voyages
qu'il faisoit pour la venir veoir ; mais, pour conclusion, ce pauvre martir d'un feu si plaisant que
plus on en brusle, plus on en veult brusler, cherchoit tousjours le moyen d'augmenter son martire.
Et un jour luy print fantasie d'aller veoir en poste
celle qu'il aimoit plus que luy-mesme et qu'il
estimoit par dessus toutes les femmes du monde.
Luy arrivé, alla en la maison et demanda où elle
estoit. On luy dist qu'elle ne faisoit que venir de
vespres et estoit entrée en sa garenne pour achever son service. Il descendit de cheval et s'en va

tout droict à la garenne où elle estoit, et trouva
ses femmes, qui luy dirent qu'elle s'en alloit toute
seule promener en une grande allée estant en ladicte garenne. Il commença plus que jamais à
esperer quelque bonne fortune pour luy, et le plus
doulcement qu'il peut, sans faire bruit, la chercha
le mieulx qu'il luy fut possible, desirant sur toutes
choses de la pouvoir trouver seule. Mais, quand
il fut auprés d'un pavillon d'arbres ployez, qui
estoit un lieu tant beau et plaisant qu'il n'estoit
possible de plus, entra soudainement dedans,
comme celuy à qui tardoit de veoir ce qu'il aimoit;
mais il trouva, à son entrée, la damoiselle couchée sur l'herbe, entre les bras d'un pallefrenier
de sa maison, aussi laid, ord et infame que le
gentil-homme estoit beau, honneste et amiable.
Je n'entreprends pas de vous depeindre le despit
qu'il eut; mais il fut si grand qu'il eut puissance
d'esteindre en un moment le feu si embrasé de
long temps. Et, autant remply de despit qu'il
avoit esté d'amour, luy dist : « Ma dame, prou
vous face; aujourd'huy, par vostre meschanceté
cogneuë, suis guary et delivré de ma continuelle
douleur, dont l'honnesteté que j'estimois en vous
estoit occasion. » Et, sans autre à Dieu, s'en retourna plus viste qu'il n'estoit venu. La pauvre
femme ne luy feit autre response sinon de mettre
la main devant son visage, car, puis qu'elle ne
pouvoit couvrir sa honte, elle couvroit ses yeux
pour ne veoir celuy qui la voyoit trop clairement,
nonobstant sa longue dissimulation.

« Parquoy, mes dames, je vous supplie, si n'a-
vez vouloir d'aimer parfaictement, ne pensez pas
dissimuler à un homme de bien et luy faire desplaisir pour vostre gloire : car les hypocrites sont
payez de leur loyer, et Dieu favorise ceulx qui
aiment parfaictement. — Vrayment, dist Oisille,
vous nous l'avez gardée bonne à la fin de la journée; et, si n'estoit que nous avons juré de dire la
verité, je ne sçaurois croire qu'une femme de l'estat dont elle estoit sceust estre si meschante de
laisser un si honneste gentil-homme pour un si
vilain mulletier. — Helas ! ma dame, si vous sça-
viez, dist Hircan, la difference qu'il y a d'un
gentil-homme qui a toute sa vie porté le harnois
et suivy la guerre au pris d'un varlet sans bouger
d'un lieu bien nourry, vous excuseriez ceste pauvre vefve. — Je ne croy pas, Hircan, dist Oisille,
quelque chose que vous en dictes, que vous puis-
siez recevoir nulle excuse d'elle. — J'ay bien ouy
dire, dist Simontault, qu'il y a des femmes qui
veulent avoir des Evangelistes pour prescher leur
vertu et leur chasteté, et leur font la meilleure
chere qu'il leur est possible et la plus privée, les
asseurans que, si la conscience et l'honneur ne les
retenoient, elles leur accorderoient leurs desirs. Et
les pauvres sots, quand en compaignie ils parlent
d'elles, jurent qu'ils mettroient leur doigt au feu
sans brusler pour soustenir qu'elles sont femmes
de bien : car ils ont experimenté leur amour jusques au bout. Aussi se font louër par tels honnestes hommes celles qui à leurs semblables se

montrent telles qu'elles sont, et choisissent ceulx
qui ne sçavent avoir hardiesse de parler, et, s'ils
en parlent, pour leur vile et orde condition ne seroient pas creuz. — Voilà, dist Longarine, une
opinion que j'ay autresfois ouy dire aux plus jaloux
et soupçonneux hommes; mais c'est peindre une
chimere, car, combien qu'il soit advenu à quelque
pauvre malheureuse, si est-ce chose qui ne se doit
soupçonner en autre. — Or, tant plus avant nous
entrons en ce propos, dist Parlamente, et plus ces
bons seigneurs icy drapperont sur la tissure et
tout à noz despens. Parquoy mieulx vault aller ouyr
les vespres, à fin que ne soyons tant attendues que
nous fusmes hier. »

La compaignie fut de son opinion, et, en allant,
Oisille luy dist : « Si quelqu'un de nous rend graces à Dieu d'avoir à ceste journée dict la verité
des histoires que nous avons racomptées, Saffredent luy doit demander pardon d'avoir rememoré
une si grande villennie contre les dames. — Par
mon serment, dist Saffredent, combien que mon
compte soit veritable, si est-ce que je l'ay ouy dire ;
mais, quand je vouldrois faire le rapport du cerf
à veuë d'œil, je vous ferois faire plus de signes
de la croix de ce que je sçay des femmes que l'on
n'en faict à sacrer une eglise. C'est bien loing de
se repentir quand la confession aggrave le peché.
— Puis qu'avez telle opinion des femmes, dist
Parlamente, elles vous doivent priver de leur honnesteté, entretenement et privauté. » Mais il luy
respondit : « Aucunes ont tant usé en mon endroit

du conseil que vous leur donnez, en m'eslongnant
et separant des choses justes et honnestes, que, si
je pouvois dire pis et pis faire à toutes, je ne m'y
espargnerois pas, pour les inciter à me venger de
celle qui me tient un si grand tort. » En disant
ces parolles, Parlamente meist son touret de nez,
et avec les autres entra en l'eglise, où ils trouverent vespres tresbien sonnées; mais ils n'y trouverent pas un des religieux pour les dire, pource
qu'ils avoient entendu que dedans le pré s'assem-
bloit ceste compaignie pour y dire les plus plaisantes choses qu'il estoit possible, et, comme
ceulx qui aimoient mieulx leurs plaisirs que leurs
oraisons, s'estoient allés cacher dedans une fosse,
le ventre contre terre, derriere une haye fort es-
pesse; et là avoient si bien escouté les beaux
comptes qu'ils n'avoient point ouy sonner la
cloche de leur monastere : ce qui parut bien, car
ils arriverent en telle haste que quasi l'aleine leur
failloit à commencer vespres. Et, quand elles furent
dictes, confesserent à ceulx qui leur demandoient
l'occasion de leur chant tardif et mal entonné
que ce avoit esté pour les escouter. Parquoy,
voyant leur bonne volonté, leur fut permis que
tous les jours ils assisteroient derriere la haye, assis
à leur aise. Le souppé se passa joyeusement, en
relevant les propos qu'ils n'avoient pas mis à fin
dans le pré, qui durerent tout le long de la soirée,
jusques à ce que Oisille les pria de se retirer, à fin
que leur esprit fust plus prompt le lendemain;
et, aprés un bon et long repos, dont elle disoit

qu'une heure avant mynuict valloit mieux que trois aprés, se partit ceste compaignie, mettant fin au second discours et recit d'histoires.

APPENDICE

DE LA

SECONDE JOURNÉE

NOUVELLE UNZIESME

Madame de Roncex, estant aux Cordeliers de Thouars, fut si pressée d'aler à ses affaires que, sans regarder si les anneaux du retraict estoyent netz, s'ala seoir en lieu si ord que ses fesses et habillemens en furent souillés, de sorte que, cryant à l'ayde et desirant recouvrer quelque femme pour la nectoier, fut servye d'hommes qui la veirent nue et au pire estat que femme se sçauroit monstrer[1].

E N la maison de Mme de la Tremoille, y avoit une dame nommée Roncex, laquelle, ung jour que sa maistresse estoit allée aux Cordeliers de Thouars, eust une grande necessité d'aller au lieu où on ne peut envoier sa chamberiere.

---

1. Cette nouvelle, qui se trouve être la onzième dans tous les manuscrits, est imprimée la dix-neuvième dans l'édition de 1558. Claude Gruget l'a remplacée par les *Propos facetieux d'un Cordelier*. Il est fort possible, d'ailleurs, que la reine de Navarre soit l'auteur des deux nouvelles.

Et appella avecq elle une fille, nommée La Mothe, pour
luy tenir compaignie ; mais, pour estre honteuse et secrette, laissa ladite Mothe en la chambre, et entra toute
seule en un retraict assez obscur, lequel estoit commung
à tous les Cordeliers, qui avoient si bien rendu compte
en ce lieu de toutes leurs viandes que tout le retraict,
l'anneau et la place estoient tout couverts de moust de
Bacchus et de la deesse Cerès passé par le ventre des
Cordeliers. Ceste pauvre femme, qui estoit si pressée
que à peine eut-elle le loisir de lever sa robbe pour se
mettre sur l'anneau, de fortune s'alla asseoir sur le plus
ord et salle endroit qui fust en tout le retraict, où elle se
trouva prinse mieulx que à la gluz, et toutes ses pauvres
fesses, habillemens et piedz si merveilleusement gastez
qu'elle n'osoit marcher ne se tourner de nul cousté, de
paour d'avoir encores pis. Dont elle se print à crier tant
qu'il luy fut possible : « La Mothe, m'amie, je suis
perdue et deshonorée ! » La pauvre fille, qui avoit oy
autresfois faire des comptes de la malice des Cordeliers,
soupsonnant que quelques uns fussent cachez là dedans
qui la voulsissent prendre par force, courut tant qu'elle
peut, disant à tous ceulx qu'elle trouvoit : « Venez
secourir Mme de Roncex, que les Cordeliers veulent
prendre par force en ce retraict. » Lesquelz y coururent
en grande diligence, et trouverent la pauvre dame de
Roncex qui crioit à l'ayde, desirant avoir quelque femme
qui la peust nectoier. Et avoit le derriere tout descouvert, craingnant en approcher ses habillemens, de paour
de les gaster. A ce cry-là entrerent les gentilz-hommes,
qui veirent ce beau spectacle, et ne trouverent autre
Cordelier qui la tourmentast sinon l'ordure dont elle
avoit toutes les fesses engluées. Qui ne fut pas sans rire
de leur cousté, ni sans grande honte du cousté d'elle :
car, en lieu d'avoir des femmes pour la nectoier, fut

servie d'hommes qui la veirent nue au pire estat que une femme se povoit monstrer. Parquoy, les voiant, acheva de souiller ce qui estoit net, et abaissa ses habillemens pour se couvrir, obliant l'ordure où elle estoit pour la honte qu'elle avoit de veoir les hommes; et, quand elle fut hors de ce villain lieu, la fallut despouiller toute nue et changer de tous habillemens avant qu'elle partist du couvent. Elle se fust voluntiers corroucée du secours que luy amena La Mothe; mais, entendant que la pauvre fille cuydoit qu'elle eust beaucoup pis, changea sa collere à rire comme les autres.

« Il me semble, mes dames, que ce compte n'a esté ne long ne melencolicque, et que vous avez eu de moy ce que vous en avez esperé. » Dont la compaignie se print bien fort à rire. Et luy dist Oisille : « Combien que le compte soit ord et salle, congnoissant les personnes à qui il est advenu, on ne le sçauroit trouver fascheux; mais j'eusse bien voulu veoir la myne de La Mothe et de celle à qui elle avoit amené si bon secours. Mais, puis que vous avez si tost finy, ce dit-elle à Nomerfide, donnez vostre voix à quelqu'un qui ne pense pas si légierement. Nomerfide respondit : « Si vous voulez que ma faulte soit rabillée, je donne ma voix à Dagoucin, lequel est si saige que, pour mourir, ne diroit une follye. » Dagoucin la remercia de la bonne estime qu'elle avoit de son bon sens, et commencea à dire : « L'histoire que j'ay deliberé de vous racompter, c'est pour vous faire veoir comme amour aveuglist les plus grands et honnestes cueurs, et comme meschanceté est difficile à vaincre par quelque benefice ne biens que ce soit. »

TROISIESME JOURNÉE

E matin, la compaignie ne peut si tost venir en la salle qu'ils ne trouvassent madame Oisille, qui avoit plus de demie heure au paravant estudié la leçon qu'elle devoit lire. Et si aux precedens propos ils s'estoient contentez, aux seconds ne le furent pas moins, et, n'eust esté que l'un des religieux les vint querir pour aller à la messe, leur contemplation les empeschoit d'ouïr la cloche. La messe ouye bien devotement, et le disné passé bien sobrement pour n'empescher par les viandes leur memoire à s'acquiter chacun en son ranc le mieux qu'il leur seroit possible, se retirerent à leurs chambres à visiter leurs registres, attendans l'heure accoustumée d'aller au pré, laquelle venüe ne faillirent à ce beau voyage. Et ceux qui avoient deliberé de dire quelque folie avoient desja le visage si joyeux que l'on esperoit d'eux occasion de bien rire. Quand ils furent assis, demanderent à Saffredent à qui il donnoit sa voix. « Puis, dist il, que la faulte que je feis hier est si grande que vous dictes, ne sçachant histoire digne pour la reparer, je donne ma voix à Parlamente, laquelle, pour son bon sens, sçaura si bien louër les dames qu'elle fera mettre en oubly la verité que vous ay dicte. — Je n'entreprens, dist Parlamente, de reparer voz faultes, mais bien de me garder de les ensuivre. Parquoy je me delibere, usant de la verité promise et jurée, de vous monstrer qu'il y a des dames qui en leur amitié n'ont cherché nulle fin que d'honnesteté. Et pource que celle dont je vous veux parler estoit de bonne maison, je ne changeray rien en l'histoire que le nom, vous priant, mes dames, de penser qu'amour n'a point de puissance de changer un cueur chaste et honneste, comme vous verrez par l'histoire que je vois compter. »

NOUVELLE VINGTUNIESME

*L'honneste et merveilleuse amitié d'une fille de grande
maison et d'un bastard, et l'empeschement qu'une Royne
donna à leur mariage, avec la sage response de la fille
à la Royne.*

L y avoit en France une Royne qui
en sa compaignie nourrissoit plu-
sieurs filles de bonnes et grandes
maisons. Entre autres y en avoit une,
nommée Rolandine, qui estoit bien proche sa parente. Mais la Royne, pour quelque inimitié
qu'elle portoit à son pere, ne luy faisoit pas trop
bonne chere. Combien que ceste fille ne fust pas
des plus belles ne des plus laides, si estoit elle
tant sage et gracieuse que plusieurs grands seigneurs et personnages la demanderent en mariage, dont ils avoient froide response : car le
pere aimoit tant son argent qu'il en oublioit l'ad-
vancement de sa fille. Et sa maistresse (comme
dict est) luy portoit si peu de faveur qu'elle n'estoit point demandée de ceux qui se vouloient
advancer en la bonne grace de la Royne. Ainsi,

par la negligence du pere et par le desdaing de
la maistresse, ceste pauvre fille demeura long
temps sans estre mariée. Et comme celle qui se
fascha à la longue, non tant pour l'envie qu'elle
eust d'estre mariée que pour la honte qu'elle
avoit de ne l'estre point, tant s'en fascha que du
tout elle se retira à Dieu, et, laissant les mondanitez et gorgiasetez de la court, tout son passetemps fut de prier Dieu ou faire quelques ouvrages. Et en ceste vie ainsi retirée passa sa jeunesse,
en vivant tant honnestement et sainctement qu'il
n'estoit possible de plus. Quand elle fut appro-
chée de trente ans, il y eut un gentil-homme
bastard d'une grande et bonne maison, autant
gentil compaignon et homme de bien qu'il en
fut point de son temps; mais la richesse l'avoit
du tout delaissé, et avoit si peu de beauté qu'une
dame, quelle que fust, pour son plaisir ne l'eust
choisy. Ce pauvre gentil-homme estoit demeuré
sans party, et, comme un malheureux souvent
cherche l'autre, vint aborder ceste pauvre damoiselle Rolandine : car leurs fortunes, complexions
et conditions estoient fort pareilles; et, se plai-
gnans l'un à l'autre de leurs infortunes, prindrent
une tresgrande amitié; et, se trouvans tous deux
compaignons de malheur, se chercherent en tous
lieux pour se consoler l'un et l'autre, et en ceste
longue frequentation s'engendra une tresgrande
amitié. Ceux qui avoient veu la demoiselle Rolandine si fort retirée qu'elle ne parloit à personne, la voians lors incessamment entretenir le

bastard de bonne maison, en furent incontinent
scandalisez, et dirent à sa gouvernante qu'elle ne
devoit endurer ses longs propos : ce qu'elle
remonstra à Rolandine, luy disant que chacun
en seroit scandalisé de ce qu'elle parloit tant à un
homme qui n'estoit assez riche pour l'espouser,
ne assez beau pour estre aimé. Rolandine, qui
avoit esté tousjours plus reprise de son austerité
que de ses mondanitez, dist à sa gouvernante :
« Helas! ma mere, vous voyez que je ne puis
avoir un mary selon la maison dont je suis, et
que j'ay tousjours fuy ceux qui sont beaux et
jeunes, de peur de tomber aux inconveniens où
j'en ay veu d'autres. Et j'ay trouvé ce gentil-
homme si sage et vertueux, comme vous sçavez,
lequel ne me presche que choses bonnes et vertueuses. Quel tort puis-je tenir à vous et à ceux
qui en parlent de me consoler de mes ennuiz? »
La pauvre vieille, qui aimoit sa maistresse plus
qu'elle-mesme, luy dist : « Ma damoiselle, je voy
bien que vous dictes verité et que vous estes
traictée de pere et de maistresse autrement que
ne le meritez. Si est-ce, puis que l'on parle de
vostre honneur en telle sorte, et fust-il vostre
propre frere, vous vous devez retirer de parler à
luy. » Rolandine luy dist en pleurant : « Ma
mere, puis que vous me le conseillez, je le feray;
mais c'est une chose estrange de n'avoir en ce
monde nulle consolation. » Le bastard, comme
il avoit accoustumé, la voulut venir entretenir;
mais elle luy dist tout au long ce que sa gouver-

33

nante luy avoit dict, et le pria en pleurant qu'il se contentast pour un temps de parler à elle, jusques à ce que ce bruit fust un peu passé : ce qu'il feit à sa requeste.

Mais, durant cest eslongnement, ayant perdu l'un et l'autre leur consolation, commencerent à sentir un tourment qui jamais du costé d'elle n'avoit esté experimenté. Elle ne cessoit de prier Dieu et d'aller en voyages et faire abstinences, car cest amour encores incogneu luy donnoit une telle inquietude qu'elle ne la laissoit une seule heure reposer. Du costé du bastard de bonne maison n'estoit l'amour moins fort; mais luy, qui avoit desja conclud en son cueur de l'aimer et de tascher à l'espouser, et regardant avec l'amour l'honneur que ce luy seroit de la pouvoir avoir, pensa qu'il luy failloit chercher moyen pour luy declarer sa volonté, et sur tout gaigner sa gouvernante : ce qu'il feit en luy remonstrant la misere en quoy estoit retenuë sa pauvre maistresse, à laquelle on vouloit oster toute consolation. Dont la pauvre vieille, en plorant, le remercia de l'honneste affection qu'il portoit à sa maistresse; et adviserent ensemble le moyen comme ils pourroient parler l'un à l'autre. Rolandine feroit semblant d'estre malade d'une migraine, où l'on craint fort le bruit, et, quand ses compaignes iroient en la chambre, ils demeureroient tous deux seuls, et là il la pourroit entretenir. Le bastard en fut fort joyeux et se gouverna entierement par le conseil de ceste gouvernante,

' en sorte que quand il vouloit il parloit à s'amie.
Mais ce contentement ne luy dura gueres, car
la Royne, qui ne l'aimoit gueres, s'enquist que
faisoit tant Rolandine en la chambre, et quelqu'un
dist que c'estoit pour sa maladie. Toutesfois, un
autre qui avoit trop de memoire de l'absence
luy dist que l'aise que Rolandine avoit d'entretenir le bastard de bonne maison luy devoit
faire passer sa migraine. La Royne, qui trouvoit
les pechez veniels des autres mortels en elle,
l'envoya querir et luy defendit de ne parler jamais
au bastard, si ce n'estoit en sa chambre ou en sa
salle. La damoiselle n'en feist nul semblant, mais
luy respondit que, si elle eust pensé que luy ou
un autre luy eust deplu, elle n'eust jamais parlé
à luy. Toutesfois pensa en elle-mesme qu'elle
chercheroit un autre moyen dont la Royne ne
sçauroit rien : ce qu'elle feit. Et les mercredis,
vendredis et samedis, qu'elle jeusnoit, demeuroit
en sa chambre avec sa gouvernante, où elle avoit
loisir de parler, tandis que les autres souppoient,
à celuy qu'elle commençoit à aimer si fort; et
tant plus le temps de leur propos estoit abbregé
par contraincte, et plus leurs parolles estoient
dictes de grande affection, car ils desroboient le
temps de leurs propos comme faict le larron une
chose precieuse. L'affaire ne sceut estre mené si
secrettement que quelque varlet ne le veid entrer
là dedans au jour de jeusne et le redist au lieu où
il ne fut celé à personne, mesmement à la Royne,
qui s'en courrouça si fort qu'onques puis le bas-

tard n'osa aller en la chambre des damoiselles;
et, pour ne perdre le bien de parler à celle que
tant il aimoit, faisoit souvent semblant d'aller en
quelque voyage, et revenoit au soir à l'eglise et
chapelle du chasteau habillé en Cordelier ou Jaco-
bin, si bien desguisé et dissimulé que nul ne le
cognoissoit, et là s'en alloit la damoiselle Rolandine avec sa gouvernante l'entretenir. Luy, voyant
la grande amour qu'elle luy portoit, n'eut crainte
de luy dire : « Ma damoiselle, vous voyez le hazard où je me mects pour vostre service et les de-
fenses que la Royne vous a faictes de parler à
moy; vous voyez, d'autre part, quel pere vous
avez, qui ne pense en quelque sorte que ce soit
de vous marier. Il a tant refusé de bons partiz que
je ne sçache plus ny prés ny loing de luy qui soit
pour vous avoir. Je sçay bien que je suis pauvre
et que vous ne sçauriez espouser gentil-homme
qui ne soit plus riche que moy; mais, si amour et
bonne volonté estoient estimez un tresor, je
penserois estre estimé le plus riche homme du
monde. Dieu vous a donné de grands biens et
estes en voye d'en avoir encores plus : si j'estois si
heureux que me vous vousissiez eslire pour mary,
je vous serois mary, amy et serviteur toute ma vie;
et, si vous en prenez un egal à vous (chose difficile
à trouver), il vouldra estre maistre et regardera
plus à voz biens qu'à vostre personne, et à la
beauté qu'à la vertu, et, en jouïssant de l'usufruict
de vostre bien, traictera vostre personne autrement
qu'elle ne l'a merité. Le desir d'avoir ce conten-

tement, et la peur que j'ay que n'en ayez point
avec un autre, me faict vous supplier que par un
mesme moyen vous me rendiez heureux, et vous
la plus satisfaicte et la mieux traictée femme
qu'oncques fut. » Rolandine, escoutant le mesme
propos qu'elle avoit deliberé de luy tenir, luy
respondit d'un visage constant : « Je suis tresaise
dont vous avez commencé le propos que j'avois
longtemps deliberé de vous tenir, et auquel, depuis deux ans que vous cognois, je ne cesse de
penser et repenser de moy-mesmes toutes les
raisons pour vous et contre vous que j'ay peu
inventer; mais, à la fin, sçachant que je veux prendre l'estat de mariage, il est temps que je commence et que je choisisse celuy avec lequel je
penseray mieulx vivre en repos de ma conscience.
Je n'en ay sceu trouver un, tant soit-il beau,
riche ou grand seigneur, avec lequel mon cueur
et mon esprit se peust accorder, sinon vous seul.
Je sçay qu'en vous espousant je n'offense point
Dieu, mais fais ce qu'il commande. Et, quant à
monsieur mon pere, il a si peu pourchassé mon
bien, et tant refusé, que la loy veult que je me
marie sans luy et qu'il me puisse desheriter.
Quand je n'auray que ce qui m'appartient en
espousant un mary tel envers moy que vous estes,
je me tiendray la plus riche femme du monde.
Quant à la Royne ma maistresse, je ne dois faire
conscience de luy desplaire pour obeïr à Dieu,
car elle n'a point feinct de m'empescher le bien
qu'en ma jeunesse j'eusse peu avoir. Mais, à fin

que vous cognoissiez que l'amitié que je vous
porte est fondée sur la vertu et sur l'honneur,
vous me promettez que, si j'accorde ce mariage,
n'en pourchasserez jamais la consommation que
mon pere ne soit mort, ou que je n'aye trouvé
moyen de l'y faire consentir. » Ce que luy promist
volontiers le bastard ; et sur ces promesses se donnerent chacun un anneau en nom de mariage, et
se baiserent en l'eglise devant Dieu, qu'ils prindrent en tesmoing de leur promesse, et jamais
depuis n'y eut entre eux plus grande privauté que
de baiser.

Ce peu de contentement donna grande satisfaction au cueur de ces deux parfaicts amans, et
furent longtemps sans se veoir, vivans de ceste
seureté. Il n'y avoit gueres lieu où l'honneur se
peust acquerir que ledict bastard n'y allast avec
un grand contentement qu'il ne pouvoit devenir
pauvre, veu la riche femme que Dieu luy avoit
donnée, laquelle, en son absence, conserva si
longuement ceste parfaicte amitié qu'elle ne tint
compte d'hommes du monde. Et, combien que
quelques uns la demandassent en mariage, ils
n'avoient neantmoins autre response d'elle sinon
que, puis qu'elle avoit tant demeuré sans estre
mariée, elle ne vouloit jamais l'estre. Ceste response fut entendue de tant de gens que la
Royne en ouyt parler et luy demanda pour quelle
occasion elle tenoit ce langage. Rolandine luy
dist que c'estoit pour luy obeïr, car elle sçavoit
bien que jamais n'avoit eu envie de la marier en

temps et lieu où elle eust esté honorablement pourveuë et à son aise, et que l'aage et la patience luy avoient aprins de se contenter de l'estat où elle estoit. Et toutes les fois qu'on luy parloit de mariage elle faisoit pareille response. Quand les guerres furent passées et que le bastard fut retourné en la court, elle ne parloit point à luy devant les gens, ains alloit tousjours en quelque eglise l'entretenir sous couleur de confession : car la Royne avoit defendu à luy et à elle qu'ils n'eussent à parler ensemble sans estre en grande compaignie, sur peine de leurs vies. Mais l'amour honneste, qui ne craint nulle deffense, estoit plus prest à trouver des moyens pour les faire parler ensemble que leurs ennemis n'estoient prompts à les guetter, et, sous l'habit de toutes les religions qu'ils se peurent penser, continuerent leur honneste amitié jusques à ce que le Roy s'en alla en une maison de plaisance, non tant prés que les dames eussent peu aller à pied à autre eglise qu'à celle du chasteau, qui estoit tant et si mal bastie à propos qu'il n'y avoit lieu à se cacher à confesser où le confesseur n'eust esté clairement cogneu. Toutesfois, si d'un costé l'occasion leur failloit, amour leur en trouvoit une autre plus aisée : car il arriva à la court une dame de laquelle le bastard estoit proche parent. Ceste dame, avec son fils, furent logez en la maison du Roy, et estoit la chambre de ce jeune prince avencée toute entière outre le corps de la maison où le Roy estoit, tellement que de sa

fenestre pouvoit veoir et parler à Rolandine, car
leurs fenestres estoient proprement à l'angle des
deux corps de maison. En ceste chambre-là, qui
estoit sur la salle du Roy, estoient logées toutes
les damoiselles de bonne maison compaignes de
Rolandine, laquelle, advisant par plusieurs fois ce
jeune prince en ceste fenestre, en feit advertir le
bastard par sa gouvernante; lequel, aprés avoir
bien regardé le lieu, feit semblant de prendre
fort grand plaisir de lire un livre des chevaliers
de la table ronde qui estoit en la chambre du
prince; et, quand chacun s'en alloit disner, prioit
un varlet de chambre le vouloir laisser parachever
de lire et l'enfermer dedans la chambre, et qu'il
la garderoit bien. L'autre, qui le cognoissoit
parent de son maistre et homme seur, le laissoit
lire tant qu'il luy plaisoit. D'autre costé, venoit à
sa fenestre Rolandine, qui, pour avoir occasion
d'y demourer plus longuement, feignit avoir mal
en une jambe, et disnoit et souppoit de si bonne
heure qu'elle n'alloit plus à l'ordinaire des dames.
Elle se meit à faire un lict de soye cramoisie, et
l'attachoit à la fenestre où elle vouloit demourer
seule, et, quand elle voyoit qu'il n'y avoit personne, elle entretenoit son mary, auquel elle
pouvoit parler en telle sorte que nul ne les eust
sceu entendre; et, quand il s'approchoit quelqu'un, elle toussoit et faisoit signe par lequel le
bastard se pouvoit retirer. Ceux qui faisoient le
guet sur eux tenoient tout certain que l'amitié
estoit passée, car elle ne bougeoit d'une chambre

où seurement il ne la pouvoit veoir, parce que
l'entrée luy en estoit defendue. Un jour, la mere
de ce jeune prince, estant en la chambre de son
fils, se meit à la fenestre où estoit ce grand livre,
et n'y demoura gueres qu'une des compagnes de
Rolandine, qui estoit à celle de leur chambre,
salüa ceste dame et parla à elle. La dame luy
demanda comme se portoit Rolandine; elle luy
dist qu'elle la verroit bien s'il luy plaisoit, et la
feit venir en la fenestre en son couvrechef de
nuict; et, aprés avoir parlé de sa maladie, se retirerent chacun de son costé. La dame, regardant
ce gros livre de la table ronde, dist au varlet de
chambre qui en avoit la garde : « Je m'esbahis
comme les jeunes gens donnent leur temps à lire
tant de follies. » Le varlet de chambre luy respondit qu'il s'esmerveilloit encores plus que les
gens estimez bien sages et aagez y estoient plus
affectionnez que les jeunes, et pour une mer-
veille luy compta comme le bastard, son cousin,
y demeuroit quatre ou cinq heures tous les jours
à lire ce beau livre. Incontinent frappa au cueur
de ceste dame l'occasion pourquoy c'estoit, et
donna charge au varlet de chambre de se cacher
en quelque lieu et de regarder ce qu'il feroit : ce
qu'il feit, et trouva que le livre où il lisoit estoit
la fenestre où Rolandine venoit parler à luy, et
entendoit plusieurs propos de l'amitié qu'ils cui-
doient tenir bien secrete. Le lendemain, le
racompta à sa maistresse, qui envoya querir son
cousin le bastard, et, aprés plusieurs remons-

trances, luy deffendit de ne s'y trouver plus; e
le soir elle parla à Rolandine, la menassant, s
elle continuoit ceste folle amitié, de dire à l
Royne toutes les menées. Rolandine, qui n
s'estonnoit, jura que depuis la defense de s
maistresse elle n'y avoit point parlé, quelqu
chose que l'on dist, et qu'elle en sceut la verit
tant de ses compaignes que des serviteurs; et
quant à la fenestre dont elle parloit, elle n'y avoi
point parlé au bastard, lequel, craignant que son
affaire fust revellé, s'eslongna du danger et fu
long temps sans revenir à la court, mais non san
rescrire à Rolandine par si subtils moyens que
quelque guet que la Royne y meist, il n'estoi
sepmaine qu'elle n'eust deux fois de ses nouvelles.

Et quand le moyen du religieux dont il s'aidoi
fut failly, il envoyoit un petit page habillé de
couleurs, puis de l'une, puis de l'autre, qui s'ar-
restoit aux portes où toutes les dames passoient,
et là bailloit ses lettres secrettement parmy la
presse. Un jour que la Royne alloit aux champs,
quelqu'un qui recogneut le page, et qui avoit la
charge de prendre garde à cest affaire, courut
aprés; mais ledict page, qui estoit fin, se doubtant que l'on le cherchoit, entra en la maison
d'une pauvre femme qui faisoit bouïllir son pot
auprés du feu, où il brusla incontinent ses lettres.
Le gentil-homme qui le suivoit le despouïlla tout
nud et chercha par tout son habillement; mais il
ne trouva rien, parquoy le laissa aller. Et, quand

il fut party, la vieille luy demanda pourquoy il avoit ainsi cherché ce pauvre jeune enfant. Il luy dist que c'estoit pour trouver quelques lettres qu'il pensoit qu'il portast. « Vous n'aviez garde, dist la vieille, de les trouver, car il les avoit bien cachées. — Je vous prie, dist ce gentil-homme, dictes-moy en quel endroit c'est, » esperant bien tost les recouvrer. Mais, quand il entendit que c'estoit dedans le feu, cogneut bien que le page avoit esté plus fin que luy, ce que incontinent alla compter à la Royne. Toutesfois, depuis ceste heure-là, ne s'ayda plus du page le bastard, ains y envoya un vieil serviteur qu'il avoit, lequel, oubliant la crainte de la mort, dont il sçavoit bien que l'on faisoit menacer de par la Royne ceux qui se mesloient de cest affaire, entreprint de porter lettres à Rolandine ; et, quand il fut entré au chasteau où elle estoit, s'en alla guetter en une porte au pied d'un grand degré où toutes les dames passoient ; mais un varlet, qui autresfois l'avoit veu, le recogneut incontinent et l'alla dire au maistre d'hostel de la Royne, qui soudainement le vint chercher pour le prendre. Le varlet, sage et advisé, voyant qu'on le regardoit de loing, se retourna vers la muraille, comme pour faire de l'eau, et là rompit ses lettres plus menu qu'il luy fust possible et les jetta derriere une porte. Sur l'heure il fut pris et cherché de tous costez, et, quand on ne luy trouva rien, on l'interrogea par serment s'il n'avoit porté nulles lettres, luy gardant toutes les rigueurs et persuasions

qu'il fut possible pour luy faire confesser la verité ;
mais, pour promesses ou menaces qu'on luy feist,
jamais ne sceurent tirer autre chose. Le rapport
en fut faict à la Royne ; mais quelqu'un de la
compaignie s'advisa qu'il estoit bon de regarder
derriere la porte prés de laquelle l'on l'avoit pris :
ce qui fut faict, et trouva l'on ce que l'on cherchoit : c'estoient les pieces des lettres. On envoya
querir le confesseur du Roy, lequel, aprés les
avoir assemblées sur une table, leut la lettre tout
du long, où la verité du mariage tant dissimulé
se trouva clerement, car le bastard ne l'appelloit
que sa femme. La Royne, qui n'avoit deliberé de
couvrir la faulte de son prochain (comme elle devoit), en feit un tresgrand bruit, et commanda que
par tous moyens on feist confesser au pauvre
homme la verité de ceste lettre, et qu'en luy
monstrant il ne la pourroit renier ; mais, quelque
chose qu'on luy dist ou qu'on luy monstrast, il ne
changea son propos premier. Ceux qui en avoient
la charge le menerent au bord de la riviere et le
meirent dans un sac, disans qu'il mentoit à Dieu
et à la Royne, contre la verité prouvée. Luy, qui
aimoit mieux perdre la vie que d'accuser son
maistre, leur demanda un confesseur, et, aprés
avoir faict de sa conscience le mieux qu'il luy fut
possible, leur dist : « Messieurs, dictes à monsieur
mon maistre le bastard que je luy recommande
la vie de ma femme et de mes enfans, car de bon
cueur je mects la mienne pour son service, et
faictes de moy ce qu'il vous plaira, car vous n'en

tirerez jamais parolle qui soit contre mon maistre. »
A l'heure, pour luy faire plus grand peur, le get-
terent dedans le sac en l'eau, luy crians : « Si tu
veux dire verité, tu seras saulvé. » Mais, voyans
qu'il ne leur respondoit rien, le retirerent de là,
et en feirent le rapport à la Royne de sa constance, qui dist à l'heure que le Roy son mary ny
elle n'estoient point si heureux en serviteurs qu'un
qui n'avoit de quoy les recompenser, et feist ce
qu'elle peut pour le retirer à son service, mais
jamais ne voulut abandonner son maistre. Toutesfois, par le congé de sondict maistre, fut mis
au service de la Royne, où il vescut heureux et
content.

La Royne, aprés avoir cogneu la verité du mariage par la lettre du bastard, envoya querir Rolandine, et, avecques un visage fort courroucé,
l'appella plusieurs fois malheureuse au lieu de cou-
sine, luy remonstrant la honte qu'elle avoit faicte
à la maison de son pere et de tous ses parens de
s'estre mariée, et à elle, qui estoit sa maistresse,
sans son commandement ne congé. Rolandine,
qui de long temps cognoissoit le peu d'affection
que luy portoit sa maistresse, luy rendit la pareille, et, pource que l'amour luy defailloit, la
crainte n'avoit plus de lieu. Pensant aussi que
ceste correction devant plusieurs personnes ne
procedoit pas d'amour qu'elle luy portast, mais
pour luy faire une honte, comme celle qu'elle
estimoit prendre plus de plaisir à la chastier que
de desplaisir à la veoir faillir, luy respondit d'un

visage aussi joyeux et asseuré que la Royne
monstroit le sien troublé et courroucé : « Ma
dame, si vous ne cognoissiez vostre cueur tel qu'il
est, je vous mettrois au devant la mauvaise volonté
que de long temps avez portée à monsieur mon
pere et à moy; mais vous le sçavez si bien que
vous ne trouverez point estrange si tout le monde
s'en doubte; et quant est de moy, ma dame, je
m'en suis apperceuë à mon plus grand dommage :
car, quand il vous eust pleu me favoriser comme
celles qui ne vous sont si proches que moy, je
fusse maintenant mariée, autant à vostre honneur
qu'au mien; mais vous m'avez laissée comme une
personne oubliée du tout en vostre bonne grace,
en sorte que tous les bons partiz que j'eusse peu
avoir me sont passez devant les yeux par la negligence de monsieur mon pere et par le peu d'estime qu'avez faict de moy, dont j'estois tombée
en tel desespoir que, si ma santé eust peu porter
l'estat de religion, je l'eusse volontiers prins,
pour ne veoir les ennuiz continuels que vostre
rigueur me donnoit. En ce desespoir m'est venu
trouver celuy qui seroit d'aussi bonne maison
que moy si l'amour de deux personnes estoit autant estimée que l'anneau, car vous sçavez que
son pere passeroit devant le mien. Il m'a longuement aimée et entretenuë; mais vous, ma dame,
qui jamais ne me pardonnastes une seule petite
faulte, ne me loüastes de nul bon œuvre, combien que cognoissiez par experience que je n'ay
point accoustumé de parler de propos d'amour ne

de mondanité, et que du tout j'estois retirée à
mener une vie plus religieuse qu'autre, avez incontinent trouvé estrange que je parlasse à un
gentil-homme aussi malheureux que moy, en l'a-
mitié duquel je ne pensois ny ne cherchois autre
chose que la consolation de mon esprit. Et, quand
du tout je m'en vey frustrée, j'entray en un tel desespoir que je deliberay de chercher autant mon
repos que vous avez envie de me l'oster; et à
l'heure eusmes paroles de mariage, lesquelles ont
été consommées par promesses et anneau. Parquoy il me semble, ma dame, que vous me tenez
et faictes grand tort de me nommer meschante,
veu qu'en une si grande et parfaicte amitié je
pourrois trouver les occasions, si j'eusse voulu,
de mal faire; mais il n'y a jamais eu entre luy et
moy plus grande privauté que de baiser, esperant
que Dieu me feroit la grace qu'avant la consommation du mariage je gagnerois le cueur de monsieur mon pere à s'y consentir. Je n'ay point
offensé Dieu ne ma conscience, car j'ay attendu
jusques à l'aage de trente ans pour veoir ce que
vous et monsieur mon pere feriez pour moy,
ayant gardé ma jeunesse en telle chasteté et honnesteté qu'homme vivant ne m'en sçauroit rien
reprocher; et par le conseil de la raison que Dieu
m'a donnée, me voyant vieille et hors d'espoir
de trouver mary selon ma maison, me suis deliberée d'en espouser un à ma volonté, non point
pour satisfaire à ma concupiscence des yeux (car
vous sçavez qu'il n'est pas beau) ne à celle de la

chair (car il n'y a point eu de consommation char-
nelle), ny à l'orgueil, ny à l'ambition de ceste vie
(car il est pauvre et peu avancé) ; mais j'ay regardé
purement et simplement à la vertu, honnesteté et
bonne grace qui est en luy, dont le monde est
contrainct luy donner louange, et la grande amour
aussi qu'il m'a portée, qui me faisoit esperer de
trouver avecques luy repos et bon traictement.
Et, aprés avoir bien pensé tout le bien et le mal
qui m'en peult advenir, je me suis arrestée à la
partie qui m'a semblée la meilleure et que j'ay
debatuë en mon cueur deux ans durans : c'est
d'user ma vie en sa compaignie ; et suis deliberée
de tenir ce propos si ferme que tous les tourmens
que je sçaurois endurer, fust la mort mesme, ne
me feront departir de ceste forte opinion. Parquoy,
ma dame, il vous plaira excuser en moy ce qui est
tresexcusable, comme vous-mesmes l'entendez
bien, et me laissez vivre en paix, que j'espere
trouver avec luy. »

La Royne, voyant son visage si constant et sa
parolle tant veritable, ne luy peut respondre par
raison, et, en continuant de la reprendre et injurier par colere, se print à pleurer en disant :
« Malheureuse que vous estes, en lieu de vous
humilier devant moy et vous repentir d'une faulte
si grande, vous parlez audacieusement sans en
avoir la larme à l'œil ! Par cela monstrez bien
l'obstination et la dureté de vostre cueur. Mais, si
le Roy et vostre pere me veulent croire, ils vous
mettront en lieu où serez contraincte de parler

autre langage. — Ma dame, respondit Rolandine,
pource que vous m'accusez de parler trop audacieusement, je suis deliberée me taire, s'il vous
plaist de ne me donner congé de parler et de vous
respondre. » Et, quand elle eut commandement
de parler, luy dist : « Ce n'estoit point à moy, ma
dame, de parler à vous, qui estes ma maistresse
et la plus grande princesse de chrestienté, audacieusement et sans la reverence que je vous doibs,
ce que je n'ay voulu ne pensé faire ; mais, puis
que je n'ay eu advocat qui parlast pour moy, sinon la verité, laquelle moy seule sçay, je suis
tenuë de la declarer sans craincte, esperant que,
si elle est bien cogneuë de vous, vous ne m'esti-
merez telle qu'il vous a pleu me nommer. Je ne
crains que creature mortelle, entendant comme je
me suis conduicte en l'affaire dont l'on me charge,
me donne blasme, puis que je sçay que Dieu et
mon honneur n'y sont en rien offensez. Et voilà
qui me fait parler sans crainte, estant asseurée
que celuy qui voit mon cueur est avec moy ; et,
si un tel juge est avec moy, j'aurois tort de craindre ceux qui sont subjects à son jugement. Et
pourquoy donc, ma dame, dois-je pleurer, veu
que ma conscience et mon honneur ne me re-
prennent point en cest affaire, et que je suis si
loing de me repentir que, s'il estoit à recommen-
cer, je n'en ferois que ce que j'en ay faict ? Mais
vous, ma dame, avez grande occasion de pleurer,
tant pour le grand tort qu'en toute ma jeunesse
m'avez tenu que pour celuy que maintenant vous

me faictes de me reprendre devant tout le monde
d'une faulte qui doit estre imputée plus à vous
qu'à moy. Quand j'aurois offensé Dieu, le Roy,
vous, mes parens et ma conscience, je serois bien
obstinée si de grande repentence je ne pleurois.
Mais d'une chose bonne, et juste, et saincte, dont
jamais n'eust esté bruit que bien honorable, sinon
que vous l'avez trop tost eventé et faict sortir un
scandale, qui monstre assez l'envie que vous avez
de mon deshonneur estre plus grande que le vouloir de conserver l'honneur de vostre maison et de
voz parens, je ne doibs plorer. Mais, puis qu'ainsi
vous plaist, ma dame, je ne suis pour vous con-
tredire : car, quand vous me ordonnerez telle
peine qu'il vous plaira, je ne prendray moins de
plaisir de la souffrir sans raison que vous ferez à
la me donner. Parquoy, ma dame, commandez à
monsieur mon pere quel tourment qu'il vous plaist
que je porte, car je sçay qu'il n'y fauldra pas : au
moins serai-je bien aise que seulement, pour mon
malheur, il suive entierement vostre volonté, et
qu'ainsi qu'il a esté negligent en mon bien, suivant vostre vouloir, il sera prompt en mon mal
pour vous obeïr. Mais j'ay un pere au Ciel, lequel,
je suis seure, me donnera autant de patience que
je me voy de grands maulx par vous preparez, et
en luy seul j'ay ma parfaicte confiance. »

La Royne, si courroucée qu'elle n'en pouvoit
plus, commanda qu'elle fust emmenée de devant
ses yeux et mise en une chambre à part, où elle
ne peult parler à personne ; mais on ne luy osta

point sa gouvernante, par le moyen de laquelle
elle feit sçavoir au bastard toute sa fortune et ce
qu'il luy sembloit qu'elle devoit faire ; lequel, estimant que les services qu'il avoit faicts au Roy
luy pourroient valoir de quelque chose, s'en vint
à luy en diligence à la court, et le trouva aux
champs, auquel il compta la verité du faict, le
suppliant qu'à luy, qui estoit pauvre gentil-homme,
voulust faire tant de bien d'appaiser la Royne, en
sorte que le mariage peust estre consommé. Le
Roy ne luy respondit autre chose sinon : « M'as-
seurez-vous que vous l'avez espousée ? — Oui,
Sire, dist le bastard, par parolles de present seulement, et, s'il vous plaist, la fin y sera mise. » Le
Roy baissa la teste, et, sans luy dire autre chose,
s'en retourna droict au chasteau, et, quand il fut
auprés de là, il appela le capitaine de ses gardes
et luy donna charge de prendre le bastard prisonnier. Toutesfois un sien amy, qui cognoissoit le
visage du Roy, l'advertit de s'absenter et se retirer
en une sienne maison prés de là, et, si le Roy le
faisoit chercher (comme il soupçonnoit), il luy
feroit incontinent sçavoir pour s'enfuir hors du
royaume ; si aussi les choses estoient adoucies, il
le manderoit pour revenir. Le bastard le creut, et
feit si bonne diligence que le capitaine des gardes
ne le trouva point.

Le Roy et la Royne regarderent ensemble qu'ils
feroient de ceste pauvre damoiselle, qui avoit
l'honneur d'estre leur parente, et par le conseil
de la Royne fut conclud qu'elle seroit renvoyée à

son pere, auquel on manda toute la verité du faict. Mais, avant que l'envoyer, furent parler à elle plusieurs gens d'Eglise et de conseil, luy remonstrans que, puis qu'il n'y avoit en son mariage que la parolle, qu'il se pouvoit facilement deffaire, moyennant que l'un et l'autre se quittassent, ce que le Roy vouloit qu'elle feist pour garder l'honneur de la maison dont elle estoit. Mais elle leur feist response qu'en toutes choses elle estoit preste d'obeïr au Roy, sinon à contrevenir à sa conscience, disant que ce que Dieu avoit assemblé ne pouvoit estre séparé par les hommes, les priant de ne la tenter de chose si desraisonnable : car, si amour et bonne volonté, fondée sur la crainte de Dieu, est le vray et seur lien de mariage, elle estoit si bien liée que fer, ne feu, ne eau, ne pouvoient rompre son lien, sinon la mort, à laquelle seule, et non à autre, estoit deliberée rendre son anneau et son serment, les priant de ne luy parler plus du contraire : car elle estoit si ferme en son propos qu'elle aimoit mieux mourir en gardant sa foy que vivre après l'avoir niée. Les deputez de par le Roy emporterent ceste constante response, et, quand ils veirent qu'il n'y avoit remede de luy faire renoncer son mary, la menerent devers son pere en si piteuse façon que par où elle passoit chacun ploroit. Et, combien qu'elle eust failly, la punition fut si grande, et sa constance telle, qu'elle feist estimer sa faulte estre vertu. Le pere, sçachant ceste piteuse nouvelle, ne la voulut point veoir, mais l'envoya en un chasteau dedans une forest,

lequel il avoit autresfois edifié pour une occasion
digne d'estre racomptée aprés ceste nouvelle, et
la tint là longuement en prison, luy faisant dire
que, si elle vouloit quitter son mary, il la tien-
droit pour sa fille et la mettroit en liberté. Et
toutesfois elle tint ferme, et aima mieux le lien
de sa prison, en conservant celuy de son mariage,
que toute la liberté du monde sans son mary ; et
sembloit advis à son visage que toutes ses peines
luy estoient passetemps tresplaisant, puis qu'elle
les souffroit pour celuy qu'elle aimoit.

Que diray-je des hommes ? Ce bastard tant
obligé à elle, comme vous avez ouy, s'enfuit en
Allemaigne, où il avoit beaucoup d'amis, et monstra bien par sa legereté que vraye et parfaicte
amour ne luy avoient pas tant faict pourchasser
Rolandine que l'avarice et ambition : en sorte qu'il
devint tant amoureux d'une dame d'Allemaigne
qu'il oublia à visiter par lettres celle qui pour luy
soustenoit tant de tribulations, car jamais la fortune, quelque rigueur qu'elle leur tint, ne leur
peut oster le moyen de s'escripre l'un à l'autre,
mais la folle et meschante amour où il se laissa
tomber, dont le cueur de Rolandine eut premier
un sentiment tel qu'elle ne pouvoit plus reposer.
Puis, voyant ses escriptures tant changées et refroi-
dies du langage accoustumé qu'elles ne ressem-
bloient en rien aux passées, soupçonna que nouvelle amitié la separoit de son mary et le rendoit
ainsi estrange d'elle, ce que toutes les peines et
tourments qu'on luy avoit peu donner n'avoient

sceu faire; et, parce que sa parfaicte amour ne
vouloit qu'elle assist jugement sur un soupçon,
trouva moyen d'envoyer secrettement un serviteur
en qui elle se fioit, non pour luy escripre et parler
à luy, mais pour l'espier et veoir la verité; lequel,
retourné du voyage, luy dist que pour le seur il
avoit trouvé le bastard bien fort amoureux d'une
dame d'Allemaigne, et que le bruit estoit qu'il
pourchassoit à l'espouser, car elle estoit fort riche.
Ceste nouvelle apporta si extreme douleur au
cueur de ceste pauvre Rolandine que, ne la pouvant porter, tomba griefvement malade. Ceux qui
entendoient l'occasion luy dirent de la part de
son pere que, puis qu'elle voyoit la grande meschanceté du bastard, justement elle le pouvoit
abandonner, et la persuaderent de tout leur possible. Mais, nonobstant qu'elle fust tourmentée
jusques au bout, si n'y eut-il jamais remede de luy
faire changer son propos, et monstra en ceste derniere tentation l'amour qu'elle avoit à sa tresgrande vertu : car, ainsi que l'amour se diminuoit
du costé de luy, ainsi augmentoit du sien, et demeura, malgré qu'il en eust, l'amour entier et
parfaict ; car l'amour qui defailloit du costé de luy
tourna en elle, et, quand elle cogneut qu'en elle
estoit l'amour entiere, qui autresfois avoit esté
departie en deux, elle delibera de la conserver jusques à la mort de l'un ou de l'autre. Parquoy la
bonté divine, qui est parfaicte charité et vraye
amour, eut pitié de sa douleur et regarda sa patience : en sorte qu'aprés peu de jours le bastard

mourut à la poursuitte d'une autre femme. Dont elle, bien advertie par ceux qui l'avoient veu mettre en terre, envoya supplier son pere qu'il luy pleust qu'elle parlast à luy. Le pere s'y en alla incontinent, qui jamais depuis sa prison n'avoit parlé à elle, et, aprés avoir bien au long entendu ses justes raisons, en lieu de la reprendre et tuer (comme souvent il la menaçoit par parolles), la print entre ses bras, et, en pleurant tresfort, luy dist : « Ma fille, vous estes plus juste que moy, car, s'il y a eu faulte en vostre affaire, j'en suis la principale cause ; mais, puis que Dieu l'a ainsi ordonné, je veux satisfaire au passé. » Et, aprés l'avoir emmenée en sa maison, il la traictoit comme sa fille aisnée. Elle fut à la fin demandée en mariage par un gentil-homme du nom et armes de ladicte maison, qui estoit fort sage et vertueux, et qui estimoit tant Rolandine, laquelle il frequentoit souvent, qu'il luy donna louange de ce dont les autres la blasmoient, cognoissant que sa fin n'avoit esté que pour la vertu. Le mariage fut agreable au pere et à Rolandine, et fut incontinent conclud. Il est vray qu'un frere qu'elle avoit, seul heritier de la maison, ne vouloit s'accorder qu'elle eust nul partage, luy mettant au devant qu'elle avoit desobey à son pere. Et, aprés la mort du bon homme, luy tint si grande rigueur que son mary, qui estoit un puisné, et elle, avoient assez affaire à vivre. En quoy Dieu pourveut, car le frere, qui vouloit tout tenir, laissa en un jour, par une mort subite, les biens qu'il tenoit de sa sœur et les siens ensemble. Ainsi, elle fut heritiere d'une bonne et grosse maison, où elle vesquit honorablement et sainctement en l'amour de son mary; et, aprés avoir eslevé deux fils que Dieu leur donna, rendit joyeusement son ame à celuy où de long temps elle avoit sa parfaicte confiance.

« Or, mes dames, je vous prie, que les hommes qui nous veullent peindre tant inconstantes viennent maintenant icy, et me monstrent un aussi bon mary comme ceste-cy fut bonne femme et d'une telle foy et perseverance. Je suis seure qu'il leur seroit si difficile que j'aime mieux les en quitter que de me mettre en ceste peine; mais non vous, mes dames, de vous prier, pour continuer vostre gloire, ou du tout n'aimer point, ou que ce soit aussi parfaictement que ceste damoiselle. Et gardez-vous bien que nul die qu'elle ait offensé son honneur, veu que par sa fermeté elle est occasion d'augmenter la nostre. — En bonne foy, dist Parlamente, Oisille, vous nous avez racompté l'histoire d'une femme d'un tresgrand et honeste cueur, mais qui donne autant de lustre à sa fermeté qu'est la desloyauté de son mary, qui la voulut laisser pour une autre. — Je croy, dist Longarine, que cest ennuy-là luy fut le plus importable : car il n'y a faiz si pesant que l'amour de deux personnes bien uniz ne puisse doucement supporter. Mais, quand l'un fault à son debvoir et laisse toute la charge sur l'autre, la pesanteur est importable. — Vous devez donc, dist Guebron, avoir pitié de nous, qui portons toute l'amour sans que vous y daigniez mettre le bout du doigt pour la soulager. — Ha! Guebron, dist Parlamente, souvent sont differens les fardeaux de l'homme et de la femme : car l'amour de la femme, bien fondée et appuyée sur Dieu et son honneur, est si juste et raisonnable que celuy qui se depart de telle amitié doit estre estimé lasche et meschant envers Dieu et les hommes de bien ; mais l'amour de la pluspart des hommes est tant fondée sur le plaisir que les femmes ignorantes, pour servir à leur mauvaise volonté, s'y mettent aucunes fois bien avant ; et, quand Dieu leur faict cognoistre la malice du cueur de celuy qu'elles estimoient bon, elles s'en peuvent departir avec leur honneur et bonne reputation, car les plus couvertes follies sont tousjours les meilleures. — Voilà donc une raison, dist Hircan, forgée sur une fantasie de vouloir soustenir que les femmes honestes peuvent laisser honestement l'amour des hommes, et non les hommes celle des femmes, comme si leur cueur estoit different ; mais, combien que les visages et habits le soient, si croy-je que les volontez sont toutes pareilles, sinon d'autant que la malice plus couverte est la pire. » Parlamente, avec un peu de colere, luy dist : « J'entends bien que vous estimez celles les moins mauvaises de qui la malice est descouverte. — Or laissons ce propos là, dist Simontault, car, pour faire conclusion du cueur de l'homme et de la femme, le meilleur des deux n'en vault rien ; mais venons à sçavoir à qui Par-

36

lamente donnera sa voix pour ouyr quelque bon
compte. — Je la donne, dist-elle, à Guebron.
— Or, puis que j'ay commencé, dist-il, à parler
des cordeliers, je ne veux oublier ceux de Sainct
Benoist, et ce qui est advenu d'eux de mon temps,
combien que je n'entends, en racomptant l'histoire
d'un meschant religieux, empescher la bonne opinion que vous devez avoir des gens de bien. Mais,
veu que le Psalmiste dict que « tout homme est
menteur », et en un autre endroict : « et n'est
celuy qui face bien aucun, non jusques à un », il
me semble qu'on ne peut faillir d'estimer l'homme
tel qu'il est; car, s'il y a du bien, on le doit attribuer à celuy qui en est la source, et non à la creature, à laquelle par trop donner de gloire et de
louange, ou estimer de soy quelque chose de bon,
la plus part des personnes sont trompées. Et, à fin
que vous ne trouviez impossible que soubs extreme
austerité ne se trouve extreme concupiscence,
entendez ce qui advint du temps du Roy François
premier de ce nom.

NOUVELLE VINGTDEUXIESME

Un prieur reformateur, soubs umbre de son hypochrisie, tente tous moyens pour seduire une saincte religieuse, dont en fin sa malice est descouverte.

N la ville de Paris y avoit un prieur de Sainct Martin des Champs, duquel je tairay le nom pour l'amitié que je luy ay portée. Sa vie, jusques à l'aage de cinquante ans, fut si austere que le bruit de sa saincteté creut par tout le Royaume de France : tellement qu'il n'y avoit prince ne princesse qui ne luy feist grand honneur et reverence quand il les venoit veoir, et ne se faisoit reformation de religion qui ne fust faicte par sa main, car on le nommoit le pere de vraye religion. Il fut esleu visiteur de la grande religion des dames de Frontevaux, desquelles il estoit tant craint que, quand il venoit en quelqu'un de leurs monasteres, toutes les religieuses trembloient de peur, et, pour l'appaiser des grandes rigueurs qu'il leur tenoit, le traictoient comme elles eussent faict la personne du Roy, ce que au commencement il refusoit; mais à la fin, venant sur les cinquante-cinq ans, commença à trouver fort bon le traictement qu'il avoit au commencement refusé, et, s'estimant luy-

mesme le bien public de toute religion, desira de
conserver sa santé mieux qu'il n'avoit accoustumé.
Et, combien que sa reigle portast de jamais ne
manger chair, il se dispensa luy-mesme, ce qu'il
ne faisoit à nul autre, disant que sur luy estoit
tout le faiz de religion. Parquoy si bien se festoya
que d'un moyne bien maigre il en feit un bien
gras, et à ceste mutation de vivre se feit une mutation de cueur telle qu'il commença à regarder
les visages, dont au paravant il avoit faict conscience, et, en regardant les beautez que les voiles
rendent plus desirables, commença à les convoi-
ter. Dont, pour satisfaire à ceste convoitise, chercha tant de moyens subtils qu'en lieu de faire
office de pasteur, il devint loup : tellement qu'en
plusieurs bonnes religions, s'il en trouvoit quelqu'une un peu sotte, il ne failloit à la decevoir.
Mais, aprés avoir longuement continué ceste meschante vie, la bonté divine, qui print pitié des
pauvres brebis esgarées, ne voulut plus endurer
la gloire de ce malheureux regner, ainsi que vous
verrez. Un jour, allant visiter un convent, prés de
Paris, qui se nomme Gif, advint qu'en confessant
toutes les religieuses, en trouva une, nommée
sœur Marie Herouët, dont la parolle estoit si
douce et agreable qu'elle promettoit le visage et
le cueur estre de mesme. Parquoy, seulement pour
l'ouyr, fut esmeu en une passion d'amour qui passoit toutes celles qu'il avoit eu aux autres religieuses, et en parlant à elle se baissa fort pour la
regarder, et apperceut la bouche si rouge et plai-

sante qu'il ne se peust tenir de luy haulser le voile
pour veoir si les yeux accompagnoient le demeurant, ce qu'il trouva, dont son cueur fut remply
d'une ardeur si vehemente qu'il perdit le boire et le
manger, et toute contenance, combien qu'il la dissimuloit. Et, quand il fut retourné en son prieuré,
il ne pouvoit trouver repos; parquoy en grande
inquietude passoit les jours et les nuicts, en cherchant les moyens comme il pourroit parvenir à
son desir et faire d'elle comme il avoit faict de
plusieurs autres : ce qu'il cognoissoit estre fort
difficile, parce qu'il la trouvoit sage en parolles
et d'un esprit subtil; et, d'autre part, se voioit si
laid et vieil qu'il delibera de ne luy en parler point,
mais de chercher à la gaigner par crainte. Parquoy bien tost aprés s'en retourna audict monastere de Gif, auquel lieu se monstra plus austere
que jamais il n'avoit faict, se courrouçant à toutes
les religieuses, reprenant l'une que son voille
n'estoit pas assez bas, l'autre qu'elle haulsoit trop
la teste, et l'autre qu'elle ne faisoit pas bien la
reverence en religieuse; et en tous ces petits cas-
là se monstroit si austere qu'on le craignoit comme
un Dieu peinct en jugement. Et luy, qui avoit les
gouttes, se travailla tant de visiter les lieux regu-
liers que environ l'heure de vespres (heure par luy
apostée) se trouva au dortouër. L'abbesse luy dist :
« Pere reverend, il est temps de dire vespres. »
A quoy il respondit : « Allez, mere, allez, faictes-
les dire, car je suis si las que je demeureray icy,
non pour reposer, mais pour parler à sœur Marie,

de laquelle j'ay ouy tresmauvais rapport : car l'on
m'a dict qu'elle caquette comme si c'estoit une
mondaine. » La prieure, qui estoit tante de sa
mere, le pria de la bien chapitrer, et la luy laissa
toute seule, sinon un jeune religieux qui estoit
avec luy. Quand il se trouva tout seul avec sœur
Marie, commença à luy lever le voille et commander qu'elle le regardast. Elle luy respondit
que sa reigle luy deffendoit de regarder les hommes. « C'est bien dict, ma fille, luy dist-il; mais il
ne fault pas que vous estimez qu'entre nous religieux soyons hommes. » Parquoy sœur Marie,
craignant faillir par desobeïssance, le regarda au
visage; elle le trouva si laid qu'elle pensa faire
plus de penitence que de peché à le regarder. Le
Beau pere, aprés luy avoir tenu plusieurs propos
de la grande amitié qu'il luy portoit, luy voulut
mettre la main au tetin, qui fut par elle bien re-
poulsé, comme elle devoit, et fut si courroucé
qu'il luy dist : « Fault-il qu'une religieuse sçache
qu'elle ait des tetins? » Elle luy respondit : « Je
sçay que j'en ay, et certainement que vous ny
autre n'y toucherez point, car je ne suis si jeune
ne ignorante que je n'entende bien ce qui est
peché et ce qui ne l'est pas. » Et, quand il veid
que ses propos ne la pouvoient gaigner, luy en
va bailler d'un autre, disant : « Helas! ma fille,
il fault que je vous declare mon extreme necessité : c'est que j'ay une maladie que tous les medecins trouvent incurable, sinon que je me res-
jouïsse et joué avec quelque femme que j'aime

bien fort. De moy, je ne voudrois pour mourir
faire peché mortel; mais, quand l'on viendroit
jusques là, je sçay que simple fornication n'est
nullement à comparer au peché d'homicide. Parquoy, si vous aimez ma vie, en sauvant vostre
conscience de crudelité, vous me la sauverez. »
Elle luy demanda quelle façon de jeu il entendoit
faire. Il luy dist qu'elle pouvoit bien reposer sa
conscience sur la sienne, et qu'il ne feroit chose
dont l'une ne l'autre fust chargée; et, pour luy
monstrer le commencement du passe-temps qu'il
demandoit, la vint embrasser et essayer de la
jetter sur un lict. Elle, cognoissant sa meschante
intention, se deffendit si bien de parolles et de
bras qu'il n'eut pouvoir de toucher qu'à ses habillemens. A l'heure, quand il veid toutes ses inventions et efforts estre tournez en rien, comme un
homme furieux et non seulement hors de conscience, mais de raison naturelle, luy meit la main
soubs la robbe, et tout ce qu'il peut toucher des
ongles esgratigna de telle fureur que la pauvre
fille, en criant bien fort, de tout son hault tomba
à terre toute esvanouye; et à ce cry entra l'abbesse
dans le dortouër où elle estoit, laquelle, estant à
vespres, se souvint avoir laissé ceste religieuse
seule avec le Beau pere, qui estoit fille de sa
niepce, dont elle eut un scrupule en sa conscience,
qui luy feit laisser vespres, et alla à la porte du
dortouër escouter ce que l'on faisoit; mais, oyant
la voix de sa niepce, poussa la porte que le jeune
moyne tenoit. Et quand le prieur veid venir l'ab-

besse, en lui monstrant sa niepce esvanouye en
terre, luy dist : « Sans faulte, nostre mere, vous
avez grand tort que vous ne m'avez dict les conditions de sœur Marie, car, ignorant sa debilité,
je l'ay faict tenir de bout devant moy, et en la
chapitrant s'est esvanouye, comme vous voyez. »
Ils la feirent revenir avec vinaigre et autres choses
propices, et trouverent que de sa cheute elle
estoit blessée à la teste ; et, quand elle fut revenue,
le prieur, craignant qu'elle comptast à sa tante
l'occasion de son mal, luy dist à part : « Ma fille,
je vous commande, sur peine d'inobedience et
d'estre damnée eternellement, que vous n'ayez
jamais à parler de ce que je vous ay faict icy, car
entendez que l'extremité d'amour m'y a contraint ;
et, puis que je voy que vous ne le voulez, je ne
vous en parleray jamais que ceste fois, vous asseurant que, si vous me voulez aimer, je vous
feray eslire abbesse d'une des meilleures abbayes
de ce royaume. » Elle luy respondit qu'elle aimoit
mieux mourir en chartre perpetuelle que d'avoir
jamais autre amy que celuy qui estoit mort pour
elle en la croix, avec lequel elle aimoit mieux
souffrir tous les maux que le monde pourroit
donner que sans luy avoir tous les biens, et qu'il
n'eust plus à luy parler de ces propos, ou elle le
diroit à sa mere abbesse ; mais qu'en se taisant,
elle se tairoit. Ainsi s'en alla ce mauvais pasteur,
lequel, pour se montrer tout autre qu'il n'estoit,
et pour encores avoir le plaisir de regarder celle
qu'il aimoit, se retourna vers l'abbesse, luy disant :

« Ma mere, je vous prie, faictes chanter à toutes voz filles un *Salve regina* en l'honneur de ceste vierge, où j'ay mon esperance. » Ce qui fut faict, durant lequel ce regnard ne feit que plorer, non d'autre devotion que de regret qu'il avoit de n'estre venu au dessus de la sienne. Et toutes les religieuses, pensans que ce fust d'amour à la Vierge Marie, l'estimoient un sainct homme. Sœur Marie, qui cognoissoit sa malice, prioit en son cueur de confondre celuy qui desprisoit tant la virginité. Ainsi s'en alla cest hipocrite à Sainct Martin, auquel lieu ce meschant feu qu'il avoit en son cueur ne cessa de brusler jour et nuict, et de chercher toutes les inventions possibles pour venir à ses fins ; et pource que sur toutes choses il craignoit l'abbesse, qui estoit femme vertueuse, il pensa le moyen de l'oster de ce monastere. Ainsi s'en alla vers madame de Vendosme, pour l'heure demeurant à la Fere, où elle avoit edifié et fondé un convent de sainct Benoist, nommé le mont d'Olivet, et, comme celuy qui estoit le souverain reformateur, luy donna à entendre que l'abbesse dudict mont d'Olivet n'estoit pas assez suffisante pour gouverner une telle communauté. La bonne dame le pria de luy en donner une autre qui fust digne de cest office ; et luy, qui ne demandoit autre chose, luy conseilla de prendre l'abbesse de Gif, pour la plus suffisante qui fust en France. Madame de Vendosme incontinent l'envoya querir, et luy donna la charge de son monastere du mont d'Olivet. Le prieur de Sainct Martin,

37

qui avoit en sa main les voix de toute la religion, feist eslire à Gif une abbesse à sa devotion; et aprés ceste election s'en alla audict lieu de Gif essayer encores une fois si par priere ou par douceur il pourroit gaigner sœur Marie Herouët. Et, voyant qu'il n'y avoit nul ordre, retourna desesperé en son prioré de Sainct Martin, auquel lieu, tant pour venir à sa fin que pour se venger de celle qui luy estoit trop cruelle, de peur aussi que son affaire fust eventé, feist desrobber secrettement les reliques dudict Gif de nuict, et meit à sus au confesseur de leans, fort vieil et homme de bien, que c'estoit luy qui les avoit desrobbées, et pour ceste cause le meist en prison à Sainct Martin; et, durant qu'il le tenoit prisonnier, suscita deux tesmoings, lesquels ignoramment signerent ce que monsieur de Sainct Martin leur commanda : c'estoit qu'ils avoient veu dans un jardin ledict confesseur avec sœur Marie en acte villain et deshonneste, ce qu'il voulut faire advouër au vieil religieux. Mais luy, qui sçavoit toutes les faultes de son prieur, le supplia le vouloir mener en chapitre, et que là, devant tous les religieux, il diroit la verité de tout ce qu'il en sçavoit. Le prieur, craignant que la justification du confesseur fust sa condamnation, ne voulut point entendre à ceste requeste; mais, le trouvant ferme en son propos, le traicta si mal en prison que les uns dient qu'il y mourut, les autres qu'il le contraignit de laisser son habit et s'en aller hors du royaume de France. Quoy qu'il en soit, jamais depuis on ne le veid.

Quand le prieur estima avoir une telle prise sur
sœur Marie, s'en alla à la religion, où l'abbesse,
estant faicte à sa poste, ne le contredisoit en rien ;
et là commença de vouloir user de son auctorité
de visiteur, et feit venir toutes les religieuses l'une
aprés l'autre, pour les ouïr en une chambre en
forme de confession et visitation. Et quand ce fut
au rang de sœur Marie, qui avoit perdu sa bonne
tante, il recommença à luy dire : « Sœur Marie,
vous sçavez de quel crime vous estes accusée, et
que la dissimulation que vous faictes d'estre tant
chaste ne vous a de rien servy, car on cognoist
bien que vous estes tout le contraire. » Sœur Marie luy respondit, d'un visage asseuré : « Faictes-
moy venir celuy qui m'a accusée, et vous verrez
si devant moy il demeurera en sa mauvaise opinion. » Il luy dist : « Il ne vous fault aultre
preuve, puis que le confesseur mesme a esté con-
vaincu. » Sœur Marie luy dist : « Je le pense si
homme de bien qu'il n'aura pas confessé telle
meschanceté et mensonge ; mais, quand ainsi seroit, faictes-le venir devant moy, et je prouveray
le contraire de son dire. » Le prieur, voyant qu'en
nulle sorte il ne la pouvoit estonner, luy dist :
« Je suis vostre pere, qui pour ceste cause desire
sauver vostre honneur ; partant, je remects ceste
verité à vostre conscience, à laquelle j'adjousteray
foy. Je vous demande et vous conjure, sur peine
de peché mortel, de me dire verité, à sçavoir si
vous estiez vierge quand vous fustes mise ceans. »
Elle luy respond : « Mon pere, l'aage de cinq

ans, que j'avois, doit estre tesmoing de ma virginité. — Or bien, ma fille, depuis ce temps-là avez-vous point perdu ceste belle fleur ? » Elle luy jura que non, et que jamais n'avoit trouvé empeschement que de luy. A quoy il dist qu'il ne la pouvoit croire, et que la chose gisoit en preuve. « Quelle preuve, dist-elle, vous en plaist-il faire ? — Comme j'en fais aux autres, dist le prieur, car, tout ainsi que je suis visiteur des ames, aussi le suis-je des corps. Vos abbesses et prieures ont passé par mes mains : vous ne devez craindre que je visite vostre virginité. Parquoy jettez-vous sur le lict, et mettez le devant de vostre habillement sur vostre visage. » Sœur Marie luy respondit par colere : « Vous m'avez tant tenu de propos de la folle amour que vous me portez que j'estime plustost que me voulez oster ma virginité que de la vouloir visiter; parquoy entendez que jamais je n'y consentiray. » Alors il luy dist qu'elle estoit excommuniée de refuser l'obedience de ceste religion, et, si elle ne consentoit, qu'il la deshonoreroit en plein chapitre et diroit le mal qu'il sçavoit entre elle et le confesseur. Mais elle, d'un visage sans peur, luy respondit : « Celuy qui cognoist le cueur de ses serviteurs me rendra autant d'honneur devant luy que vous me ferez de honte devant les hommes; parquoy, puis que vostre malice en est jusques là, j'aime mieux qu'elle paracheve sa cruauté envers moy que le desir de son mauvais vouloir : car je sçay que Dieu est juste juge. » A l'heure il s'en alla amasser tout le cha-

pitre, et feit venir devant luy, à genoux, sœur
Marie, à laquelle il dist, par un merveilleux despit : « Sœur Marie, il me desplaist que les bonnes admonitions que je vous ay données ont esté
inutiles en vostre endroit, et vous estes tombée
en un tel inconvenient que je suis contrainct de
vous enjoindre une penitence contre ma coustume :
c'est qu'ayant examiné vostre confesseur sur aucuns crimes à luy imposez, m'a confessé avoir
abusé de vostre personne au lieu où les tesmoings
dient l'avoir veu. Parquoy, ainsi que vous avois
eslevée en estat honorable et maistresse des novices, j'ordonne que vous soyez mise non seulement
la dernière de toutes, mais mangeant à terre, devant
toutes les sœurs, pain et eau, jusques à ce qu'on
cognoisse vostre contrition suffisante d'avoir
grace. » Sœur Marie, estant advertie par une de
ses compaignes, qui entendoit tout son affaire,
que, si elle respondoit chose qui despleust au
prieur, il la mettroit *in pace,* c'est-à-dire en chartre perpetuelle, endura ceste sentence, levant
les yeux au ciel, et priant Celuy qui avoit esté sa
resistance contre le peché vouloir estre sa patience
contre sa tribulation. Encores defendit ce venera-
ble prieur que quand sa mere ou ses parens vien-
droient, qu'on ne la souffrist de trois ans parler à
eux, n'escrire lettres sinon faictes en communauté.
Ainsi s'en alla ce malheureux homme sans plus y
revenir, et fut ceste pauvre fille long temps en la
tribulation que vous avez ouye. Mais sa mere, qui
sur tous ses enfans l'aimoit, voyant qu'elle n'avoit

plus de nouvelles d'elle, s'en esmerveilla fort, et
dist à un sien fils, sage et honneste gentil-homme,
qu'elle pensoit que sa fille estoit morte, et que les
religieuses, pour en avoir la pension annuelle, luy
dissimuloient, luy priant, en quelque façon que
ce fust, de trouver moyen de veoir sadicte sœur;
lequel incontinent alla à la religion, en laquelle
on luy feit les excuses accoustumées : c'est qu'il y
avoit trois ans que sa sœur ne bougeoit du lict.
Dont il ne se tint pas content, et leur jura que,
s'il ne la voyoit, il passeroit par dessus les murailles et forceroit le monastere : dequoy elles eurent
si grande peur qu'elles luy amenerent sa sœur à
la grille, laquelle l'abbesse tenoit de si prés qu'elle
ne pouvoit dire à son frere chose qu'elle n'entendist. Mais elle, qui estoit sage, avoit mis par escrit
tout ce qui est cy dessus, avec mille autres inventions que ledict prieur avoit trouvées pour la decevoir, que je laisse à compter pour la longueur.
Si ne veux-je oublier à dire que, durant que sa
tante estoit abbesse, pensant qu'il fust refusé pour
sa laideur, feit tenter sœur Marie par un beau et
jeune religieux, esperant que si par amour elle
obeïssoit à ce religieux, que aprés il la pourroit
avoir par crainte. Mais d'un jardin où ledict religieux luy tint propos, avec gestes si deshonnes-
tes que j'aurois honte de les referer, la pauvre fille
courut à l'abbesse, qui parloit au prieur, criant :
« Ma mere, ce sont diables, en lieu de religieux,
ceux qui nous viennent visiter. » Et à l'heure le
prieur, ayant peur d'estre descouvert, commença

à dire en riant : « Sans faulte, ma mere, sœur
Marie a raison. » Et, en la prenant par la main,
luy dist devant l'abbesse : « J'avois entendu que
sœur Marie parloit fort bien et avoit le langage
si à main qu'on l'estimoit mondaine, et pour ceste
occasion je me suis contrainct, contre mon naturel, tenir tous les propos que les hommes mon-
dains tiennent aux femmes, ainsi que je trouve
par escript (car d'experience j'en suis aussi ignorant comme le jour que je fus né) ; et, en pensant
que ma vieillesse et laideur luy faisoient tenir
propos si vertueux, je commanday à mon jeune
religieux de luy en tenir de semblables, à quoy
vous voyez qu'elle a vertueusement resisté. Dont
je l'estime si sage et vertueuse que je veux qu'elle
soit doresnavant la premiere aprés vous et maistresse des novices, à fin que son bon vouloir croisse
tousjours de plus en plus en vertu. » Cest acte
icy et plusieurs autres feit ce bon religieux durant
trois ans qu'il fut amoureux de la religieuse,
laquelle, comme j'ay dict, bailla par la grille à son
frere tout le discours de sa piteuse histoire ; ce
que le frere porta à sa mere, qui, toute desesperée,
vint à Paris, où elle trouva la Royne de Navarre,
sœur unique du Roy, à qui elle monstra ce piteux
discours en luy disant : « Ma dame, fiez-vous
une autre fois en voz hipocrites. Je pensois avoir
mis ma fille aux faulxbourgs et chemin de paradis,
mais je l'ay mise en enfer, entre les mains des
pires diables qui y puissent estre : car les diables
ne nous tentent s'il ne nous plaist, et ceux-cy

nous veulent avoir par force où l'amour deffault. »
La Royne de Navarre fut en grande peine, car
entierement elle se confioit en ce prieur de Sainct
Martin, à qui elle avoit baillé la charge des abbesses de Montivilier et de Can, ses belles-sœurs.
D'autre costé, le crime si grand luy donna telle
horreur et envie de venger l'innocence de ceste
pauvre fille qu'elle communiqua au chancellier
du Roy, pour lors Legat en France, de l'affaire,
et feit envoyer querir le prieur, lequel ne trouva
nulle excuse sinon qu'il avoit soixante dix ans,
et parla à la Royne de Navarre, luy priant, sur
tous les plaisirs qu'elle luy voudroit jamais faire,
et pour recompense de tous ses services, qu'il luy
pleust de faire cesser ce procés, et qu'il confesseroit que sœur Marie Herouët estoit une perle
d'honneur et de virginité. La Royne, oyant cela,
fut tant esmerveillée qu'elle ne sceut que luy
respondre, ains le laissa là ; et le pauvre homme,
tout confus, se retira en son monastere, où il ne
voulut plus estre veu de personne, et ne vesquit
qu'un an aprés. Et sœur Marie Herouët, estimée
comme elle meritoit par les vertuz que Dieu avoit
mises en elle, fut ostée de ladicte abbaye de Gif,
où elle avoit eu tant de mal, et faicte abbesse, par
le don du Roy, de l'abbaye nommée Gien, prés
Montargis, qu'elle reforma, et vesquit comme
pleine de l'esprit de Dieu, le loüant toute sa vie de
ce qu'il luy avoit pleu luy donner honneur et repos.

« Voilà, mes dames, une histoire qui est bien

pour monstrer ce que dict l'Evangile, et sainct
Paul aux Corinthiens, que Dieu, par les choses
foibles confond les fortes, et par les inutiles aux
yeux des hommes la gloire de ceux qui cuident
estre quelque chose et ne sont rien. Et pensez,
mes dames, que, sans la grace de Dieu, il n'y a
homme où l'on doive croire nul bien, ne si forte
tentation dont avecques luy l'on n'emporte victoire : comme vous pouvez veoir par la confession
de celuy que l'on estimoit juste, et par l'exaltation
de celle qu'il vouloit faire trouver pecheresse et
meschante. Et en cela est verifié le dire de nostre
Seigneur : *Qui se exaltera sera humilié, et qui se
humiliera sera exalté.* — Helas ! dist Oisille, que
ce prieur-là a trompé de gens de bien ! car j'ay
veu qu'on se fioit plus en luy qu'en Dieu. — Ce
n'est pas moy, dist Nomerfide, car je ne m'arreste
point à telles gens. — Il y en a de bons, dist
Oisille, et ne fault pas que pour les mauvais ils
soient tous jugez ; mais les meilleurs sont ceux
qui hantent moins les maisons seculieres et les
femmes. — Vous dictes bien, dist Emarsuitte :
car moins on les voit, moins on les cognoist et
plus on les estime, pource que la frequentation
les monstre tels qu'ils sont. — Or laissons le
monstier où il est, dist Nomerfide, et voyons à
qui Guebron donnera sa voix. — Ce sera, dist
il, à ma dame Oisille, à fin qu'elle die quelque
chose à l'honneur des freres religieux. — Nous
avons tant juré, dist Oisille, de dire verité, que
je ne sçaurois soustenir autre partie. Et aussi, en

faisant vostre compte, vous m'avez remis en memoire une piteuse histoire que seray contraincte
de dire, pource que je suis voisine du païs où de
mon temps elle est advenuë. Et à fin, mes dames,
que l'hypocrisie de ceux qui s'estiment plus religieux que les autres ne vous enchante l'entendement, de sorte que vostre foy, divertie de ce
droict chemin, s'estime trouver salut en quelque
autre creature qu'en celuy seul qui ne veult avoir
compaignon à nostre creation et redemption,
lequel est tout puissant pour nous sauver en la vie
eternelle, et en ceste temporelle nous consoler et
delivrer de toutes noz tribulations, cognoissant
que souvent l'ange Satan se transforme en ange
de lumiere, à fin que l'œil exterieur, aveuglé par
l'apparence de saincteté et de devotion, ne s'arreste à ce qu'il doibt fuir, il me semble bon de
vous en racompter une advenuë de nostre temps. »

NOUVELLE VINGTTROISIESME

Trois meurtres advenuz en une maison, à sçavoir en la
personne du seigneur, de sa femme et de leur enfant,
par là meschanceté d'un Cordelier.

Au pays de Perigord y avoit un gentil-homme qui avoit telle devotion à sainct François qu'il luy sembloit que tous ceux qui portoient cest habit debvoient estre semblables au bon sainct. En l'honneur de quoy avoit faict faire en sa maison chambre et garderobbe propre pour les loger, par le conseil desquels il conduisoit toutes ses affaires, voire jusques aux moindres choses de son mesnage, s'estimant cheminer seurement en suyvant leur bon conseil. Or advint un jour que la femme de ce gentil-homme, qui estoit belle et non moins sage que vertueuse, avoit faict un beau fils, dont l'amitié que luy portoit son mary augmenta doublement. Et, pour festoyer la commere, envoya querir un sien beau frere. Ainsi que l'heure du soupper fut venuë, arriva un Cordelier, duquel je celeray le nom pour l'honneur de la religion. Le gentil-homme fut fort aise voyant son pere spirituel devant lequel il ne cachoit nul secret. Et, aprés plusieurs propos tenuz

entre sa femme, son beau frere et luy, se misrent
à table pour soupper, durant lequel ce gentil-
homme, regardant sa femme, qui avoit assez de
beauté et de bonne grace pour estre desirée, commença à demander tout hault une question au beau
pere : « Mon pere, est il vray qu'un homme peche
mortellement de coucher avec sa femme pendant
qu'elle est en couche ? » Le beau pere, qui avoit
la contenance et la parolle contraire à son cueur,
luy respondit : « Sans faulte, Monsieur, je pense
que ce soit un des grands pechez qui se facent en
mariage, et ne fust que l'exemple de la benoiste
vierge Marie, qui ne voulut entrer au temple jusques aprés le jour de la purification, combien
qu'elle n'en eust besoing. Ainsi ne devriez-vous
jamais faillir de vous abstenir d'un petit plaisir,
veu que la bonne vierge Marie s'abstenoit, pour
obëir à la loy, d'aller au temple, où estoit toute
sa consolation. Et, oultre ce, les docteurs en medecine dient qu'il y a grand danger pour la lignée
qui en peut venir. » Quand le gentil-homme
entendit ces parolles, il en fut bien fasché, car il
esperoit bien que son beau pere luy donneroit
congé; mais il n'en parla plus avant. Le beau pere,
durant ces propos, aprés avoir beu quelque peu
davantage qu'il n'estoit besoing, regardant la
damoiselle, regarda aussi et pensa bien en soy
mesme que, s'il estoit le mary d'elle, ne demanderoit conseil à personne quelconque de coucher
avec sa femme. Et, ainsi que le feu peu à peu s'al-
lume, tellement qu'il vient à embraser toute la

maison, ainsi ce pauvre frater commença à brusler par telle concupiscence que soudainement
delibera de venir à fin du desir que plus de trois
ans durans avoit porté couvert en son cueur. Et,
aprés que les tables furent levées, print le gentil-
homme par la main, et, le menant auprés du lict
de la femme, luy dist devant elle : « Monsieur,
pource que je cognois l'amitié qui est entre vous
et ma damoiselle, laquelle, avec la grande jeunesse qui est en vous, vous tourmente si fort,
sans faulte j'en ay grande compassion. Et pource
vous diray un secret de nostre saincte Theologie :
c'est que la loy (qui pour les abuz des mariz
indiscrets est si rigoureuse) ne veult permettre
que ceux qui sont de bonne conscience comme
vous soient frustrez de l'intelligence. Parquoy,
Monsieur, je vous ay dict devant les gens l'or-
donnance de la severité de la loy ; mais à vous,
qui estes homme sage, ne doibs celer la doulceur.
Sçachez, mon fils, qu'il y a femmes et femmes,
aussi hommes et hommes. Premierement vous
fault sçavoir de ma damoiselle que voicy, veu
qu'il y a trois sepmaines qu'elle est accouchée, si
elle est hors du flux de sang. » A quoy respondit
la damoiselle que certainement elle estoit toute
nette. Et adonc dist le Cordelier : « Mon fils, je
vous donne congé d'y coucher sans aucun scrupule, mais que vous promettiez deux choses. »
Ce que le gentil-homme feit volontiers. « La premiere, dist le beau pere, est que ne parlerez à personne, mais y viendrez secrettement ; l'autre, que

vous n'y viendrez qu'il ne soit deux heures aprés minuict, à fin que la digestion de la bonne dame ne soit empeschée par vos follies. » Ce que le gentil-homme luy promist, et jura par tel serment que celuy qui le cognoissoit plus sot que menteur s'en teint tout asseuré. Et aprés plusieurs propos se retira le beau pere en sa chambre, leur donnant la bonne nuict, avec grande benediction. Mais en se retirant print le gentil-homme par la main, luy disant : « Sans faulte, Monsieur, vous en viendrez, et ne ferez plus veiller la pauvre damoiselle. » Le gentil-homme, en la baisant, luy dist : « M'amie, laissez moy la chambre ouverte, » ce qu'entendist tresbien le beau pere ; et ainsi se retira chacun en sa chambre. Mais, si tost que le beau pere fut retiré, ne pensa pas à dormir ne reposer : car, incontinent qu'il n'ouït plus de bruit en la maison, environ l'heure qu'il avoit accoustumé aller à matines, s'en alla doulcement droict en la chambre où le seigneur estoit attendu, et là, trouvant la porte ouverte, va finement esteindre la chandelle, et le plus tost qu'il peut se coucha prés d'elle, sans dire mot. La damoiselle, cuidant que ce fust son mary, luy dist : « Comment, mon mary ! vous avez tresmal retenu la promesse que feistes hier au soir à nostre confesseur de ne venir icy jusques à deux heures. » Le Cordelier, plus attentif à la vie active qu'à la contemplative, avec la crainte qu'il avoit d'estre cogneu, pensa plus à satisfaire au meschant desir duquel de long temps avoit le cueur empoisonné qu'à luy faire

nulle response, dont la damoiselle fut fort estonnée. Et, quand le Cordelier veid approcher l'heure
que le mary devoit venir, se leva d'auprés la damoiselle, et retourna soudainement en sa chambre. Et, tout ainsi que la fureur de la concupiscence luy avoit osté le dormir, aussi la crainte,
qui tousjours suit la meschanceté, ne luy permist
de trouver aucun repos ; mais s'en alla au portier
de la maison et luy dist : « Mon amy, monsieur
m'a commandé m'en aller incontinent en nostre
convent faire quelques prieres où il a devotion ;
parquoy, je vous prie, baillez-moy ma monture et
m'ouvrez la porte sans que personne en oye rien,
car l'affaire est necessaire et secret. » Le portier,
sçachant bien qu'obeïr au Cordelier estoit service
à son seigneur fort agreable, luy ouvrit secrettement la porte et le meit dehors. En cest instant
s'esveilla le gentil-homme, lequel, voyant approcher l'heure qui luy estoit donnée du beau pere
pour aller veoir sa femme, se leva en sa robbe de
nuict et s'en alla vistement coucher où, par l'or-
donnance de Dieu, sans congé d'homme il pouvoit aller ; et, quand sa femme l'ouït parler auprés
d'elle, s'esmerveilla si fort qu'elle luy dist, ignorant ce qui estoit passé : « Comment ! Monsieur,
est-ce la promesse que vous avez faicte au beau
pere de si bien garder vostre santé et la mienne de
ce que non seulement vous estes venu cy avant
l'heure, mais encores y retournez ? Je vous supplie, Monsieur, pensez-y. » Le gentil-homme fut
si troublé d'ouïr ceste nouvelle qu'il ne peut dis-

simuler son ennuy, et luy dist : « Quels propos me tenez-vous ? Je sçay pour verité qu'il y a trois semaines que je n'ay couché avec vous, et me reprenez d'y venir trop souvent. Si ces propos continuent, vous me ferez penser que ma compaignie vous fasche, et me contraindrez, contre ma coustume et volonté, de chercher ailleurs le plaisir que, selon Dieu, je puis prendre avec vous. » La damoiselle, qui pensoit qu'il se mocquast, lui respondit : « Je vous supplie, Monsieur, en me cuidant tromper, ne vous trompez vous-mesmes, car, nonobstant que vous n'ayez parlé à moy quand vous y estes venu, si ay-je bien cogneu que vous y estiez. » A l'heure le gentil-homme cogneut qu'ils estoient tous deux trompez, et luy feit grand serment qu'il n'y estoit point venu : dont la dame print telle tristesse qu'avec pleurs et larmes le pria faire toute diligence de sçavoir qui ce pouvoit estre, car en leur maison ne couchoit que le frère d'elle et le Cordelier. Incontinent le gentil-homme, poulsé de soupçon du Cordelier, s'en alla hastivement en la chambre où il avoit logé, laquelle il trouva vuide ; et, pour estre mieux asseuré s'il s'en estoit fuy, envoya querir le portier, auquel il demanda s'il sçavoit point qu'estoit devenu le Cordelier, lequel luy compta la verité. Le gentil-homme, certain de ceste meschanceté, retourna en la chambre de sa femme et luy dist : « Asseurément, m'amie, celuy qui a couché avec vous et faict tant de beaux œuvres est nostre pere confesseur. » La damoiselle, qui toute sa vie avoit aimé

son honneur, entra en tel desespoir que, oubliant
toute humanité et nature de femme, le supplia à
genoux la venger de ceste grande injure. Parquoy
soudain, sans autre delay, le gentil-homme monta
à cheval et poursuivit le Cordelier. La damoiselle,
demeurant seule en son lict et sans conseil ne
consolation que de son petit enfant nouveau né,
considerant le cas horrible et merveilleux qui luy
estoit advenu, sans excuser son ignorance, se
reputa comme coulpable et la plus malheureuse
du monde ; et alors se trouva si troublée en l'as-
sault de ce desespoir, fondé sur l'enormité et gravité du peché, sur l'amour du mary et l'honneur
du lignage, qu'elle estima sa mort trop plus heureuse que sa vie. Et, vaincue de ceste tristesse,
tomba en tel desespoir qu'elle fut non seulement
divertie de l'espoir que tout chrestien doit avoir
en Dieu, mais fut du tout alienée du sens commun, oubliant sa propre nature : tellement qu'estant hors de la cognoissance de Dieu et de soy-
mesme, comme femme enragée et furieuse, print
une corde de son lict et de ses propres mains s'es-
trangla ; et, qui pis est, estant en l'agonie de ceste
cruelle mort, le corps, qui combattoit contre
icelle, se remua de telle sorte qu'elle donna du
pied sur le visage de son petit enfant, duquel
l'innocence ne le peut garantir qu'il ne suyvist
par mort sa douloureuse et dolente mere. Mais, en
mourant, feit un tel cry qu'une femme qui couchoit en la chambre se leva à grande haste pour
allumer de la chandelle. Et à l'heure, voyant sa

maistresse pendue et estranglée à la corde du lict, l'enfant estouffé et mort dessoubs ses pieds, s'en courut toute effrayée en la chambre du frere de sa maistresse, lequel elle mena pour veoir ce piteux spectacle. Le frere, criant et menant tel dueil que peult et doit mener un qui aime sa sœur de tout son cueur, demanda à la chambriere qui avoit commis un tel crime, qui luy dist qu'elle ne sçavoit, et qu'autre que son maistre n'estoit entré en la chambre, lequel puis n'agueres en estoit party. Le frere, allant en la chambre du gentil-homme et ne le trouvant point, creut asseuréement qu'il avoit commis le cas, et, prenant son cheval sans autrement s'enquerir, courut aprés luy et l'attendit en un chemin où il retournoit de poursuyvre son Cordelier, dolent de ne l'avoir attrappé. Incontinent que le frere de la damoiselle veid son beaufrere, commença à luy crier : « Meschant et lasche, defendez-vous, car aujourd'huy j'espere que Dieu me vengera de vous par ceste espée ! » Le gentil-homme, qui se vouloit excuser, veid l'espée de son beaufrere si prés de luy qu'il avoit plus de besoing de se defendre que de s'enquerir de la cause de leur debat ; et lors se donnerent tant de coups et l'un et l'autre que le sang perdu et la lasseté les contraignit se seoir à terre, l'un d'un costé, l'autre de l'autre. Et, en prenant leur haleine, le gentil-homme luy demanda : « Quelle occasion, mon frere, a converty la grande amitié que nous nous sommes tousjours portez en si cruelle bataille ? » Le beaufrere luy respondit :

« Mais quelle occasion vous a meu de faire mourir ma sœur, la plus femme de bien qu'oncques fut, et encores si meschamment que, soubs couleurs de vouloir coucher avec elle, l'avez pendue et estranglée à la corde de vostre lict? » Le gentilhomme, entendant ceste parolle, plus mort que vif, dist à son frere : « Est-il bien possible que vous ayez trouvé vostre sœur en l'estat que vous dictes? » Et, quand l'autre frere l'en asseura : « Je vous prie, mon frere, dist le gentil-homme, que vous oyez la cause pour laquelle je me suis parti de la maison. » Et à l'heure luy feit le compte du meschant Cordelier, dont le frere fut fort estonné et encores plus marry de ce que contre raison il l'avoit assailly, et, en luy demandant pardon, luy dist : « Je vous ay faict tort; pardonnez-moy. » Le gentil-homme luy respondit : « Si je vous ay faict tort, j'en ay la punition, car je suis si blessé que je n'espere jamais en eschapper. » Le beaufrere essaya de le remonter à cheval le mieux qu'il peut et le remena en sa maison, où le lendemain il trespassa, confessant devant tous ses parens et amis que luy-mesme estoit cause de sa mort : dont, pour satisfaire à la justice, fut le beaufrere conseillé d'aller demander sa grace au Roy François premier de ce nom. Parquoy, après avoir faict honorablement enterrer mary, femme et enfant, s'en alla, le jour du sainct Vendredy, pourchasser sa remission à la court, et la rapporta maistre François Olivier, lequel l'obtint pour le beaufrere, estant pour lors iceluy Olivier chancellier d'Alençon, et depuis, par ses grandes vertuz, esleu du Roy chancellier de France.

« Je croy, mes dames, qu'aprés avoir entendu ceste histoire tresveritable, il n'y aura aucun de vous qui ne pense deux fois à loger telles gens en sa maison; et sçaurez qu'il n'y a plus dangereux venin que celuy qui est le plus dissimulé. — Pensez, dist Hircan, que ce mary estoit un bon sot d'amener un tel gallant souper auprés d'une si belle et honeste femme. — J'ay veu le temps, dist Guebron, qu'en nostre païs il n'y avoit maison où il n'y eust chambre dediée pour les beaux peres; mais maintenant ils sont tant cogneuz qu'on les craint plus qu'advanturiers. — Il me semble, dist Parlamente, qu'une femme estant dedans le lict (si ce n'est pour luy administrer les sacremens de l'eglise) ne doit jamais faire entrer beau pere ny prestre en sa chambre, et, quand je l'appelleray, on me pourra bien juger en danger de mort. — Si tout le monde estoit autant austere que vous, dist Emarsuitte, les pauvres prestres seroient pis qu'excommuniez d'estre separez de la veuë des femmes. — N'en ayez point de peur, dist Saffredent, car ils n'en auront jamais de faulte. — Comment! dist Simontault, ce sont ceux qui par mariages nous lient aux femmes, et qui essayent par leur meschanceté à nous en deslier et faire rompre le serment qu'ils nous ont faict faire! — C'est grande pitié, dist Oisille, que ceux qui ont l'administration des sacremens en jouënt ainsi à la pelotte! On les devroit brusler tous vifs. — Vous feriez bien mieux de les honorer que de les blasmer, dist Saffredent, et les flatter que injurier. Mais passons outre, et sçachons qui aura la voix d'Oisille. — Je la donne, dist-elle, à Dagoucin, car je le voy entrer en contemplation telle qu'il me semble preparé à dire quelque bonne chose. — Puis que je ne puis ny ause, dist Dagoucin, dire ce que je pense, à tout le moins parleray-je d'un à qui cruauté porta nuisance et puis profit. Combien qu'amour s'estime tant fort et puissant qu'il veult aller tout nud, et luy est chose ennuyeuse et à la fin importable d'estre couvert, si est-ce que bien souvent ceux qui, pour obeïr à son conseil, s'advancent trop de le descouvrir, s'en trouvent mauvais marchands, comme il advint à un gentil-homme de Castille duquel vous oirrez l'histoire. »

NOUVELLE VINGTQUATRIESME

Gentile invention d'un gentil-homme pour manifester ses amours à une Royne, et ce qui en advint.

N la court du Roy et Royne de Castille (desquels les noms ne seront dicts) y avoit un gentil-homme si parfaict en beauté et bonnes conditions qu'il ne trouvoit son pareil en toutes les Espaignes. Chacun avoit ses vertuz en admiration, mais encores plus son estrange façon : car jamais on ne cogneut qu'il aimast ou servist quelque dame, et si en avoit en la court en tresgrand nombre qui estoient dignes de faire brusler la glace ; mais il n'y en eut point qui eust puissance de prendre ce gentil-homme, lequel avoit nom Élisor. La Royne, qui estoit femme de grande vertu, mais non du tout exempte de la flamme qui moins est cogneuë et plus brusle, regardant ce gentil-homme qui ne servoit nulle de ses femmes, s'en esmerveilla, et un jour luy demanda s'il estoit possible qu'il aimast aussi peu qu'il en faisoit le semblant. Il luy respondit que, si elle voyoit son cueur comme sa contenance, elle ne luy feroit point ceste question. Elle, desirant sçavoir ce qu'il vouloit dire, le pressa si fort qu'il luy confessa qu'il

aimoit une dame qu'il pensoit estre la plus vertueuse de toute la Chrestienté. Elle feit tous ses
efforts, par prieres et commandemens, de sçavoir
qui elle estoit; mais il ne luy fut possible : dont,
faisant semblant d'estre fort courroucée contre
luy, jura qu'elle ne parleroit jamais à luy s'il ne
luy nommoit celle qu'il aimoit tant, dont il fut si
fort ennuyé qu'il fut contraint de luy dire qu'il
aimoit autant mourir s'il falloit qu'il luy confes-
sast. Mais, voyant qu'il perdoit sa veuë et bonne
grace par faulte de dire une verité tant honneste
qu'elle ne devoit estre mal prinse de personne,
luy dist avec grande craincte : « Ma dame, je n'ay
la force ne hardiesse de la vous declarer ; mais, la
premiere fois que vous irez à la chasse, je la vous
feray veoir, et suis seur que vous jugerez que c'est
la plus belle et parfaicte femme du monde. »
Ceste response fut cause que la Royne alla plustost à la chasse qu'elle n'eust faict. Elisor en fut
adverty, et s'appresta pour l'aller servir comme il
avoit acoustumé, et si avoit faict faire un grand
miroër d'acier en façon de hallecret, et, l'ayant
mis devant son estomach, le couvroit tresbien
d'un manteau de frise noire qui estoit tout bordé
de canetille et d'or frisé bien richement. Il estoit
monté sur un cheval maureau, fort bien enharna-
ché de tout ce qui estoit necessaire à cheval. Le
harnois estoit tout doré et esmaillé de noir en
ouvrage moresque, son chapeau de soye noire,
sur lequel estoit une riche enseigne, où il y avoit
pour devise un amour couvert par force, tout en-

richy de pierreries. L'espée et le poignard n'estoient moins beaux ne bien faicts, ne de moins bonnes devises. Bref, il estoit bien en ordre et encores plus adroict à cheval, et le sçavoit si bien manier que tous ceux qui le voyoient laissoient le passe-temps de la chasse pour regarder les courses et saults que faisoit faire Elisor à son cheval. Aprés avoir conduict la Royne jusques au lieu où estoient les toilles, en telles courses et saults que je vous ay dict, meit pied à terre et vint pour aider à la Royne à descendre ; et, ainsi qu'elle luy tendoit les bras, il ouvrit son manteau de devant son estomach, et, la prenant entre les siens, luy monstrant son hallecret de miroër, luy dist : « Ma dame, je vous supplie de regarder icy. » Et, sans attendre response, la meist doucement à terre. La chasse finie, la Royne retourna au chasteau sans parler à Elisor ; mais, aprés le soupper, elle l'appella, luy disant qu'il estoit le plus grand menteur qu'elle avoit jamais veu, car il luy avoit promis de luy monstrer à la chasse celle qu'il aimoit le plus, ce qu'il n'avoit faict : parquoy elle avoit deliberé de ne faire jamais estime ne cas de luy. Elisor, ayant peur que la Royne n'eust entendu ce qu'il luy avoit dict, luy respondit qu'il n'y avoit point failly, car il luy avoit monstré non la femme seulement, mais la chose qu'il aimoit le mieux. Elle, faisant la mescogneuë, luy dist qu'elle n'avoit point entendu qu'il luy eust monstré une seule de ses femmes. « Il est vray, dist Elisor ; mais que vous ay-je monstré vous descen-

dant de cheval ? — Rien, dist la Royne, sinon un
miroër devant vostre estomach. — En ce miroër,
qu'est-ce que vous avez veu ? dist Elisor. — Je
n'ay veu que moy seulle, respondit la Royne. »
Elisor luy dist : « Doncques, ma dame, pour obeïr
à vostre commandement, vous ay tenu promesse,
car il n'y a ny aura jamais autre image en mon
cueur que celle que vous avez veuë au devant de
mon estomach, et celle-là seule veux-je aimer,
reverer et adorer, non comme femme, mais
comme Dieu en terre, entre les mains de laquelle
je mets ma mort et ma vie, vous suppliant que ma
parfaicte et grande affection, qui a esté ma vie
tant que je l'ay portée couverte, ne soit ma mort
en la descouvrant ; et, si je ne suis digne d'estre
de vous regardé ny accepté pour serviteur, au
moins souffrez que je vive, comme j'ay accoustumé, du contentement que j'ay, dont mon cueur
a ausé choisir pour le fondement de son amour
un si parfaict et digne lieu, duquel je ne puis
avoir autre satisfaction que de sçavoir que mon
amour est si grande et parfaicte que je me dois
contenter d'aimer seulement, combien que je ne
puisse estre aimé. Et s'il ne vous plaist, par la
cognoissance de ceste grande amour, m'avoir plus
agreable qu'auparavant, au moins ne m'ostez la
vie, qui consiste au bien que j'ay de vous veoir
comme j'ay accoustumé : car je n'ay de vous nul
bien, sinon autant qu'il m'en fault pour mon extreme necessité ; et, si j'en ay moins, vous en aurez moins de serviteurs en perdant le meilleur et

plus affectionné que vous eustes oncques ny ne pourriez jamais avoir. » La Royne, ou pour se monstrer autre qu'elle n'estoit, ou pour experimenter à la longue l'amour qu'il luy portoit, ou pour en aimer quelque autre qu'elle ne vouloit laisser pour luy, ou bien le reservant quand celuy qu'elle aimoit feroit quelque faulte pour luy bailler sa place, dist d'un visage ne courroucé ne content : « Elisor, je ne vous demanderay (comme ignorant l'auctorité d'amour) quelle follie vous a esmeu à prendre une si grande, si haulte et difficile opinion que de m'aimer, car je sçay que le cueur de l'homme est si peu à son commandement qu'il ne le faict pas aimer et haïr où il veult ; mais, pource que vous avez si bien couverte vostre opinion, je desire sçavoir combien il y a que vous l'avez prinse. » Elisor, regardant son visage tant beau, et voyant qu'elle s'enqueroit de sa maladie, espera qu'elle luy vouloit donner quelque remede ; mais, voyant sa contenance si grave et si sage qui l'interrogeoit, d'autre part tomboit en une crainte, pensant estre devant un juge dont il doutoit la sentence estre contre luy donnée. Si est-ce qu'il luy jura que cest amour avoit prins racine en son cueur dés le temps de sa grande jeunesse, et qu'il n'en avoit senty nulle peine, sinon depuis sept ans, non peine (à dire vray), mais une maladie donnant tel contentement que la guerison estoit la mort. « Puis qu'ainsi est, dist la Royne, que vous avez desja experimenté une si grande fermeté, je ne dois estre plus legere à vous

croire que vous avez esté à me dire vostre affection. Parquoy, s'il est ainsi que vous le dictes, je
veux faire telle preuve de la verité que je n'en
puisse jamais doubter ; et, aprés la preuve faicte,
je vous estimeray tel envers moy que vous-mesmes jurez estre, et, vous cognoissant tel que vous
dictes, me trouverez telle que vous desirez. » Elisor la supplia faire de luy telle preuve qu'il luy
plairoit, car il n'y avoit chose si difficile qui ne
luy fust tresaisée pour avoir cest heur qu'elle
peust cognoistre l'affection qu'il luy portoit, la
suppliant de luy commander ce qu'il luy plairoit
qu'il feist. Elle luy dist : « Elisor, si vous m'aimez autant que vous dictes, je suis seure que
pour avoir ma bonne grace rien ne vous sera fort
à faire. Parquoy je vous commande, sur tout le
desir que vous avez de l'avoir et crainte de la perdre, que dés demain, sans plus me veoir, vous
partiez de ceste compaignie et vous en alliez en
lieu où vous n'ayez de moy, ne moy de vous, une
seule nouvelle d'icy à sept ans. Vous, qui en avez
passé sept en cest amour, sçavez bien que vous
m'aimez ; puis, quand j'auray faict pareille experience sept autres, je sçauray à l'heure et croyray
ce que vostre parolle ne me peult faire croire ny
entendre. » Elisor, oyant ce cruel commandement, d'un costé doubta qu'elle le vouloit eslongner de sa presence, et de l'autre, esperant que
la preuve parleroit mieux pour luy que sa parolle,
accepta son commandement et luy dist : « Si j'ay
vescu sept ans sans nulle esperance, portant ce

feu couvert, à cest heure qu'il est cogneu de
vous, porteray et passeray les sept ans autres en
meilleure patience et esperance. Mais, ma dame,
obeïssant à vostre commandement, par lequel je
suis privé de tout le bien que j'euz jamais en ce
monde, quelle esperance me donnez-vous, au
bout des sept ans, de me recognoistre pour fidelle
e loyal serviteur? » La Royne luy dist (tirant un
anneau de son doigt) : « Voilà un anneau que je
vous donne; couppons le tous deux par la moitié : j'en garderay l'une, et vous l'autre, à fin que,
si le long temps avoit puissance de m'oster la
memoire de vostre visage, je vous puisse recognoistre par ceste moitié d'anneau semblable à la
mienne. » Elisor print l'anneau et le rompit en
deux, et en bailla une à la Royne, et retint l'autre; et, en prenant congé d'elle plus mort que
ceux qui ont rendu l'ame, s'en alla à son logis
donner ordre à son partement, ce qu'il feit en
telle sorte qu'il envoya tout son train à sa maison,
et luy seul s'en alla avec un varlet en un lieu si
solitaire que nul de ses parens et amis, durant les
sept ans, n'en peut avoir nouvelle. De la vie qu'il
mena durant ce temps, et de l'ennuy qu'il porta
pour ceste absence, ne s'en peult rien sçavoir;
mais ceux qui aiment ne le peuvent ignorer. Au
bout des sept ans justement, ainsi que la Royne
alloit à la messe, vint à elle un hermite portant
une grande barbe, qui, en luy baisant la main, luy
presenta une requeste, qu'elle ne print la peine
de regarder soudainement, combien qu'elle avoit

accoustumé de prendre de sa main toutes les requestes qu'on luy presentoit, quelque pauvres
que ce fussent. Ainsi qu'elle estoit à la moitié de
la messe, ouvrit la requeste, dedans laquelle trouva
la moitié de l'anneau qu'elle avoit baillé à Elisor,
dont elle fut fort esbahye et non moins joyeuse,
et, avant lire ce qui estoit dedans, commanda
soudain à son aumosnier qu'il luy feist venir ce
grand hermite qui luy avoit presenté la requeste.
L'aumosnier le chercha par tous costez, mais il
ne fut possible d'en sçavoir nouvelles, sinon
qu'aucun luy dist l'avoir veu monter à cheval;
toutesfois, il ne sçavoit quel chemin il tenoit. En
attendant la response de l'aumosnier, la Royne
leut la requeste, qu'elle trouva estre une epistre
aussi bien faicte qu'il estoit possible; et, si n'estoit le desir que j'ay de la vous faire entendre, je
ne l'eusse jamais osé traduire, vous priant penser,
mes dames, que la grace et le langage Castillan
est sans comparaison mieux declarant ceste passion d'amour que n'est le François. Si est-ce que
la substance en est telle :

Le temps m'a faict par sa force et puissance
Avoir d'amour parfaicte cognoissance;
Le temps aprés m'a esté ordonné
En tel travail, durant ce temps donné,
Que l'incredule a par le temps peu veoir
Ce que l'amour ne luy a faict sçavoir.
Le temps, lequel avoit faict l'amour naistre
Dedans mon cueur, l'a monstré en fin estre
Tout tel qu'il est : parquoy, en le voyant,

Ne l'ay cogneu tel comme en le croyant.
Le temps m'a faict veoir sur quel fondement
Mon cueur vouloit aimer si fermement :
Ce fondement estoit vostre beauté,
Soubs qui estoit couverte cruauté.
Le temps m'a faict veoir beauté estre rien,
Et cruauté cause de tout mon bien,
Par qui je fus de la beauté chassé,
Dont le regard j'avois tant pourchassé.
Ne voyant plus vostre beauté tant belle,
J'ay mieux senty vostre rigueur rebelle;
Je n'ay laissé vous obeïr pourtant,
Dont je me tiens tresheureux et content,
Veu que le temps, cause de l'amitié,
A eu de moy par sa longueur pitié
En me faisant un si honneste tour
Que je n'ay eu desir de ce retour,
Fors seulement pour vous dire en ce lieu
Non un bon jour, mais un parfaict à dieu.
Le temps m'a faict veoir amour pauvre et nu
Tout tel qu'il est, et dont il est venu,
Et par le temps j'ay le temps regretté
Autant ou plus que l'avois souhaitté,
Conduict d'amour qui aveugloit mes sens,
Dont rien de luy fors regret je ne sens.
Mais, en voyant cest amour decevable,
Le temps m'a faict veoir l'amour veritable,
Que j'ay cogneu en ce lieu solitaire
Où par sept ans m'a fallu plaindre et taire.
J'ay par le temps cogneu l'amour d'enhault,
Lequel cogneu, soudain l'autre deffault.
Par le temps suis du tout à luy rendu,
Et par le temps de l'autre deffendu.
Mon cueur et corps luy donne en sacrifice.

Pour faire à luy, et non à vous, service.
En vous servant, rien m'avez estimé,
Et j'ay le rien en offenceant aimé.
Mort me donnez pour vous avoir servie,
Et, le fuyant, il me donne la vie.
Or par ce temps amour plein de bonté
A l'autre amour si vaincu et dompté
Que, mis à rien, est retourné en vent,
Qui fut pour moy trop doux et decevant.
Je le vous quitte et rends du tout entier,
N'ayant de luy ne de vous nul mestier :
Car l'autre amour parfaicte et perdurable
Me joinct en luy d'un lien immuable.
A luy m'en vois, là me veux asservir,
Sans plus ne vous ne vostre dieu servir.
Je prends congé de cruauté, de peine,
Et du torment, du dedaing, de la haine,
Du feu bruslant dont vous estes remplie,
Comme en beauté tresparfaicte acomplie.
Je ne puis mieux dire à dieu à tous maux,
A tous malheurs et douloureux travaux,
Et à l'enfer de l'amoureuse flamme,
Qu'en un seul mot vous dire à dieu, ma dame,
Sans nul espoir ou que soye ou soyez
Que je vous voye ou que plus me voyez.

Ceste epistre ne fut pas leuë sans grandes larmes et estonnemens, accompagnez d'un regret incroyable : car la perte qu'elle avoit faicte d'un serviteur remply d'une amour si parfaicte debvoit estre estimée si grande que son tresor ny mesme son royaume ne luy pouvoient oster le tiltre d'estre la plus pauvre et miserable dame du monde,

pource qu'elle avoit perdu ce que tous les bien:
ne peuvent recouvrer ; et, après avoir parachev(
d'ouyr la messe et retourné en sa chambre, feit u1
tel dueil que sa cruauté meritoit. Et n'y eut mon-
tagne, rocher ne forest où elle n'envoyast 'chercher cest hermite ; mais celuy qui l'avoit tiré d(
ses mains le garda d'y tomber, et le mena plustos
en paradis qu'elle n'en sceut avoir nouvelles er
ce monde.

« Par cest exemple, ne doit nul serviteur confesser ce qui luy peult nuire et en rien aider; e
encores moins, mes dames, par incredulité debvez vous demander preuve si difficile qu'en l'ayan
vous perdiez vostre serviteur. — Vrayement
Dagoucin, dist Guebron, j'avois toute ma vie ouy
estimer la dame à qui le cas est advenu la plus vertueuse du monde ; mais maintenant je la tiens la
plus folle et cruelle qu'oncques fut. — Toutesfois, dist Parlamente, il me semble qu'elle ne luy
faisoit point de tort de vouloir esprouver sept ans
s'il l'aimoit autant qu'il disoit : car les hommes
ont tant accoustumé de mentir en pareil cas qu'a-
vant que s'y fier (si fier s'y fault), on ne peult faire
trop longue preuve. — Les dames, dist Hircan,
sont bien plus sages qu'elles ne souloient, car,
en sept jours de preuve, elles ont autant de seureté d'un serviteur que les autres avoient par sept
ans. — Si en y a il, dist Longarine, en ceste compaignie, que l'on a aimé plus de sept ans à toutes
preuves de harquebouse, encores n'a l'on sceu

gaigner leur amitié. — Par Dieu ! dist Simontault,
vous dictes vray ; mais aussi les doibt-on mettre au
rang du vieil temps, car au nouveau ne seront-
elles pas receuës. — Encores, dist Oisille, fut bien
tenu ce gentil-homme à la dame, par le moyen
de laquelle il retourna entierement son cueur à
Dieu. — Ce luy fut un fort grand heur, dist Saffredent, de trouver Dieu par les chemins : car,
veu l'ennuy où il estoit, je m'esbahis qu'il ne se
donna aux diables. » Emarsuitte luy dist : « Et,
quand vous avez esté mal traicté de vostre dame,
vous estes-vous donné à tels maistres ? — Mille et
mille fois je m'y suis donné, dist Saffredent ; mais
le diable, voyant que tous les tourmens d'enfer ne
me pouvoient faire pis que ceux qu'elle me donnoit, ne me daigna jamais prendre, sçachant qu'il
n'est point diable plus importable qu'une dame
aimée et qui ne veult point aimer. — Si j'estois
vous, dist Parlamente à Saffredent, avec telle opinion que vous avez, jamais je ne serois femme.
— Mon affection a tousjours esté telle, dist Saffredent, et mon erreur si grande, que là où je ne
puis commander, encore me tiens-je tresheureux
de servir : car la malice des femmes ne peult vaincre l'amour que je leur porte. Mais, je vous prie,
dictes-moy, en vostre conscience, louëz-vous
ceste dame d'une si grande rigueur ? — Ouy, dist
Oisille, car je croy qu'elle ne vouloit estre aimée
ny aimer. — Si elle avoit ceste volonté, dist Simontault, pourquoy luy donnoit-elle quelque
esperance aprés les sept ans passez ? — Je suis de

vostre opinion, dist Longarine, car celles qui
ne veulent aimer ne donnent nulle occasion de
continuer l'amour qu'on leur porte. — Peult-estre,
dist Nomerfide, qu'elle en aimoit un autre qui ne
valloit pas cest honneste homme-là, et que pour
un pire elle laissa le meilleur. — Par ma foy, dist
Saffredent, je pense qu'elle faisoit provision de
luy pour le prendre à l'heure qu'elle laisseroit celuy que pour lors elle aimoit le mieux. — Je voy
bien, dist Oisille, que tant plus nous mettrons
ces propos en avant, et plus ceux qui ne veulent
estre mal traictez diront de nous le pis qui leur
sera possible. Parquoy je vous prie, Dagoucin,
donnez vostre voix à quelqu'un. — Je la donne,
dist-il, à Longarine, estant asseuré qu'elle nous
dira quelque chose de nouveau, et si n'espargnera
homme ne femme pour dire la verité. — Puis que
vous m'estimez si veritable, dist Longarine, je
prendray la hardiesse de racompter un cas advenu
à un bien grand prince, et lequel passa en vertu
tous les autres de son temps. Sçachez aussi que la
chose dont on doit moins user sans extreme necessité est mensonge et dissimulation, car c'est un
vice bien laid et infame, principalement aux princes
et grands seigneurs, en la bouche et contenance
desquels la verité est mieux seante qu'en autre lieu.
Mais il n'y a si grand prince en ce monde, combien qu'il ait tous les grands honneurs et richesses
qu'on sçauroit desirer, qui ne soit subject à l'em-
pire et tirannie d'amour; et semble que plus le
prince est noble et de grand cueur, plus amour

faict son effort de l'asservir sous sa forte main :
car ce glorieux Dieu ne tient compte des choses
communes, et ne prend plaisir sa majesté qu'à
faire tous les jours miracles, comme d'affoiblir les
forts, fortifier les foibles, donner intelligence aux
ignorans, oster le sens aux plus sages, favoriser
aux passions, destruire la raison ; et, brief, l'a-
moureuse divinité prend plaisir en telles muta-
tions. Et, pource que les princes n'en sont exempts,
aussi ne le sont-ils de la necessité en laquelle les
met le desir de la servitude d'amour ; et par force
leur est non seulement permis user de mensonge,
hipocrisie et fiction, qui sont les moyens de vaincre les ennemis, selon la doctrine de maistre Jean
de Meun. Or, puis qu'en tel acte d'un prince est
louable la condition qui en tous autres fait à des-
estimer, je vous racompteray les inventions d'un
jeune prince, par lesquelles il trompa ceux qui
ont accoustumé de tromper tout le monde. »

NOUVELLE VINGTCINQIESME

Subtil moyen dont usoit un grand prince pour jouyr de la femme d'un advocat de Paris.

N la ville de Paris y avoit un advocat plus estimé que neuf hommes de son estat, et, pour estre cherché d'un chacun, à cause de sa suffisance, estoit devenu le plus riche de tous ceux de sa robe. Mais, voyant qu'il n'avoit eu nuls enfans de sa premiere femme, espera d'en avoir d'une seconde. Et, combien que son corps fust vieil, son cueur ne son esperance n'estoient point morts : qui luy feit choisir une fille dans la ville de l'aage de dix-huict à dixneuf ans, fort belle de visage et de teinct, et encores plus de taille et de bon poinct, laquelle il aima et traicta le mieux qui luy fut possible; et n'eut d'elle non plus d'enfans que de la premiere, dont à la longue elle se fascha. Parquoy la jeunesse, qui ne peult porter long ennuy, luy feit chercher recreation ailleurs qu'en sa maison, en allant aux dances et banquets, toutesfois si honnestement que son mary n'en pouvoit prendre mauvaise opinion : car elle estoit tousjours en la compaignie de celles en qui il avoit fiance. Un jour qu'elle estoit en unes nopces, s'y trouva un

bien grand prince, qui, en me faisant le compte, me
deffendit le nommer. Si vous puis-je bien dire que
c'estoit le plus beau et de la meilleure grace qui
ait esté devant ne qui (je croy) sera aprés en ce
royaume. Ce prince, voyant ceste jeune et belle
dame, de laquelle les yeux et la contenance l'in-
citerent à l'aimer, vint parler à elle d'un tel langage et de telle grace qu'elle eust volontiers commencé ceste harangue, et ne luy dissimula point
que de long temps elle avoit en son cueur l'amour
dont il la prioit, et qu'il ne se donnast point de
peine pour la persuader à une chose où, par la
seule veuë, amour l'avoit faict consentir. Ayant
ce jeune prince, par la naïfveté d'amour, ce qui
meritoit bien estre acquis par le temps, mercia le
Dieu qui luy favorisoit ; et depuis ceste heure-là
pourchassa si bien son affaire qu'ils accorderent
ensemble le moyen comme ils se pourroient veoir
hors de la veuë des autres. Le lieu et le temps
accordez, ce jeune prince ne faillit de s'y trouver,
et, pour garder l'honneur de sa dame, il y alla en
habit dissimulé. Mais, à cause des mauvais garsons qui couroient la nuict par la ville, ausquels
ne se vouloit faire cognoistre, print en sa compaignie quelques gentils-hommes à qui il se fioit ;
et au commencement de la rue où elle demeuroit
les laissa, disant : « Si vous n'oyez point de bruit
dans un quart d'heure, retirez-vous en voz logis,
et, sur les trois ou quatre heures, revenez icy me
querir. » Ce qu'ils firent, et, n'oyans nul bruit, se
retirerent. Le jeune prince s'en alla tout droict

chez son advocat, et trouva la porte ouverte,
comme on luy avoit promis; mais, en montant le
degré, rencontra le mary, qui avoit en sa main
une bougie, duquel il fut plus tost veu qu'il ne le
peult adviser. Toutesfois amour, qui donne entendement et hardiesse où il baille les necessitez, feit
que le jeune prince s'en vint droict à luy et luy
dist : « Monsieur l'advocat, vous sçavez la fiance
que moy et tous ceux de ma maison avons euë à
vous, et que je vous tiens de mes meilleurs
et plus fidelles serviteurs. J'ay bien voulu venir icy vous visiter privément, tant pour vous
recommander mes affaires que pour vous prier
que me donniez à boire, car j'en ay grand besoing, et ne dire à personne du monde que j'y
sois venu : car de ce lieu m'en fault aller à un
autre où je ne veux estre cogneu. » Le bon homme
advocat fut tant aise de l'honneur que ce prince
luy faisoit de venir ainsi privément en sa maison
qu'il le mena en sa chambre, et dist à sa femme
qu'elle apprestast la collation des meilleurs fruicts
et confitures qu'elle pourroit finer : ce qu'elle feit
tresvolontiers, et l'appresta la plus honneste qu'il
luy fut possible; et, nonobstant que l'habillement
qu'elle portoit, d'un couvrechef et manteau, la
monstrast plus belle qu'elle n'avoit accoustumé,
si ne feit pas le jeune prince semblant de la regarder, mais tousjours parloit à son mary de ses
affaires, comme à celuy qui les avoit tousjours
maniées. Et, ainsi que la dame tenoit à genoux les
confitures devant le prince, et que le mary alla au

buffet pour luy donner à boire, elle luy dist
qu'au partir de la chambre il ne faillist d'entrer en
une garderobbe à main droicte, où bien tost
aprés elle l'iroit veoir. Incontinent qu'il eut beu,
remercia l'advocat, lequel le vouloit à toute force
accompaigner; mais il l'asseura que là où il alloit
n'avoit besoing de compaignie. Et, en se tournant
devers sa femme, luy dist : « Aussi je ne vous
veux pas faire tort de vous oster ce bon mary,
lequel est de mes anciens serviteurs. Vous estes
si heureuse de l'avoir que vous avez bien occasion
d'en louër Dieu et de le bien servir et obeïr ; et, si
vous faisiez autrement, vous seriez bien malheureuse. » En disant ces honnestes propos s'en alla
le jeune prince, et, fermant la porte aprés soy
pour n'estre suivy au degré, entra dedans la garderobbe, où, aprés que le mary fut endormy, se
trouva la belle dame, qui le mena dedans un
cabinet le mieux en ordre qu'il estoit possible,
combien que les plus beaux images qui y fussent
estoient luy et elle, en quelques habillemens qu'ils
se voulsissent mettre ; et là je ne fais doubte qu'elle
ne luy tint toutes ses promesses.

De là se retira à l'heure qu'il avoit dicte à ses
gentils-hommes, et les trouva au lieu où il leur
avoit commandé de l'attendre. Et, pource que
ceste vie dura assez longuement, choisit le jeune
prince un plus court chemin pour y aller : c'est
qu'il passoit par un monastere de religieux, et
avoit si bien faict envers le prieur que tousjours
environ minuict le portier luy ouvroit la porte, et

pareillement quand il s'en retournoit. Et, pource
que la maison où il alloit estoit prés de là, ne
menoit personne avecques luy. Et, neantmoins
qu'il menast la vie que je vous dis, si estoit-il
prince craignant et aimant Dieu, et ne failloit jamais, combien qu'à l'aller il ne s'arrestast point,
de demourer au retour long temps en oraison en
l'eglise : qui donna grande occasion aux religieux, qui en entrant et sortant de matines le
voyoient à genoux, d'estimer que ce fust le plus
sainct homme du monde.

Ce prince avoit une sœur qui frequentoit fort
ceste religion, et, comme celle qui aimoit son
frere plus que toutes les creatures du monde, le
recommandoit aux prieres de toutes les bonnes
personnes qu'elle pouvoit cognoistre, et, un jour
qu'elle le recommandoit affectueusement au prieur
de ce monastere, il luy dist : « Helas ! ma dame,
qui est-ce que vous me recommandez ? Vous me
parlez de l'homme du monde aux prieres duquel
j'ay plus d'envie d'estre recommandé, car, si ces-
tuy-là n'est sainct et juste (allegant le passage que
bien heureux est qui peult faire mal et ne le faict),
je n'espere pas d'estre trouvé tel. » La sœur, qui
eut envie de sçavoir quelle cognoissance ce beau
pere avoit de la bonté de son frere, l'interrogea si
fort qu'en luy baillant ce secret soubs le voille de
confession, luy dist : « N'est-ce pas une chose
admirable de veoir un prince jeune et beau laisser
les plaisirs et son repos pour bien souvent venir
ouïr noz matines, non comme prince cherchant

l'honneur du monde, mais comme un simple religieux vient tout seul se cacher en l'une de noz
chappelles? Sans faulte, ceste bonté rend mes freres et moi si confuz qu'auprés de luy nous ne
sommes dignes d'estre appellez religieux. » La
sœur, qui entendit ces parolles, ne sceut que
croire : car, nonobstant que son frere fust bien
mondain, si sçavoit-elle qu'il avoit la conscience
bonne, la foy et l'amour en Dieu bien grande ;
mais d'aller à l'eglise à telle heure, elle ne l'eust
jamais soupçonné. Parquoy elle s'en vint à luy et
luy compta la bonne opinion que les religieux
avoient de luy, dont il ne se peut garder de rire,
avec un visage tel qu'elle, qui le cognoissoit
comme son propre cueur, cogneut qu'il y avoit
quelque chose cachée soubs sa devotion, et ne
cessa jamais qu'il ne luy en eust dict la verité telle
que je l'ay mise icy par escrit, et qu'elle feit l'honneur de me le compter.

« C'est à fin que vous cognoissiez, mes dames,
qu'il n'y a malice d'advocat ny finesse de moine
qu'amour, en cas de necessité, ne face tromper par
ceux qui sont parfaicts en amour ; et, puis qu'a-
mour sçait tromper les trompeurs, nous, pauvres
simples ignorantes, le devons bien craindre. —
Encores, dist Guebron, que je me doubte bien
qui c'est, si fault-il que je die qu'il est louable en
ceste chose : car on veoit peu de grans seigneurs
qui se soucient de l'honneur des femmes ny du
scandale du public, mais qu'ils ayent leur plaisir,

42

et souvent sont autheurs que l'on pense pis qu'il
n'y a. — Vrayement, dist Oisille, je voudrois que
tous les jeunes seigneurs y prinsent exemple, car
souvent le scandale est pire que le peché. — Pensez, dist Nomerfide, que les prieres qu'il faisoit
au monastere où il passoit estoient bien fondées.
— Si n'en devez-vous point juger, dist Parlamente, car peult-estre qu'au retour la repentance
en estoit telle que le peché luy estoit pardonné.
— Il est bien difficile, dist Hircan, de se repentir
d'une chose si plaisante. Quant est de moy, je
m'en suis souventesfois confessé, mais non gueres
repenti. — Il vaudroit mieux, dist Oisille, ne se
confesser point, si l'on n'a bonne repentance. —
Or, ma dame, dist Hircan, le peché me desplaist
bien, et suis marri d'offenser Dieu ; mais le plaisir
me plaist. — Tousjours vous et voz semblables,
dist Parlamente, voudriez bien qu'il n'y eust ne
Dieu ne loy, sinon celle que vostre affection or-
donneroit. — Je vous confesse, dist Hircan, que
je voudrois que Dieu print aussi grand plaisir à
mes plaisirs comme je fais, car je luy donnerois
souvent matiere de se resjouïr. — Si ne ferez-vous
pas un Dieu nouveau, dist Guebron ; parquoy
fault obeïr à celuy que nous avons. Mais laissons
ces disputes aux theologiens, à fin que Longarine
donne sa voix à quelqu'un. — Je la donne, dist-
elle, à Saffredent ; mais je le prie qu'il nous face
le plus beau compte dont il se pourra adviser, et
qu'il ne regarde point tant à dire mal des femmes
que, là où il y aura du bien, il n'en vueille mons-

trer la verité. — Vrayement, dist Saffredent, je l'accorde, car j'ay en main l'histoire d'une folle et d'une sage. Vous prendrez l'exemple qu'il vous plaira le meilleur, et cognoistrez qu'autant qu'amour faict faire aux meschans de meschancetez, en cueur honeste faict faire choses dignes de louange : car amour de soy est bon ; mais la malice du subject luy faict souvent prendre un nouveau surnom de fol, leger, cruel ou villain. Toutesfois, par l'histoire que je vous veux à present racompter, pourrez veoir qu'amour ne change point le cueur, mais le monstre tel qu'il est, fol aux fols et sage aux sages. »

NOUVELLE VINGTSIXIESME

Plaisant discours d'un grand seigneur pour avoir la jouyssance d'une dame de Pampelune.

Il y avoit, au temps du Roy Loys douziesme, un jeune seigneur nommé monsieur d'Avannes, fils du sire d'Alebret et frere du Roy Jean de Navarre, avec lequel ledict seigneur d'Avannes demeuroit ordinairement. Or, estoit ce jeune seigneur, de l'aage de quinze ans, tant beau et plein de toutes

bonnes graces qu'il sembloit n'estre faict que
pour estre aimé et regardé, ce qui estoit de tous
ceux qui le voyoient, et plus que de nulle autre
d'une femme demourante en la ville de Pampelune en Navarre, laquelle estoit mariée à un fort
riche homme, avec lequel vivoit fort honnestement; et, combien qu'elle ne fust aagée que de
vingt-trois ans, si est-ce que, parce que son mary
approchoit du cinquantiesme, s'habilloit tant mo-
destement qu'elle sembloit plus vefve |que mariée,
et jamais à nopces ny à festins homme ne la veit
aller sans son mary, duquel elle estimoit tant la
vertu et la bonté qu'elle le preferoit à la beauté
de tous autres. Le mary, l'ayant experimentée si
sage, y print telle seureté qu'il luy commettoit
toutes les affaires de sa maison. Un jour fut convié ce riche homme avecques sa femme aux nopces de l'une de ses parentes, auquel lieu, pour les
honorer, se trouva le jeune seigneur d'Avannes,
qui naturellement aimoit la dance comme celuy
qui en son temps n'y trouvoit son pareil. Aprés
disner, que le bal commença, fut prié ledict seigneur d'Avannes par le riche homme de vouloir
dancer. Ledict seigneur luy demanda qui il vouloit qu'il menast. Il luy respondit : « Monsieur,
s'il y en avoit une plus belle et plus à mon commandement que ma femme, je la vous presente-
rois, vous suppliant me faire cest honneur de la
mener. » Ce que feit le jeune prince, duquel la
jeunesse estoit si grande qu'il prenoit plus de
plaisir à saulter et dancer qu'à regarder la beauté

des dames ; et celle qu'il menoit, au contraire, regardoit plus la grace et beauté dudict seigneur que la dance où elle estoit, combien que par sa grand'prudence elle n'en feist un seul semblant. L'heure du soupper venuë, monsieur d'Avannes dist à dieu à la compaignie et se retira au chasteau, où le riche homme l'accompaigna sur sa mulle ; et, en allant, luy dist : « Monsieur, vous avez aujourd'huy tant faict d'honneur à mes parens et à moy que ce me seroit ingratitude si je ne m'offrois avecques toutes mes facultez à vous faire service. Je sçay, Monsieur, que tels seigneurs que vous, qui avez peres rudes et avaricieux, avez souvent plus faulte d'argent que nous qui, par petit train et bon mesnage, ne pensons que d'en amasser. Or est-il ainsi que Dieu, m'ayant donné femme selon mon desir, ne m'a voulu totalement en ce monde bailler mon paradis, estant frustré de la joye que les peres ont des enfans. Je sçay, Monsieur, qu'il ne m'apartient de vous adopter pour tel ; mais, s'il vous plaist me recevoir pour serviteur et me declarer voz petites affaires, tant que cent mil escuz de mon bien se pourront estendre, je ne fauldray de vous secourir en voz necessitez. » Monsieur d'Avannes fut fort joyeux de cest offre, car il avoit un pere tel que l'autre luy avoit dechifré, et, aprés l'avoir bien remercié, le nomma son pere par alliance.

De cest heure-là ledict riche homme print telle amour audict seigneur d'Avannes que matin et soir ne cessoit de s'enquerir s'il luy falloit quel-

que chose, et ne cela à sa femme la devotion qu'il
avoit audict seigneur d'Avannes, dont elle l'aima
doublement. Et depuis ceste heure-là ledict seigneur d'Avannes n'avoit faulte de chose qu'il desirast. Il alloit souvent vers ce riche homme, boire
et manger avecques luy, et, quand il ne le trouvoit point, sa femme luy bailloit tout ce qu'il demandoit, et d'avantage parloit à luy si sagement,
l'admonnestant d'estre vertueux, qu'il la craignoit
et l'aimoit plus que toutes les femmes du monde.
Elle, qui avoit Dieu et l'honneur devant les yeux,
se contentoit de sa veuë et parolle, où gist la satisfaction de l'honnesteté et bonne amour, en sorte
que jamais elle ne luy feit signe parquoy il peust
penser et juger qu'elle eust autre affection à luy
que fraternelle et chrestienne. Durant ceste amitié couverte, monsieur d'Avannes, par l'aide des
dessusdicts, estoit fort gorgias et bien en ordre;
et, approchant l'aage de dixsept ans, commença
de chercher plus les dames qu'il n'avoit de coustume; et, combien qu'il eust plus volontiers aimé
la sage dame que nulles autres, si est-ce que la
peur qu'il avoit de perdre son amitié, si elle entendoit tels propos, le feit taire et s'amuser ailleurs. Et s'alla adresser à une gentil-femme prés
de Pampelune, qui avoit maison en la ville, laquelle avoit espousé un jeune homme qui sur tout
aimoit les chiens, chevaux et oyseaux; et commença pour l'amour d'elle à lever mille passetemps, tournois, jeux de courses, luytes, mas-
ques, festins et autres jeux, à tous lesquels se

trouvoit ceste jeune dame. Mais, à cause que son mary estoit fort fantastique, ses pere et mere, la cognoissans belle et legere, jaloux de son honneur, la tenoient de si prés que ledict seigneur d'Avannes ne pouvoit avoir d'elle chose que la parolle bien courte en quelque bal, combien qu'en peu de temps et de propos apperceut ledict seigneur d'Avannes qu'autre chose ne deffailloit en leur amitié que le temps et le lieu. Parquoy il vint à son bon pere le riche homme, et luy dist qu'il avoit grand devotion d'aller visiter Nostre Dame de Montferrat, le priant retenir en sa maison tout son train, et qu'il y vouloit aller seul : ce qu'il luy accorda. Mais sa femme, qui avoit en son cueur le grand prophete Amour, soupçonna incontinent la verité du voyage, et ne se peut tenir de dire à monsieur d'Avannes : « Monsieur, monsieur, la Nostre Dame que vous adorez n'est pas hors des murailles de ceste ville ; parquoy, je vous supplie, sur toutes choses regardez à vostre santé. » Luy, qui la craignoit et aimoit, rougist si fort à ceste parolle que, sans parler, il luy confessa la verité ; et sur cela s'en alla, et, quand il eut acheté une couple de beaux chevaux d'Espaigne, s'habilla en palefrenier, et desguisa tellement son visage que nul ne le cognoissoit. Le gentil-homme mary de la folle dame, qui sur toute chose aimoit les chevaux, veit les deux que monsieur d'Avannes menoit, et incontinent les vint acheter, et, après les avoir achetez, regarda le palefrenier qui les manioit si bien, et demanda s'il le voudroit

servir. Le seigneur d'Avannes luy dist qu'ouy, et
qu'il estoit un pauvre palefrenier qui ne sçavoit
autre mestier que panser les chevaux, enquoy il
s'acquitteroit si bien qu'il en seroit content. Le
gentil-homme, fort aise, luy donna la charge de
tous ses chevaux, et, entrant en sa maison, dist à
sa femme qu'il luy recommandoit ses chevaux et
son palefrenier, et qu'il s'en alloit au chasteau. La
dame, tant pour complaire à son mary que pour
n'avoir meilleur passetemps, alla visiter les chevaux et regarda le palefrenier nouveau, qui luy
sembla homme de bonne grace ; toutesfois elle ne
le cognoissoit point. Luy, qui veit qu'il n'estoit
poinct cogneu d'elle, luy vint faire la reverence
en la façon d'Espaigne, et luy print et baisa la
main, et en la baisant la serra si fort qu'elle le recogneut, car en la dance il luy avoit maintesfois
faict le tour ; et dés l'heure ne cessa la dame de
chercher lieu où elle peust parler à luy à part, ce
qu'elle fit dés le soir mesmes : car, estant conviée
en un festin où son mary la vouloit mener, elle
feignit d'estre malade et n'y pouvoir aller. Et le
mary, qui ne vouloit faillir à ses amis, luy dist :
« M'amie, puis qu'il ne vous plaist venir, je vous
prie avoir esgard à mes chiens et sur mes chevaux, à fin qu'il ne leur faille rien. » La dame
trouva ceste commission tresagreable ; mais, sans
en faire autre semblant, luy respondit, puis qu'en
meilleure chose ne la vouloit employer, qu'elle
luy donneroit à cognoistre par les moindres combien elle desiroit luy complaire. Et n'estoit pas

encores le mary hors de la porte qu'elle descendit
en l'estable, où elle trouva que quelque chose
deffailloit ; et, pour y donner ordre, donna tant
de commissions aux varlets d'un costé et d'autre
qu'elle demeura toute seule avec le maistre palefrenier ; et, de peur que quelqu'un survinst, elle
luy dist : « Allez-vous-en dedans mon jardin, et
m'attendez en un cabinet qui est au bout de l'allée. » Ce qu'il feit si diligemment qu'il n'eut loisir de la mercier. Et, aprés qu'elle eut donné
ordre à toute l'escuirie, s'en alla veoir ses chiens,
faisant semblable diligence de les faire bien traic-
ter, tant qu'il sembloit que de maistresse elle fust
devenuë chambriere ; et aprés retourna en sa
chambre, où elle se trouva si lasse qu'elle se meit
dedans le lict, disant qu'elle vouloit reposer. Toutes les femmes la laisserent seule, fors une en qui
elle se fioit, à laquelle elle dist : « Allez-vous-en
au jardin et me faictes venir celuy que vous trouverez au bout de l'allée. » La chambriere y alla,
et trouva le maistre palefrenier, qu'elle amena
incontinent à sa dame, qui la feit saillir dehors
pour guetter quand son mary viendroit. Monsieur d'Avannes, se voyant seul avecques la dame,
se despouïlla des habillemens de palefrenier, osta
son faulx nez et sa faulse barbe, et, non comme
palefrenier craintif, mais comme tel seigneur qu'il
estoit, sans demander congé à la dame, audacieusement se coucha prés d'elle, où il fut receu ainsi
que le plus beau fils qui fust en son temps de la
plus folle dame du païs, et demeura là jusques à

43

ce que le seigneur retourna. A la venuë duquel,
reprenant son masque, laissa le plaisir que par
finesse et malice il usurpoit. Le gentil-homme,
entrant en sa court, entendit la diligence qu'avoit
faict sa femme de bien luy obëir, et la mercia tresfort. « Mon amy, ce dist la dame, je ne fais que
mon devoir. Il est vray que, qui ne prendroit
garde sur ces meschans garsons, vous n'auriez
chien qui ne fust galleux ne cheval qui ne fust
maigre ; mais, puis que je cognois leur paresse
et vostre bon vouloir, vous serez mieux servi que
vous ne fustes oncques. » Le gentil-homme, qui
pensoit bien avoir choisi le meilleur palefrenier
du monde, luy demanda que luy en sembloit. « Je
vous asseure, Monsieur, dist-elle, qu'il faict aussi
bien son mestier que serviteur qu'eussiez peu
choisir ; mais si a-il besoing d'estre sollicité, car
c'est le plus endormi varlet que je vis jamais. »
Ainsi demeurerent longuement le mary et la dame
en meilleure amitié qu'auparavant, et perdit tout
le soupçon et la jalousie qu'il avoit d'elle, pource
qu'autant qu'elle avoit aimé les festins, dances et
compaignies, elle estoit ententive à son mesnage,
et se contentoit bien souvent de ne porter sur sa
chemise qu'un chamarre, en lieu qu'elle avoit accoustumé d'estre quatre heures à s'acoustrer : dont
elle estoit louée de son mary et d'un chacun, qui
n'entendoit pas que le pire diable chassoit le
moindre. Ainsi vesquit ceste jeune dame, sous
l'hypocrisie et habit de femme de bien, en telle
volupté que raison, conscience, ordre ne mesure

n'avoient plus de lieu en elle : ce que ne peult porter gueres longuement la jeune et delicate complexion du seigneur d'Avannes , mais commença à devenir tant palle et maigre que sans porter masque on le pouvoit bien descognoistre. Toutesfois, la folle amour qu'il avoit à ceste femme luy rendit tellement les sens hebetez qu'il presumoit de sa force ce qui eust deffailly en celle d'Hercules : dont, à la fin, contrainct de maladie et conseillé par la dame, qui ne l'aimoit tant malade que sain, demanda congé à son maistre de se retirer chez ses parens, qui le luy donna à grand regret et luy feit promettre que, quand il seroit sain, il retourneroit en son service.

Ainsi s'en alla le seigneur d'Avannes à beau pied, car il n'avoit qu'à traverser la longueur d'une rue ; et, arrivé qu'il fut en la maison du riche homme, son bon pere, n'y trouva que sa femme, de laquelle l'amour vertueuse qu'elle luy portoit n'estoit point diminuée pour son voyage. Mais, quand elle le veit si maigre et decoloré, ne se peut tenir de luy dire : « Monsieur, je ne sçay comme il va de vostre conscience ; mais vostre corps n'a point amendé de ce pelerinage, et me doute fort que le chemin que vous avez faict la nuict vous ait plus travaillé que celuy du jour : car, si vous fussiez allé en Jerusalem à pied, vous en fussiez bien venu plus hallé, mais non pas si maigre et foible. Or, contez ceste-cy pour une, et ne servez plus tels images qui, en lieu de resusciter les morts, font mourir les vivans. Je vous en dirois

d'avantage ; mais, si vostre corps a peché, je voy
bien qu'il en a telle punition que j'ay pitié d'y adjouster facherie nouvelle. » Quand le seigneur
d'Avannes eut entendu tous ses propos, il ne fut
pas moins marri que honteux, et luy dist : « Ma
dame, j'ay autresfois ouy dire que la repentance
suit de bien prés le peché ; et maintenant je l'es-
preuve à mes despens, vous priant excuser ma
jeunesse, qui ne se peult chastier que par experimenter le mal qu'elle ne veult croire. » La dame,
changeant de propos, le feit coucher en un beau
lict, où il fut quinze jours ne vivant que de res-
taurens ; et le mary et la dame luy tindrent si
bonne compaignie qu'il avoit tousjours l'un d'eux
auprés de luy. Et, combien qu'il eust faict les follies que vous avez ouyes contre la volonté et conseil de la sage dame, si ne diminua elle jamais
l'amour vertueuse qu'elle luy portoit : car elle esperoit tousjours qu'aprés avoir passé ses premiers
jours en follie, il se retireroit et contraindroit
d'aimer honnestement, et par ce moyen seroit du
tout à elle. Et, durant ces quinze jours qu'il fut en
sa maison, elle luy tint tant de bons propos tendans à l'amour de vertu qu'il commença à avoir
horreur de la follie qu'il avoit faicte, et, regardant
la dame, qui en beauté passoit la folle, cognoissant de plus en plus les graces et vertuz qui estoient en elle, il ne se peult garder, un jour qu'il
faisoit assez obscur, chassant toute crainte hors,
de luy dire : « Ma dame, je ne voy meilleur
moyen, pour estre tel et si vertueux que vous me

preschez et desirez, que de mettre mon cueur à
estre entierement amoureux de la vertu. Je vous
supplie, ma dame, de me dire s'il ne vous plaist
pas m'y donner toute aide et faveur à vous possible. » La dame, fort joyeuse de luy veoir tenir
ce langage, luy dist : « Et je vous promets, Monsieur, que, si vous estes amoureux de la vertu,
comme il appartient à tel seigneur que vous, je
vous serviray, pour y parvenir, de toutes les puissances que Dieu a mises en moy. — Or, ma
dame, dist monsieur d'Avannes, souvienne vous
de vostre promesse, et entendez que Dieu, incogneu du chrestien, sinon par foy, a daigné
prendre la chair semblable à celle de peché, à fin
qu'en attirant nostre chair en l'amour de son
humanité, tirast aussi nostre esprit à l'amour de sa
divinité, et s'est voulu servir des moyens visibles
pour nous faire aimer par foy les choses invisibles. Aussi ceste vertu, que je desire aimer toute
ma vie, est chose invisible, sinon par les effaits
du dehors; parquoy est besoing qu'elle preigne
quelque corps pour se faire cognoistre entre les
hommes : ce qu'elle a faict, se revestant du vostre, pour le plus parfaict qu'elle a peu trouver.
Doncques je vous recognois et confesse non seulement vertueuse, mais la seule vertu. Et moy,
qui la voy reluyre soubs le voile du plus parfaict
corps qui onques fut, qui est le vostre, la veux
servir et honorer toute ma vie, laissant pour elle
toute autre amour vaine et vicieuse. » La dame,
non moins contente qu'esmerveillée d'ouïr ces

propos, dissimula si bien son contentement qu'elle luy dist : « Monsieur, je n'entreprens pas de respondre à vostre theologie ; mais, comme celle qui est plus craignant le mal que croyant le bien, vous voudrois supplier de cesser en mon endroit les propos dont vous estimez si peu celles qui les ont creuz. Je sçay tresbien que je suis femme non seulement comme une autre, mais tant imparfaicte que la vertu feroit plus grand acte de me transformer en elle que de prendre ma forme, sinon quand elle voudroit estre incogneuë en ce monde : car, soubs tel habit que le mien, ne pourroit la vertu estre recogneuë telle qu'elle est. Si est-ce, Monsieur, que, pour mon imperfection, je ne laisse à vous porter telle affection que doit et peult faire femme craignant Dieu et son honneur. Mais ceste affection ne sera declarée jusques à ce que vostre cueur soit susceptible de la patience que l'amour vertueuse commande. Et à l'heure, Monsieur, je sçay quel langage il fault tenir. Mais pensez que vous n'aimez pas tant vostre propre bien, personne ny honneur, que je l'aime. » Le seigneur d'Avannes, craintif, ayant la larme à l'œil, la supplia tresfort que pour seureté de ses paroles elle le voulust baiser, ce qu'elle luy refusa, disant que pour luy elle ne romproit point la coustume du pays. Et en ce debat survint le mary, auquel dist monsieur d'Avannes : « Mon pere, je me sens tant tenu à vous et à vostre femme que je vous supplie pour jamais me reputer vostre fils. » Ce que le bonhomme feit tres-

volontiers. « Et, pour seureté de ceste amitié, je
vous prie, dist monsieur d'Avannes, que je vous
baise. » Ce qu'il feit. Aprés luy dist : « Si ce
n'estoit de peur d'offenser la loy, j'en ferois autant à ma mere, vostre femme. » Le mary, voyant
cela, commanda à sa femme de le baiser, ce qu'elle
feit, sans faire semblant de vouloir ou ne vouloir
ce que son mary luy commandoit. A l'heure le
feu que la parolle avoit commencé d'allumer au
cueur du pauvre seigneur commença à s'augmenter par le baiser tant desiré, si fort requis et si
cruellement refusé.

Ce faict, s'en alla ledict seigneur d'Avannes devers le Roy son frere au chasteau, où il feit force
beaux comptes de son voyage de Montferrat ; et
là entendit que le Roy son frere s'en vouloit aller
à Olly et Taffares. Et, pensant que le voyage seroit long, entra en une grande tristesse, qui le
meit jusques à deliberer d'essayer, avant que partir, si la sage dame luy portoit point meilleure volonté qu'elle luy en faisoit le semblant, et s'en alla
loger en une maison de la ville en la ruë où elle
estoit, et print un logis vieil et mauvais, et faict
de bois, auquel environ minuict meit le feu, dont
le cry fut si grand par toute la ville qu'il vint à la
maison du riche homme, lequel, demandant par
la fenestre où c'estoit qu'estoit le feu, entendit
que c'estoit chez monsieur d'Avannes, où il alla
incontinent avecques tous les gens de sa maison,
et trouva le jeune seigneur tout en chemise en la
rue, dont il eut si grand pitié qu'il le print entre

ses bras, et, le couvrant de sa robbe, le mena en sa maison le plustost qu'il luy fut possible, et dist à sa femme, qui estoit dedans le lict : « M'amie, je vous donne en garde ce prisonnier; traictez-le comme moy-mesme. » Et, si tost qu'il fut party, ledict seigneur d'Avannes, qui eust bien voulu estre traicté en mary, sauta legerement dedans le lict, esperant que l'occasion et le lieu feroient changer propos à ceste sage dame; mais il trouva le contraire, car, ainsi qu'il saillit d'un costé dedans le lict, elle sortit de l'autre et print sa chamarre, de laquelle vestuë s'en vint à luy au chevet du lict, et luy dist : « Comment, Monsieur, avez-vous pensé que les occasions puissent muer un chaste cueur? Croyez que, tout ainsi que l'or s'esprouve en la fournaise, aussi faict un cueur chaste au milieu des tentations, où souvent se trouve plus fort et vertueux qu'ailleurs, et se refroidist tant plus il est assailly de son contraire. Parquoy soyez seur que, si j'avois autre volonté que celle que je vous ay dicte, je n'eusse failly à trouver des moyens desquels, n'en voulant user, je n'en tiens compte, vous priant que si vous voulez que je continuë l'affection que je vous porte, que vous ostiez non seulement la volonté, mais la pensée de jamais, pour chose que vous sceussiez faire, me trouver autre que je suis. » Durant ces parolles arriverent ses femmes, ausquelles elle commanda que l'on apportast la collation de toutes sortes de confitures; mais il n'avoit pour l'heure ny faim ny soif, tant estoit desesperé d'avoir failly à son en-

treprinse, craignant que la demonstration qu'il
avoit faicte de son desir luy feit perdre la privauté
qu'il avoit avec elle.

Le mary, ayant donné ordre au feu, retourna
et pria tant monsieur d'Avannes qu'il demeurast
pour ceste nuict en sa maison qu'il luy accorda.
Mais fut ceste nuict passée en telle sorte que ses
yeux furent plus exercez à plorer qu'à dormir ; et
bien matin leur alla dire à dieu dans le lict, où,
en baisant la dame, cogneut bien qu'elle avoit
plus de pitié de son offense que de mauvaise volonté encontre luy, qui fut un charbon d'avantage
adjouté au feu de son amour. Aprés disner, s'en
alla avecques le Roy à Taffares ; mais, avant que
partir, encores alla dire à dieu à son bon pere et
à sa dame, qui, depuis le premier commandement
de son mary, ne feit plus difficulté de le baiser
comme son fils. Mais soyez seur que plus la
vertu empeschoit son œil et contenance de monstrer la flamme cachée, plus elle s'augmentoit et
devenoit importable : en sorte que, ne pouvant
porter la guerre que l'honneur et l'amour luy faisoient en son cueur (laquelle toutesfois avoit deliberé de jamais ne monstrer, ayant perdu la consolation de la veuë et parolle de celuy pour qui
elle vivoit), print une fievre continue causée d'une
humeur melancolique et couverte, tellement que
les extremitez du corps luy vindrent toutes froi-
des, et au dedans brusloit incessamment. Les medecins, en la main desquels ne pend pas la santé
des hommes, commencerent à douter fort de sa

maladie, à cause d'une oppilation qui la rendoit melencolique, et conseillerent au mary d'avertir sa femme de penser à sa conscience, et qu'elle estoit en la main de Dieu, comme si ceux qui sont en santé n'y estoient point. Le mary, qui aimoit sa femme parfaictement, fut si triste de leurs parolles que, pour sa consolation, il escrivit à monsieur d'Avannes, le suppliant prendre la peine de les venir visiter, esperant que sa veuë profiteroit à la maladie. A quoy ne tarda le seigneur d'Avannes incontinent les lettres receuës, et s'en vint en poste en la maison de son bon pere. Et à l'entrée trouva les serviteurs et femmes de leans menans tel dueil que meritoit leur maistresse, dont ledict seigneur fut si estonné qu'il demoura à la porte comme une personne transie, jusques à ce qu'il veit son bon pere, lequel, en l'embrassant, se print à plorer si fort qu'il ne luy peut mot dire. Et mena ledict seigneur d'Avannes en la chambre de la pauvre malade, laquelle, tournant ses yeux languissans vers luy, le regarda et luy bailla la main en le tirant de toute sa foible puissance, et en l'embrassant et baisant feit un merveilleux plainct, et luy dist : « O Monsieur ! l'heure est venuë qu'il fault que toute dissimulation cesse et que je vous confesse la verité que j'ay tant mis peine à vous celer : c'est que, si vous m'avez porté grande affection, croyez que la mienne n'a esté moindre. Mais ma douleur a passé la vostre, d'autant que j'ay eu la peine de la celer contre mon cueur et volonté : car entendez, Monsieur,

que Dieu et mon honneur ne m'ont jamais permis de la vous declarer, craignant d'ajouster en
vous ce que je desirois diminuer. Mais sçachez,
Monsieur, que le mot que si souvent vous ay dit
m'a tant faict de mal au prononcer qu'il est cause
de ma mort, de laquelle je me contente, puis que
Dieu m'a faict la grace de n'avoir permis que la
violence de mon amour ait mis tache à ma conscience et renommée : car de moindre feu que le
mien ont esté ruinez plus grands et plus forts edi-
fices. Or m'en voy-je contente, puis que avant
mourir je vous ay peu declarer mon affection egale
à la vostre, hors mis que l'honneur des hommes
et des femmes n'est pas semblable, vous suppliant, Monsieur, que doresenavant vous ne craignez à vous adresser aux plus grandes et vertueuses dames que vous pourrez, car en tels cueurs
habitent les plus fortes passions et plus sagement
conduictes ; et la grace, beauté et honnesteté qui
est en vous ne permettra que vostre amour tra-
vaille sans fruict. Je vous prie vous recorder de
ma constance, et n'attribuez point à cruauté ce
qui doit estre imputé à l'honneur, à la conscience
et à la vertu, lesquels nous doivent estre plus
chers mille fois que nostre propre vie. Or à dieu,
Monsieur, vous recommandant vostre bon pere
mon mary, auquel je vous prie compter à la verité
ce que vous sçavez de moy, à fin qu'il cognoisse
combien j'ay aimé Dieu et luy ; et gardez-vous de
vous trouver plus devant mes yeux, car doresenavant je ne veux penser qu'à aller recevoir les

promesses que Dieu m'a faictes avant la consti-
tution du monde. » En ce disant, le baisa et embrassa de toute la force de ses foibles bras. Ledict
seigneur, qui avoit le cueur aussi mort par compassion qu'elle par douleur, sans avoir puissance
de luy dire un seul mot, se retira hors de là de sa
veuë sur un lict qui estoit dans la chambre, où il
s'esvanouït plusieurs fois.

A l'heure la dame appella son mary, et, aprés
luy avoir faict beaucoup de remonstrances honestes, luy recommanda monsieur d'Avannes, l'asseurant qu'aprés luy c'estoit la personne du
monde qu'elle avoit la plus aimée. Et en baisant
son mary luy dist à dieu ; et à l'heure feit apporter
le sainct sacrement de l'autel, et puis aprés l'unc-
tion, lesquels elle receut avecques telle joye
comme celle qui estoit seure de son salut. Et,
voyant que la veuë luy diminuoit et les forces luy
defailloient, commença à dire bien hault son *In
manus*. A ce cry se leva le seigneur d'Avannes de
dessus le lict, et, en la regardant piteusement,
luy veit rendre avecques un doux souspir sa glorieuse ame à celuy dont elle estoit venuë ; et,
quand il s'apperceut qu'elle estoit morte, il courut au corps mort, duquel vivant il n'approchoit
qu'en craincte, et le vint embrasser et baiser de
telle sorte qu'à grand peine le luy peut-on oster
d'entre les bras : dont le mary en fut fort estonné,
car jamais n'avoit estimé qu'il luy portast telle
affection ; et, en luy disant : « Monsieur, c'est
trop », se retirerent tous deux de là. Et, aprés

avoir ploré longuement, l'un sa femme et l'autre sa dame, monsieur d'Avannes luy compta tout le discours de son amitié, et comment jusques à sa mort elle ne luy avoit jamais faict un seul signe où il trouvast autre chose que rigueur : dont le mary, plus content que jamais, augmenta le regret et la douleur qu'il avoit de l'avoir perdue. Et toute sa vie feit services à monsieur d'Avannes, qui à l'heure n'avoit que dix-huict ans, lequel s'en alla à la court, où il demeura beaucoup d'années sans vouloir ne veoir ny parler à femme du monde, pour le regret qu'il avoit de sa dame, et porta plus de deux ans le noir.

« Voilà, mes dames, la difference d'une sage à une folle dame, esquelles se monstrent les differens effects d'amour, dont l'une en receut mort glorieuse et loüable, et l'autre renommée honteuse et infame, qui feit sa vie trop longue : car, autant que la mort du sainct est precieuse devant Dieu, la mort du pecheur est tresmauvaise. — Vrayement, Saffredent, dist Oisille, vous nous avez racompté une histoire autant belle qu'il en soit point. — Et qui auroit cogneu les personnes comme moy la trouveroit encores plus belle, car je n'ay point veu un plus beau gentil-homme et de meilleure grace que ledict seigneur d'Avannes. — Pensez, dist Saffredent, que voilà une bonne et sage femme qui, pour se monstrer plus vertueuse par dehors qu'elle n'estoit au cueur, et pour dissimuler une amour que la raison de nature vouloit qu'elle portast à un si honneste seigneur, se laissa mourir par faulte de se donner le plaisir qu'elle desiroit couvertement, et luy ouvertement. — Si elle eust eu ce desir, dist Parlamente, elle avoit assez de lieu et d'occasion pour luy monstrer; mais sa vertu fut si grande que jamais son desir ne passa la raison. — Vous me la peindrez, dist Hircan, comme il vous plaira; mais je sçay bien que tousjours un pire diable met l'autre dehors, et que l'orgueil cherche plus la volupté entre les dames que ne faict la crainte et l'amour de Dieu. Aussi que leurs robbes sont si longues et si bien tissues de dissimulation que l'on ne peult cognoistre ce qui est dessoubs : car, si leur honneur n'estoit non plus taché que le nostre, vous trouveriez que nature n'a rien oublié en elles non plus qu'en nous; et, pour la crainte qu'elles se font de n'oser prendre le plaisir qu'elles desirent, ont changé ce vice en un plus grand, qu'elles trouvent plus honneste : c'est une gloire et cruauté, par laquelle esperent d'acquerir nom d'immortalité; et aussi se glorifient de resister au vice de la loy de nature. Si nature est vicieuse, elles se font non seulement semblables aux bestes inhumaines et cruelles, mais aux diables, desquels elles prennent l'orgueil et la malice. — C'est dommage, dist Nomerfide, que vous ayez une femme de bien, veu que non seulement vous desestimez la vertu des autres, mais les voulez monstrer toutes estre vicieuses. — Je suis bien aise, dist Hircan, d'avoir une femme qui n'est point scandaleuse, comme aussi je ne le veux estre; mais, quant à la chasteté de cueur, je croy qu'elle et moy sommes enfans d'Adam et Eve. Parquoy, en bien nous mirans, n'avons que faire de couvrir nostre nudité de fueilles, mais plustost confesser nostre fragilité. — Je sçay bien, dist Parlamente, que nous avons tous besoing de la grace de Dieu, pource que nous sommes tous enclins à peché : si est-ce que noz tentations ne sont pareilles aux vostres; et, si nous pechons par orgueil, nul tiers n'en a dommage, ny nostre corps et noz mains n'en demeurent souïllez. Mais vostre plaisir gist à deshonorer les femmes, et vostre honneur à tuer les hommes en guerre, qui sont deux poincts formellement contraires à la loy de Dieu. — Je vous confesse, dist Guebron, ce que vous dictes; mais Dieu qui a dict que quiconque regarde par concupiscence est desja adultere en son cueur, et quiconque hait son prochain est homicide : à vostre advis, les femmes en sont-elles exemptes non plus que nous? — Dieu, qui juge le cueur, dist Longarine, en donnera sa sentence. Mais c'est beaucoup que les hommes ne nous puissent accuser, car la bonté de Dieu est si grande que, sans accusateur, il ne nous jugera point, et cognoist si bien la fragilité de noz cueurs que encores nous aimera-il de ne l'avoir point mise à execution. — Or je vous prie, dist Saffredent, laissons ceste dispute, car elle sent plus sa predication que son compte; et je donne ma

voix à Emarsuitte, la priant qu'elle n'oublie
point à nous faire rire. — Vrayement, dist-elle,
je n'ay garde d'y faillir. En venant icy deliberée
de vous compter une histoire pour ceste journée, l'on m'a faict un compte de deux serviteurs
d'une princesse, si plaisant que, de force de rire,
il m'a faict oublier la melancolie de la piteuse
histoire, que je remettray à demain, car mon visage seroit trop joyeux pour la vous faire trouver
bonne. »

NOUVELLE VINGTSEPTIESME

*Temerité d'un sot secretaire qui sollicita d'amours la
femme de son compaignon, dont il receut grande
honte.*

E N la ville d'Amboise demeuroit le
serviteur d'une princesse, qui la servoit de varlet de chambre, homme
honneste et qui volontiers festoyoit
les gens qui venoient en sa maison, et principalement ses compaignons. Il n'y a pas long temps
que l'un des secretaires de sa maistresse vint loger chez luy, où il demeura dix ou douze
jours. Ce secretaire estoit si laid qu'il sembloit

mieux un roy des Canibales qu'un Chrestien;
et, combien que son hoste et compaignon le
traictast en frere et amy, et le plus honorablement
qu'il luy estoit possible, si feit-il un tour
d'homme qui non seulement oublie toute honnesteté, mais qui ne l'eut jamais dedans son
cueur : c'est de pourchasser par amour deshonneste et illicite la femme de son compaignon,
qui n'avoit en soy chose aymable que le contraire
de la volupté, car elle estoit autant femme de
bien et vertueuse qu'il y en eust dedans la ville
où elle demeuroit. Elle, cognoissant la meschante volonté du secretaire, aymant mieux par
dissimulation declarer son vice que par un soubdain reffus le couvrir, feit semblant de trouver
bons ses propos. Parquoy luy, qui cuidoit l'avoir
gaignée, sans regarder à l'aage qu'elle avoit de
cinquante ans et qu'elle n'estoit des belles, et
sans considerer le bon bruit qu'elle avoit d'estre
femme de bien et d'aymer son mary, la pressoit
incessamment. Un jour, entre autres, son mary
estant en la maison et eux en une salle, elle faignit qu'il ne tenoit qu'à trouver lieu seur pour
parler à luy seul, ainsi qu'il desiroit, et tout incontinent il luy dist qu'elle montast au galetas.
Soubdain elle se leva et le pria d'aller devant, et
qu'elle iroit aprés. Luy, en riant avec une doulceur de visage semblant à un grand magot quand
il festoye quelqu'un, s'en monta legierement par
les degrez; et sur le poinct qu'il attendoit ce
qu'il avoit tant desiré, bruslant d'un feu non clair

comme celuy de genevre, mais comme un gros
charbon de forge, escoutoit si elle viendroit aprés
luy; mais, en lieu d'ouïr ses pieds, il ouyt sa
voix, disant : « Monsieur le secretaire, attendez
un peu; je m'en vois sçavoir à mon mary s'il luy
plaist bien que j'aille aprés vous. » Pensez quelle
mine peut faire en pleurant celuy qui en riant
estoit si laid, lequel incontinent descendit les
larmes aux yeux, la priant, pour l'amour de Dieu,
qu'elle ne voulust rompre par sa parolle l'amitié de luy et de son compaignon. Elle luy respondit : « Je suis seure que l'aimez tant que ne
me vouldriez dire chose qu'il ne peult entendre;
parquoy je luy vois dire. » Ce qu'elle feit, quelque priere ou contraincte qu'il voulust mettre au
devant, dont il fut aussi honteux en s'enfuyant
que le mary fut content d'entendre l'honneste
tromperie de laquelle sa femme avoit usé. Et luy
pleut tant la vertu de sa femme qu'il ne tint
compte du vice de son compaignon, lequel estoit assez puny d'avoir emporté sur luy la honte
qu'il vouloit faire en sa maison.

« Il me semble, mes dames, que, par ce
compte, les gens de bien doibvent apprendre à
ne retenir ceux desquels la conscience, le cueur et
l'entendement ignorent Dieu, l'honneur et la
vraye amour. — Encores que vostre compte soit
court, dist Oisille, si est-il aussi plaisant que j'en
aye point ouy, et à l'honneur d'une honneste
femme. — Par Dieu! dist Simontault, ce n'est

pas grand honneur à une honneste femme de refuser un si laid homme que vous peignez ce secretaire; mais, s'il eust esté beau et honneste, en
cela se fust monstrée la vertu. Et, pource que je
me doubte qui il est, si j'estois en mon rang, je
vous en ferois un compte qui est aussi plaisant
que cestuy-cy. — A cela ne tienne, dist Emarsuitte, car je vous donne ma voix. » Et à l'heure
commença ainsi : « Ceux qui ont acoustumé de
demeurer à la court ou en quelques bonnes villes
estiment tant de leur sçavoir qu'il leur semble que
tous autres hommes ne sont rien au pris d'eux;
mais si ne reste-il pourtant qu'en tous pays et de
toutes conditions de gens n'y en ait tousjours
assez de fins et malicieux. Toutefois, à cause de
l'orgueil de ceux qui pensent estre les plus fins,
la mocquerie (quand ils font quelque faulte) en
est beaucoup plus grande, comme je desire vous
monstrer par un compte nagueres advenu. »

NOUVELLE VINGTHUICTIESME

*Un secretaire pensoit affiner quelqu'un qui l'affina,
et ce qui en advint.*

STANT le Roy François, premier de ce nom, en la ville de Paris, et sa sœur la Royne de Navarre en sa compaignie, elle avoit un secretaire qui n'estoit pas de ceux qui laissent tomber le bien en terre sans le recueillir : en sorte qu'il n'y avoit president ne conseillier qu'il ne cogneust, marchand ne riche homme qu'il ne frequentast et auquel il n'eust intelligence. A l'heure vint aussi en ladicte ville de Paris un marchand de Bayonne nommé Bernard du Ha, lequel, tant pour ses affaires qu'à cause que le lieutenant civil estoit de son païs, s'adressoit à luy pour avoir conseil et secours en iceux affaires. Ce secretaire de la Royne de Navarre alloit aussi souvent visiter le lieutenant, comme bon serviteur de son maistre et maistresse. Un jour de feste, allant ledit secretaire chez le lieutenant, ne trouva ne luy ne sa femme, mais ouït bien Bernard du Ha, qui, avec une vielle ou autre instrument, apprenoit à dancer aux chambrieres de leans les branles de Gascongne. Quand le secretaire le veid, luy

voulut faire à croire qu'il faisoit mal, et que, si
la lieutenante et son mary le sçavoient, ils seroient tresmal contens de luy. Et, aprés luy avoir
bien peinct la crainte devant les yeux, jusques à
se faire prier de n'en parler point, luy demanda :
« Que me donnerez-vous, et je n'en diray mot ? »
Bernard du Ha, qui n'avoit pas si grand peur
qu'il en faisoit le semblant, voyant que le secretaire le vouloit tromper, luy promit de luy
donner un pasté du meilleur jambon de Basque
qu'il mangea jamais. Le secretaire, qui en fut
trescontent, le pria qu'il peust avoir son pasté le
dimanche aprés disner, ce qu'il luy promist ; et,
asseuré de ceste promesse, s'en alla veoir une
dame de Paris qu'il desiroit sur toutes choses
espouser, et luy dist : « Ma dame, je viendray
dimanche soupper avec vous, s'il vous plaist ;
mais il ne vous fault soucier que d'avoir bon
pain et bon vin, car j'ay si bien trompé un sot
Bayonnois que le demeurant sera à ses despens,
et par ma tromperie vous feray manger le meilleur jambon de Basque qui fut jamais mangé
dans Paris. » La dame, qui le creut, assembla
deux ou trois des plus honnestes de ses voisines,
et les asseura de leur donner d'une viande nouvelle et dont jamais elles n'avoient tasté.

Quand le dimanche fut venu, le secretaire,
cherchant son marchant, le trouva sur le pont au
Change, et, en le saluant gracieusement, luy
dist : « A tous les diables soyez-vous donné,
veu la peine que m'avez faict prendre à vous

chercher! » Bernard du Ha luy respondit qu'assez de gens avoient prins plus grande peine que
luy qui n'avoient pas à la fin esté recompensez
de tels morceaux; et, en disant cela, luy monstra
le pasté qu'il avoit soubs son manteau, assez
grand pour nourrir un camp : dont le secretaire
fut si joyeux que, encores qu'il eust la bouche
parfaictement laide et grande, en faisant le doux
la rendit si petite que l'on n'eust pas cuidé qu'il
eust sceu mordre dedans le jambon, lequel il
print hastivement, et laissa là le marchant sans
le convier, et s'en alla porter son present à la
damoiselle, qui avoit grande envie de sçavoir si
les vivres de Guyenne estoient aussi bons que
ceux de Paris. Et, quand l'heure du soupper fut
venuë, ainsi qu'ils mangeoient leur potage, le
secretaire leur dist : « Laissez là ces viandes fa-
des; tastons de cest eguillon de vin. » En disant
cela ouvre ce pasté, et, cuidant entamer le jambon, le trouva si dur qu'il n'y pouvoit mettre le
cousteau; et, aprés s'estre efforcé plusieurs fois,
s'advisa qu'il estoit trompé et que c'estoit un sa-
bot de bois, qui sont souliers de Gascongne, qui
estoit emmanché d'un bout de tison et pouldré
par dessus de suye et de pouldre de fer avec de
l'espice qui sentoit fort bon. Qui fut bien pe-
neux? Ce fut le secretaire, tant pour avoir esté
trompé de celuy qu'il pensoit tromper que pour
avoir trompé celle à qui il vouloit et pensoit dire
verité; et, d'autre part, luy faschoit fort de se
contenter d'un potage pour son soupper. Les da-

mes, qui en estoient aussi marries que luy, l'eussent accusé d'avoir faict la tromperie, sinon qu'elles cogneurent bien à son visage qu'il en estoit
plus marri qu'elles. Et, aprés ce leger soupper,
s'en alla ce secretaire bien coleré ; et, voyant que
Bernard du Ha luy avoit failly de promesse, luy
voulut aussi rompre la sienne, et s'en alla chez
le lieutenant civil, deliberé de luy dire le pis qu'il
pourroit dudict Bernard. Mais il ne peut venir
si tost que ledit Bernard n'eust deja compté tout
le mistere au lieutenant, qui donna sa sentence
au secretaire, disant qu'il avoit apprins à ses despens à tromper les Gascons, et n'en rapporta
autre consolation que sa honte.

« Cecy advient à plusieurs, lesquels, cuidans
estre trop fins, s'oublient en leurs finesses. Parquoy il n'est rien tel que de ne faire à autruy
chose qu'on ne voulust estre faicte à soy-mesme.
— Je vous asseure, dist Guebron, que j'ay veu
souvent advenir pareilles choses, et ceux que l'on
estime sots de village tromper de bien fines
gens : car il n'est rien plus sot que celuy qui
pense estre fin, ne rien plus sage que celuy qui
cognoist son rien. — Encores, dist Parlamente,
celuy sçait quelque chose qui cognoist ne le cognoistre point. — Or, dist Simontault, de peur
que l'heure ne satisface à noz propos, je donne
ma voix à Nomerfide, car je suis seur que, par
sa rhetorique, elle ne nous tiendra pas longuement. — Or bien, dist-elle, je vous en vois bail-

ler un tout tel que vous l'esperez de moy. Je ne
m'esbahis point, mes dames, si amour donne aux
princes et aux gens nourriz en lieu d'honneur les
moyens de se sçavoir retirer du danger, car ils
sont nourriz avecques tant de gens sçavans que
je m'esmerveillerois beaucoup plus s'ils estoient
ignorans de quelques choses. Mais l'invention
d'amour se monstre plus clairement quand il y a
moins d'esprit en ses subjects ; et, pour cela, vous
veux racompter un tour que feit un prestre apris
seulement d'amour, car il estoit si ignorant de
toutes autres choses qu'à peine pouvoit-il lire sa
messe. »

NOUVELLE VINGTNEUFIESME

Un bon Jannin de village, de qui la femme faisoit
l'amour avecques son curé, se laissa aisément
tromper.

N la Comté du Maine, en un village
nommé Arcelles, y avoit un riche
homme laboureur, qui en sa vieillesse
espousa une belle jeune femme, qui
n'eut de luy nuls enfans. Mais de sa perte se re-
conforta avec plusieurs amis, et, quand les gentils-
hommes et gens d'apparence luy faillirent, elle

retourna à son dernier recours, qui estoit l'eglise,
et print compaignon de son peché celuy qui l'en
pouvoit absouldre : ce fut son curé, qui souvent
venoit veoir sa brebis. Le mary, vieil et pesant,
n'en avoit nulle doubte; mais, à cause qu'il estoit
rude et robuste, sa femme joüoit son mistere le
plus secrettement qu'il luy estoit possible, craignant, si son mary l'appercevoit, qu'il ne la tuast.
Un jour qu'il estoit dehors, sa femme, ne pensant
qu'il revint si tost, envoya querir monsieur le
curé pour la confesser. Et, ainsi qu'ils faisoient
bonne chere ensemble, son mary arriva si soudainement qu'il n'eut loisir de se retirer de sa maison; mais, regardant le moyen de se cacher,
monta, par le conseil de sa femme, dedans un
grenier, et couvrit la trappe par où il monta d'un
van à vanner. Le mary entra en la maison, et elle,
de peur qu'il eust quelque soupçon, le festoya si
bien à son disner qu'elle n'espargna point le
boire, dont il print si bonne quantité, avecques
la lasseté qu'il avoit eu au labeur des champs,
qu'il luy print envie de dormir, estant assis sur
une chaire devant son feu. Le curé, qui s'ennuyoit
d'estre si longuement en son grenier, n'oyant
point de bruit en la chambre, s'advança sur la
trappe, et, en allongeant le col le plus qu'il luy
fut possible, advisa que le bon homme dormoit.
Et, en regardant, s'appuya par mesgarde sur le
van si lourdement que van et homme tresbuche-
rent à bas auprés du bon homme qui dormoit,
lequel se resveilla à ce bruit. Et le curé, qui fut

plustost levé que l'autre n'eut ouvert les yeux,
luy dist : « Mon compere, voylà vostre van, et
grand mercy. » Et, ce dict, s'enfuit. Et le pauvre
laboureur, tout estonné, demanda à sa femme :
« Qu'est-ce là ? » Elle luy respondit : « Mon
amy, c'est vostre van que le curé avoit emprunté :
il vous l'est venu rendre. » Lequel, tout gron-
dant, luy dist : « C'est bien lourdement rendu ce
que l'on a emprunté : car je pensois que la maison tombast par terre. » Par ce moyen se saulva
le curé aux despens du bon homme, qui ne trouva
rien mauvais que la rudesse dont il avoit usé en
rendant son van.

« Mes dames, le maistre qu'il servoit le saulva
pour lors, à fin de plus longuement le posseder
et tourmenter. — N'estimez pas, dist Guebron,
que les simples gens soient exempts de malice non
plus que nous, mais en ont beaucoup davantage :
car regardez moy les larrons, meurtriers, sorciers,
faulx monnoyeurs, et toutes ces manieres de gens
desquels l'esprit n'a jamais repos : ce sont tous
pauvres gens et mecaniques. — Je ne trouve point
estrange, dist Parlamente, que la malice y soit
plus que aux autres, mais ouy bien qu'amour les
tourmente parmy le travail qu'ils ont d'autres
choses, ne qu'en un cueur vilain une passion si
gentille se puisse mettre. — Ma dame, dist Saffredent, vous sçavez que maistre Jean de Meun a
dict qu'aussi bien sont amourettes soubs bureau
que soubs brunettes. Et aussi l'amour de qui le

compte parle n'est pas de celle qui faict porter le
harnois : car, tout ainsi que les pauvres gens n'ont
les biens ne les honneurs comme nous, aussi ont
ils les commoditez de nature plus à leur aise que
nous n'avons. Leurs viandes ne sont si friandes,
mais ils ont meilleur appetit et se nourrissent
mieux de gros pain que nous de restaurans ; ils
n'ont pas les licts si beaux et si bien faicts que les
nostres, mais ils ont le sommeil meilleur que nous
et le repos plus grand ; ils n'ont point les dames
peinctes et parées que nous idolatrons, mais ils
ont la jouïssance de leurs plaisirs plus souvent que
nous, et sans craindre les parolles, sinon des bestes et des oyseaux qui les voyent. Bref, en ce que
nous avons ils deffaillent, et en ce que nous n'a-
vons ils abondent. — Je vous prie, dist Nomerfide, laissons là ce paisant avecques sa paisante,
et, avant vespres, achevons nostre journée, à laquelle Hircan mettra fin. — Vrayement, dist il,
je vous en garde une aussi piteuse et estrange
qu'autre qui soit. Et, combien qu'il me fasche fort
de dire mal de quelque dame, sçachant que les
hommes, tant pleins de malice, font tousjours
consequence de la faulte d'une seule pour blasmer toutes les autres, si est-ce que l'estrange cas
me fera oublier ma crainte, et aussi peult estre
que l'ignorance descouverte fera les autres plus
sages. »

NOUVELLE TRENTIESME

Merveilleuse exemple de la fragilité humaine, qui, pour couvrir son horreur, encourt de mal en pis.

Au temps du Roy Loys douziesme, estant lors Legat en Avignon un de la maison d'Amboise, nepveu du Legat de France, nommé George, avoit au pays de Languedoc une dame, de laquelle je tairay le nom pour l'amour de sa race, qui avoit mieux de quatre mille escuz de rente. Elle demeura fort jeune vefve et mere d'un seul fils. Et, tant pour le regret qu'elle avoit de son mary que pour l'amour de son enfant, delibera de jamais ne se remarier. Et, pour en fuir l'occasion, ne voulut plus frequenter sinon gens de devotion, pensant bien que le peché forge l'occasion. La jeune dame vefve s'adonna du tout au service divin, fuyant entierement toutes compaignies de mondanité, tellement qu'elle faisoit conscience d'assister à unes nopces ou d'ouyr sonner des orgues en une église. Quand son fils vint en l'aage de sept ans, elle print un homme de saincte vie pour le servir de maistre d'escole, par lequel son fils peust estre endoctriné en toute saincteté et devotion. Lors que le fils commença à venir en l'aage de quatorze

à quinze ans, nature, qui est un maistre d'escole
bien secret, le trouvant trop nourry et plein d'oi-
siveté, luy apprint une autre leçon que son docteur ne faisoit : car il commença à regarder et desirer les choses qu'il trouvoit belles, et entre autres une damoiselle qui couchoit en la chambre
de sa mere, dont nul ne se doutoit : car l'on ne
se gardoit non plus de luy que d'un enfant ; de
sorte qu'en toute la maison on n'y oyoit parler
que de Dieu. Ce jeune homme commença à pourchasser secrettement ceste fille, laquelle le vint
dire à sa maistresse, qui aimoit et estimoit tant
son fils qu'elle pensa qu'elle luy feist ce rapport
pour le luy faire haïr. Mais elle en pressa tant sa
maistresse qu'elle luy dist : « Je sçauray s'il est
vray, et le chastieray si je le cognois ainsi que
vous me dictes. Mais aussi, si vous luy mettez un
tel cas assus, et il ne soit vray, vous en porterez
la peine. » Et, pour en faire l'experience, luy
commanda bailler à son fils assignation de venir
à minuict coucher avecques elle en sa chambre, en
un lict auprés de la porte, où ceste fille couchoit
toute seule. La damoiselle obeït à sa maistresse,
et, quand ce vint au soir, la dame se meit en la
place de la damoiselle, deliberée, s'il estoit vray
ce qu'elle disoit, de chastier si bien son fils qu'il
ne coucheroit jamais avecques femme qu'il ne luy
en souvint.

En ceste pensée et colere, son fils vint coucher
avec elle. Et elle, qui encores pour le veoir coucher ne pouvoit croire qu'il voulust faire chose

deshonneste, attendit à parler à luy jusques à ce
qu'elle cogneust quelque signe de sa mauvaise
volonté, ne pouvant croire pour chose petite que
son desir peust aller jusques au criminel. Mais
sa patience fut si longue, et sa nature si fragile,
qu'elle convertit sa colere en un plaisir trop abo-
minable, oubliant le nom de mere. Et, tout ainsi
que l'eau par force retenue a plus d'impetuosité,
quand on la laisse aller, que celle qui ordinairement court, ainsi ceste pauvre dame tourna sa
gloire à la contraincte qu'elle donnoit à son corps.
Quand elle vint à descendre le premier degré de
son honnesteté, se trouva soudainement portée
jusques au dernier; et, en ceste nuict là, engroissa
de celuy qu'elle vouloit engarder de faire enfans
aux autres. Le peché ne fut pas plus tost faict que
le remors de conscience luy amena un si grand
tourment que la repentance ne la laissa toute sa
vie : qui fut si aspre au commencement qu'elle se
leva d'auprés de son fils, lequel avoit tousjours
pensé que ce fust la damoiselle, et entra en un
cabinet où, rememorant sa bonne deliberation et
sa meschante execution, passa toute la nuict à
plorer et à crier toute seule. Mais, en lieu de
s'humilier et cognoistre l'impossibilité de nostre
chair, qui sans l'aide de Dieu ne peut faire que
peché, voulant par elle mesmes et par ses larmes
satisfaire au passé et par sa prudence eviter le mal
de l'advenir, donnant tousjours l'excuse de son
peché à l'occasion, et non à sa malice, à laquelle
n'y a remede que la grace de Dieu, pensa de faire

chose parquoy, à l'advenir, ne pourroit plus tomber en pareil inconvenient, et, comme s'il n'y avoit qu'une espece de peché à damner les personnes, meit toutes ses forces à eviter cestuy là seul. Mais la racine de l'orgueil, que le peché externe doit guerir, croissoit tous jours en son cueur, en sorte qu'en evitant un mal elle en feit plusieurs autres. Car le lendemain au matin, si tost qu'il fut jour, elle envoya querir le gouverneur de son fils et luy dist : « Mon fils commence à croistre, il est temps de le mettre hors de la maison. J'ay un mien parent qui est delà les monts avec monsieur le grand maistre de Chaulmont, qui sera tresaise de le prendre en sa compaignie. Et pource, dés ceste heure icy emmenezle, et, à fin que je n'aye nul regret de luy, gardez qu'il ne me vienne point dire à dieu. » Et, en ce disant, luy bailla l'argent qui estoit necessaire pour faire son voyage ; et dés le matin feit partir ce jeune homme, qui en fut fort aise, car il ne desiroit autre chose qu'aprés la jouïssance de s'amie s'en aller à la guerre.

La dame demeura longuement en grande tristesse et melencolie, et, n'eust esté la crainte de Dieu, eust maintes fois desiré la fin du malheureux fruict dont elle estoit pleine. Elle faignit d'estre malade, à fin que ce manteau couvrist son imperfection. Et, quand elle fut preste d'accoucher, regardant qu'il n'y avoit homme au monde en qui elle eust tant de fiance qu'en un frere bastard qu'elle avoit, auquel elle faisoit de grands

biens, l'envoya querir et luy compta sa fortune
(mais elle ne luy confessa pas que ce fust de son
fils), le priant vouloir donner secours à son honneur, ce qu'il feit. Et, quelques jours avant qu'elle
deust accoucher, luy conseilla vouloir changer
d'air et aller en sa maison, où elle recouvreroit
plustost sa santé qu'en la sienne. Elle s'y en alla
en bien petite compaignie, et trouva là une sage
femme venuë pour la femme de son frere, qui,
une nuict, sans la cognoistre, receut son enfant,
et se trouva une belle fille. Le gentil-homme la
bailla à une nourrice et la feit nourrir soubs le
nom d'estre sienne. La dame, ayant là demeuré un
moys, s'en retourna toute seule en sa maison, où
elle vesquit plus austerement que jamais en jeusnes et disciplines. Mais, quand son fils vint à estre grand, voyant que pour l'heure il n'y avoit
nulle guerre en Italie, envoya supplier sa mere
qu'il retournast en sa maison. Elle, craignant de
tomber au mal dont elle venoit, ne le voulut point
permettre, sinon à la fin qu'il l'en pressa si fort
qu'elle n'avoit plus raison de le refuser. Toutefois elle luy manda qu'il n'eust jamais à se trouver
devant elle s'il n'estoit marié à quelque femme
qu'il aimast bien fort, et qu'il ne regardast point
aux biens, mais qu'elle fust gentil-femme, c'estoit
assez. Durant ce temps, son frere bastard, voyant
la fille qu'il avoit en charge estre devenuë grande
et belle en perfection, se pensa de la mettre en
quelque maison bien loing, où elle seroit incogneuë, et, par le conseil de la mere, la donna à la

Royne de Navarre. Ceste fille, nommée Catherine, vint à croistre jusques à l'aage de douze ou
treize ans, et se feit tant belle et honneste que la
Royne de Navarre y print grande amitié et desiroit fort de la marier bien et grandement ; mais,
à cause qu'elle estoit pauvre, se trouvoient prou
de serviteurs, mais point de mary. Un jour avint
que le gentil-homme qui estoit son pere incogneu, retournant de delà les monts, vint en la
maison de la Royne de Navarre, où, aussi tost
qu'il eut advisé sa fille il en fut amoureux, et,
pource qu'il avoit congé de sa mere d'espouser
telle femme qu'il luy plairoit, ne s'enquist sinon
si elle estoit gentil-femme, et, sçachant qu'ouy,
la demanda pour femme à ladicte Royne, qui tresvolontiers luy bailla, car elle sçavoit bien que le
gentil-homme estoit riche, et avec la richesse
beau et honneste.

Le mariage consummé, le gentil-homme l'escrivit à sa mere, luy disant que doresenavant ne
luy pouvoit nier la porte de sa maison, veu qu'il
luy menoit une belle-fille aussi parfaicte que l'on
sçauroit desirer. La damoiselle, qui s'enquist
quelle alliance il avoit prinse, trouva que cestoit
la propre fille d'eux deux, dont elle en eut dueil
si desesperé qu'elle cuida soudainement mourir,
voyant que, tant plus elle donnoit d'empeschement à son malheur, et plus elle estoit le moyen
dont il augmentoit. Elle, qui ne sceut autre chose
faire, s'en alla au legat d'Avignon, auquel elle
confessa l'enormité de son peché, demandant

47

conseil comme elle s'y devoit conduire. Le legat,
pour satisfaire à sa conscience, envoya querir plusieurs docteurs en theologie, ausquels il communiqua l'affaire sans nommer les personnages. Et
trouva par leur conseil que la dame ne devoit
jamais rien dire de cest affaire à ses enfans, car
quant à eux, veu l'ignorance, ils n'avoient point
peché ; mais qu'elle en devoit toute sa vie faire
penitence, sans leur en faire un seul semblant.
Ainsi s'en retourna la pauvre dame en sa maison,
où bien tost aprés arriverent son fils et sa belle-
fille, lesquels s'entr'aymoient si fort que jamais
mary ne femme n'eurent plus d'amitié ensemble :
car elle estoit sa fille, sa sœur et sa femme, et luy
à elle pere, frere et mary. Ils continuerent tousjours en ceste grande amitié, et la pauvre dame en
son extreme penitence, qui ne les voyoit jamais
faire bonne chere qu'elle ne se retirast pour
plorer.

« Voilà, mes dames, comme il en prend à celles
qui cuident par leurs forces et vertuz vaincre
amour et nature, avec toutes les puissances que
Dieu y a mises. Mais le meilleur seroit, cognoissant sa foiblesse, n'intenter point contre tel ennemy, et se retirer au vray amy, et luy dire avec
le Psalmiste : « Seigneur, je satisferay, responds
« pour moy. » — Il n'est pas possible, dist Oisille, d'ouyr racompter un plus estrange cas que
cestuicy, et me semble que tout homme et femme
doit icy baisser la teste soubs la craincte de Dieu

voyant que, pour cuider bien faire, tant de maux sont advenuz. — Sçachez, dist Parlamente, qu'au premier pas que l'homme marche en la confiance de soy-mesmes, il s'eslongne d'autant de la confiance de Dieu. — Celuy est sage, dist Guebron, qui ne cognoist ennemy que soy-mesmes, et qui tient sa volonté et son propre conseil pour suspect, quelque apparence de bonté et de saincteté qu'il y ayt. — Il n'y a, dist Longarine, apparence de bien si grande qui doive faire hazarder une femme à coucher avecques un homme, quelque parent qu'il luy soit : car le feu auprès des estouppes n'est gueres seur. — Sans point de fault, dist Emarsuitte, ce devoit estre quelque glorieuse folle, qui pensoit estre si saincte qu'elle fust impeccable, comme quelques uns veulent persuader et faire croire aux simples, à sçavoir que par nous mesmes le pouvons estre, qui est un erreur trop grand. — Est il possible, dist Oisille, qu'il y en eust d'assez fols pour croire ceste opinion? — Ils font bien mieux, dist Longarine, car ils dient qu'il se fault habituer à la vertu de chasteté, et, pour esprouver leurs forces, parlent avec les plus belles qui se peuvent trouver et qu'ils aiment le mieux, et avec baisers et attouchemens de mains experimentent si leur chair est du tout morte. Et, quand par tel plaisir ils se sentent emouvoir, ils se separent, jeusnent et prennent de tresgrandes disciplines. Et, quand ils ont matté leur chair jusques là que pour parler ne pour baiser ils n'ont point d'emotion, ils viennent essayer la forte tentation, qui est de coucher ensemble et s'embrasser sans aucune concupiscence. Mais, pour un qui en est eschappé, sont venuz tant d'inconveniens que l'Archevesque de Milan, où ceste religion s'exerçoit, fut d'avis de les separer, et mettre les femmes au convent des hommes, et les hommes en celuy des femmes. — Vrayement, dist Guebron, cela est bien l'extremité et comble de la folie de se vouloir rendre de soy-mesmes impeccables, et chercher si fort les occasions de peché. — Il y en a, dist Saffredent, qui font tout au contraire, car, quoy qu'ils fuyent tant qu'ils peuvent les occasions, encores la concupiscence les suyt. Et le bon sainct Hierosmes, après s'estre bien foüetté et caché dans les deserts, confessa ne pouvoir eviter le feu qui brusloit dedans ses mouëlles. Parquoy se fault recommander à Dieu : car, si par sa puissance, vertu et bonté, il ne nous retient, nous prenons grand plaisir à trebucher. — Mais vous ne regardez pas ce que je voy, dist Hircan : c'est que, tant que nous avons recité noz histoires, les moynes, estans derriere ceste haye, n'ont point oy la cloche de leurs vespres ; et maintenant, quand nous avons commencé à parler de Dieu, ils s'en sont allez et sonnent à ceste heure le second coup. — Nous ferons bien de les suivre, dist Oisille, et louër Dieu de ce que nous avons passé ceste journée aussi joyeusement qu'il est possible. » Et en ce disant se leverent et s'en allerent à l'église, où ils oyrent les vespres devotement. Puis s'en allerent

soupper, devisans des propos passez, et rememo-
rans plusieurs cas advenuz de leur temps, pour
voir lesquels seroient dignes d'estre retenuz. Et
après avoir passé joyeusement tout le soir, allerent prendre leur doux repos, esperans ne faillir
le lendemain à continuer l'entreprinse qui leur
estoit si agreable. Ainsi fut mis fin à la tierce
journée.

FIN DE LA TROISIESME JOURNÉE

NOTES HISTORIQUES

PREMIÈRE JOURNÉE

Page 3. — Jeanne de Foix, plus connue sous le nom de Jeanne d'Albret, mariée à Antoine de Bourbon. Elle en eut plusieurs enfants, dont l'un fut Henri IV.

P. 3. — Claude Gruget, secrétaire de Louis de Bourbon, prince de Condé, passait pour un des bons écrivains de son temps. Il excellait surtout dans les traductions.

P. 4, l. 4. — Balthazar Castiglione est l'auteur du fameux traité du *Courtisan* (*Libro del Cortegiano*), qu'on regardait comme le véritable catéchisme des gentilshommes.

P. 11, l. 8. — *Serrance,* aujourd'hui Sarrance, village du département des Basses-Pyrénées. Il y avait là une abbaye d'hommes, de l'ordre de Prémontré, sous l'invocation de la Vierge, *Sancta Maria de Sarrancia.*

P. 13, l. 11. — *Sainct Savin,* célèbre abbaye de bénédictins fondée par Charlemagne et accrue par Raimond Ier, comte de Bigorre, qui donna aux moines les revenus des bains de Cauterets.

P. 16, l. 29. — Ce *seigneur de Bear* devait être le roi Henri d'Albret, second mari de Marguerite d'Angoulême.

P. 21, l. 29. — La date de la première édition des *Cent Nouvelles* de Boccace, *nouvellement traduites,* prouve que le dauphin dont il est question ici ne peut être que Henri, duc d'Orléans, qui devint dauphin par suite de la mort de son frère aîné, François, au mois d'août 1536, et qui fut depuis roi de France. — La dauphine est Catherine de Médicis, mariée le 27 octobre 1533 à Henri, duc d'Orléans, second fils de François Ier.

P. 21, l. 30. — C'est la reine de Navarre elle-même, qu'on nommait ainsi à la cour du roi son frère.

P. 22, l. 16. — Ce fut en 1542 que la guerre recommença entre François Ier et Charles-Quint, à l'occasion du meurtre de deux ambassadeurs du roi, assassinés par ordre du seigneur du Guast, gouverneur de Milan pour l'empereur.

P. 22, l. 17. — En 1543, Henri VIII, s'étant brouillé avec François Ier, entra dans la ligue de Charles-Quint contre son ancien allié.

P. 22, l. 18. — Le 3 janvier 1543, Catherine de Médicis, qui était restée stérile pendant près de dix ans, accoucha d'un fils, qui fut François II.

P. 25, l. 2. — Charles IV, duc d'Alençon, premier mari de Marguerite d'Angoulême.

P. 25, l. 6. — Ce *prélat d'Eglise* est Jacques de Silly, second fils de Jacques, chambellan du roi et maître de l'artillerie de France, et qui fut nommé évêque de Séez le 26 février 1511.

P. 26, l. 6. — La *duchesse* est Marguerite d'Angoulême, alors duchesse d'Alençon.

P. 26, l. 11. — Le lieutenant général du présidial, bailliage et sénéchaussée d'Alençon, était Gilles du Mesnil.

P. 31, l. 16. — Les femmes dissolues ou de mauvaise vie n'avaient plus le droit de tester en justice.

P. 33, l. 25. — Jean Brinon, issu d'une ancienne famille de Paris, s'était d'abord distingué comme orateur et négociateur habile au service du roi, qui le fit premier président du Parlement de Rouen. Il était dans les bonnes grâces de Marguerite, qui lui adressa plusieurs lettres.

P. 34, l. 23. — La *regente,* Louise de Savoie, qui fut régente de France après le départ de François Ier pour son armée d'Italie, en 1524, et aussi pendant la prison du roi en Espagne.

P. 34, l. 25. — Jean de la Barre, qui était en 1522 bailli de Paris, devint prévôt et gouverneur de Paris lorsque la charge de bailli fut réunie à celle de prévôt par l'édit du mois de mai 1526. Il jouissait d'une grande faveur auprès de François Ier.

P. 35, l. 8. — Bernard d'Ormezan, baron de Saint-Blancart, amiral des mers du Levant, était général des galères du roi en 1521.

P. 36, l. 31. — Marguerite avait eu, de son second mariage avec le roi de Navarre, un fils, nommé Jean, qui mourut en 1530, à l'âge de deux ans.

P. 42, l. 6. — Alphonse V, roi d'Aragon, surnommé *le Sage* et *le Magnanime,* malgré sa passion immodérée pour les femmes.

P. 51, NOUVELLE QUATRIESME. — La chronique scandaleuse nous apprend que le sujet de cette nouvelle est véritable et que Marguerite de Valois en a été l'héroïne. L'amiral Bonnivet, favori de François Ier et un des plus séduisants seigneurs de sa cour, s'introduisit, au milieu de la nuit, dans la chambre de cette princesse, et voulut devoir à la violence ce qu'il n'avait pu obtenir de l'amour ; mais il trouva une résistance à laquelle il ne s'attendait pas et fut forcé de se retirer honteusement.

P. 56, l. 19. — Cette *dame d'honneur* est, d'après Brantôme, « madame de Chastillon ».

P. 65, l. 1. — Le supérieur d'un couvent de cordeliers se nommait le père *gardien*.

P. 75, l. 1. — Le comté d'Alet ou Aleth, en Gascogne, aujourd'hui dans le département de l'Aude.

P. 98, l. 16. — L'*enfant fortuné*, c'est Henri d'Aragon, duc de Ségorbe, surnommé l'*Infant de la Fortune*, parce qu'il naquit, en 1415, après la mort de son père, Henri d'Aragon, troisième fils de Ferdinand IV, roi d'Aragon.

P. 99, l. 18. — Le Languedoc, ou plutôt le Roussillon, était souvent le théâtre d'une guerre acharnée entre la France et l'Espagne sous les règnes de Charles VIII et de Louis XII, après que Charles VIII eut rendu cette province à Ferdinand d'Aragon, à la condition qu'il ne se mêlerait pas des affaires du royaume de Naples.

P. 100, l. 10. — Il y eut une trêve entre la France et l'Espagne pendant l'année 1497 ; mais la reine de Navarre veut parler sans doute ici de la trêve de .quatre mois qui fut conclue à la fin de l'année 1503.

P. 100, l. 15. — Notre édition porte bien *Medmaceli;* mais c'est évidemment une faute typographique pour « Medinaceli ». La famille de Medina-Celi, du nom de la Cerda, était issue de la maison royale de Castille.

P. 111, l. 2. — Cette ville de Roussillon, à six lieues de Perpignan, se nomme aujourd'hui Salces.

P. 112, l. 14. — Le duché de Nagera fut créé par les rois Ferdinand et Isabelle en faveur de Pierre Manrique de Lara, comte de Trevigno.

P. 127, l. 5. — Le gouverneur ou vice-roi de Catalogne.

P. 127, l. 8. — En octobre 1503, l'armée espagnole, commandée par le duc d'Albe, après avoir fait lever le siège de Salces, brûla plusieurs villes voisines, entre autres Leucate, qui était occupée par les Français.

P. 134, l. 13. — C'est son gendre, Philippe d'Autriche, dit le Beau, fils de l'empereur Maximilien, souverain des Pays-Bas, héritier présomptif de la couronne d'Espagne, par suite de son mariage avec Jeanne, fille de Ferdinand et d'Isabelle, qui n'avaient pas eu de fils.

P. 134, l. 14. — Frédéric de Tolède, duc d'Albe, rendit de si grands services à son maître, dans la guerre de Roussillon contre le roi de France, que Ferdinand le Catholique lui donna la ville de Huesca.

DEUXIÈME JOURNÉE

P. 147, NOUVELLE DOUZIESME. — Cette Nouvelle roule sur un des faits les plus célèbres de l'histoire de Florence. Alexandre de Médicis, fils naturel de Laurent, duc d'Urbin, fut créé premier duc de Toscane, en 1531, par Charles-Quint, qui lui fit épouser, quatre ans après, sa fille naturelle Marguerite d'Autriche. Il se rendit odieux à ses sujets, et surtout à sa famille, qu'il voulut opprimer. Son cousin Lorenzino de Médicis le tua, le 6 janvier 1537, dans le palais Médicis.

P. 147, l. 4. — Charles-Quint avait eu cette « fille bastarde », avant son mariage, de Marguerite Vangest,

et il lui fit épouser, en 1535, Alexandre de Médicis,
qu'elle perdit deux ans après. Elle se remaria, l'année
suivante, avec Octave Farnèse, duc de Parme.

P. 163, l. 11. — La « belle dame sans mercy » est le
titre d'un poème composé par Alain Chartier sous le
règne de Charles VII, et imprimé plusieurs fois à la fin
du XVᵉ siècle. Ce poème de métaphysique amoureuse
n'est qu'un long dialogue entre une dame et son
amant. La dame ayant refusé obstinément de partager
la passion qu'elle avait inspirée, l'amant mourut de désespoir.

P. 170, l. 14. — Nous croyons qu'il s'agit ici du
baron de Malleville, Parisien, qui périt sur la côte de
Syrie, près de Beyrouth, dans une expédition contre les
Turcs, et dont Clément Marot a composé l'éloge fu-
nèbre dans ses *Complaintes*.

P. 176, l. 2. — Charles d'Amboise, seigneur de
Chaumont, neveu du cardinal d'Amboise, était gouverneur de Milan en 1506. Il fut successivement amiral,
maréchal et grand maître de France. Il mourut en 1511,
et sa mort fut attribuée au poison. Il eut une grande
part, comme général d'armée, aux guerres d'Italie sous
le règne de Louis XII.

P. 176, l. 4. — Guillaume Gouffier, connu sous le
nom de l'*amiral de Bonnivet*, parce qu'il était seigneur
de Bonnivet et qu'il fut nommé amiral de France par
François Iᵉʳ, qui le prit en affection particulière, se distingua d'abord dans les guerres d'Italie sous Louis XII,
notamment au siège de Gênes, en 1507. Il n'avait pas
plus de trente ans à cette époque. Il fut tué à la bataille
de Pavie, en 1525.

P. 206, l. 1. — V. la note de la page 176, l. 2.

P. 214, NOUVELLE DIXSEPTIESME. — L'aventure véritable qui fait le sujet de cette Nouvelle a dû se passer

dans la forêt d'Argilly, au mois de juillet 1521, lors du séjour du roi François Ier à Dijon.

P. 214, l. 4. — C'est Guillaume, comte de Furstemberg, fils aîné de Wolfgang, qui avait été chambellan de Maximilien Ier, gouverneur et conseiller intime de Philippe d'Autriche, et qui mourut en 1503. Le comte Guillaume fut d'abord au service de François Ier, qui le combla de bienfaits ; mais le cardinal de Grandvelle parvint à le gagner et à le faire rentrer dans le parti de l'empereur. Ce fut une honte pour lui que cette espèce de trahison, et, quand il fut fait prisonnier à la tête d'un corps d'armée espagnol, en 1544, les capitaines français étaient d'avis qu'on le traitât comme un espion ; mais le roi lui fit grâce et fixa sa rançon à 30,000 écus d'or.

P. 214, l. 11. — Louis II de La Tremoille, vicomte de Thouars, prince de Talmont, etc., gouverneur et lieutenant général de Bourgogne, surnommé *le Chevalier sans reproche,* né en 1460, et mort à la bataille de Pavie, âgé de soixante-cinq ans.

P. 216, l. 18. — Florimond Robertet, natif de Montbrison, fut trésorier de France et secrétaire des finances sous les règnes de Charles VIII, Louis XII et François Ier.

P. 225, l. 19. — C'est le chap. xv du liv. IV des Décrétales du pape Boniface VIII. L'Église s'était réservé toute juridiction sur les procès en impuissance qui se débattaient devant les tribunaux de l'officialité.

P. 227, l. 22. — François de Gonzague, deuxième du nom, marquis de Mantoue, né en 1466 et mort en 1519. Il eut beaucoup de part aux guerres d'Italie ; il y commanda l'armée française en 1503, et se retira devant la défiance de ses soldats, qui l'accusaient d'intelligences avec les Espagnols. Depuis, il tourna ses armes contre la France et fut général des troupes de l'empereur Maximilien. Il avait épousé, en 1490, Isabelle d'Est, fille d'Hercule, premier du nom, duc de Ferrare, et sœur d'Alfonse d'Est, qui succéda en 1505 à son père.

P. 232, l. 4. — La « religion de l'observance » est le couvent de Saint-François, dit de l'Observance, fondé à Ferrare par le duc Hercule d'Est, premier du nom.

P. 237, l. 14. — Le couvent de Sainte-Claire, à Ferrare, était aussi sous la règle de saint François.

P. 242, l. 29. — Le seigneur de Ryant était écuyer d'écurie dans la maison du roi, en 1523.

TROISIÈME JOURNÉE

P. 255, l. 1. — La reine de Navarre a voulu désigner ici la reine Anne de Bretagne, femme de Charles VIII, et ensuite de Louis XII.

P. 255, l. 5. — M. Le Roux de Lincy, en rapprochant avec beaucoup de sagacité toutes les circonstances de ce récit qui se rapportent à Rolandine, a établi d'une manière à peu près certaine que cette Rolandine était la demoiselle Anne de Rohan, fille d'honneur de la reine Anne de Bretagne. Cette reine, en effet, avait eu de grands procès à soutenir contre Jean II, vicomte de Rohan, gendre de François, premier du nom, duc de Bretagne. Anne de Rohan, troisième enfant du vicomte, avait plus de trente-six ans lorsqu'elle épousa, en 1517,

dans l'année qui suivit la mort de son père, son cousin
Pierre de Rohan, un des fils du maréchal de Gié. Elle
en eut pourtant deux fils, comme le dit la reine de Navarre. Enfin, le nom de *Rolandine* fait sans doute allusion
à celui de *Rohan*.

P. 256, l. 14. — M. Le Roux de Lincy, en cherchant
quel pouvait être ce bâtard de bonne maison, proche
parent d'un jeune prince, que sa mère conduisait à la
cour de Louis XII, a cru reconnaître dans ce jeune prince
François d'Angoulême, duc de Valois, frère de Marguerite, et il a été amené par là tout naturellement à sup-
poser que le héros de la Nouvelle devait être Jean,
bâtard d'Angoulême, qui fut légitimé par lettres de
Charles VII datées du mois de juin 1458. Mais la date
de ces lettres de légitimation donne au bâtard un âge
qui ne s'accorde guère avec celui qu'on demande à un
amoureux, car il aurait eu au moins cinquante ans sous
le règne de Louis XII, vers 1505.

P. 263, l. 28. — Suivant la supposition de M. Le
Roux de Lincy, cette dame, mère d'un *jeune prince*, ne
serait autre que Louise de Savoie, veuve du comte
d'Angoulême, laquelle vint à la cour de Louis XII, vers
1504, avec son fils François et sa fille Marguerite.

P. 283, l. 2. — Étienne Gentil fut prieur de cette
abbaye depuis le 15 décembre 1508 jusqu'au 6 novembre 1536, époque de sa mort. L'ancienne et riche abbaye
de Saint-Martin-des-Champs était située sur l'emplace-
ment actuel du Conservatoire des arts et métiers, dans
la rue Saint-Martin.

P. 283, l. 9. — A la fin du XVe siècle et au commencement du XVIe, la plupart des abbayes et des cou-
vents, qui étaient tombés dans le désordre ou le relâche-
ment, furent réformés. *Réformation de religion* signifie
donc *réforme d'ordre religieux* ou *de couvent*.

P. 284, l. 25. — Elle était sans doute parente du poète Antoine Heroet ou Herouet, auteur de *la Parfaite Amie,* valet de chambre et secrétaire de la reine de Navarre.

P. 289, l. 22. — Marie de Luxembourg, comtesse de Saint-Paul, qui était veuve en secondes noces de François de Bourbon, comte de Vendôme, mort en 1495, vivait retirée dans son château de La Fère, auprès duquel elle avait fondé, en 1518, un couvent de bénédictines qu'on appelait *le Calvaire.* C'est ce couvent que la reine de Navarre nomme *le mont d'Olivet.*

P. 296, l. 5. — Catherine d'Albret, abbesse de Montivilliers, près du Havre, qui vivait encore en 1536, et Madeleine d'Albret, sa sœur, abbesse de la Trinité de Caen, morte en 1532, étaient toutes deux filles de Jean d'Albret, roi de Navarre, et par conséquent belles-sœurs de Marguerite d'Angoulême, femme d'Henri d'Albret, roi de Navarre.

P. 296, l. 9. — Antoine Duprat, cardinal-légat, chancelier de France, né le 11 janvier 1463, mort le 9 juillet 1535, avait été nommé chancelier le 7 janvier 1515, cardinal en 1527, et légat du pape en 1530.

P. 307, l. 30. — François Olivier, fils de Jacques Olivier, qui fut premier président au Parlement de Paris, et ensuite évêque d'Angers, remplit avec distinction diverses charges dans la haute magistrature et dans la diplomatie. Par la protection de la reine de Navarre, il obtint la garde des sceaux de France ; puis il fut nommé chancelier par lettres du roi du 18 avril 1545. Le chancelier Olivier, dont les talents et le caractère ne furent pas moins estimés sous les règnes de Henri II et de François II, mourut en 1560.

P. 310, l. 1. — Ce sont sans doute Ferdinand d'Aragon et Isabelle de Castille, qui s'intitulaient *roi et reine de Castille.*

P. 316, l. 14. — Les anneaux coupés par moitié et divisés entre deux personnes, comme signe d'intelligence ou de reconnaissance, se retrouvent fréquemment dans les histoires romanesques et galantes de cette époque.

P. 323, l. 15. — Jean de Meung est le continuateur du célèbre *Roman de la Rose,* commencé par Guillaume de Lorris, dit Clopinel, au commencement du XIIIe siècle. Ce poëme allégorique et métaphysique était regardé au moyen âge comme le code ou *doctrinal* de l'amour.

P. 324, NOUVELLE VINGTCINQUIESME. — François Ier est le héros de cette aventure, et la reine de Navarre le désigne de manière à le faire reconnaître; mais elle ne nous révèle pas toutes les particularités de l'amour de ce *grand prince* pour la femme d'un avocat de Paris nommé *Le Féron.* La tradition a immortalisé le nom de *la belle Ferronnière,* tout en l'accusant d'avoir été la cause involontaire de la mort de son royal amant, qui fut victime de la vengeance du mari jaloux.

P. 331, l. 27. — Gabriel d'Albret, seigneur d'Avesnes et de Lesparre, était le quatrième fils d'Alain, sire d'Albret, surnommé le Grand, et frère de Jean d'Albret, roi de Navarre. Il fut vice-roi de Naples et sénéchal de Guyenne sous le règne de Charles VIII; il se distingua, sous le règne de Louis XII, dans les guerres d'Italie, en 1500 et 1503.

P. 343, l. 17. — Olite, ville de la Navarre espagnole, ancienne résidence des rois de Navarre. Tafalla, autre ville dans la même province, à vingt-quatre kilomètres de Pampelune.

P. 352, l. 24. — Cette princesse doit être certainement la reine de Navarre, qui avait beaucoup de valets de chambre et de secrétaires attachés à sa maison.

P. 364, NOUVELLE TRENTIESME. — La singulière aventure qui fait le sujet de cette Nouvelle repose sur une tradition qui veut qu'un fils de Mme d'Écouis ait eu de sa mère, sans la connaître et sans en être reconnu, une fille nommée Cécile. Il épousa ensuite, en Lorraine, cette même Cécile, qui était auprès de la duchesse de Bar. Ainsi, Cécile était fille et sœur de son mari. Ils furent enterrés dans le même tombeau, en 1512, à Écouis.

P. 364, l. 3. — Ce neveu de l'illustre cardinal d'Amboise, légat du saint-siége en France sous Louis XII, est certainement Louis, quatrième fils de Pierre d'Amboise, seigneur de Chaumont, et frère du maréchal de Chaumont.

TABLE

DU TOME PREMIER

DEUXIÈME JOURNÉE

TABLE 389

TROISIÈME JOURNÉE

IMPRIMÉ PAR JOUAUST

POUR

LES CONTEURS FRANÇAIS

PARIS, M DCCC LXXIX

LES CONTEURS FRANÇAIS

Collection in-8º écu, imprimée sur papier vergé de Hollande, à 10 fr. le volume, et sur papier de Chine (22 exemplaires), à 20 francs.

Nous faisons aussi un tirage en GRAND PAPIER (format in-8º raisin), ainsi composé :

200 exemplaires sur papier de Hollande, à 20 fr.
30   —   sur papier de Chine, à 30 fr.
30   —   sur papier Whatman, à 30 fr.

260 exemplaires, numérotés.

EN VENTE

Nouvelles Récréations et Joyeux Devis de BONAVENTURE DES PERIERS, publiés par Louis Lacour. — 2 volumes.

Contes et Discours d'Eutrapel, de NOEL DU FAIL, publiés par C. Hippeau.— 2 volumes.

Matinées et *Après-Dînées de Cholières*, édition préparée par Ed. Tricotel, avec notice par Paul Lacroix, index, glossaire et notes par D. Jouaust. — 2 volumes.

L'Heptaméron des Nouvelles de la Reine de Navarre, publié par Paul Lacroix. — 2 volumes.

SOUS PRESSE

Les Serées, de Guillaume Bouchet.

DANS LE MÊME FORMAT

RECUEIL GÉNÉRAL DES FABLIAUX

PUBLIÉ PAR A. DE MONTAIGLON

Ce Recueil formera environ 5 volumes.

Les tomes I à III sont en vente ; le tome IV est sous presse, et paraîtra très prochainement.

Tirage en GRAND PAPIER : 150 exemplaires sur raisin de Hollande, à 20 fr. ; — 25 sur papier de Chine, à 30 fr. ; — 25 sur papier Whatman, à 30 fr.

6004. — Paris, imprimerie Jouaust, rue Saint-Honoré, 338.

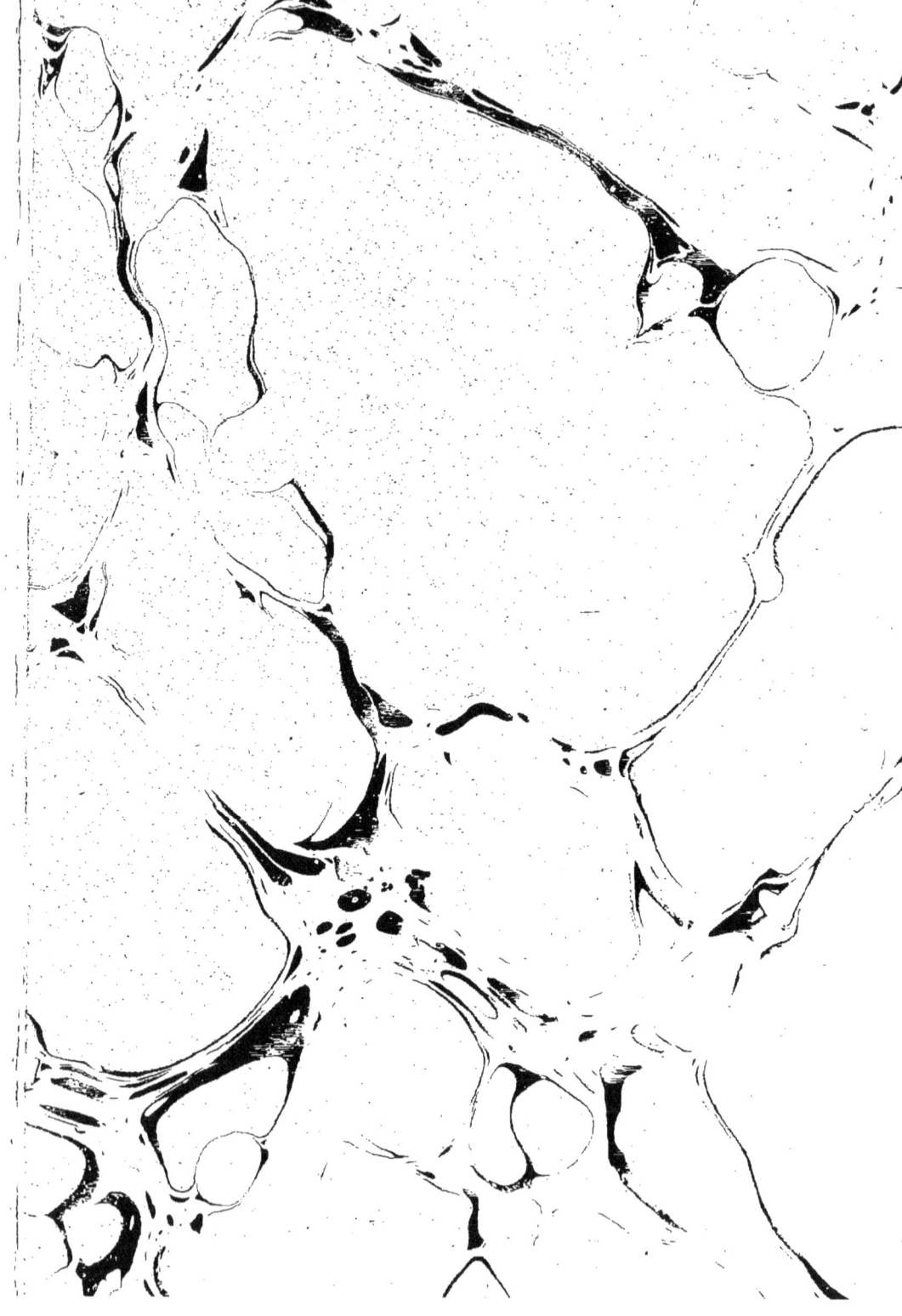

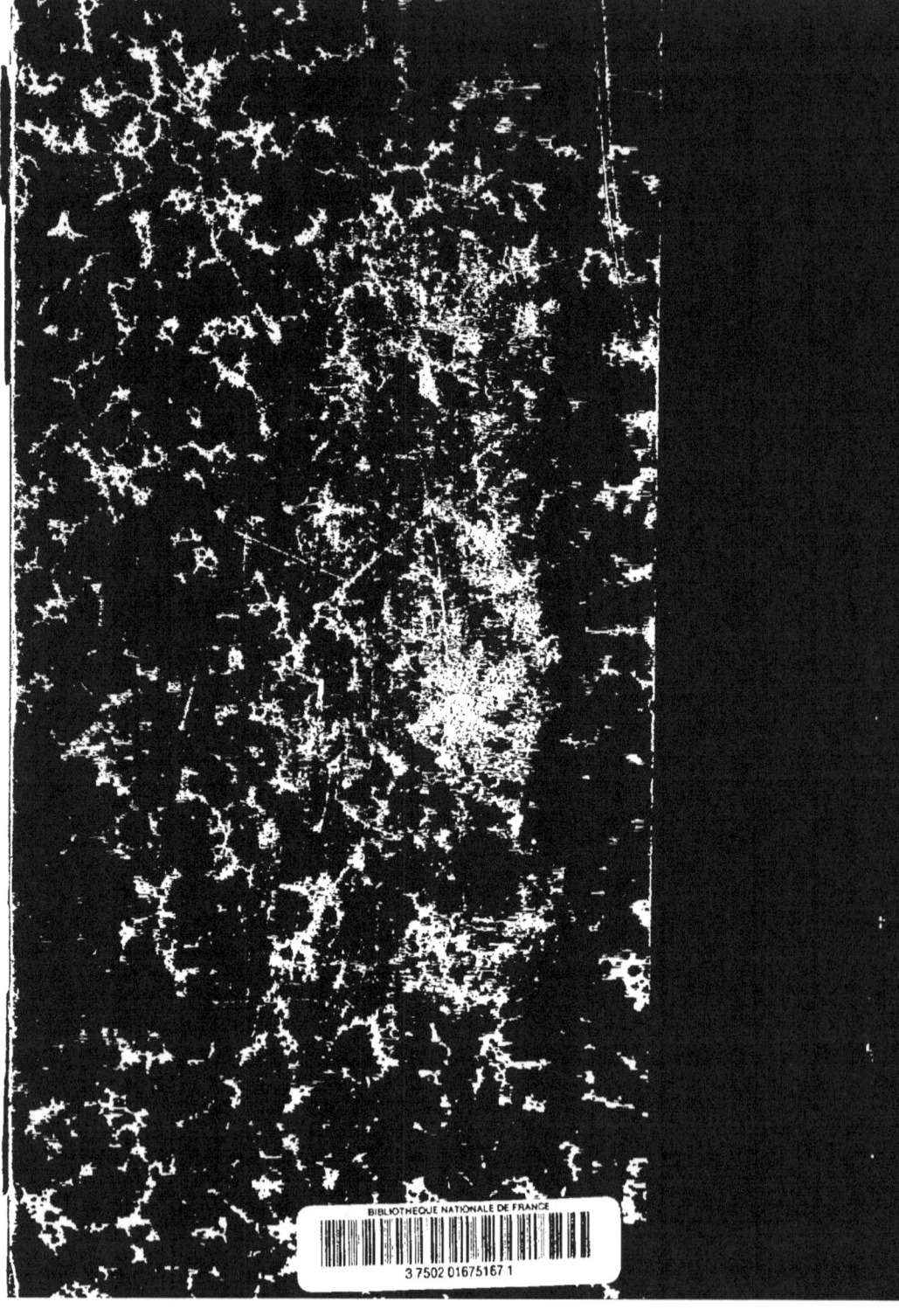

www.ingramcontent.com/pod-product-compliance
Lightning Source LLC
Chambersburg PA
CBHW070754030726
47504CB00003B/557